Reinheimer · Die Strategie der japanischen Industrie

Die Strategie der japanischen Industrie

Zielvorstellungen und ihre Realisierung

von Dr. Rudolf Reinheimer

mit 50 Abbildungen und zahlreichen Tabellen

Carl Hanser Verlag München Wien

CIP-Kurztitelaufnahme der Deutschen Bibliothek

Reinheimer, Rudolf:

Die Strategie der japanischen Industrie:
Zielvorstellungen und ihre Realisierung /
Rudolf Reinheimer. —
München; Wien: Hanser, 1981.
ISBN 3-446-13408-5

Fotosatz: Rudolf Schaber, Wels, Österreich
Druck und Bindung: J. Wimmer, Linz, Österreich
Umschlag: C.-A. Loipersberger
Printed in Austria

Inhaltsverzeichnis

1 Einleitung 7

2 Japans Stunde Null 11

3 Die ersten 25 Jahre der japanischen Nachkriegswirtschaft 13

4 Zielvorstellungen der japanischen Industrie 21

5 Voraussetzungen zur Realisierung dieser Zielvorstellungen 35

5.1 Beschaffung der erforderlichen finanziellen Mittel 37
5.2 Schaffung des notwendigen Fachkräftepotentials 40
5.3 Durchführung des Technologie-Transfer 57
5.4 Richtlinien für die Innovation 62

6 Realisierung der Zielvorstellungen 75

6.1 Management 77
6.2 Wertanalyse 99
6.3 Informationszentralstelle 119
6.4 Entwicklung, Konstruktion, Arbeitsvorbereitung 143
6.5 Planung 174
6.6 Materialwirtschaft, Lagerwesen 198
6.7 Steuerung 215
6.8 Produktion 227
6.9 Qualitätssicherung 240
6.10 Vertrieb 251

7 Konsequenzen für die westliche Wirtschaft 253

1 Einleitung

Auf den Gebieten der Unterhaltungselektronik und der Optik ergaben sich in den vergangenen Jahren auf dem Weltmarkt erhebliche Veränderungen zugunsten japanischer Produkte. Dies hatte negative Auswirkungen für die westliche Wirtschaft und deren Arbeitsplätze zur Folge. Seit geraumer Zeit sorgen nun die Autoexporte Japans für Schlagzeilen in der westlichen und besonders in der bundesdeutschen Presse.

Diese Anteilverschiebungen auf dem Weltmarkt zeigen, daß die japanische Industrie — besonders repräsentiert durch ihren Export — über die Zukunft der Europäer und Amerikaner wesentlich mitentscheiden wird. Japan wird dabei auch bestimmen, mit welchen Lebensbedingungen der Westen in Zukunft konfrontiert sein wird. Es ist also nicht mehr nur eine Angelegenheit des Westens, seine Wirtschaftspolitik selbst zu bestimmen. Dabei wird er auch nicht mehr von seinem bisher geübten Recht Gebrauch machen können, unabhängig von fremdem Einfluß zu entscheiden, ob seine internationale Wettbewerbsfähigkeit gestärkt und ausgebaut werden kann, sondern er wird gezwungen sein, neue Wege zu gehen, um die westliche Wohlfahrtsmaschinerie zu kräftigen und zu untermauern, um das Erreichte zu erhalten und zu mehren. Die klare Forderung nach einer Importdrosselung japanischer Produkte interpretiert deutlich die gegenwärtige Situation des Westens gegenüber Japan.

In den folgenden Ausführungen wird versucht, die Entwicklung der japanischen Industrie, die noch nicht ihren Höhepunkt erreicht hat, zu erörtern. Der Verfasser, ein Ingenieur und Dozent, nahm während eines mehrjährigen Studienaufenthaltes in Japan Einblick in die Praktiken der japanischen Industrie. Dabei lernte er an den Universitäten von Tokyo und Kyoto die Ausbildung künftiger Ingenieure und Wissenschaftler kennen. Als Mitarbeiter von Unternehmensberatungen hatte er außerdem Gelegenheit, mit den Aktivitäten in der Industrie vertraut zu werden. Dabei konnte er sich auch überzeugen, auf welch hohem Niveau eine Umsetzung der in der Ausbildung erworbenen theoretischen Kenntnisse in die industrielle Praxis erfolgt.

Es ist nicht Aufgabe dieser Ausführungen, Gründe zu nennen, die an dieser für westliche Unternehmen negativen Entwicklung schuld sind. Hier sollen auch keine Lösungsvorschläge oder gar „Patentrezepte“ zur Beseitigung dieser Diskrepanz zwischen der japanischen und der westlichen Industrie angeboten werden. Der Verfasser will nur objektiv die Gegebenheiten japanischer Unternehmen darstellen. Die Ausführungen zeigen dabei ganz deutlich, daß es kein „japanisches Wirtschaftswunder“ gibt, sondern daß die Erfolge der japanischen Unternehmen aus den ebenso beharrlichen wie kontinuierlichen Bemühungen resultieren, aus den gegebenen Umständen optimale Resultate zu erzielen.

Zwei Beispiele aus dem Automobilmarkt der letzten Jahre mögen diese Aussage illustrieren:

1. Beispiel:

Japan:

Ende der sechziger bzw. Anfang der siebziger Jahre hatten die japanischen Automobil-Typen nicht den von den Herstellern erwarteten Umsatzerfolg auf dem westlichen Markt. Abgesehen von technischen Mängeln entsprach auch das Design nicht den westlichen Vorstellungen.
Die Korrektur der technischen Mängel und die Anpassung des Designs an westliche Vorstellungen wurden schnell vollzogen und dann Umsatzzahlen erreicht, die alle Erwartungen der japanischen Hersteller übertrafen.

Westen:

Bei einem großen Automobilhersteller versäumte man, rechtzeitig neben dem bewährten, aber in seiner Konzeption noch aus der Vorkriegszeit stammenden Modell ein modernes Auto zu entwickeln. Die Folgen dieser verspäteten Modellpolitik verursachten erhebliche finanzielle Verluste, die bei rechtzeitigen Entscheidungen nicht eingetreten wären.

2. Beispiel:

Japan:

Die als Folge der sogenannten „Ölkrise“ ab 1973 eingetretene Verteuerung von Treibstoff wurde von den verantwortlichen Managern der japanischen Unternehmen rechtzeitig erkannt. Man brachte deshalb treibstoffsparende Automodelle auf den Markt. Der steigende Umsatz machte sich — mit allen positiven Folgen für die Hersteller — bald bemerkbar.

Westen:

Obwohl die Erhöhung der Treibstoffpreise auch den westlichen Managern bekannt war, wurde versäumt — aus welchen Gründen auch immer —, die Produktion der größeren Wagen zu drosseln und den Schwerpunkt auf die kleineren, treibstoffsparenden Modelle zu verlegen.
Die Folgen sind finanzielle Verluste für die Unternehmen, sowie Kurzarbeit und Entlassungen für die Mitarbeiter.

Diese beiden Beispiele sollen einen Denkanstoß geben. In Verbindung mit den nun folgenden Ausführungen (und einem stillen Vergleich zu den Gegebenheiten im eigenen Unternehmen) wird dieser Denkanstoß zeigen, daß die Japaner alle ihnen zur Verfügung stehenden Mittel ausschöpfen, um ihr Ziel zu erreichen: Wirtschaftsmacht Nummer Eins auf dem Weltmarkt zu werden. In diesem Buch soll aber auch gezeigt werden, daß es keine Methode gibt, die nicht — angepaßt an die westlichen Gegebenheiten — ebenfalls von westlichen Unternehmen praktiziert werden könnte!

Die beiden oben angeführten Beispiele zeigen auch, daß das Manko der westlichen Industrie nicht nur bei den Entscheidungen des Managements liegt, sondern daß die einzelnen Fachbereiche und Fachabteilungen wie Arbeitsmethodik, Wertanalyse, Planung und Steuerung überprüft werden müßten. Ungeahnte Reserven schlummern hier noch, die aktiviert werden sollten und auch ohne große Investitionen an Mitarbeitern und Betriebseinrichtungen die Produktivität der Unternehmen wesentlich erhöhen könnten.

2 Japans Stunde Null

15. August 1945, zwölf Uhr mittags. Das japanische Kaiserreich hat gegenüber den alliierten Streitkräften bedingungslos kapituliert. Kaiser Hirohito, Monarch des japanischen Reiches und Sohn des Himmels, spricht zu seinem Volk:

„Der Krieg hat sich bedauerlicherweise zuungunsten Japans entwickelt. Der Feind hat begonnen, eine neue und besonders grausame Bombe einzusetzen. Wenn Japan weiterkämpft, wird das nicht nur zum völligen Zusammenbruch Japans und zur Ausrottung seiner Bevölkerung führen, sondern auch zum Untergang der menschlichen Zivilisation. Aus diesem Grund habe ich mich entschlossen, dem Krieg ein Ende zu machen und die von den Alliierten in den Potsdamer Erklärungen gestellten Bedingungen zu akzeptieren."

Mit dieser am Abend vorher auf eine Schallplatte aufgenommenen Rede, die im staatlichen Rundfunk abgespielt wurde, hörten die Japaner zum ersten Mal die Stimme ihres Kaisers. Dabei wurde vielen Japanern klar, daß Japan nicht unbesiegbar ist.

Der Krieg war nun zu Ende — die Bilanz war grausam: Japan verlor mehr als 1 850 000 Menschen, davon kamen mehr als ein Drittel bei den Luftangriffen auf Japan ums Leben. 40 Prozent der japanischen Stadtgebiete bzw. etwa 2 252 000 Gebäude waren zerstört. Rund sechzig japanische Städte waren von amerikanischen Bombenflugzeugen in Schutt und Asche gelegt worden. Zwei Drittel von Tokyo, Osaka und Nagoya waren dem Erdboden gleichgemacht. In Japan waren rund 24 Prozent aller Wohnungen zerstört, während es in Deutschland vergleichsweise „nur" etwa 15 Prozent waren. Die Zerstörung japanischer Bauten konzentrierte sich auf einen Zeitraum von sieben Monaten im Jahre 1945. In den letzten achtzehn Monaten des Krieges wurden 22 Millionen Japaner, das sind ca. 30 Prozent der Bevölkerung, ausgebombt. Japanische Schätzungen haben ergeben, daß das Maß der Zerstörung ungefähr dem Doppelten des Nationaleinkommens für das Steuerjahr 1948/49 entsprochen hätte. Die japanische Wirtschaft war ruiniert. Japan hatte seine Rohstoffe und fast die Hälfte seines Landes verloren.

Aber das Ende des Zweiten Weltkrieges war nicht nur das Ende einer alten Ära, sondern es bedeutete auch den Beginn einer neuen Epoche. Aus der Militärmacht Japan hat sich eine Wirtschaftsmacht entwickelt, die heute den Weltmarkt erobert. Die japanischen Marktanteile der Unterhaltungselektronik, der Optik und der Kraftfahrzeuge sprechen eine deutliche Sprache.

3 Die ersten 25 Jahre der japanischen Nachkriegswirtschaft

Nach dem Kriege war das erste Ziel der japanischen Wirtschaft, zunächst einmal den Lebensstandard der Vorkriegszeit wieder zu erreichen. Dazu mußten die Folgen des Krieges — Unterernährung, Müdigkeit und Erschöpfung des Volkes — beseitigt werden. Erst dann konnte man sich der Realisierung der wirtschaftlichen Zielvorstellungen widmen.

Die von der Besatzung veranlaßten Reformen bildeten hierfür eine gute Grundlage. Vorteilhaft für Japan war dabei die Tatsache, daß es — im Gegensatz zu Deutschland — fast ausschließlich von den Amerikanern besetzt war und damit keiner Interessenkollision verschiedener politischer, ideologischer und wirtschaftlicher Systeme ausgesetzt war, die in Deutschland zur Teilung des Staates führten.

Zu diesen Reformen gehörte die Entwaffnung des japanischen Militärs, die Auflösung des Zaibatsu.* Mit der Verabschiedung des Anti-Monopol-Gesetzes wurde der Wettbewerb in der Wirtschaft gesichert, was in Japan die wichtigste Veränderung bedeutete.

Es folgte eine „Säuberung“ großen Ausmaßes, bei der man gegen die Führer des Krieges, die Geschäftsführer und die leitenden Angestellten der größten japanischen Gesellschaften vorging. Durch Reformen wurde auch das Verhältnis zwischen Management und Arbeitern verändert. Bedingt durch die allgemeine wirtschaftliche Notlage erzielten auch die Gewerkschaftsbewegungen Fortschritte.

Das im Besitz von Großgrundbesitzern befindliche Land wurde aufgeteilt. Damit kamen innerhalb von vier Jahren rund zwei Millionen Bauern zu eigenem Landbesitz, den sie mit Gewinn bewirtschaften konnten. (John M. Maki, Government and Politics in Japan: The Road to Democracy, New York 1961, Seite 19.)

Die Schulpflicht wurde von sechs auf neun Jahre erhöht. Die Erziehung konzentrierte sich auf die Betonung der demokratischen Werte sowie auf die Unterweisung in den Rechten und Pflichten des Staatsbürgers in einer demokratischen Gesellschaft.

1947 trat eine neue Verfassung in Kraft und damit ruhte zum ersten Mal in der Geschichte Japans die Herrschaft beim Volk. Der Kaiser blieb — unter Verzicht auf seine Göttlichkeit (Mikado) — nur noch ein Symbol des Staates. Die neue Verfassung garantiert jedem Bürger die Grundrechte. Im Sinne der Verfassung wurden

---

* *Zaibatsu* (japan. „Finanzclique“). Japanische Bezeichnung für die größten Industrie-, Handels- und Finanzkonzerne, die durch ihre engverflochtenen Dachorganisationen bis 1945 die Wirtschaft Japans beherrschten. An ihrer Spitze standen die Konzerne Mitsui, Mitsubishi, Sumimoto, Yasudo, Asano und Kawasaki, die 1945 entflochten, nach 1949 zum Teil wieder neu errichtet wurden.

auch das Bürgerliche Gesetzbuch und das Handelsrecht überarbeitet und reformiert.

Die Inflation wurde 1949 unter Kontrolle gebracht und damit begann Japan sich langsam von den Folgen des Krieges zu erholen.

Durch den Ausbruch des Korea-Krieges im Jahr 1950 wurde Japan zur wichtigsten Nachschubbasis der Vereinten Nationen. Fachleute schätzen, daß die Vereinten Nationen während des Korea-Krieges etwa vier Milliarden Dollar für Lieferungen von Heeresmaterialen in Japan ausgaben. Damit konnte Japan Dollarreserven bilden, von denen ein großer Teil der japanischen Industrie zu Neuanschaffungen und Investitionen im Rahmen des Wiederaufbaus zugeteilt wurde. Außerdem stellte Amerika der japanischen Wirtschaft noch zwei Milliarden Dollar zur Verfügung. (Allen: Japan's Economic Expansion, Seite 19.)

Mit der Unabhängigkeit im Jahre 1952 erreichte Japan wieder den Vorkriegsstand seiner Industrie und hatte somit auch das erste Ziel seiner Wirtschaftsplanungen erreicht. 1965 hatte Japan seine wirtschaftliche „Erholung" mit einem Bruttosozialprodukt abgeschlossen, das wesentlich über dem der Vorkriegszeit lag.

1955 begann Japan, seine Bemühungen auf den zweiten Schritt seiner Wirtschaftsplanungen zu konzentrieren: man wollte es an wirtschaftlicher Macht mit der Bundesrepublik Deutschland aufnehmen.

Das Bruttosozialprodukt Japans wuchs jährlich um 10 Prozent und mehr und verzeichnete zwischen 1965 und 1966 sogar eine Verdreifachung, während der Konsum pro Kopf der Bevölkerung im gleichen Zeitraum nur um das Zweifache stieg. Das Ertragsvolumen aller Industriezweige Japans wuchs zwischen 1951 und 1965 um das Fünffache.

In den zehn Jahren zwischen 1955 und 1965 wurde der Ertrag an verderblichen Konsumgütern mehr als verdoppelt. Im gleichen Zeitraum stieg der Ertrag an Kapitalgütern auf das Sechsfache. (Bank of Japan: Economic Statistics of Japan, Tokyo 1967, Seite 212.)

Der Ertrag an unverderblichen Konsumgütern stieg im gleichen Zeitraum um das Siebenfache. (Bank of Japan: Hundred-Year Statistics, Seite 93.)

Die Gesamterzeugnisse der Leichtindustrie wurden verdreifacht, die der Schwer- und der chemischen Industrie um das Dreieinhalbfache gesteigert. (Ministry of International Trade and Industry, Kogyo Tokei Sokuho: Showa 40 nen, Tokyo 1966, Seite 14.)

Die Zahl der Unternehmen mit mehr als 30 Mitarbeitern wuchs von 30 868 auf 52 449 und die Zahl der Mitarbeiter von 3,7 Millionen auf mehr als 6,6 Millionen. (Ministry of International Trade and Industry, Kogyo Tokei Sokuho: Showa 40 nen, Tokyo 1966, Seite 9.)

Die Erzeugnisse aus Eisen- und Nichteisenmetallen wurden verdreifacht, die der chemischen Industrie und der Erdölproduktion verdoppelt und die der Maschinenindustrie verfünffacht. (Economic Statistics of Japan, Tokyo 1966; The Bank of Japan 1967, Seite 211—212.)

Aus der gleichen Quelle einige weitere Daten:

Indizes der industriellen Produktion der Jahre 1945 bis 1965 (1960 = 100).

1945	1950	1955	1960	1965
Verarbeitende Industrie				
19,6	20,4	45,7	100,0	177,2
Eisenmetalle				
13,1	22,9	43,8	100,0	177,7
Nicht-Eisenmetalle				
18,9	25,0	42,2	100,0	161,2
Maschinen				
16,4	11,9	28,5	100,0	198,8
Keramische Industrie				
8,5	26,2	51,2	100,0	159,5
Chemikalien				
10,3	20,8	49,5	100,0	208,0
Erdöl- und Kohlenprodukte				
5,8	11,1	39,7	100,0	209,7
Kautschukprodukte				
5,8	26,0	40,5	100,0	140,0
Lederprodukte				
14,5	26,4	72,7	100,0	184,1
Papier und Papierbrei				
5,0	21,4	53,4	100,0	153,2
Textilien				
5,5	26,4	62,0	100,0	147,1
Bauholz				
20,3	49,9	74,3	100,0	124,6
Nahrungsmittel und ähnliche Produkte				
20,3	33,5	77,4	100,0	134,4
Tabakwaren				
28,4	57,8	84,4	100,0	140,1
Verschiedenes				
2,7	15,0	32,4	100,0	206,3

In den Jahren der Hochkunjunktur oder den sogenannten „Wachstumsjahren" zwischen 1955 und 1963 überstieg die durchschnittliche Wachstumsrate jährlich real 10 Prozent, die industrielle Erzeugung verdreifachte sich. In dieser Periode stieg auch das investierte Kapital beachtlich. Die gesamten festen Anlagen erreichten auf dem Höhepunkt 32,5 Prozent des Bruttosozialproduktes. (Economic Structure of Japan, in: Oriental Economist, XXXII, Nr. 641 vom März 1964, Seite 44.)

In dieser Periode des Wachstums wurden die Anlagen der Industrie für elektrische Geräte vervierfacht und die der chemischen Industrie wuchsen um das Dreieinhalbfache. (Economic Structure of Japan, in: Oriental Economist XXXII, Nr. 641 vom März 1964, Seite 312—313.)

Zwischen 1955 und 1965 machte die japanische Industrie einen Strukturwandel durch. 1955 betrug der Anteil der Schwerindustrie an der gesamten Industrieproduktion noch 51,2 Prozent, 1965 bereits 63 Prozent. (MITI, Kogyo Tokei Sokuho, Seite 2.)

Dieser Strukturwandel wirkte sich auch auf den Export aus. So betrug z. B. der Anteil der Schwerindustriegüter am Gesamtexport Japans im Jahr 1965 rund 63 Prozent. 1966 übernahm Japan im Schiffsbau die Führung auf dem Weltmarkt und stand bei der Erzeugung von Rohstahl mehrmals mit 10 Prozent der gesamten Weltproduktion an dritter Stelle. Der japanische Marktanteil an Produktion der Unterhaltungselektronik und an Geräten der optischen Industrie ist bekannt.

Als weiteres Beispiel für den japanischen Markt soll die Automobilindustrie angeführt werden. 1966 übertraf Japan auf dem Automobilsektor Großbritannien und wurde damit drittgrößter Automobilhersteller der Welt. In diesem Jahr produzierten die USA 10 371 141 Einheiten, die Bundesrepublik Deutschland 3 050 708 Einheiten und Japan 2 286 399 Einheiten. Aber schon 1967 überflügelte Japan die Bundesrepublik Deutschland. Trotz dieser Produktionssteigerung ist die japanische Automobilindustrie jedoch sehr zersplittert. 1966 standen neun Firmen mit zahlreichen Modellen im Konkurrenzkampf, wobei die Produktionskosten wesentlich höher lagen als in den Vereinigten Staaten und in der Bundesrepublik Deutschland.

Reorganization Trend Given Fresh Impetus by Isuzu-Fuji Move, in: The Japan Economic Journal, 27. Dezember 1966, Seite 12, veröffentlichte folgende Zahlen:

Produktionsanteile in der japanischen Automobilindustrie, gemessen an Produktionswerten:

Firma	**Ertragsanteil** (in Prozenten)	**Firma**	**Ertragsanteil** (in Prozenten)
Toyota Group	28,15	Fuji Heavy Industry	6,25
Nissan Group	24,10	Isuzu	4,75
Toyo Kogyo	12,88	Suzuki	3,03
Mitsubishi Heavy Industry	10,49	Honda	2,83
Daihatsu Kogyo	7,52		

Das Konzentrationsverhältnis war dabei jedoch wesentlich niedriger als bei den drei größten Automobilherstellern in den USA und in der Bundesrepublik Deutschland. So war Ende 1966 das Konzentrationsverhältnis für die drei größten Firmen in den Vereinigten Staaten 92,1 Prozent, in der Bundesrepublik Deutschland 82,5 Prozent, in Großbritannien 83,2 Prozent, in Frankreich 78,6 Prozent und in Italien 87,9 Prozent. Der jeweils größte Hersteller in diesen Ländern war am Konzentrationsverhältnis folgendermaßen beteiligt: General Motors (USA) mit 49,3 Prozent, Volkswagenwerk (Bundesrepublik Deutschland) mit 45,3 Prozent, British Motor Corporation (Großbritannien) mit 40,1 Prozent, Renault (Frankreich) mit 32,6 Prozent und Fiat (Italien) mit 87,8 Prozent im Vergleich zu 28 Prozent bei Toyota in Japan.

Um den durch die jahrelange Isolierung entstandenen Rückstand an Technologie aufzuholen, schloß die japanische Industrie zwischen 1950 und 1965 8561 Lizenzverträge ab und bezahlte dafür 1,2 Milliarden Dollar. Dabei wurden fast 60 Prozent der Verträge mit Unternehmen aus den Vereinigten Staaten abgeschlossen. (Foreign Technology Journal, 26. Oktober 1967, Seite 7.)

Dieses wirtschaftliche Wachstum hatte — in Verbindung mit den sozialen Reformen der Nachkriegszeit — einschneidende Veränderungen in der Beschäftigungsstruktur und der Einkommensverteilung des Landes zur Folge. Damit fanden auch Abwanderungen von weniger gewinnbringenden Wirtschaftszweigen, z. B. der Landwirtschaft, zur Industrie statt. Die Zahl der Arbeitskräfte in der Industrie wurde 1965 mit vier Millionen angegeben. (The Economic Planing Agency, Kokumin Seikatsu Hakusho: Showa 40 nen do, Tokyo 1966, Seite 67.)

Mit diesen Veränderungen war zugleich eine beschleunigte Verstädterung verbunden. So konzentrierten sich 1965 mehr als 68 Prozent der Bevölkerung Japans in 511 Städten, wobei fast ein Fünftel der Bevölkerung in Städten mit mehr als einer Million Einwohner lebt.

Die im Westen weit verbreitete Meinung, daß der wirtschaftliche Aufstieg Japans nur möglich war, weil der japanische Arbeitnehmer im Verhältnis zum Arbeitnehmer der westlichen Industrienationen wesentlich weniger verdienen würde, ist irreführend und falsch. Zum Beweis seien ein paar Daten aufgeführt:

Während noch im Jahr 1960 rund 60 Prozent der Lohnempfänger ein Jahreseinkommen von weniger als 300 000 Yen bzw. 833 Dollar hatten, sank die Zahl dieser Lohnempfänger 1966 auf 30 Prozent. Dagegen stieg die Zahl der Lohnempfänger mit einem jährlichen Einkommen von mehr als 500 000 Yen bzw. 1290 Dollar von 31 Prozent im Jahre 1960 auf 36,8 Prozent im Jahre 1966. (Salary Earner Income Increasing Steadily, in: The Japan Economic Journal, 20. September 1966, Seite 4.)

Die Einkommensverteilung im Jahre 1964 war wie folgt: 61 Prozent des gesamten Privateinkommens wurde von Lohnempfängern verdient, 27 Prozent von nicht gesellschafteten Eigentümern und der Rest von Renten, Dividenden und Zinsen. (Economic Planning Agenty, Keizai Hakusho, Seite 290.)

Das rasche Wirtschaftswachstum und die damit verbundenen Vorteile werden von den Japanern als „Shohi Kakumei" bezeichnet, d. h. Konsumrevolution. Auch hierzu ein paar Daten:

Anfang 1966 besaßen 94 Prozent aller Familien einen Fernsehapparat, 76 Prozent eine Waschmaschine, 61 Prozent hatten einen Kühlschrank und 12 Prozent fuhren einen eigenen Wagen. (Economic Planning Agenty, Keizai Hakusho, Seite 290.)

In Japan war auch ein deutlicher Fortschritt in der Verbreitung der Massenkommunikationsmittel zu verzeichnen, die beim sozialen Wohlstand eine bedeutende Rolle spielen. So erreichte Ende 1966 der Gesamtumlauf der Tagespresse ca. 31 Millionen Exemplare, d. h. ein Blatt für etwa 3,25 Menschen. Die Ausgaben für Inserate beliefen sich für 1966 auf 383 Millionen Yen oder 1,3 Prozent des Bruttosozialproduktes. Im Zeitraum von 1956 bis 1966 waren diese Ausgaben bereits um das Fünffache gestiegen, womit sie die Wachstumsrate des Bruttosozialproduktes für den gleichen Zeitraum wesentlich überstiegen. (Dentsu Kokoku Nenkon 1967, Tokyo 1967, Seite 101 und 234.)

Als Gründe für diesen beispiellosen wirtschaftlichen Aufschwung Japans werden viele Faktoren genannt. Der japanische Wirtschaftswissenschaftler Ichiro Nakayama nannte dem Verfasser die seiner Meinung nach wichtigsten:

- *die von der Besatzung unterstützten demokratischen Reformen*
  (daraus resultierten die umwälzenden gesellschaftlichen Veränderungen wie z. B. die Auflösung des Zaibatsu und das Anti-Monopol-Gesetz)
- *die politische Stabilität Japans*
  (in der Politik fanden keine einschneidenden Veränderungen statt, die negative Auswirkungen auf die Wirtschaft gehabt hätten)
- *die starke Abnahme der militärischen Ausgaben*
  (Der Haushalt Japans wird nur gering durch militärische Ausgaben belastet, wodurch das Volkseinkommen fast vollständig produktiven Verwendungen zufließen kann)
- *rasche technologische Erneuerungen*
  (Wirtschaft und Industrie versuchten — mit Erfolg — die jeweils neuesten Technologien anzuwenden)
- *zahlreiche und gut ausgebildete Arbeiter*
  (das Volk hat die wirtschaftliche Situation erkannt und ist bestrebt, diese Vorteile beizubehalten und — soweit möglich — zu verbessern)
- *die unternehmerischen Fähigkeiten*
  (gestützt auf ein gutes Management und gute Fachkräfte)

- *die Rolle der Regierung und der traditionellen Einrichtungen*
  (die Kombination des modernen Nachkriegs-Japan mit der alten, tief verwurzelten religiösen Tradition und ihrem Einfluß auf die Bevölkerung)
- *die internationale Lage in Wirtschaft und Politik*
  (die Situation auf dem Weltmarkt und in der Politik war günstig für die Wirtschaft Japans)

Das Ziel Japans, die Bundesrepublik Deutschland wirtschaftlich einzuholen, war im Jahr 1969 erreicht. Von da an galten alle Bemühungen Japans dem bereits 1868 in der Meji-Zeit formulierten Fernziel — nämlich auf dem Weltmarkt die Nummer Eins im Bruttosozialprodukt pro Kopf der Bevölkerung zu werden.

4 Zielvorstellungen der japanischen Industrie

Anfang der siebziger Jahre war Japan neben der Bundesrepublik Deutschland hinter den Vereinigten Staaten die Nummer Zwei im Bruttosozialprodukt pro Kopf der Bevölkerung. Das große Ziel, die Nummer Eins zu werden, konnte nun in Angriff genommen werden.

Aber zunächst wurde Bilanz über das Erreichte gezogen. Die folgenden Zahlenbeispiele informieren in Ausschnitten über die wichtigsten Ergebnisse dieser Bilanz.

Jährliches Wachstumstempo

	1960	1965	1970
a) *Arbeitsintensive Produkte*	6,4	7,1	11,3
b) *Rohstoffintensive Produkte*	6,8	23,7	15,2
c) *Technologieintensive Produkte*	26,1	24,1	23,7

BSP-Elastizität

	1960	1965	1970
a) *Arbeitsintensive Produkte*	0,36	0,53	0,61
b) *Rohstoffintensive Produkte*	0,38	1,76	0,82
c) *Technologieintensive Produkte*	1,47	1,79	1,27

Exportierter Anteil

	1955	1960	1965	1970
a) *Arbeitsintensive Produkte*	10,5	10,9	8,1	7,0
b) *Rohstoffintensive Produkte*	12,0	6,7	10,8	8,7
c) *Technologieintensive Produkte*	7,3	7,5	11,6	12,1

[Kanamori, JERC-Gruppe, 1972]

Diese hier in Auszügen wiedergegebene Bilanz wurde von Beamten des MITI (Ministerium für Außenhandel und Industrie) in Zusammenarbeit mit Wirtschaftswissenschaftlern aufgestellt. Danach erfolgte eine Standortbestimmung der japanischen Wirtschaft und Industrie gegenüber anderen wirtschaftlich starken Ländern wie den Vereinigten Staaten und der Bundesrepublik Deutschland. Immer das große Ziel vor Augen, die Nummer Eins auf dem Weltmarkt im Bruttosozialprodukt pro Kopf der Bevölkerung zu werden, wurden auf allen wichtigen Gebieten Vergleiche angestellt, um dann die erforderlichen Planungsarbeiten durchzuführen.

Die folgenden Daten sind Auszüge aus den Ergebnissen dieser Standortbestimmung.

Japans Anteil an der Weltwirtschaft (in Milliarden Dollar)

			1960	1970
1. Wirtschaft:	Welt-BSP		1390	3044
	Japans BSP		43	196
	% in der Welt		3,1	6,2
2. Handel:	Welthandel		128	311
	Japans Handel		4,1	19,3
	% in der Welt		3,2	6,2
3. Importland:	Japans Importe aus:			
	Westeuropa			1,7
	USA			4,6
	UdSSR			0,5
	China			0,2
4. Importmuster:	Maschinenbauprodukte			2,3
	Chemieprodukte			1,0
	Nahrungsmittel			2,6
	Textilien			1,0
	Metallerz, Schrott			2,7
	andere Rohstoffe			3,0
	Mineralbrennstoffe			3,9
	andere Fertigwaren			2,4

	1955	1960	1970
5. Import von Maschinenbauprodukten:	5,7	9,7	9,3
6. Import von anderen Fertigwaren:	1,7	6,5	12,8

7. Weltexport 1970:	USA	42,6
	EWG	89,0
	UdSSR	13,0
	China	2,0
	Japan	19,3

8. Weltimport 1970:	USA	39,0	
	EWG	85,0	
	UdSSR	11,0	
	China	2,2	
		1960	1969
9. Jährliche Handelsbilanz-Überschüsse (IWF-Basis):			
	Japan	3,6	16,8
	USA	3,7	1,2
	EWG	3,4	10,2
	Efta	—4,1	—10,9
	UdSSR	1,7	—

10. Handelsstrategie (1960—1969):		
Wachstum des Welthandels:		
Maschinenbauprodukte, Ausrüstung	12,1 %	
andere Fertigwaren	9,7 %	
Chemieprodukte	11,1 %	
Getränke, Lebensmittel	5,8 %	
Rohstoffe	3,8 %	
Mineralbrennstoffe	7,8 %	
Total	8,8 %	
Wachstum des japanischen Exports:		
Maschinenbauprodukte, Ausrüstung	23,3 %	
andere Fertigwaren	13,4 %	
Chemieprodukte	22,0 %	
Getränke, Lebensmittel	8,7 %	
Rohstoffe	7,4 %	
Mineralbrennstoffe	12,7 %	
Total	16,5 %	
Handelselastizität des japanischen Exports:		
Maschinenbauprodukte, Ausrüstung	1,93 %	
andere Fertigwaren	1,38 %	
Chemieprodukte	1,98 %	
Getränke, Lebensmittel	1,50 %	
Rohstoffe	1,95 %	
Mineralbrennstoffe	1,63 %	
Total	1,88 %	
Japans Anteil am Welthandel:	1960	1969
Maschinenbauprodukte, Ausrüstung	8,0 %	8,0 %
andere Fertigwaren	9,8 %	9,8 %
Chemieprodukte	2,3 %	5,3 %
Getränke, Lebensmittel	1,2 %	1,5 %
Rohstoffe	0,7 %	1,0 %
Mineralbrennstoffe	0,7 %	0,2 %
Total	3,2 %	5,9 %

[Dr. Hisao Kanamori, 1972]

Investitionen pro Kopf der Bevölkerung

Jahr	Total, Milliarden Dollar Japan	USA	Pro Kopf in Dollar Japan	USA
1965	6,2	23,4	63	120
1968	14,6	—	143	—
1970	20,8	31,9	201	155

[Sato, Universität Tokyo, 1971]

Die Bilanz der japanischen Wirtschaft von 1969/70 und die Standortbestimmung auf dem internationalen Markt waren die Basis, auf der die Wirtschaftswissenschaftler eine Prognose erarbeiteten, in der die Zielvorstellungen der japanischen Wirtschaft für die siebziger und achtziger Jahre formuliert wurden.

Die folgenden Ausführungen sind Auszüge aus dieser Prognose.

Arbeitskräftepotential und Ausbildungsstand (Veränderungen in %)

	1960	1965	1970	1975	1980	1985
Gesamtbevölkerung	0,9	1,0	1,1	1,2	1,1	0,9
davon im produktiven Alter	1,9	2,2	1,4	0,8	0,8	0,8
Gesamtbeschäftigtenzahl	1,5	1,2	1,7	0,8	0,5	0,4
Länge der Arbeitszeit	0,8	—1,0	—1,0	—0,9	—0,7	—0,4
Qualitätsverbesserung durch längere Arbeitszeit	0,3	0,2	0,4	0,4	0,3	0,3
Qualitätsverbesserung durch Veränderung der Geschlechts- und Altersstruktur	0,3	0,3	0,3	0,3	0,2	0,1
Veränderung des Arbeitskraftinputs bei Berücksichtigung der Qualitätsverbesserung	2,9	0,7	2,3	0,5	0,3	0,4

[Billionen-Dollar-Prognose des JERC]

Relation Arbeitskräfte — Kosten
(Altersstruktur der Gesamtbeschäftigtenzahl in Prozent)

	1965	1970	1975	1980	1985
15 bis 19 Jahre	8	6	5	4	4
20 bis 29 Jahre	27	28	26	21	19
30 bis 39 Jahre	25	24	24	26	26
40 bis 54 Jahre	15	27	30	33	33
über 55 Jahre	15	15	15	16	18

Zunehmende Investition pro Beschäftigten
(jährliche Veränderung in Prozent)

	1960	1965	1970	1975	1980
Reale Zunahme des BSP	9,1	9,7	12,5	10,1	9,9
Gesamtbeschäftigtenzahl	1,5	1,2	1,7	0,8	0,5
Akkumulierte private Investitionen	7,9	11,2	13,2	14,1	13,0
Investition pro Beschäftigten	6,2	9,8	11,3	13,2	12,5
Kapitalkoeffizient	—1,1	1,4	0,7	3,5	2,8
Arbeitsproduktivität	7,4	9,3	10,6	9,4	9,4

Bruttosozialprodukt pro Kopf der Bevölkerung
(internationaler Vergleich)

	1970	1980	1969—1975 BSP-Wachstumsrate in %	1976—1980
Schweden	3760	9479	8,8	10,2
Kanada	3733	9217	10,6	9,9
Japan	1895	8225	14,5	13,4
BRD	3167	8221	12,0	8,3
USA	4739	8217	7,6	6,0
Holland	2487	8126	14,3	12,6
Dänemark	3057	7748	8,9	11,3
Belgien-Luxemburg	2596	6876	9,3	10,2
Island	2095	6429	14,8	14,8
Libyen	1883	6395	18,0	15,5
Norwegen	2745	6360	9,9	9,3
Schweiz	3248	6072	6,5	8,1
Frankreich	2611	5850	6,2	9,1
Australien	2637	5469	9,6	9,0
Bulgarien	1897	5303	9,2	10,2
Kuweit	4318	5012	11,2	9,5
Ungarn	2340	4953	5,3	7,5
Österreich	1850	4745	9,9	9,0
DDR	2155	4552	4,2	8,2
Tschechoslowakei	2207	4300	4,6	7,0
UdSSR	1842	4251	7,8	8,2
Polen	1892	4185	5,6	9,4
Finnland	2105	4085	7,4	8,6
Großbritannien	2155	3850	5,8	7,7
Italien	1648	3603	7,5	9,5
Neuseeland	1934	2997	4,3	7,6
Griechenland	1054	2976	11,4	11,9
Israel	1746	2892	8,2	8,1
Rumänien	1210	2860	8,6	9,6
Irland	1276	2475	7,2	10,0

[JERC-Prognose für das BSP pro Kopf 1980; Dollar pro Jahr]

Darlehensaufnahme der japanischen Wirtschaft

	1971	1972	1973	1974	1975	1976
Privatwirtschaftssektor	—11,4	— 9,3	—13,3	—16,4	—25,0	—36,3
Haushaltssektor	27,1	20,3	32,0	37,7	45,9	55,5
Öffentlicher Sektor	— 4,9	—11	—15,2	—20,4	—24,6	—25,9
Auslandsdarlehen	— 6,5	— 5,9	— 5,2	— 4,8	— 4,5	— 4,6
Staatliche kommunale Obligationen	7,3	14,9	19,8	26,0	31,3	32,4

[Prognose des Nomura-Instituts vom März 1972]

Warenexport 1976

	1970	1973	1976	Zunahme
Export, etc.	28,0	33,8	51,6	10,7 %
Import, etc.	25,1	29,2	47,1	11,1 %
Warenexport, fob	23,3	30,5	47,9	15,8 %
Warenimport, fob	18,0	22,0	36,8	15,6 %
Handelsbilanz	4,5	8,5	11,1	
Zahlungsbilanz	2,4	5,1	4,6	
Grundbilanz	1,1	3,0	0,8	
BSP, nominal	238,0	337,0	540,0	14,7 %
BSP, real (1965er Preise)	187,0	226,0	312,0	8,9 %
Öffentliche Investitionen	20,0	37,0	63,0	21,0 %
Investitionen der Privatwirtschaft	48,0	54,0	102,0	13,5 %
Private Wohnungsbauinvestitionen	16,0	22,0	37,0	15,4 %
Pro Kopf:				
Nationaleinkommen	1640,0		4813,0	
Bankguthaben	1840,0		5236,0	
Öffentliche Sozialfürsorge	32,0		249,0	
Arbeitsstunden pro Woche	44,5		41,7	
Asphalt. Straßennetz in Prozent	17,2		42,3	
Industrieproduktion (1965 = 100)	220,0	258,0	386,0	9,8 %

[Prognose des Nomura-Instituts vom März 1972]

BSP- und Exportentwicklung der Welt
(BSP in Milliarden Dollar)

	1960	1970	1980
Japan	43	196	957
USA	548	1056	2166
Westeuropa	327	769	1924
EWG	187	471	1251
Osteuropa	232	563	1531
UdSSR	160	406	1155
China	60	75	230

	1960	1970	1980
Entwicklungsländer	166	324	700
Südostasien	60	103	236
Australien, Neuseeland, Südafrika	26	56	136
Welt	1401	3038	7643
Anteil am BSP der Welt (in Prozent)			
Japan	3,1	6,4	12,5
USA	39,1	34,7	28,3
Westeuropa	23,3	25,3	25,2
EWG	13,3	15,5	16,4
Osteuropa	16,5	18,6	20,0
UdSSR	11,4	13,3	15,1
China	4,3	2,6	3,0
Entwicklungsländer	11,8	10,6	9,2
Südostasien	4,3	3,4	3,1
Australien, Neuseeland, Südafrika	1,9	1,8	1,8
Welt	100,0	100,0	100,0
Warenexport (in Milliarden Dollar)			
Japan	4,0	19,0	92,0
USA	26,0	59,0	162,0
Westeuropa	52,0	138,0	369,0
EWG	30,0	89,0	252,0
Osteuropa	13,0	31,0	80,0
UdSSR	6,0	13,0	40,0
China	2,0	2,0	6,0
Entwicklungsländer	28,0	54,0	124,0
Südostasien	8,0	14,0	36,0
Australien, Neuseeland, Südafrika	4,0	8,0	18,0
Welt	128,0	311,0	850,0
Anteil am Warenexport der Welt (in Prozent)			
Japan	3,2	6,2	10,8
USA	20,3	19,1	19,0
Westeuropa	40,2	44,4	43,5
EWG	23,2	28,4	29,6
Osteuropa	10,1	9,8	9,4
UdSSR	4,3	4,1	4,7
China	1,5	0,7	0,5
Entwicklungsländer	21,6	17,4	14,7
Südostasien	6,0	4,6	4,3
Australien, Neuseeland, Südafrika	3,1	2,6	2,1
Welt	100,0	100,0	100,0

[Prognose von Kanamori, 1972]

Höhe des Bruttosozialprodukts pro Kopf der Bevölkerung
(Prognose für 1980)

USA	1933	Großbritannien	220	Polen	90
Japan	957	Kanada	218	Mexiko	83
UdSSR	677	Italien	197	Indien	79
BRD	445	Holland	118	Australien	77
Frankreich	299	Brasilien	98	Schweden	75

[Prognose des JERC, 1972]

Exportstruktur · Einheimische Produktion (in Milliarden Dollar)

	1960	1965	1969	1980
Land-, Forstwirtschaft, Fischerei	7,7	12,1	17,8	41,4
Bergbau	1,2	1,5	2,2	5,1
Lebensmittel	5,4	10,5	11,9	48,7
Textil	4,9	7,4	11,0	26,9
Papier, Masse	1,7	3,2	5,4	19,7
Chemie	4,2	8,1	14,1	62,3
Erdöl-, Kohleprodukte	1,2	2,7	4,9	18,9
Keramik, Stein	1,5	3,0	6,0	26,7
Metalle	6,7	11,0	22,4	94,8
Metallprodukte	1,8	3,9	8,6	39,4
Produkte d. Elektroindustrie	3,8	6,4	17,3	100,2
allgemeine Maschinenbauprodukte	3,5	6,5	15,8	97,8
Transportmittel	3,8	8,2	18,0	100,3
Präzisionsausrüstung	0,5	1,1	2,2	12,9
übrige Industrieprodukte	6,5	13,8	26,0	133,0
Bau-, Anlagenindustrie	8,4	18,4	36,2	213,2
Transport, Kommunikation	8,4	15,0	25,6	108,4
Handel, Dienstleistung	22,7	50,7	97,4	498,4

[Prognose von Kanamori, 1972]

Japans Außenhandel 1980
Export in die verschiedenen Regionen (in Milliarden Dollar)

	1960	1970	1980
USA	1,2	6,6	29,8
EWG	0,2	1,3	9,1
Efta	0,2	1,1	5,7
Westeuropa	0,5	2,9	17,7
Lateinamerika	0,3	1,0	3,2
Asien	1,4	5,4	23,8
Afrika	0,3	1,1	4,1
Ostblock	0,07	1,0	7,9
übrige Länder	0,04	0,2	0,6

	1960	1970	1980
Transport aus den verschiedenen Regionen (fob) (in Milliarden Dollar)			
USA	1,7	5,4	23,7
EWG	0,2	1,0	6,8
Efta	0,1	0,7	4,7
Westeuropa	0,4	1,7	11,7
Lateinamerika	0,2	1,0	3,0
Asien	1,1	4,5	19,4
Afrika	0,07	0,6	3,0
Ostblock	0,1	0,8	7,3
übrige Länder	0,005	0,1	0,2
Die Regionen nehmen diesen Anteil an Japans totalen Exportwert auf (in Milliarden Dollar)			
USA	30,3	34,1	32,4
EWG	4,3	6,7	9,9
Efta	5,7	5,5	6,2
Westeuropa	11,7	15,1	19,2
Lateinamerika	6,8	5,1	3,5
Asien	35,7	28,0	25,8
Afrika	7,2	5,5	4,4
Ostblock	1,8	5,4	8,6
übrige Länder	0,9	1,1	0,6
Die Regionen werden ca. diese Anteile von Japans totalem Importwert haben (in Milliarden Dollar)			
USA	42,7	34,5	31,4
EWG	5,4	6,3	9,0
Efta	3,5	4,7	6,2
Westeuropa	9,3	10,9	15,5
Lateinamerika	6,2	6,5	4,0
Asien	27,4	28,4	25,8
Afrika	1,9	4,0	4,0
Ostblock	2,8	4,9	9,7
übrige Länder	0,1	0,8	0,2

[Prognose von Kanamori, 1972]

Künftige Märkte (in Prozent)
Anteil am totalen Import

	1960	1965	1970	1980
USA	7,5	12,0	15,5	23,3
Westeuropa	0,9	1,3	2,0	4,7
Asien	11,4	14,3	20,7	33,1
Lateinamerika	3,5	4,4	6,6	12,4
Ostblock	0,5	2,2	3,4	9,3
UdSSR	1,1	2,1	3,1	10,4
China	0,2	14,1	26,0	40,3
Ozeanien, Südafrika	5,0	8,0	12,1	28,0
Afrika	4,5	8,2	9,0	15,5
Anteil am gesamten Weltimport	3,2	4,5	6,2	10,9

Zunahme am Exportwert

	1961—1970	1971—1980
USA	18,4	16,1
Westeuropa	19,9	19,7
Asien	14,1	16,0
Lateinamerika	13,7	12,5
Ostblock	30,6	22,3
UdSSR	19,0	28,0
China	191,0	15,1
Ozeanien, Südafrika	16,8	17,0
Afrika	14,0	14,2

[Prognose von Kanamori, 1972]

Wachstum des Welthandels als Exportkalkül (in Prozent)

1951—1960	7,6
1961—1965	9,3
1966—1970	10,8
1971—1980	10,6

Auslandsinvestitionen (in Milliarden Dollar)

	1969	1980
Rohstofforientierte Investitionen	1,1	13,9
Arbeitsintensive oder marktorientierte Investitionen	0,6	7,1
Übriges	1,0	6,3

[Kanamori, JERC-Gruppe, 1972]

Die hier in Auszügen wiedergegebene Prognose umfaßt rund tausend Seiten Text in japanischer Sprache, drei Bände, die den Spitzenbeamten der japanischen Ministerien und den Direktoren der führenden japanischen Unternehmen vorgelegt wurden.

Als Verfasser-Gremium zeichnete das Nihon Keizai Kenkyu Center (*J*apan *E*conomic *R*esearch *C*enter, kurz JERC genannt) verantwortlich, ein Team von einem dutzend Nationalökonomen unter der Leitung von Dr. Hisau Kanamori. Die Arbeit dauerte rund eineinhalb Jahre; das Ergebnis wurde im Mai 1971 vorgelegt.

Dank der Vermittlung der Universität Tokyo hatte der Verfasser 1971 die Möglichkeit, Dr. Kanamori kennenzulernen. Dieser erläuterte seine Prognose wie folgt:

Im Gegensatz zu dem im Zwanzig-Jahres-Plan von 1969 vorgeschlagenen jährlichen Wachstum der japanischen Wirtschaft um 7,9 Prozent verlangte man in der Prognose als Basis ein Wachstum von 9,9 Prozent.

Dr. Kanamori unterteilte sein Wachstum in zwei Phasen:

1. die erbrachten Leistungen Japans von 1956 bis 1970
2. die erwarteten Leistungen Japans von 1970 bis 1985

Zu 1: In dieser Phase haben die Japaner — prozentual zum Weltmarkt gesehen — am meisten gespart, investiert und an Überstunden geleistet. Der unter dem Stichwort „Bilanz“ in Auszügen aufgezeigte Zahlenspiegel beweist die Richtigkeit dieser Angaben.

Zu 2: In dieser Phase soll der Sparanteil am Bruttosozialprodukt von 37 auf 42 Prozent gesteigert werden, während der Anteil des privaten Konsums am Bruttosozialprodukt von 51,3 Prozent im Haushaltsjahr 1970 auf 49,3 Prozent im Haushaltsjahr 1985 fallen muß. Dies bedeutet, daß, in konstanten Preisen gerechnet, dieser Anteil von 49 Prozent im Jahr 1970 auf 45 Prozent im Jahr 1980 und schließlich im Jahr 1985 auf 42 Prozent reduziert werden muß.
In den jeweiligen Preisen gerechnet, wird sich die japanische Industrie-Produktion verneunfachen, in den konstanten Preisen gerechnet, sich vervierfachen. Dabei wird das Arbeitskräftepotential bis 1985 aber nur um 8 Prozent zunehmen, die Arbeitszeit wird reduziert und die Fünf-Tage-Woche wird eingeführt werden.

Um dieses Ziel zu erreichen, muß Japan das technologisch führende Land der Welt werden. Japan muß dazu seine Investitionen verzehnfachen, das größte investierte Kapital pro Beschäftigten und die höchste Produktivität pro Arbeitsstunde haben. Dies macht wahrhaft gewaltige Anstrengungen nötig und fordert viele Opfer durch die Bevölkerung!

Vor Beginn dieser Kraftanstrengung steht die japanische Industrie am Scheideweg. Mit der wirtschaftlichen Erholung Japans von den Folgen des verlorenen Krieges im Jahre 1955 wurden auch die grundlegenden Bedürfnisse des Volkes befriedigt. Als Japan mit der Bundesrepublik Deutschland im Jahre 1969 wirtschaftlich gleichzog, erreichte der Lebensstandard ein nie gekanntes Niveau. Aber nun verlangt das Volk nach sauberem Wasser, nach reiner Luft, nach wohnlichen Städten und mehr Rücksicht auf seine Forderungen. Japan sieht sich also mit Umwelt- und Sozialproblemen konfrontiert, wie sie auch in der Bundesrepublik Deutschland bekannt sind.

Die Industrie muß sich daher bemühen, diesen berechtigten Bedürfnissen durch eine Mobilisierung aller Kräfte entgegenzukommen. Sie muß ihr einseitiges Handeln und Denken aufgeben und darf es nicht länger hinnehmen, daß wie bisher Waren in steigendem Maße produziert werden, und daß zugleich die Umweltzerstörung ständig zunimmt. Die internationale Stellung der japanischen Industrie unterliegt daher gegenwärtig einer tiefgreifenden Veränderung und ihr künftiges Verhalten wird auf die Wirtschaft einen entscheidenden und direkten Einfluß haben. Im Zeitalter des Pluralismus muß ein Land, das seinen Wohlstand mehren will, nicht nur die eigenen Unternehmen und Verbraucher genau kennen, sondern auch die Verhältnisse in anderen Ländern und das Denken der Arbeitnehmer dort. Dies bedeutet aber eine Veränderung der industriellen Struktur.

Dabei werden folgende Forderungen erhoben:

- Das Leben jedes Menschen muß lebenswert sein, er muß teilhaben am Wohlstand des Landes durch eine entsprechende Steigerung des Lebensstandards;
- die Wirtschaft und die Industrie eines Landes müssen einen Beitrag zur Sicherung des Friedens leisten, das Bewußtsein für die Verantwortung muß klar werden;
- alle schöpferischen Kräfte müssen — auf der Grundlage des individuellen Wohlstandes — erhalten, motiviert und aktiviert werden.

Beamte des MITI (Ministerium für Außenhandel und Industrie) arbeiteten — unter Berücksichtigung der oben erwähnten Veränderung der industriellel Struktur — einen Strategieentwurf aus über die Ziele für die industriellen und ökonomischen Sektoren.

Die wichtigsten Punkte dieses Entwurfes sind:

- Das gesamte Wachstumspotential der Industrie muß erhalten bleiben, die Grundvoraussetzungen für die industrielle Weiterentwicklung müssen weiter verbessert werden;
- die Lebensqualität des Volkes muß verbessert werden, um auf dieser Basis die Aktivitäten zu motivieren;

- aus humanitären und ökologischen Gründen muß eine menschenfreundlichere Umwelt geschaffen und damit die „Selbstvergiftung“ durch eine ständig sich steigernde Umweltverschmutzung beendet werden;
- die Zahl der Beschäftigten muß erhöht und die Sicherheit am Arbeitsplatz muß ausgebaut werden, um durch Aktivierung aller Arbeitskräfte die Zielvorstellungen realisieren zu können;
- das Wachstum der japanischen Wirtschaft muß in harmonischem Einklang mit der Weltwirtschaft stehen, um das Risiko von Rückschlägen zu verringern.

Die wichtigsten Punkte des Entwurfs über die quantitativen Ziele der japanischen Wirtschaft sind:

- Ein jährliches Wachstum des Bruttosozialproduktes um etwa 10 Prozent oder zumindest eine Annäherung an diese Steigerungsrate;
- entsprechende Aufwendungen für Forschung und Entwicklung aus den Mitteln der Industrie und des Staates;
- Einführung der Fünf-Tage-Woche und Erhöhung der bezahlten Urlaubstage und somit eine wesentliche Verbesserung der Erholungszeiten für den Arbeitnehmer;
- Steigerung der Anzahl der Schüler im höheren Ausbildungsweg von 92 Prozent im Jahre 1973 auf 95 Prozent im Jahre 1980 und eine Steigerung der Studentenzahlen an den Universitäten von 17 Prozent im Jahre 1973 auf 46 Prozent im Jahre 1980. (Dies würde eine Steigerung der staatlichen Bildungsausgaben pro Jahr von 6,5 Milliarden Dollar im Jahre 1973 auf 29,2 Milliarden Dollar im Jahre 1980 erfordern.)
- Auflagen für die Industrie, zur Bekämpfung der Umweltverschmutzung 9 Prozent aller Investitionen für die umwelterhaltenden Einrichtungen einzusetzen;
- Steigerung der Entwicklungshilfe von 1,3 Milliarden Dollar jährlich vom Jahr 1973 auf 7,5 Milliarden Dollar bis zum Jahr 1980;
- Intensivierung der Zusammenarbeit Japans mit anderen Ländern auf dem Gebiet der Technologie.

„Sollten diese Ziele verwirklicht werden, hat Japan den Abstand zwischen sich und den Ländern des Westens eliminiert. Dann wird Japan eine völlig neue Phase seiner Geschichte beginnen.“ — so lautet der Schlußsatz im Protokoll über die Sitzung des Industriestrukturrates vom 25. Mai 1971.

Und die neue Phase hat begonnen, wie der Westen zu spüren bekommt!

5 Voraussetzungen zur Realisierung dieser Zielvorstellungen

In einem Zeitraum von eineinhalb Jahren arbeiteten ungefähr 50 Beamte des MITI einen Strategieentwurf für die japanische Wirtschaft aus. Als Grundlage dazu dienten die Ergebnisse aus der Bilanz über die japanische Wirtschaft sowie die Standortbestimmung Japans im Rahmen der Weltwirtschaft, jeweils mit Stand 1970. Die Beamten des MITI benützten dabei auch die von der Nihon Keizai Kenkyu Center (JERC) unter Dr. Kanamori erstellten Prognose für die japanische Wirtschaft im Zeitraum von 1970 bis 1985, über die im Abschnitt „Zielvorstellungen der japanischen Wirtschaft" ausführlich berichtet wurde.

Am 25. Mai 1971 tagte unter dem Vorsitz von Kogoro Uemura der 16 Mitglieder zählende Sangyo Kozou Shingikai (Industriestrukturrat der japanischen Wirtschaft). Auf dem Tisch lag das 173 Seiten umfassende, in japanischer Sprache verfaßte Dokument, das die Beamten des MITI ausgearbeitet hatten. Der Industriestrukturrat sollte über eine Annahme oder Ablehnung dieses Strategieentwurfes entscheiden und damit die Weichen für die japanische Wirtschaft der nächsten fünfzehn Jahre stellen.

Dieses Dokument, von dem Auszüge in der Wirtschaftszeitung Nihon Keizai Shinbun veröffentlicht wurden, beinhaltete die Zielvorstellungen der japanischen Industrie. Weiterhin machte es Vorschläge zur Schaffung der unumgänglichen Voraussetzungen, die nötig waren, um diese Zielvorstellungen überhaupt realisieren zu können.

Schwerpunkte dieser Vorschläge waren:

- Beschaffung der erforderlichen finanziellen Mittel
- Schaffung des notwendigen Fachkräftepotentials
- Durchführung des Technologietransfers
- Richtlinien für eine Innovation.

Nach eingehenden Beratungen und mehreren Vertagungen wurde der Strategieentwurf vom Industriestrukturrat gebilligt und angenommen.

Damit war den japanischen Wirtschaftsstrategen grünes Licht gegeben. Die Auswirkungen dieses Strategieentwurfes hat der Westen in den Auswirkungen der japanischen Exportinvasion auf dem Weltmarkt bereits zu spüren bekommen!

Bild 1 zeigt schematisch, welche Voraussetzungen erforderlich waren, damit die Zielvorstellungen realisiert werden konnten.

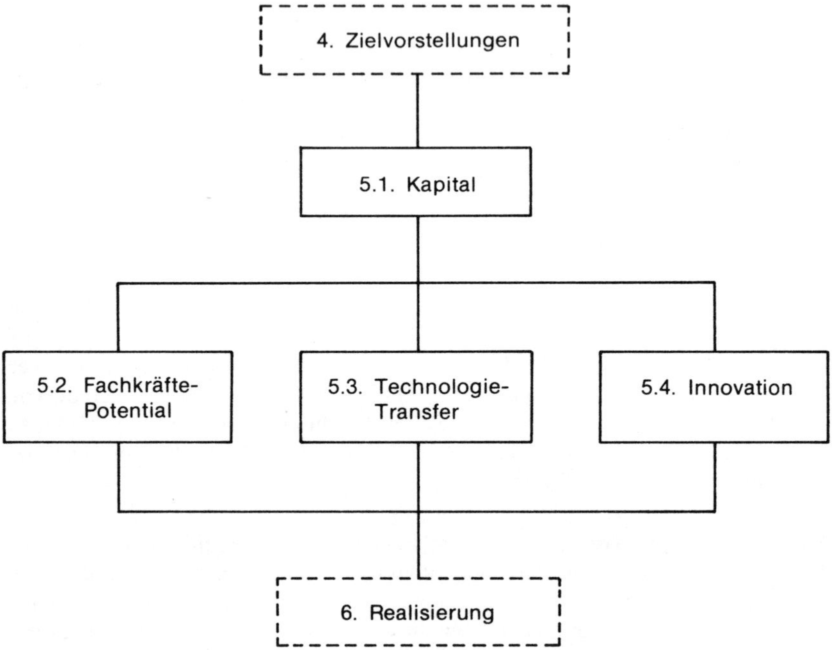

Bild 1 *Voraussetzungen zur Realisierung der Zielvorstellungen*

5.1 Beschaffung der erforderlichen finanziellen Mittel

Die wichtigste Voraussetzung zur Realisierung jeder Zielvorstellung ist die Beschaffung und Bereitstellung der erforderlichen finanziellen Mittel.

Trotz der sehr angespannten finanziellen Situation der japanischen Volkswirtschaft im Jahre 1970 findet man eine Lösung, um eine ideale Ausgangssituation für die japanische Wirtschaftsstrategie zu schaffen. Die Struktur des Bruttosozialproduktes zeigt hier den Weg: es muß eine totale ökonomische Mobilisierung erfolgen. Dies bedeutet zunächst eine Verteilung des Bruttosozialproduktes wie in den Kriegsjahren. Außerdem muß der Anteil des privaten Konsums auf den denkbar niedrigsten Stand gesetzt werden.

Der Strategieentwurf des MITI unterbreitete folgende — in Auszügen wiedergegebenen — Vorschläge zur Finanzierung durch eine Strukturveränderung bei den Bruttonationalausgaben:

- Im privaten Verbrauch ist ein Rückgang an Volumen von 49,8 auf 44,5 Prozent und in den jeweiligen Preisen ein Volumenrückgang von 51,1 auf 48,9 Prozent vorgesehen. Dies bedeutet, daß der private Konsum auf den Stand der Kriegsjahre zurückgehen wird. Dadurch wird das ganze japanische Volk an der Finanzierung der Zielvorstellungen beteiligt und jeder Japaner bringt sein persönliches Opfer.
- In den gesamten festen Investitionen ist eine Zunahme an Volumen von 38,1 auf 45,8 Prozent vorgesehen und in den jeweiligen Preisen eine Volumenzunahme von 36,1 auf 39,6 Prozent. Die totale Investitionstätigkeit wird also wesentlich gesteigert.
- In der privaten Wirtschaft soll das Volumen von 22,5 auf 26,0 Prozent wachsen und in den jeweiligen Preisen von 17,5 auf 20,2 Prozent. In der privaten Wirtschaft werden somit die Investitionen gesteigert und damit Mittel sowohl für eine Rationalisierung als auch für die Schaffung neuer Arbeitsplätze bereitgestellt.
- In den öffentlichen Investitionen ist eine Zunahme an Volumen von 9,1 auf 11,8 Prozent und in den jeweiligen Preisen eine Zunahme von 8,7 auf 10,8 Prozent vorgesehen. Der Staat stellt höhere finanzielle Mittel zur Vergabe von Aufträgen bereit, was ebenfalls Arbeitsplätze sichert und neue schafft.
- Im privaten Wohnungsbau ist eine Steigerung von 6,5 auf 8,0 Prozent und in den jeweiligen Preisen eine Steigerung von 7,2 auf 11,3 Prozent geplant. Damit soll der private Wohnungsbau gefördert und neue Arbeitsplätze geschaffen bzw. die bestehenden erhalten werden.
- Im öffentlichen Konsum plant man einen Volumensrückgang von 6,9 auf 5,6 Prozent und eine gleichzeitige Volumenszunahme in den Preisen von 8,1 auf 9,1 Prozent. Der öffentliche Konsum soll gedrosselt werden.

- Im Zahlungsbilanzüberschuß ist eine Steigerung von 1,0 auf 1,4 Prozent und in den jeweiligen Preisen ein Rückgang von 1,1 auf 0,7 Prozent einkalkuliert.
- Für das reale Wachstum sind 10,6 Prozent und in den jeweiligen Preisen 15,4 Prozent vorgesehen.

Der Strategieentwurf des MITI plante, das zur Realisierung der Zielvorstellungen erforderliche Kapital durch eine Mobilisierung aller Kräfte des Landes zu beschaffen. Das Volk sollte noch mehr sparen, damit das Bruttosozialprodukt von 235 Milliarden Dollar auf 984 Milliarden Dollar gesteigert werden könne. In konstanten Preisen gerechnet, würde das Bruttosozialprodukt 520 Milliarden Dollar erreichen. Die im Mai 1969 für das Jahr 1985 projektierte Zahl würde auf diesem Wege bereits im Jahr 1980 erreicht werden.

Die schon im Frühjahr 1969 festgelegte Zahl der jährlichen Wachstumsrate in Höhe von 7,9 Prozent würde nach dem Strategieentwurf auf 10,6 Prozent erhöht werden und damit um 30 Prozent über der ursprünglichen Planung liegen.

Der private Konsum würde mit einer Steigerung von 9,4 Prozent im Jahr höher als in jedem anderen Land liegen und die Investitionen würden in einem realen Jahrestempo von 12,3 Prozent wachsen.

Aber nicht nur das japanische Volk wird bei der Finanzierung der Zielvorstellungen zur Kasse gebeten, sondern auch von Industrie und Staat wird ein Einsatz gefordert:

- *Einsatz der Industrie:*
  Die Produktion von umwelterhaltenden Ausrüstungen erreichte 1971 1,1 Milliarden Dollar. Ab 1975 sollten jährlich 2,7 Milliarden Dollar erreicht werden. Der Anteil an den gesamten festen Investitionen der Industrie für Umweltschutzmaßnahmen stieg von 5,3 Prozent im Jahr 1970 auf 10,2 Prozent im Jahr 1972. Diese Größenordnung soll beibehalten werden.
- *Einsatz des Staates*
  (Die staatliche Umweltschutzbehörde nahm erst im Juli 1971 ihre Arbeit auf.)
  Etat für das Haushaltsjahr 1971/72: 14,6 Millionen Dollar;
  Etat für das Haushaltsjahr 1972/73: Steigerung um 80 Prozent;
  Etat für die folgenden Haushaltsjahre: Steigerung um über 100 Prozent.

Eine weitere Möglichkeit zur Beschaffung der nötigen finanziellen Mittel stellt außerdem der Ausbau und die Erweiterung der vorhandenen eigenen und fremden Geldquellen dar.

Die große Bedeutung der Geldinstitute für die japanische Wirtschaft ist aus den folgenden Ausführungen zu ersehen:

In der Nachkriegszeit hat sich ein loser Bund großer Industrieunternehmen um eine Großbank gebildet, die dadurch einen gewissen Einfluß auf die Unternehmen gewann. Bedingt durch die großen Zerstörungen im Krieg mußten die japanischen Unternehmen ihre Werksanlagen fast vollständig neu aufbauen, was riesiges Kapital erforderte. Die rasche wirtschaftliche Ausweitung der größten japanischen Unternehmen nach dem Krieg machte noch zusätzliches Kapital nötig.

Zwischen 1955 und 1964 konnten die Gesellschaften aber nur etwa 40 Prozent ihres Kapitalbedarfes aus eigenen Quellen aufbringen, der Rest mußte aus fremden Quellen beschafft werden. So bestanden in diesem Zeitraum ungefähr 50 Prozent aller finanziellen Mittel aus Schulden vielfältiger Art. Der Aktienmarkt lieferte nur etwa 10 Prozent der benötigten Mittel.

Mehr als 50 Prozent des Kapitalbedarfes aller japanischen Gesellschaften wurde in diesem Zeitraum mit Darlehen von Finanzinstituten finanziert, wovon wiederum etwa 14 Prozent durch Großbanken aufgebracht wurden.

Während der außergewöhnlichen Wachstumsperiode von 1955 bis 1962 leiteten die Großbanken 75 Prozent aller Darlehen den großen Unternehmen zu. (Gendai Nihon no Dokusen Shihon: Shikin Chotatsu, Tokyo 1966, Seite 124.) Eine Übersicht zeigt, daß am 31. März 1966 fast 50 Prozent der gesamten ausstehenden Darlehen der Großbanken an 671 Unternehmen vergeben wurden, die in der ersten Abteilung der Börsen von Tokyo, Osaka und Nagoya aufgeführt sind. (Zen Jojo Gaishi no Kinyu Keiretsu, in Tokei Geppo, XXVI, Nr. 8 vom August 1966, Seite 1.)

Das Gesamtkapital der Firmen, die mit den sechs Großbanken Japans (Fuji, Mitsubishi, Sumitomo, Mitsui, Sanwa, Daiichi) arbeiten, hat fast 63 Prozent des Gesamtkapitals aller Firmen erreicht, die in der ersten Abteilung der Börse von Tokyo aufgeführt sind. (Rokudai Kigyo Shudan no Genjo to Tenbo, in: Zaikai Tenbo, IX, Nr. 2 vom Januar 1967, Seite 69.)

Von den 671 Unternehmen, die in der ersten Abteilung der Börsen von Tokyo, Osaka und Nagoya aufgeführt sind, erhielten — am Stichtag 31. März 1966 —

22 Prozent der Unternehmen 20 Prozent oder weniger,
50 Prozent der Unternehmen 20 bis 40 Prozent,
28 Prozent der Unternehmen über 40 Prozent ihrer sämtlichen Darlehen von einer einzigen Großbank.

Das durchschnittliche Verhältnis von Schulden zu Nettogewinn von 3 : 1 läßt erkennen, wie wichtig für eine typische Industrie- und/oder Handelsgesellschaft ihre Hauptbank ist. (Zen Jojo Gaisha no Kinyu Keiretsu, Seite 3.)

Diese Ausführungen machen deutlich, daß auch die Geldinstitute Japans eine bedeutende Rolle bei der Verwirklichung der Zielvorstellungen für die japanische Wirtschaft spielen und entsprechend in die Strategien einbezogen werden. Die Devise der japanischen Wirtschaftsmanager lautet: „Mobilisierung aller Kräfte.“

5.2 Schaffung des notwendigen Fachkräftepotentials

Die Finanzierung, die nötig war, um die japanischen Zielvorstellungen realisieren zu können, war sichergestellt. Nun konnte man mit den direkten Vorbereitungen zur Expansion der Wirtschaft und besonders des Industriepotentials beginnen.

Eine wichtige Rolle spielten dabei Maßnahmen, die unternommen werden mußten, um auf allen Gebieten entsprechende Fachleute zur Verfügung stellen zu können. Zu diesen Fachleuten zählen:

- Manager zur Leitung der verschiedenen Unternehmen
- Akademiker für das mittlere Management, für Forschung und Entwicklung
- Facharbeiter für die Produktion

Folgende Fakten lagen vor bzw. wurden bis zum Jahr 1985 prognostiziert:

Milliarden Dollar/Haushaltsjahr

	1960	1965	1970	1975	1980	1985
Bevölkerung (Mio.)	93,4	98,3	103,8	110,2	116,4	126,6
produktives Alter (Mio.)	60,0	66,9	71,8	74,9	77,7	81,1
Arbeitskräfte	45,1	47,9	52,1	54,2	55,4	56,5
Primärer Sektor	14,5	12,1	10,1	7,3	5,8	4,5
Sekundärer Sektor	12,4	15,0	18,0	20,1	21,4	22,5
Bergbau	0,5	0,4	0,2	0,2	0,2	0,1
Bauindustrie	2,4	3,1	4,0	4,5	5,1	5,8
Industrie	9,5	11,6	13,8	15,5	16,1	16,6
Tertiärer Sektor	17,7	20,3	24,6	26,2	27,6	28,9

Löhne, Preise

	1960	1965	1970	1975	1980	1985
Jahreseinkommen/Beschäftigten	913	1650	3145	5813	11380	22095
Konsumpreisindex (1965 = 100)	75	100	133	177	236	315
Großpreisindex	98	100	112	120	128	136
Industrieprodukte	101	100	110	115	120	126

Produktivitäts-Investitionen

	1960	1965	1970	1975	1980	1985
Arbeitsproduktivität pro Person	1425	2125	3515	5473	8579	13492
Akkummulierte private feste Investitionen (Milliarden)	86	146	273	525	968	1727
Öffentliche Investitionen	47	76	131	230	406	723
Sparquote (in Prozent)	17,4	17,0	21,9	21,1	21,1	21,1

[JERC: Billionen-Dollar-Prognose, 1971]

Jahreszunahme in Prozenten	1960	1965	1970	1975	1980	1985
Bevölkerung (Mio.)	0,9	1,0	1,1	1,2	1,1	0,9
produktives Alter (Mio.)	1,9	2,2	1,4	0,8	0,8	0,8
Arbeitskräfte	1,5	1,2	1,7	0,8	0,5	0,4
Sekundärer Sektor	4,7	3,9	3,7	2,3	1,2	1,0
Bergbau						
Bauindustrie	5,5	5,5	5,2	2,5	2,6	2,5
Industrie	4,7	4,0	3,6	2,2	0,9	0,6
Tertiärer Sektor	3,7	2,8	3,9	1,2	1,1	0,9
Löhne, Preise						
Jahreseinkommen/Beschäftigten	6,4	12,6	13,8	13,1	14,4	14,2
Konsumpreisindex (1965 = 100)	1,8	6,3	5,5	5,9	6,0	5,9
Großpreisindex	0,5	0,5	2,2	1,5	1,3	1,2
Industrieprodukte	0,1	—0,1	1,9	0,9	0,9	0,9
Produktivitäts-Investitionen						
Arbeitsproduktivität pro Person	7,4	8,3	10,6	9,3	9,4	9,5
Akkummulierte private feste Investitionen (Milliarden)	7,9	11,2	13,2	14,1	13,0	12,3
Öffentliche Investitionen	5,5	10,2	11,4	11,9	12,0	12,3

[JERC: Billionen-Dollar-Prognose, 1971]

Auf der Basis dieser Fakten, die z. T. geschätzt waren, wurden die Aktivitäten zur Schaffung des erforderlichen Fachkräftepotentials gefördert.

Die neue Wirtschaftsführung hatte bei dem schnellen Wachstum der japanischen Nachkriegswirtschaft eine bedeutende Rolle gespielt:

- Unter dem Einfluß der Amerikaner wurde das festgefügte Zaibatsu-System aufgelöst und damit eine weite Streuung des Gesellschaftseigentums ermöglicht, das nun von berufsmäßigen Managern kontrolliert werden konnte. Diese einschneidende Veränderung wurde 1950 durch eine grundlegende Revision des Handelsgesetzbuches gesichert.
- Die Säuberungsaktionen unter den Führern der Kriegswirtschaft hatten freie Stellen auf den höchsten Ebenen der führenden japanischen Gesellschaften geschaffen, die nun durch Männer der Mittelschicht eingenommen werden konnten. Zu diesen Männern gehören auch Chikara Kurata von Hitachi Ltd. und Taizo Ishizaka von Toshiba Co. Ltd. Diese für japanische Verhältnisse jungen Geschäftsführer waren von großem Unternehmensgeist erfüllt und hatten die von ihnen geleiteten Unternehmen bereits nach wenigen Jahren fest unter Kontrolle. Dies trug entscheidend zum phänomenalen japanischen Wachstum bei.

- Durch die veränderten politischen Verhältnisse hatten diese Gründertypen unter den Unternehmern die einmalige Chance, den ihnen gegebenen Spielraum nach freiem unternehmerischen Handeln voll zu nutzen, zumal auch die strenge Regierungskontrolle aufgehoben war.

(Aussagen von Taizo Ishizaka gegenüber dem Verfasser.)

Eine Untersuchung von Yoshimatsu Aonuma über das Nachkriegsführertum in der japanischen Wirtschaft ergab:

- Von 1500 Geschäftsführern waren nur 90 bzw. 6 Prozent auch Eigentümer des Unternehmens und davon waren 39 auch die Gründer;
- 1410 Geschäftsführer bzw. 94 Prozent sind Berufsdirektoren;
- von diesen 1410 berufsmäßigen Managern haben nur 649 bzw. 46 Prozent ihre ganze Berufslaufbahn beim selben Unternehmen verbracht, was auf eine gewisse Mobilität hinweist;
- ferner kamen von diesen 1410 berufsmäßigen Managern 761 bzw. etwa 74 Prozent aus anderen Stellungen, nämlich 19 Prozent aus Finanzinstituten und 9 Prozent aus dem Staatsdienst;
- von den 1500 Geschäftsführern sind 87 Prozent 55 Jahre und älter und fast 50 Prozent über 60 Jahre alt;
- ein bedeutendes Merkmal der japanischen Führungselite ist ihr hohes Bildungsniveau. Nach Aonuma haben fast 90 Prozent der 1500 befragten Geschäftsführer höhere Bildungsanstalten wie private Universitäten und Hochschulen absolviert. Davon wiederum besuchten 25 Prozent die Universität Tokyo und 60 Prozent die Universitäten von Kyoto und Hitotsubachi, die Technische Universität Tokyo sowie die privaten Institute von Keio und Waseda;
- von den Universitätsabsolventen machten ihr Examen
  23 Prozent als Ingenieure
  22 Prozent in Handelslehre
  16,5 Prozent in Rechtswissenschaft
  13 Prozent in Wirtschaftswissenschaft.

(Yoshimatsu Aonuma, Nihon no Keieiso, Tokyo.)

Hochschulbildung ist die wichtigste Voraussetzung für die Ausübung des Managerberufes. Dabei wird traditionsgemäß den Absolventen bestimmter führender Universitäten der Vorzug gegeben. Dies hat dazu geführt, daß zum Teil eine Prämie gezahlt wird, um in die „richtige“ Schule zu kommen, da die Wahl der Schule praktisch die Karriere des ganzen Lebens bestimmt. Die Aufnahme in diese Spitzenuniversitäten ist vom Bestehen einer strengen Aufnahmeprüfung abhängig. Dadurch hat jeder Japaner — unabhängig von seiner Herkunft — die Möglichkeit zum Studium auf einer dieser Universitäten. Durch den Mangel an guten Spitzenkräften entstand die Tendenz, den Kreis der Universitäten zu erweitern, um mehr Absolventen zu erhalten. Dies gilt besonders auf technischem Gebiet, weil die Nachfrage nach technisch ausgebildeten Mitarbeitern immer größer wird. Da die japanischen Unternehmen größten Wert auf Gruppensolidarität legen und so eine enge soziale Verbindung zwischen den Mitarbeitern herstellen, bevorzugen die Spitzenmanager Mitarbeiter, die von den selben Bildungsanstalten und Institutionen kommen, aus denen sie selbst hervorgegangen sind. Diese Beweggründe bestimmen auch die Auswahlkriterien der Mitarbeiter für die unteren Bereiche der Unternehmen.

Die Einstellung der Angestellten auf Lebenszeit ist eines der wichtigsten Merkmale der japanischen Industrie. Dies bedeutet, daß sich der Angestellte verpflichtet, seine ganze berufliche Laufbahn in einem einzigen Unternehmen zu verbringen. Wesentlich bei der Anstellung ist: Die Manager werden direkt von der Universität weg engagiert. Damit ist die Wahl einer beruflichen Laufbahn, die ein Leben lang dauern soll, nur zur Zeit des Abschlußexamens an einem College möglich, wenn nicht ein großer Nachteil für den Bewerber entstehen soll. Eine spätere Entlassung ist nur in außergewöhnlichen Fällen möglich, z. B. bei einem moralischen Vergehen. Für ein Unternehmen gibt es keine Rechtfertigung für eine Entlassung, weder Unfähigkeit des Mitarbeiters, noch firmeninterne Belange. Ein japanisches Anstellungsverhältnis ist für beide Vertragspartner bedingungslos und total. (Hajime Nakamura, Ways of Thinking of Eastern Peoples: India, Tibet, China, Japan. Honolulu 1964, Seite 448—467.)

Die Daueranstellung des Führungspersonals erfolgt nicht, um eine bestimmte Position einzunehmen, sondern um Mitglied einer Organisation zu werden, die es dem Angestellten ermöglicht, im Laufe seiner beruflichen Karriere eine Vielzahl von Aufgaben zu erhalten. Aus diesem Grund hat für das japanische Führungspersonal die berufliche Spezialisierung eine geringere Bedeutung als z. B. für seine Kollegen in der Bundesrepublik Deutschland. Die wirtschaftliche Sicherheit eines Mitarbeiters ist also weniger abhängig von seiner beruflichen Spezialisierung als von seiner dauernden Mitgliedschaft in einem Unternehmen. Das hat zur Folge, daß die Richtlinien für Auswahl und Einstellung eines Mitarbeiters allgemein gehalten sind und sich fast ausschließlich auf die individuellen Qualitäten beziehen, die der Bewerber besitzt, z. B. intellektuelle Fähigkeiten, geeignete Persönlichkeit, innere Ausgeglichenheit und Stabilität. Diese Auswahlkriterien werden besonders bei nichtakademischen Mitarbeitern der Führungsebene angewandt. Natürlich ist eine Auswahl bei solchen Richtlinien sehr schwierig.

Der Japaner wird relativ früh im Alter von 55 Jahren pensioniert. Der Grund hierfür liegt darin, daß man den Zugang junger Mitarbeiter sichern und ihnen entsprechende Aufstiegsmöglichkeiten gewähren will. Dieses System sichert eine gewisse Mobilität der Mitarbeiter in einem Unternehmen.

Die meisten Unternehmen betrachten eine Einstellung von Bewerbern, die von einer anderen Ausbildungsstätte als von einer Universität kommen, als irregulär.

Trotzdem wurden in den letzten Jahren auch Mitarbeiter eingestellt, die von Regierungsstellen oder anderen Unternehmen kommen. Ein solcher beruflicher Wechsel eines Angestellten wird als „choto saiyo" (Anstellung mitten in der beruflichen Laufbahn) bezeichnet. Von diesem „choto saiyo" sind hauptsächlich Ingenieure, Computerspezialisten und Forschungswissenschaftler betroffen. Der Grund dafür liegt in den Bemühungen einiger japanischer Unternehmen, die eigenen Forschungs- und Entwicklungsaktivitäten zu intensivieren und die erforderlichen Einrichtungen dafür zu schaffen. Manchmal ist auch das Fachkräftepotential im eigenen Unternehmen erschöpft. Bei solchen Anstellungen werden jedoch nur Bewerber berücksichtigt, die jüngere Fakultätsmitglieder an Universitäten sind oder Angestellte von Regierungsstellen, aber auch Mitarbeiter kleinerer Unternehmen waren. Die Abwerbung von Angestellten aus Konkurrenzunternehmen ist sehr selten. Durch das Gehaltsgefälle zwischen den großen Unternehmen und den Bildungsstätten, Regierungsstellen und kleinen Unternehmen ist es relativ leicht, qualifizierte Mitarbeiter zu bekommen.

In Japan ist es üblich, neueingestellte Mitarbeiter finanziell zunächst niedriger einzustufen als die bereits länger angestellten Kollegen, selbst wenn diese im gleichen Alter sind. Aber trotz diesem Gehaltsgefälle bedeutet es für einen neuen Mitarbeiter eine finanzielle Aufbesserung, wenn er von einer Bildungsstätte, einer Regierungsstelle oder einem kleineren Unternehmen zu einem Großunternehmen wechselt.

In Japan besteht — im Gegensatz zu den Bestrebungen in der Bundesrepublik Deutschland — die Tendenz, das Pensionierungsalter von 55 Jahren heraufzusetzen. Zu dieser Entwicklung führten:

- die starken Bemühungen der Unternehmen;
- die immer größer werdende Verknappung an Arbeitskräften;
- die steigende Lebenserwartung der Japaner.

Aber da sich das Vergütungssystem auf das Dienstalter bezieht, ist es sehr kostenintensiv, ältere Mitarbeiter weiter zu beschäftigen, denn damit werden die Lohnkosten gesteigert.

Das traditionelle Vergütungssystem der japanischen Industrie zeichnet sich durch zwei Merkmale aus:

- Die Entlohnung bei Beförderung und bei finanzieller Entschädigung erfolgt aufgrund sozialer Erwägungen und persönlicher Eigenschaften wie Alter und Ausbildung. Arbeitsleistung und persönliche Tüchtigkeit sind dabei nur von sekundärer Bedeutung.
- Die Unternehmen lassen den Mitarbeitern und deren Familien soziale Leistungen zukommen, die nicht in Geldzahlungen bestehen.

In den letzten Jahren wurden von fortschrittlichen Unternehmen wohlüberlegte Anstrengungen unternommen, das traditionelle Vergütungssystem durch ein neues System der Entlohnung zu ersetzen. Dabei sollen das Verdienst eines Mitarbeiters um das Unternehmen sowie seine persönlichen Leistungen und Fähigkeiten stärker als früher berücksichtigt werden. Die kollektivistische Basis der Entlohnung soll also durch eine individuelle Basis ersetzt werden. Aber auch wenn damit Tüchtigkeit und Leistung höher bewertet werden als Alter und Ausbildung, so werden diese Eigenschaften, je höher ein Mitarbeiter in der Führungshierarchie aufsteigt, immer noch dem beherrschenden Gesichtspunkt des Dienstalters untergeordnet. Denn für jede Position in einem japanischen Unternehmen gibt es ein Mindestalter, und selbst der Fähigste wird nicht befördert, ohne dieses erreicht zu haben. Eine Beförderung setzt außerdem eine allgemeine Übereinstimmung darüber voraus, daß der Betreffende auch tatsächlich dazu befähigt ist und diese besondere Anerkennung deshalb verdient hat. Dies hat bestimmte Gründe:

- Bedingt durch die ausgeprägte Kollektivorientierung hat ein Mitarbeiter nur wenig Möglichkeit, seine individuellen Fähigkeiten unter Beweis zu stellen.
- Eine vorzeitige Beförderung würde eine allgemeine Mißstimmung hervorrufen, die die Harmonie in der Gruppe stören würde, aber auch die Arbeitsmoral, die nötig ist, um eine Gruppe leiten zu können. Eine vorzeitige Beförderung könnte also dazu führen, daß der Betreffende seiner Gruppe „entfremdet" wird, was auch seine Leistungen als Vorgesetzter negativ beeinflussen würde.

Das bisherige Entlohnungssystem wird also ausschließlich von der Ausbildung und dem Dienstalter bestimmt. Auch das jeweilige Anfangsgehalt richtet sich nach der absolvierten Ausbildung. Die jährlichen Gehaltsaufbesserungen erfolgen ohne Berücksichtigung der Position, der Tüchtigkeit oder der erbrachten Leistungen des Betreffenden. Zum regulären Entlohnungssystem zahlen die japanischen Unternehmen noch halbjährliche Prämien, die aus dem Grundgehalt berechnet werden. Ruhestandszuwendungen sind ein Teil der finanziellen Entschädigung.

Die Gehaltsstruktur in japanischen Unternehmen ist sehr kompliziert. Außer einem Grundgehalt gibt es noch mehrere Arten von Zulagen, z. B. für Wohnung, Fahrkosten und Lebenshaltungskosten. Diese Zulagen sind — ebenso wie das Grundgehalt — nicht von den Leistungen und der Tüchtigkeit abhängig, sondern sie sind dazu bestimmt, gewisse Bedürfnisse des Mitarbeiters und seiner Familie zu befriedigen. Ferner werden als wichtiges Element des japanischen Entlohnungssystems große Sozialleistungen für die Mitarbeiter und deren Familien angeboten. Dazu gehören Wohnungen, ärztliche Behandlung, gesellschaftseigene Geschäfte, Programme zur Freizeitgestaltung und gesellschaftsunterstützte Sparprogramme, die einen Zinssatz gewähren, der wesentlich über dem offiziellen Zinssatz liegt.

Wie bereits erwähnt, werden aber Anstrengungen unternommen, dieses traditionelle Entlohnungssystem zu verändern oder zumindest zu vereinfachen.

So wurden die Normen für die Entlohnung bereits dahingehend geändert, daß man mehr Wert auf die Leistungen des einzelnen Mitarbeiters legt. In einigen Unternehmen wurde ein sogenanntes „Bewertungsprogramm" entwickelt und eingeführt, das in unregelmäßigen Zeitabständen die Fähigkeiten, Tüchtigkeit und die erbrachten Leistungen der Mitarbeiter bewertet. Die Vorgesetzten ordnen dabei ihre Mitarbeiter nach diesen Kriterien ein und geben die künftigen Möglichkeiten der Angestellten an. Um diese Bewertung zu erleichtern, ist jeder Oberpunkt in eine Reihe Unterkategorien aufgegliedert, zu denen außerdem noch ein Bewertungsmaßstab vorliegt. Es gibt eine Reihe sehr gut ausgearbeiteter Verfahren. Fast jedes Unternehmen besitzt heute ein offizielles Bewertungsprogramm. Auf dieser Basis kann nun auch die Beförderung fähiger Mitarbeiter schneller erfolgen, denn auch wenn das Dienstalter immer noch eine große Rolle spielt, so werden doch die Fähigkeiten und Leistungen in zunehmendem Maße stärker berücksichtigt.

Sehr fortschrittliche Unternehmen lassen die Ausbildung ihrer Mitarbeiter bei der Beförderung außer acht. Sie haben Fortbildungslehrgänge eingerichtet, die den Mitarbeitern ohne akademischen Grad die Möglichkeit bieten, entsprechende Qualifikationen zu erreichen, die aus der Sicht der Unternehmen den Akademikern gleichwertig sind, wenn bestimmte Voraussetzungen erfüllt sind. Zu diesen Voraussetzungen gehören:

- eine außerordentliche Leistung am Arbeitsplatz;
- Abschluß gewisser akademischer Studien durch Teilnahme an entsprechenden Kursen und Lehrgängen, die zwar vom Unternehmen bezahlt werden, aber vom Mitarbeiter in seiner Freizeit besucht werden müssen;
- das Bestehen einer Reihe schriftlicher Examen.

In einigen Unternehmen sind schriftliche Examen die Voraussetzung zur Beförderung in untere Führungspositionen. Bei diesen Examen werden die Kenntnisse der Kandidaten über das jeweilige Unternehmen, über den betreffenden Industriezweig und über die grundlegenden Prinzipien des Managements geprüft. Für eine Beförderung kommen nur jene Mitarbeiter in Frage, die diese Examen bestanden haben.

Ähnlich sind die Verhältnisse auf dem Gebiet der finanziellen Entlohnung. Das Prinzip der gleichen Bezahlung für gleiche Leistung setzt sich mit der Zielvorstellung *„Leistungslohn"* immer mehr durch. So wurden in einigen Unternehmen Arbeitsklassifizierungen und Bewertungssysteme für die Mitarbeiter in der Produktion eingeführt. Auch der Gesamtverband der Arbeitgeberverbände ist an einem solchen Prinzip interessiert. In den Unternehmen, bei denen dieses System der Entlohnung eingeführt wurde, basieren die jährlichen Lohnerhöhungen auf dieser Leistungsbewertung und auch bei der Festsetzung der halbjährlichen Prämie wurde die Leistung des Mitarbeiters zu einem wichtigen Faktor aufgewertet.

Bedingt durch den Preisdruck, dem auch japanische Produkte auf dem Weltmarkt unterliegen, versuchen die Unternehmen im Zuge der Sparmaßnahmen, die Zulagen für soziale Leistungen zu verringern. Diese Maßnahmen erstrecken sich vor allem auf die Wohnungen, die — angesichts der immer noch bestehenden Wohnungsknappheit — wichtigste Sozialleistung für die Mitarbeiter. Die japanischen Unternehmen stellten bisher den Mitarbeitern großzügig Wohnungen zur Verfügung. Schätzungen ergaben, daß 15 Prozent aller Wohnungen durch Unternehmen und Regierungsstellen vermittelt wurden. 88 Prozent von 225 Unternehmen, die bei einer Untersuchung des japanischen Gesamtverbandes der Arbeitgeberverbände befragt wurden, versorgten einen Teil ihrer Mitarbeiter mit Wohnungen.

Vor allem in den japanischen Städten und Ballungsgebieten sind die Grundstückspreise enorm gestiegen. Dadurch wird es für die Unternehmen immer kostspieliger, firmeneigene Wohnungen zu beschaffen und zu unterhalten. Parallel dazu schränkt auch der Wettbewerbsdruck die Möglichkeiten ein, in die Wohnungen der Mitarbeiter große Kapitalbeträge zu investieren. Deshalb schränken immer mehr Unternehmen ihre Wohnungsprogramme ein oder lassen sie ganz auslaufen. Andere Unternehmen unterstützen die Mitarbeiter bei den Bemühungen, eigene Häuser zu bauen oder zu kaufen, indem sie langfristige Darlehen zu einem vorteilhaften Zinssatz gewähren. Die bereits erwähnte Umfrage ergab, daß 62 Prozent der befragten 225 Unternehmen Darlehensprogramme verschiedenster Art durchführen. Interessierte Mitarbeiter zweigen von ihrer Entlohnung und den halbjährlichen Prämien monatlich Sparbeträge ab, zu denen ihnen von ihrem Unternehmen ein Zinssatz gewährt wird, der wesentlich höher ist als bei den Handelsbanken.

Die wohl bedeutendste Erneuerung auf dem Gebiete der Personalpraxis nach dem Kriege dürften die Ausbildungsprogramme für die Mitarbeiter und besonders für die Manager sein. Während anfangs nur die großen Unternehmen daran interessiert waren, setzen sich nun alle Unternehmen für ein erweitertes Ausbildungsangebot ein.

1947 begannen die Amerikaner als Besatzungsmacht, eine Reihe von Schulungsprogrammen für die leitenden Angestellten einzuführen. Dazu gehörten auch das Training Within Industry (TWI) und das Middle Management Training Program (MTP). Schätzungen haben ergeben, daß bis zum Jahr 1975 mehr als 750 000 Mitarbeiter an den TWI-Programmen und mehr als 200 000 Mitarbeiter an den MTP-Programmen teilgenommen haben. Diese zwei Programme bilden einen wichtigen Teil des Bildungsprogrammes der japanischen Unternehmen.

Das rasche Wirtschaftswachstum der Nachkriegszeit, verbunden mit einer Vielzahl von neuen Arbeitsgängen, hat die Aufgaben der leitenden Angestellten sehr kompliziert und damit auch die Ansprüche an ihre Fähigkeiten und Tüchtigkeit erheblich vergrößert. Außerdem stellte der Wandel in der wirtschaftlichen Umwelt große Anforderungen an das Management der Unternehmen.

Das System, einen Mitarbeiter auf Lebenszeit in einem Unternehmen anzustellen, verhindert jede Möglichkeit, entsprechende Fachkräfte von anderen Unternehmen zu bekommen. Für neue Positionen stehen den japanischen Unternehmen also ausschließlich Mitarbeiter der eigenen Organisation zur Verfügung. Auch die Ausbildungsweise der Universitäten macht weiterführende Schulung durch die Unternehmen nötig. Denn es gibt an den japanischen Universitäten keinen Studiengang, der zum akademischen Grad eines Master of Business Administration führt. So bleibt es den einzelnen Unternehmen vorbehalten, ihre von der Universität kommenden Angestellten selbst in den Kenntnissen und Fähigkeiten zu schulen, die die verschiedenen Aspekte und Aufgabenstellungen erfordern. Der Grund für den Erfolg solcher Schulungsprogramme liegt vor allem in der positiven Einstellung der Japaner gegenüber Erziehung und Ausbildung.

Um der großen Nachfrage nach Bildungsmöglichkeiten nachzukommen, wurde eine große Anzahl privater Institute eingerichtet, die die verschiedensten Schulungsprogramme auf allen Ebenen anbieten. Die Lehrgänge dauern zum Teil nur einen halben Tag, können sich aber auch über mehrere Wochen hinziehen, während derer die Teilnehmer auch im Lehrinstitut wohnen. Die Dozenten gehören meistens den entsprechenden Fakultäten der Universitäten an oder sind leitende Angestellte von Unternehmen. Nicht selten gehören auch ausländische Wissenschaftler zum Lehrkörper.

Die bekanntesten privaten Institutionen sind: Japan Productivity Center, Nippon Office Management Association, Japan Management School und Industrial Training Association.

Neben den regulären Lehrgängen leiten einige Institute auch Fernlehrgänge, die sich vorwiegend mit Grundlagen und Planung der Betriebsführung für das mittlere Management befassen.

Ein anderes von diesen Instituten unterstütztes Programm ist eine mehrwöchige Studienreise ins Ausland, um das dortige Management vor Ort kennenzulernen. Die amerikanische Regierung hatte diese Auslandsreisen einst in Zusammenarbeit mit dem Japan Productivity Center (JPS) als Teil ihres Hilfsprogrammes angeregt. An einer solchen Studienreise nehmen gewöhnlich 15 bis 20 Geschäftsführer der verschiedensten Unternehmen teil. Sie haben dabei die Möglichkeit, ausgewählte Universitäten und Unternehmen in den USA und in Westeuropa zu besuchen.

Während sich die privaten Institute bemühen, viele Interessenten für ihre Ausbildungsprogramme zu bekommen, ist das Angebot der japanischen Universitäten an solchen Ausbildungsprogrammen sehr begrenzt. Die Gründe dafür liegen in der strengen Kontrolle durch das Erziehungsministerium über die Hochschulbildung und in der sehr konservativen Einstellung der Universitätsfakultäten.

Als sie erkannten, daß eine gute Aus- und Weiterbildung der Mitarbeiter dringend nötig wurde, begannen im Jahre 1960 einige Unternehmen, eigene Schulungsprogramme zu entwickeln, die auf ihre speziellen Anforderungen ausgerichtet waren.

Die folgende Aufstellung zeigt ein solches Schulungsprogramm nach einem Geschäftsbericht eines japanischen Unternehmens.

Spitzenmanagement-Programm

Teilnehmer:	Spitzenmanager
Zeitplan:	einmal im Monat
Lehrer:	auswärtige Dozenten

Geschäftsführer-Fortbildungs-Programm der Stufe II

Teilnehmer:	obere Mittelmanager
Zeitplan:	zwei ganze Wochen mit Internatbetrieb
Lehrer:	Mitarbeiter des Unternehmens, Professoren

Geschäftsführer-Fortbildungs-Programm der Stufe I

Teilnehmer:	mittlere Manager
Zeitplan:	zehn ganze Tage mit Internatbetrieb
Lehrer:	Mitarbeiter des Unternehmens, Professoren

Schulungsprogramm für Werkaufseher

Teilnehmer:	untere Mittelmanager
Zeitplan:	drei ganze Tage mit Internatbetrieb
Lehrer:	Mitarbeiter des Unternehmens, Professoren

Jüngeres Management-Programm

Teilnehmer:	jüngere Manager mit mindestens fünf Jahren Erfahrung
Zeitplan:	zehn ganze Tage mit Internatbetrieb

Anfangsschulung

Teilnehmer:	alle neuen Anwärter
Zeitplan:	vier ganze Wochen mit Internatbetrieb

Universitäts-Ausbildung im Inland

Teilnehmer:	qualifizierte Absolventen der Hauptschulen
Zeitplan:	ein Jahr

Universitäts-Ausbildung im Ausland

Teilnehmer:	jüngere Manager mit mindestens drei Jahren Erfahrung
Zeitplan:	ein bis zwei Jahre

Auslandreisen

Teilnehmer:	Manager auf allen Ebenen
Zeitplan:	vier bis acht Wochen

Das Schulungsprogramm für Manager umfaßt folgende Wissensgebiete:

Bestandteil	**Anwendung**
Gebiet der Mathematik:	
• höhere Mathematik • Reihenrechnung • Differential- und Integralrechnung • Mengenlehre • Mathematische Logik • Wahrscheinlichkeitstheorie • Spieltheorie • Informationstheorie	• logisches und systematisches Denken und Vorgehen • Investitionsrechnung • wichtigste Voraussetzung für Verständnis der einzelnen OR-Methoden • Formulierung und Interpretation mathematischer Modelle
Gebiet Operations Research:	
• allgemeine Optimierungsverfahren • Netzplantechnik • Prognosetechniken • Programmierung (linear und nichtlinear) • Entscheidungsbauverfahren • Simulation • Warteschlangetheorie	• Anwendung als Planungs- und Entscheidungstechniken • Beurteilung von Prognosen
Gebiet Physik und Chemie:	
• Grundlage • Grundsätze • Arbeitsweise	• Findung von Problemlösungen aufgrund von Parallelität zum Managementprozeß
Gebiet Daten-Verarbeitungs-Anlagen:	
• Funktionsweise • Leistungsfähigkeit • Wirtschaftlichkeit mit Datenverarbeitungsanlagen	• Entscheidungen über die Möglichkeiten und Grenzen des Einsatzes im Unternehmen
Gebiet Soziopsychologie:	
• Verhaltensforschung • Motivforschung • Gruppenverhalten • Massenbeeinflussung • Mentalitätsforschung	• optimale Unternehmensorganisation • Mitarbeitermotivation • Simulation der Kundenreaktion • Simulation des Verbraucherverhaltens • Findung von Zielgruppen

Bestandteil	Anwendung
Gebiet Biologie:	
• Kreislaufprozesse • Regelungsprozesse	• Kybernetische Organisation • Konstruktion von Management-Informations-Prozessen
Gebiet Volkswirtschaft:	
• volkswirtschaftliche Zusammenhänge und Gesetzmäßigkeiten • Außenhandelstheorie • Konjunkturtheorie • Finanztheorie	• volkswirtschaftlich orientierte Unternehmensplanung • gesellschaftlich bewußtes Handeln

Folgende Trainingsarten werden dabei angewendet:

Analysetraining:	• Situation, Ereignisse, Probleme erkennen und definieren • Informationsbedarf bestimmen • Information finden und sammeln • Information aufbereiten und analysieren • Prognose methodisch aufstellen
Entscheidungstraining:	• Erarbeiten von Entscheidungskriterien aufgrund gewonnener Erkenntnisse • Gewichtung der Kriterien hinsichtlich Bedeutung und Risiko • Erarbeiten von Entscheidungsalternativen • Bewertung der Alternativen und Auswahl der optimalen Handlungsmöglichkeit
Kommunikationstraining:	• Übung in der Formulierung und Darstellung von Problemen und Ereignissen • Übung des kooperativen Verhaltens • Durchsetzungs-, Interaktions- und Anpassungsstrategien üben • Erkennung und Beseitigung von Kommunikationshindernissen
Planungstraining:	• Anwendung von Planungsmethoden auf praktische Probleme und Projekte
Organisationstraining:	• Übung in der Organisationsanalyse • Übung in der Aufstellung von Organisationsplänen • Übung in der Koordination
Kontrolltraining:	• Anwendung von Kontrolltechniken bei praktischen Aufgaben
Kreativtraining:	• Anwendung von Kreativitätstechniken zur Lösung praktischer Probleme

Das Ausbildungsprogramm für das jüngere Management und Universitäts-Absolventen umfaßt folgende Wissensgebiete:

Planungstechniken:	• Projektplanung (Analyse, Berechnung, Durchführung) • Investitionsplanung • Mathematische Planungstechniken des Operations Research • Prognosetechniken • Statistische Methoden
Entscheidungstechniken:	• Entscheidungsprozeß-System • Mathematische Entscheidungstechniken des Operations Research • Psychologische Faktoren der Entscheidungsfindung
Kreativitätstechniken:	• Intuitive Kreativitätstechniken • Systematische Kreativitätstechniken • Arbeitsweisen kreativer Gruppen
Team-Work-Technik:	• Voraussetzungen • Arbeitsweisen • Förderungsmethoden
Techniken der Menschenführung:	
Rhetorik:	• Vortragstechnik • Verhandlungstechnik • Diskussionstechnik
DVA:	• Grundkenntnisse und Anwendungsmöglichkeiten.

Die Schulungsprogramme der japanischen Unternehmen lassen gewisse Parellelen zu den Richtlinien des Komitees für Managerbildung in Westeuropa erkennen.

Die japanischen Schulungsmethoden haben einige sehr markante Merkmale, wie z. B.:

- Die sehr knapp bemessene verfügbare Zeit wird wirkungsvoll genutzt, Leerlauf ist nicht festzustellen;
- wie bereits erwähnt ist das Bildungsniveau der Manager sehr hoch. Dadurch kann auch das Niveau der Schulungsmethoden über Erkennen und Begreifen wissenschaftlich-theoretischer und abstrakter Sachverhalte, insbesondere in den naturwissenschaftlichen Gebieten, überdurchschnittlich hoch gehalten werden;
- der Lehrstoff ist systematisch aufgebaut. So kann der Lernprozeß in kleinen Schritten erfolgen, die in Systematik und Schwierigkeit aufeinander abgestimmt sind;

- der Lehrstoff wird einfach dargestellt, ohne dadurch an Qualität zu verlieren. Die Schwierigkeit, zum Teil sehr komplexe Tatbestände, speziell aus der Naturwissenschaft, einfach darzustellen, wird von den Dozenten gut gemeistert;
- um einen hohen Lerneffekt zu erzielen, werden Kontrollen und Wiederholungen in den Lernprozeß eingebaut. Dies ermöglicht eine aktive Mitarbeit der Teilnehmer bei der Schulung;
- diese Ausbildungsmethoden vermitteln den Teilnehmern nicht nur das erforderliche Wissen, sondern bewirken auch eine relativ starke Intensivierung der Fertigkeiten bei Planung und Entscheidung der praktischen Tagesaufgaben.

Eine besondere Beachtung verdient die Arbeit der Projektgruppen im Rahmen der Schulungsprogramme. Für diese Projektgruppen wird zunächst das anstehende Projekt durch seine Merkmale definiert:

- eine Anzahl unterschiedlicher Teilaufgaben;
- die zur Verfügung stehenden Mitarbeiter und Mittel unterschiedlicher Quantität und Qualität;
- die Abhängigkeit der einzelnen Teilaufgaben untereinander;
- die Definition der Ausgangsbasis;
- die Definition der Zielsetzung.

Dann erfolgt, entsprechend dem anstehenden Projekt, die Zusammenstellung der Projektgruppe, u. a. nach folgenden Gesichtspunkten:

- Um eine erfolgreiche Aufgabenerfüllung zu erreichen, werden aus der Organisation des Unternehmens (also unter den Schulungsteilnehmern) jene Mitarbeiter ausgewählt, die durch ihre Erfahrung und ihr Fachwissen für eine Lösung der gestellten Aufgaben am besten geeignet scheinen;
- nachdem die Unternehmensleitung (bzw. Schulungsleitung) die Aufgabe in bezug auf Inhalt, Umfang und Terminsetzung exakt definiert hat, kann die Projektgruppe sich über das Ziel, das erreicht werden soll, orientieren;
- die Anzahl der Teilnehmer an einer Projektgruppe richtet sich nach der jeweiligen Aufgabenstellung. Sie beträgt — auch bei den Übungen — mindestens vier, höchstens jedoch zehn Mitarbeiter;
- durch die Unterteilung der Aufgabe in eine Planungs- und eine Durchführungsphase dominieren jeweils die Experten der zur Lösung anstehenden Phase;
- neben den Spezialisten gehören auch Mitarbeiter aus den Bereichen der Planung, Organisation und Datenverarbeitungsanlagen zur Projektgruppe;
- ein Projektleiter übernimmt mit allen Kompetenzen die Gesamtverantwortung für die Aufgabenstellung;
- alle Mitarbeiter einer Projektgruppe sind gleichrangige und gleichberechtigte Partner, unabhängig von ihrer Position, die sie sonst in der Organisation bekleiden;

- die Existenz einer Projektgruppe ist auf den Zeitraum begrenzt, der zur Bewältigung einer Aufgabe nötig ist;
- alle Informationen laufen durch die ganze Organisation des Unternehmens, wodurch die Projektgruppe nicht in die Unternehmenshierarchie eingebunden ist.

Nach der Zusammenstellung der Projektgruppe wird der Projektleiter unter Berücksichtigung folgender Kriterien genannt:

- Geduld, Gelassenheit und ausgeglichene Persönlichkeit;
- gutes Beurteilungsvermögen für die erarbeiteten Lösungsvorschläge;
- psychologisches Geschick im Umgang mit den Mitarbeitern;
- ausgeprägte Überzeugungskraft;
- Beharrlichkeit bei der Verfolgung der Zielvorstellung;
- Fähigkeit zur guten Zeiteinteilung, um die meist sehr knappe Vorgabezeit optimal nutzen zu können;
- Bereitschaft zur Verantwortung und zur Delegation von Verantwortung;
- Interesse an der Zielsetzung der Gruppenarbeit;
- Talent zum Organisieren;
- Fähigkeiten zur Planung;
- ausgeprägter Sachverstand;
- gute Kenntnisse über die Möglichkeiten zur Realisierung der erarbeiteten Lösungsvorschläge in einem Unternehmen.

Bei der Schulung werden für jede neue Aufgabenstellung die Projektleiter ausgewechselt, damit jeder Teilnehmer die Gelegenheit bekommt, die Schwierigkeiten eines Projektleiters kennenzulernen und sich damit auseinanderzusetzen. Solche Schwierigkeiten sind zum Beispiel:

- Der Projektleiter muß mit Überzeugungskraft die Gruppe leiten, d. h. er muß die einzelnen Mitarbeiter von der Notwendigkeit der ihnen übertragenen Aufgaben überzeugen;
- obwohl der Projektleiter die Gesamtverantwortung für das anstehende Projekt hat, muß er die Durchführung der gestellten Aufgaben seinen Mitarbeitern überlassen.

Der Verfasser erfuhr von einigen Verantwortlichen, die für die Durchführung von internen und externen Schulungsprogrammen eines Unternehmens zuständig sind, daß es analog zu den hier beschriebenen Programmen für Führungskräfte auch entsprechende Programme für alle Mitarbeiterebenen gibt, die sogar Spezialthemen für Facharbeiter einschließen.

Neben den hier in Kurzform aufgezeigten Studien-, Aus- und Weiterbildungsmöglichkeiten für Mitarbeiter von Unternehmen gewann in den letzten Jahren ein Fach für die Industrie immer größere Bedeutung: *Wertanalyse.*

Wertanalyse ist ein Instrument, mit dem Fachleute relativ hohe Prozentsätze an Kosteneinsparung erwirtschaften können — mit dem aber auch große Verluste verursacht werden können, wenn ein „Amateur“ damit umgeht.

Die Ausbildung künftiger Wertanalyseingenieure beginnt bereits an den Universitäten und Technischen Hochschulen. Neben den schon fast traditionellen Vorlesungen über Wertanalyse für künftige Wirtschaftsingenieure und Betriebswirte wird ein selbständiger Studiengang „Wertanalyse“ angeboten.

Angesichts der großen Bedeutung der Wertanalyse für die Wirtschaft ist dieser Studiengang trotz der leeren Staatskassen an einigen Universitäten und Hochschulen bereits fest installiert und an anderen geplant oder gerade eingeführt.

Die Studienfächer sind praxisorientiert der späteren Anwendung angepaßt und bestehen z. B. aus Vorlesungen über die Fachgebiete Entwicklungs- und Konstruktionsmethodik, Materialwirtschaft, Werkstoffkunde, Fertigungstechnologie, Ablaufplanung und Steuerung, Netzplantechnik, Kalkulation und Anwendung von Datenverarbeitungsanlagen. Entsprechend den später beabsichtigten Aktivitäten können die künftigen Wertanalyseingenieure als Zusatzfächer traditionelle Vorlesungen über Maschinenelemente, Elektrotechnik usw. belegen, was ihnen eine umfassende Ausbildung ermöglicht.

Durch den Studiengang Wertanalyse stehen den Unternehmen voll ausgebildete Wertanalyseingenieure zur Verfügung, wodurch die zum Teil bewußte Suche nach „bereichs- oder kostenstellenleiterhörigen“ Mitarbeitern weitgehend ausgeschaltet wird.

Wichtigste Voraussetzung erfolgreicher Wertanalyseaktivität ist psychologisches Geschick den Mitarbeitern gegenüber, denn nur so wird eine entsprechende Motivation möglich. Da die Mentalität der Menschen verschieden und außerdem stimmungsabhängig ist, gehört auch die Psychologie und ihre Anwendung zum Ausbildungsprogramm der Wertanalyseingenieure.

Der Koordinator ist nicht nur ein ausgebildeter Fachmann auf dem Gebiet der Wertanalyse, sondern er muß auch eine sehr sorgfältige Auswahl der entsprechenden Mitarbeiter treffen. Das Angebot an Mitarbeitern auf dem zukunftsträchtigen Gebiet der Wertanalyse ist groß. Das bietet den Verantwortlichen die Möglichkeit, eine gewisse Auswahl zu treffen. Das Motto „Dabei sein ist alles“ erkennt der Verantwortliche sofort als Motiv bei einer Bewerbung um Mitarbeit. Mit guten Fachkenntnissen und psychologischem Geschick kann leicht die Spreu vom Weizen getrennt werden. Wenn ein Mitarbeiter einmal ausgewählt worden ist, kann er nur noch wegen stichhaltiger Gründe von der Personalabteilung abgelehnt werden. Gute Wertanalytiker sind ihren Preis wert!

Neben der Ausbildung von Wertanalyseingenieuren an den Universitäten und Hochschulen ist die Aus- und Weiterbildung der auf diesem Fachgebiet tätigen

Mitarbeiter ein wichtiger Faktor. Die Mitarbeiter werden in firmeninternen und firmenexternen Seminaren weitergebildet. Sie erhalten so die Möglichkeit, ihre Kenntnisse in den Arbeitstechniken der Wertanalyse zu vertiefen und die jeweils neuesten Technologien und Arbeitsverfahren zu erlernen. Auch firmenspezifische Belange wie Elektronik und Magnetphysik stehen auf den Lehrplänen. Die Anwendung von Datenverarbeitungsanlagen gehört zu den Standardprogrammen solcher Unterweisungen. Als Referenten fungieren Wertanalytiker und Spezialisten aus den verschiedensten Fachbereichen. Ziel dieser Bemühungen ist es, den Mitarbeitern ein möglichst umfassendes Bild der Anwendungsmöglichkeiten zu vermitteln. (Reinheimer, Nutzung der Wertanalyse in der Unternehmenspraxis — Beispiel Japan, Rationalisierung 29. Jg. 1978 — 6.)

Diese Ausführungen zeigen, daß in Japan sowohl der Staat als auch die private Wirtschaft und die Industrie sehr große Anstrengungen unternommen haben (und noch unternehmen werden), um das Fachkräftepotential vom Facharbeiter bis zum Manager zu schaffen und auszubauen, das nötig ist, um die Zielvorstellungen der japanischen Wirtschaft zu realisieren.

5.3 Durchführung des Technologie-Transfer

Der Technologietransfer ist eine weitere wichtige Voraussetzung, die nötig ist, um die Zielvorstellungen der japanischen Wirtschaft zu realisieren.

Die Technologie ist eine Quelle wirtschaftlichen Wachstums. Sie wird importiert, wenn ihr marginaler sozialer Nutzen ihre marginalen sozialen Kosten übertrifft.

Die folgenden wesentlichen Komponenten enthalten marginale soziale Kosten:
- die Bezahlung von Nutzungsgebühren (Royalties);
- importierte Zwischenfertigungselemente;
- verringerte Nachfrage nach einfacher Technologie sowie einheimischen Substitutionsprodukten und -verfahren.

Folgende wichtige Komponenten kennzeichnen den marginalen sozialen Nutzen:
- wirksame Nutzung einheimischer Produktionsfaktoren;
- höhere Qualität bei der Herstellung von Fertigwaren;
- Importsubstitutionen für Produkte mit einem hohen Gehalt an Technologie;
- verbesserte Produktionsanlagen;
- verbesserte sowie wettbewerbs- und exportfördernde Ausbildung der Mitarbeiter in den Unternehmen;
- steigende Nachfrage nach technischer Kooperation.

Das Problem dabei ist, Kosten und Nutzen in einem zusammenhängenden analytischen Rahmen zu erfassen und abzuschätzen.

Der Faktor Technologie hat in den vergangenen Jahren mit rund 45 Prozent zum Wachstum des japanischen Bruttosozialproduktes beigetragen. Um die hochgesteckten Ziele der japanischen Wirtschaft verwirklichen zu können, muß der Beitrag der Technologie in der Zukunft noch erheblich gesteigert werden.

Zwei führende japanische Wissenschaftler, Prof. Osama Shimomura und Dr. Kanamori, haben hierüber jedoch widersprüchliche Ansichten.

Professor Shimomura erklärte dem Verfasser, daß seiner Überzeugung nach der Beitrag der Technologie zum Wachstum des japanischen Bruttosozialproduktes immer geringer werde. Diesen Pessimismus begründete er mit folgenden Argumenten:

- Die Technologie des Auslandes ist mit den rund 16 000 Patent- und Lizenzverträgen, die Japan abgeschlossen hat, praktisch ausverkauft. Es gibt daher nur noch sehr wenig Technologien im Ausland, die für Japan von Interesse sind.
- Auch eine gewaltige Steigerung der japanischen Forschungs- und Entwicklungsanstrengungen kann den Rückgang des Technologietransfers nicht ausgleichen. Dieser Ausgleich ist aber erforderlich, wenn der Beitrag der Technologie zum Wachstum des japanischen Bruttosozialproduktes zumindest auf dem bisherigen Niveau gehalten werden soll.

- Da Japan wirtschaftlich eine Weltmacht geworden ist, kann die Technologie zwangsläufig nicht mehr diesen wesentlichen Beitrag zum Wachstum des Bruttosozialproduktes leisten wie zur Zeit der Aufbauphase der japanischen Wirtschaft.
- Aus diesem Grund können weder der Technologietransfer noch eine Steigerung der eigenen Entwicklungs- und Forschungsanstrengungen die Technologie wieder zu dem Wachstumsfaktor machen, der die vergangene Aufbauphase bestimmte.

Dr. Kanamori dagegen ist anderer Meinung und erklärte dem Verfasser, daß es für einen Rückgang des Technologietransfers keinen statistischen Beweis gäbe. Die Zahlungen Japans für den Import ausländischer Technologien seien im Haushaltsjahr 1970 sogar um 17,7 Prozent auf eine Jahressumme von 506 Millionen Dollar gestiegen. Japans eigene Lizenzeinnahmen betrugen nur 68,8 Millionen Dollar bzw. 13,6 Prozent des Devisenabflusses für Lizenzzahlungen. Somit stiegen die Einnahmen Japans aus dem Technologietransfer im Jahre 1970 um 27,7 Prozent. (Offizielle Mitteilung vom März 1972.) Aber trotz der Zunahme an Technologien wird der Anteil an technologischen Durchbrüchen geringer werden. Dies bedeutet, daß nur jene Produkte, für die es ein entsprechendes Patent gibt, Einfluß auf das Bruttosozialprodukt haben.

Zu den fünf wichtigsten Faktoren für das Wachstum des japanischen Bruttosozialproduktes prognostizierte Dr. Kanamori folgende Zahlen:

	1956—1970	1971—1985
Kapitalwachstum	43	54
Steigerung der Arbeitskraft	9	3
Zunahme der geleisteten Arbeitszeit	— 1	— 4
Zunahme der Kapazitätsauslastung	2	—
Technologische Fortschritte	45	47

Außerdem werden nach Dr. Kanamori bei den Ausgaben für Forschung und Entwicklung folgende Veränderungen in den jeweiligen Preisen (in Milliarden Dollar) eintreten:

	1975	1980	1985
Eigene Technologie	11,2	30,0	75,0
Zahlungen für Technologietransfer	1,0	1,9	3,1
Insgesamt vom BSP (in Prozent)	2,46	3,16	3,95

Japans Forschungs- und Entwicklungsausgaben betrugen im Haushaltsjahr 1972 rund 6,5 Milliarden Dollar. Dies sind 2,2 Prozent des Bruttosozialproduktes, das sich auf 297 Milliarden Dollar belief.

Hierbei sind besonders zwei Aspekte aus den Bereichen Forschung und Entwicklung von Bedeutung:

- Der japanische Staat finanziert einen großen Teil von Forschung und Entwicklung. Auch wenn nicht alle Ergebnisse zu Innovation und Anwendung in der Industrie führen, so ist die Gesamtanstrengung doch immer noch sehr beträchtlich. Unternehmen, die mit Forschungsaufträgen des Staates arbeiten, erwerben dabei zweifelsohne eine gründliche Kenntnis des Produktes und seiner Herstellungsverfahren.
- Es ist daher die Frage berechtigt, ob solche Unternehmen auch den kommerziellen Nutzen dieser Forschung alleine genießen sollen. Wäre es in solchen Fällen nicht gerechtfertigt, einen „Mehrwert" zu definieren, der aus der Technologie stammt und nun dem Unternehmen zugunsten der nationalen Gemeinschaft abverlangt wird?

In der Befürwortung dieses „Mehrwertes" sind sich Professor Shimomura und Dr. Kanamori einig.

Bis zum Jahr 1980 erwartete das japanische Industrieministerium (MITI) eine sechsfache Steigerung der Ausgaben für Forschung und Entwicklung auf etwa 16 Milliarden Dollar (in konstanten Preisen gerechnet).

Ein internationaler Vergleich:

1962 lagen die Ausgaben für Forschung und Entwicklung in Japan bei 6,9 Dollar pro Kopf der Bevölkerung, in den USA lag dieser Betrag bei 93,7 Dollar. 1972 lagen die Ausgaben Japans für Forschung und Entwicklung bei 65 Dollar pro Kopf der Bevölkerung, in den USA betrugen sie 140 Dollar. Japan hatte damit eine Steigerung von 942 Prozent zu verzeichnen, die USA hingegen nur eine Steigerung von 149,4 Prozent.

Nach Shimomura müßte auch bei schnell steigenden Forschungs- und Entwicklungsausgaben der Effekt immer schwächer werden. Als Beispiel hierzu nannte er die Entwicklung des Bruttosozialproduktes pro Kopf und Haushaltsjahr der Bevölkerung bei einem Kurs von 360. (Angaben in Prozenten gegenüber Japan mit 100 Prozent.)

Jahr	Japan	USA
1950	100	1400
1955	100	900
1960	100	600
1965	100	380
1970	100	245
1975	100	193
1980	100	100

Shimomura und Kanamori haben unterschiedliche Auffassungen über die Faktoren, die von den festen Investitionen der privaten Wirtschaft beeinflußt werden können. Dies zeigen deutlich die Angaben der beiden Wissenschaftler über die jährlichen Investitionen, den Wohnungsbau ausgenommen (in Milliarden Dollar):

	1970	1975	1980	1985
Shimomura:	48	63	82	83
Kanamori:	48	104	207	399

Bezogen auf das Bruttosozialprodukt bedeutet das anteilsmäßig in Prozenten bei jeweiligen Preisen:

	1970	1975	1980	1985
Shimomura:	20,4	13,0	10,1	7,5
Kanamori:	20,4	20,9	20,5	20,0

Während Shimomura überzeugt ist, daß Japan im Jahre 1980 auf das Investitionsniveau der USA abgesunken sein wird, glaubt Kanamori, daß die japanische Wirtschaft dank der neuen Technologien auch in Zukunft in der Lage sein wird, gleichbleibend hohe Investitionsausgaben zu tragen.

Kanamori und seine Mitarbeiter behielten mit ihrer Auffassung von der Schubkraft des technologischen Faktors recht. Hierfür einige Beispiele:

- Die Japaner haben grundsätzlich großes Interesse an der Technologie.
- Die Japaner besitzen das beste Fahndungssystem zum Auffinden neuer Technologien. Bei Studienreisen japanischer Gruppen im Rahmen von Ausbildungs- und Schulungsprogrammen und bei Einzelreisen der Japaner in alle Welt, beim aufmerksamen Studium internationaler Berichte über Forschung und Entwicklung, beim Besuch internationaler Messen und bei Studienaufenthalten in allen Industrieländern bietet sich eine Vielzahl von Möglichkeiten, Technologien aufzufinden und kennenzulernen.
- Neue Technologien werden rasch in den laufenden Produktionsapparat integriert und damit genutzt. In Japan kommt es vor der Einführung neuer Technologien nicht zu langen Diskussionen und so vermeidet man auch Zeitverlust.
- Bei der Suche nach neuen Methoden und Möglichkeiten zur Lösung der anstehenden Probleme werden die importierten Produkttechnologien weiterentwikkelt.

- Der Sektor „Neue Produkte" wird von den beiden täglich erscheinenden Industriezeitungen beobachtet. Da über technische Neuerungen und Strukturwandlungen in der Wirtschaft sofort berichtet wird, sind die Informationen dieser beiden Zeitungen immer aktuell.

Diese Ausführungen zeigen, daß der universelle Technologietransfer Japans der japanischen Wirtschaft zwar große Anstrengungen abverlangt, daß sich die Auswertung der erworbenen Technologien jedoch ausgezahlt hat und noch auszahlen wird. Japan ist unbestreitbar eine Weltwirtschaftsmacht geworden!

5.4 Richtlinien für die Innovation

Jedes Unternehmen will den Marktanteil seiner Produkte erhalten. Nach Möglichkeit sollte der Marktanteil sogar vergrößert werden.

Das Mittel dazu ist die Innovation.

Die kürzeren Lebenszyklen und Innovationszeiten der Produkte erfordern von allen Unternehmen ein ausgeprägtes Zukunftsdenken. Sie müssen es verstehen, aus den einschlägigen Erfahrungen den für sie nötigen Nutzen zu ziehen. Wenn die Unternehmen dabei neue Wege gehen wollen, müssen sie eine Systematik und konsequente Logik in den einzelnen Schritten der Innovation entwickeln. Denn die Ergebnisse der Innovation treten erst dann zutage, wenn neue Produkte gefunden, entwickelt und auf dem Markt sind.

Aus diesem Grund sind gewisse Richtlinien für eine erfolgreiche Innovation eine weitere Voraussetzung, um die Zielvorstellungen der japanischen Wirtschaft verwirklichen zu können. Diese Richtlinien zeigen einen möglichen Weg für eine methodische Innovationsarbeit. Dabei werden Vorgehensweisen und Möglichkeiten zur Überwindung von auftretenden Schwächen und Hindernissen aufgezeigt.

Takao Aoyama, der in einem japanischen Unternehmen mittlerer Größenordnung für die Innovation verantwortlich ist, schildert die von ihm erfolgreich geleiteten Arbeitsweisen auf diesem Gebiet folgendermaßen:

Systematisches Arbeiten ist die Voraussetzung für jeden Erfolg! Dies gilt auch für die Innovationsarbeit. Bild 2 zeigt schematisch die einzelnen Arbeitsschritte.

Selbstverständlich sind die hier gezeigten Arbeitsschritte firmen- und branchenspezifisch unterschiedlich ausgeprägt, vom Prinzip her jedoch bestehen keine oder nur unwesentliche Unterschiede. Die Praxis zeigt, daß der Erfolg auf den ersten drei Arbeitsschritten basiert und die Akribie in ihrer Durchführung sich in den späteren Erfolgen auszahlt.

Strategie

In der Strategiephase werden die Suchfelder bestimmt. Voraussetzung dafür ist die klare Kenntnis der eigenen Marktposition und des Wettbewerbsstandes. Eine eindeutige Standortbestimmung des eigenen Unternehmens bildet die Grundlage für jede Orientierung und Festlegung der geplanten Standortveränderung im Rahmen des Wettbewerbes. Denn jeder Markt ist nur begrenzt aufnahmefähig und die Anteile sind entsprechend verteilt. Jede Veränderungen dieser Marktanteile erfordert bestimmte, am Markt orientierte Voraussetzungen. Und die Basis jeder Innovation ist es, diese Voraussetzungen zu erkennen. Dies bedeutet, daß über das gesamte Marktvolumen eines Produktes und über den eigenen Anteil an diesem Volumen völlige Klarheit bestehen muß. Diese Klarheit zerstört zwar möglicher-

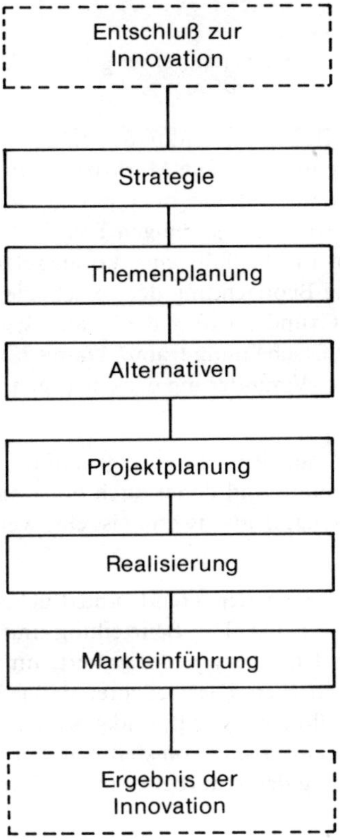

Bild 2 *Arbeitsschritte der Innovation*

weise vorhandene Illusionen, verhindert aber Fehlentscheidungen und die damit verbundenen negativen Folgen für das Unternehmen.

Nach der nach „außen“ orientierten Standortbestimmung des Unternehmens erfolgt die nach „innen“ gerichtete, d. h. das eigene Potential muß erfaßt werden. Welche Kapazitäten in Entwicklung und Produktion sind im eigenen Hause vorhanden und welche finanziellen Mittel stehen zur Verfügung? Auch hier muß völlige Klarheit bestehen über die Relation von Aufwand und Nutzen bzw. über die Zielvorstellungen und die Möglichkeiten zu deren Verwirklichung. Dies ist ein weiteres Kriterium zur Verhinderung von Fehlentscheidungen. Nach Klärung dieser Punkte kann der zweite Schritt der Innovationsarbeiten erfolgen.

Themenplanung

Der zweite Schritt besteht zunächst aus einer genauen Trend- und Lückenanalyse des Marktes.

Der Markt ist ständig in Bewegung und paßt sich den Nachfragen und jeweiligen Technologien der Erzeugnisse an. Die Marktbewegungen erfolgen in der Regel jedoch nicht ruckartig, sondern mehr oder weniger kontinuierlich, so daß eine sorgfältige Marktbeobachtung den jeweiligen Trend erkennen läßt. Das Erkennen dieser Marktbewegungen ist ebenfalls eine Voraussetzung für eine erfolgreiche Innovation. Diese genaue Beobachtung der verschiedenen Strömungen auf dem Markt ist auch einer der Gründe, warum die japanischen Produkte immer „rechtzeitig" auf dem Markt in Erscheinung traten. Damit lassen sich auch die Erfolge bei der Verschiebung bzw. Veränderung der entsprechenden Marktanteile erklären.

Darüber hinaus bestehen auf dem Markt sogenannte „Marktlücken", d. h. vom Angebot noch nicht erkannte und daher auch noch nicht erfaßte Verbraucherwünsche. Diese zu erfassen und auszuwerten ist eine weitere Aufgabe im Rahmen dieses Schrittes.

Entsprechend den Ergebnissen der Trend- und Lückenanalyse erfolgt nun die Ideensuche und Ideenbewertung. Die Beurteilung und Bewertung der Ideen ist immer objektbezogen und nie personenorientiert, um einen möglichen Erfolg nicht schon im Keim zu ersticken. Dies bedeutet, daß jede Idee entsprechend dem Objekt und den Zielvorstellungen geprüft und gewertet wird, und die Stellung des Mitarbeiters, der die Idee zur Diskussion stellte, unberücksichtigt bleibt. Hierbei zahlt sich auch die Schulung der Mitarbeiter in den Projektgruppen bei den Ausbildungsprogrammen aus.

Nach einer objektiven Festlegung der „Marschrichtung" wird die Realisierungsmöglichkeit der ausgesuchten Ideen überprüft. Man untersucht dabei, ob sich die gefundenen Ideen mit dem Potential an Mitarbeitern, das dem Unternehmen zur Verfügung steht, sowie den erforderlichen Technologien und den vorhandenen finanziellen Mitteln verwirklichen lassen. Jeder Faktor wird genau überprüft. Ist das Gesamtergebnis positiv, werden die Prioritäten festgelegt, denn das neue Produkt muß rechtzeitig auf den Markt, darf aber die laufende Produktion nicht beeinflussen.

Alternativen

Jede Planung hat nur dann einen Sinn, wenn eine Idee auch realisiert werden kann. Für jede Realisierung aber gibt es verschiedene Möglichkeiten.

Als dritter Arbeitsschritt erfolgt nun die exakte Projektdefinition, d. h. die genaue Festlegung der Ergebnisse der Themenplanung.

Man arbeitet Alternativlösungen aus. Dabei werden Möglichkeiten zur Lösung der anstehenden Probleme gesucht und registriert — zunächst unabhängig von ihrer Durchführbarkeit. Bei dieser Arbeitsmethode haben alle am Projekt beteiligten Mitarbeiter die Möglichkeit, ihre Vorstellungen und Gedankengänge über eine mögliche Verwirklichung der anstehenden Probleme vorzutragen, ohne daß eine praktische Durchführbarkeit der vorgetragenen Ideen geprüft oder kritisiert wird. Damit erreicht man, daß alle Realisierungsmöglichkeiten erkannt und auch solche Ideen vorgetragen werden, die zwar zunächst als undurchführbar erscheinen, bei der nachfolgenden Prüfung, Bewertung und Auswahl sich aber durchaus als die besten erweisen können. Viele gute Gedanken wurden schon ohne Prüfung und Beurteilung — zum Teil aus Voreingenommenheit gegenüber dem Gedankenträger — verworfen. Und das Unternehmen wunderte sich dann, wenn die Konkurrenz, bei der ein Mitarbeiter auf die gleiche Idee gekommen war, diesen Vorschlag prüfte, verwirklichte und die daraus resultierenden Gewinne erzielte.

Sind die alternativen Vorschläge, wie man die Zielvorstellungen verwirklichen könnte, erschöpft, werden alle Vorschläge geprüft, bewertet und der am besten geeignete wird ausgewählt.

Die Prüfung erfolgt nach bestimmten Gesichtspunkten, von denen einige hier aufgezeigt sind:

- *Akquisition.* Welche Verkaufsaussichten bestehen auf dem Markt und wie soll der Verkauf erfolgen?
- *Wahl des Realisierungsweges.* Wie soll die Realisierung grundsätzlich erfolgen?
- *Lizenznahme.* Soll die Entwicklung im eigenen Unternehmen erfolgen, oder ist eine Lizenznahme wirtschaftlicher? Dies ist ein wesentlicher Gesichtspunkt, über den völlige Klarheit bestehen muß. Wenn man sich für eine Lizenznahme entschließt, muß auch geklärt werden, von welchem Unternehmen man die Lizenz nimmt.
- *Eigenentwicklung.* Kann die Entwicklung im eigenen Unternehmen erfolgen? Welche Kapazitäten und welches Mitarbeiterpotential sind dabei erforderlich? Oder muß die Entwicklung an ein anderes Unternehmen vergeben werden? Welches Unternehmen wäre dann am besten geeignet?
- *Festlegung der Verantwortlichkeiten.* Klärung der Kompetenzen und Verantwortung für die mögliche Durchführung des Projektes.
- *Finanzierung.* Klärung der benötigten finanziellen Mittel und deren Bereitstellungsmöglichkeiten. Kann die Finanzierung aus eigenen Mitteln erfolgen oder sind Kredite dazu nötig und von welchem Institut?
- *Zeitbedarf.* Innerhalb welcher Zeitspanne muß die Realisierung abgeschlossen sein und das Ergebnis auf den Markt kommen, damit man die geschätzten Umsätze erreicht?

- *Rendite.* Welchen Gewinn wirft das Projekt ab und in welchem Zeitraum sind die erforderlichen Investitionen amortisiert?
- *Risiken.* Welche Risiken geht das Unternehmen bei der Verwirklichung des Projektes ein? Auch über diesen Punkt muß völlige Klarheit bestehen, es darf nichts dem Zufall überlassen werden!

Alle Prüfungsergebnisse werden eindeutig begründet.

Entsprechend diesen Ergebnissen erfolgt dann die Entscheidung über die Auswahl der Lösungen.

Projektplanung

Auf der Basis jener Lösungsmöglichkeit, für die man sich entschieden hat, wird nun eine präzise Spezifikation des neuen Angebotes ausgearbeitet. Es erfolgt eine Detailanalyse des betroffenen Wettbewerbs und der potentiellen Kunden, um nochmals die Marktchancen — unter Berücksichtigung der vorgesehenen Preispolitik — zu überprüfen. Der Markt reagiert sehr empfindlich und schnell auf qualitative und finanzielle Veränderungen, und oft genügt ein zwar in der Qualität gleichwertiges, im Preis jedoch ungünstiger liegendes Produkt, um die Nachfrage zu verändern.

Zu einem Projektplan gehört auch die Festlegung des Zeit-Mengen-Wert-Gerüstes. Dabei muß geklärt werden, innerhalb welcher Zeitspanne welche Menge des Produktes mindestens auf dem Markt sein muß, um die Kalkulation zu realisieren. Diese Festlegung basiert auf Schätzungen und erfordert daher von dem Mitarbeiter, der dafür verantwortlich ist, sehr viel Erfahrung.

Außerdem werden mögliche Störfaktoren ermittelt und Möglichkeiten zu deren Einengung gesucht. Man kalkuliert also alle möglichen negativen Aspekte des Marktes ein. Durch entsprechende Maßnahmen versucht man, eventuelle Schäden und Rückschläge zu verhindern oder zumindest ihre Auswirkungen zu verringern. Die Planung erfolgt daher möglichst „perfekt".

Nach Klärung aller Punkte wird die Organisation des Projektes hinsichtlich Struktur, Ablauf, Durchführung und technisch-wirtschaftlicher Zielvorgabe festgelegt.

Damit sind alle Planungsarbeiten und Vorarbeiten abgeschlossen, die Realisierung kann beginnen. Die Sorgfalt bei der Durchführung der bisher beschriebenen vier Arbeitsschritte macht sich bei der Verwirklichung eines Projektes bemerkbar und vermindert das Risiko bei der Innovation. Auch in Japan herrscht durch den Termindruck ein Zeitmangel, aber kein Innovationsvorhaben wird ohne äußerst sorgfältige Vorbereitungen durchgeführt!

Realisierung

Die schriftlich fixierten Ergebnisse der ersten vier Arbeitsschritte stellen die Aufgaben dar, die die Aktivitäten der nun in Aktion tretenden „Praktiken" bestimmen.

Die Realisierung erfolgt gemäß dem in Abschnitt 6 (Realisierung der Zielvorstellungen) aufgezeigten grundsätzlichen Ablauf in einem Unternehmen. Dieser Ablauf ist verbindlich für alle am Projekt beteiligten Stellen im Unternehmen wie z. B. Entwicklung und Konstruktion, Arbeitsvorbereitung, Planung und Steuerung. Je besser die verschiedenen Stellen zusammenarbeiten, um so schneller und wirtschaftlicher kann das Projekt verwirklicht werden.

Markteinführung

Der letzte Arbeitsschritt ist die Markteinführung des neuen Erzeugnisses.

Der Marketingplan für das neue Produkt erhält seine endgültige Fassung. Alle unternehmerischen Entscheidungen und Maßnahmen, die sich an den Gegebenheiten und Möglichkeiten des Marktes orientieren, werden deshalb nochmals überarbeitet und auf den neuesten Stand gebracht.

Man startet Testprogramme, um das Verhalten des Marktes, das ja letztlich über Erfolg oder Mißerfolg eines Produktes entscheidet, zu prüfen.

Der Marktentwicklungsplan wird — entsprechend den Testergebnissen — u. a. folgenden Kriterien angepaßt:

- *Kunden und Wettbewerbspolitik.* Die zu erwartenden Kunden werden ermittelt und man legt die Strategie für das Vorgehen auf dem Markt fest, um den in Frage kommenden Kundenkreis zu erreichen und anzusprechen. Die Marktsituation wird nochmals getestet und die nötigen Schlußfolgerungen daraus gezogen.
- *Argumentation.* Die Begründung für das neue Produkt dem Kunden gegenüber wird formuliert, die Vorteile des neuen Produktes werden herausgestellt.
- *Preispolitik und Konditionen.* Die endgültigen Preise werden festgelegt und der mögliche Spielraum für die diversen Rabatte ermittelt.
- *Werbung und Verkaufsförderung.* Art und Durchführung der Werbung werden festgelegt und die dazu nötigen finanziellen Mittel bereitgestellt.

Nachdem das neue Produkt vorliegt und alle Maßnahmen zu einer Einführung auf dem Markt abgeschlossen sind, erfolgt die Aufnahme des Produktes in das Programm des Unternehmens. Damit findet die Innovationstätigkeit ihren Abschluß.

Interessant waren auch die Ausführungen von Aoyama über die Hindernisse und Schwierigkeiten, mit denen er bei Aufnahme seiner Tätigkeit konfrontiert wurde.

Da ähnliche Argumente auch von Mitarbeitern angeführt wurden, die in anderen Unternehmen für die Innovation verantwortlich sind, und diese Argumente auch nicht auf Japan beschränkt sind, soll im folgenden eine Auswahl solcher Hindernisse und Schwierigkeiten angeführt werden.

In vielen Unternehmen führen die meisten Entwicklungen nicht zu einer Innovation, weil eine systematische Marketingarbeit fehlt. Viele Projekte bleiben liegen, weil dem Unternehmen der Mut zum Risiko abgeht — sie verpuffen ohne Echo, sterben auf halbem Wege oder fallen bei der Markteinführung durch. Die Folgen sind Fehlentscheidungen, Fehlinvestitionen und Rückgang im Umsatz.

Die Hindernisse bei den einzelnen Arbeitsschritten sind:

Strategie

In der Strategiephase — dem ersten Schritt zur Innovation — sind die markantesten Schwierigkeiten:

- *Es fehlt eine langfristige Entwicklungsstrategie.* Im Unternehmen fehlen die Planungen für die künftigen, am Markt orientierten Produkte, die helfen würden, den eigenen Marktanteil zu halten.
  Die auf dem Markt befindlichen Produkte sind schnell überaltet, und der Marktanteil geht bis zum völligen Verlust zurück, weil die Technologie schnell fortschreitet und sich die Bedürfnisse und damit auch die Nachfrage der Kunden verändern.
- *Keine Positionsbestimmung des Unternehmens.* Im Unternehmen besteht Unklarheit über die eigene Marktposition und den Wettbewerbsstand. Planungen basieren nicht auf Fakten, sondern auf Hypothesen. Damit besteht die Gefahr von Fehleinschätzungen und Fehlentscheidungen mit allen negativen Folgen für das Unternehmen.
- *Keine langfristige Planung.* Das Unternehmen orientiert sich nur an der augenblicklichen Marktsituation. Daher finden keine systematischen Planungen für den künftigen Markt statt, der völlig verändert sein kann. Stillstand bedeutet jedoch auch hier Rückschritt.
- *Keine Kapazitätsplanung.* Das Unternehmen ist personell und technisch vollkommen ausgelastet. Dadurch entsteht ein Mangel an Mitarbeitern und Produktionsmöglichkeiten, die zur Planung und Entwicklung der künftigen Projekte nötig wären. Die eingesparten Personalkosten und Investitionen stehen in keinem Verhältnis zu den dadurch entstehenden Verlusten an Marktanteilen, mit denen in der Zukunft gerechnet werden muß.

Die hier in einer Auswahl aufgezeigten Schwierigkeiten verhindern jede Innovation bereits in der Entstehung und blockieren damit einen am Markt orientierten Fortschritt des Unternehmens.

Themenplanung:

Die markantesten Schwierigkeiten beim zweiten Schritt zur Innovation — Themenplanung — sind:

- *Das Fehlen einer systematischen Trend- und Lückenanalyse.* Das Unternehmen führt keine Marktbeobachtungen durch und übersieht deshalb Trends und Lücken. Daher kann die eigene Produktpalette nicht den jeweiligen Marktbedürfnissen angepaßt werden, was sich später in einem Rückgang des Umsatzes bemerkbar macht.
- *Mangel an Kreativitätstechniken.* Im Unternehmen erfolgt keine Ideensuche, und daher wird auch kein Versuch unternommen, durch neue, dem Markt angepaßte Technologien Produkte in Erwägung zu ziehen, die das Halten des eigenen Marktanteils gewährleisten würden.
- *Unsicherheit.* Da keine systematischen Untersuchungen durchgeführt wurden, liegen dem Unternehmen auch keine konkreten Unterlagen über die Ergebnisse dieser Untersuchungen vor. Dies hat zur Folge, daß in den Unternehmen bei der Beurteilung der Marktchancen und der entsprechenden Risiken Unsicherheit herrscht. Diese Unsicherheit unterbindet oder erschwert alle zukunftsorientierten marktpolitischen Entscheidungen.
- *Schlechte Bewahrung und Absicherung.* Durch die bereits genannten Mängel in der Trend- und Lückenanalyse, im Kreativitätsdenken und durch die Unsicherheit in der Beurteilung der eigenen Situation entstehen im Unternehmen Spannungen, die sich in einem schlechten Betriebsklima ausdrücken. Es entsteht auch Unsicherheit in der Art der Wahrung und Absicherung des Erreichten und damit in den entsprechenden, an der Zukunft orientierten Maßnahmen.
- *Keine Innovationsorganisation.* Im Unternehmen gibt es keine Stelle, die sich ausschließlich mit der Innovation befaßt. Deshalb sind Informationen auf diesem Gebiet zufallsgebundene Nachrichten, deren Aktualität und Zuverlässigkeit nicht überprüft werden kann.
- *Diktat einer fachgebundenen Unternehmensleitung.* Alle Entscheidungen und Maßnahmen werden davon beeinflußt, wo der maßgebende Mitarbeiter, Unternehmensleiter oder Geschäftsführer sein Studium absolviert hat. Dadurch hat diese Fakultät gegenüber allen anderen Fachrichtungen, die zu einer universellen Beurteilung herangezogen werden sollten, ein Übergewicht. Zu einer möglichst objektiven Beurteilung, die unbedingte Voraussetzung für eine optimale Entscheidung ist, müssen jedoch alle einschlägigen Fachrichtungen vertreten sein und müssen auch gleichgewichtige Aussagekraft besitzen.
- *Autoritätsdenken.* Im Unternehmen „regiert" nur ein „starker" Mitarbeiter, der keinen Widerspruch — sei er noch so berechtigt — duldet. Ein solches Verhalten zeugt von Intoleranz und Schwäche! Die Gefahr von Fehleinschätzungen und damit auch von Fehlentscheidungen, die für das Unternehmen negativ auswirken, ist sehr groß.

- *Pioniervorhaben.* Im Unternehmen werden durch falsche Einschätzung der eigenen Möglichkeiten die Erwartungen überzogen. An die Stelle von kleinen Schritten treten Pioniervorhaben und umgekehrt. Es fehlt das richtige „Augenmaß".

Die hier in einer Auswahl aufgezeigten Schwierigkeiten verhindern durch Mängel und Unsicherheit trotz einer möglicherweise vorhandenen Strategie die Auswertung der vorliegenden Erkenntnisse.

Alternativen

Die wesentlichsten Schwierigkeiten beim dritten Schritt zur Innovation — Alternativen — sind:

- *Mangelnde Verbindlichkeit.* Im Unternehmen werden bei der Auswertung der Ergebnisse, die durch die Themenplanung vorliegen, keine verbindlichen Entscheidungen getroffen und es wird auch keine Ausarbeitung der Alternativen festgelegt. Trotz überwiegender Zustimmung der verantwortlichen Mitarbeiter mangelt es an Mut zum Handeln, wodurch die geleistete Vorarbeit wertlos wird. Es fehlen klare und eindeutige Entscheidungen und Richtlinien, die mit dem entsprechenden Verantwortungsbewußtsein von den zuständigen Stellen im Unternehmen bestimmt werden müßten.
- *Risikoscheue.* Im Unternehmen herrscht ein Mangel an Risikofreudigkeit und Risikobereitschaft. Jedes neue Erzeugnis birgt das Risiko einer Ablehnung auf dem Markt, so daß eine totale Absicherung nicht möglich ist. Aber die absolute Sicherheit geht den Verantwortlichen solcher Unternehmen über alles. Deshalb werden keine eigenverantwortlichen Entscheidungen gefällt, die ein Risiko in sich bergen. Jede Innovation wird somit unmöglich.
- *Mangel an Abschätzung.* Im Unternehmen fehlt die Möglichkeit, die Alternativen durch das entsprechende Potential und durch die Ergebnisse der Markt- und Wettbewerbsanalysen systematisch abzuschätzen. Diese Schwierigkeit ist oft mit der Risikoscheue verbunden.
- *Fehlende finanzielle Mittel.* Die finanziellen Mittel, die nötig sind, um die am Markt orientierten Entscheidungen zu verwirklichen, sind im Unternehmen nicht oder nicht ausreichend vorhanden. Soll die Realisierung aber trotzdem erfolgen, ist das Unternehmen zu Umdisponierungen wie z. B. Kreditaufnahmen gezwungen.
- *Unsicherheit in der Beurteilung.* Das Unternehmen kann die Ergebniserwartung, den Zeit- und Personalbedarf sowie das Risiko zur Realisierung nicht beurteilen, es kommt möglicherweise zu Fehleinschätzungen.
- *Engpässe.* Im Unternehmen besteht die Gefahr, daß durch personelle Engpässe Konflikte entstehen zwischen den Kapazitäten, die für die Tagesaufgaben benötigt werden und die die augenblicklichen Einnahmen sichern, und jenen

Kapazitäten, die für die Projektarbeiten gebraucht werden, die die künftigen Einnahmen sichern sollen. Kapazitätserweiterungen sind erforderlich, können jedoch in den meisten Fällen nicht sofort eingeführt werden.

Die hier — wiederum in einer Auswahl — aufgezeigten Schwierigkeiten verhindern durch einen Mangel an Entscheidungen die Festlegung der Ergebnisse der Themenplanung in Alternativen.

Projektplanung

Die wesentlichsten Schwierigkeiten beim vierten Schritt zur Innovation — Projektplanung — sind:

- *Ernüchterung.* Durch die Alternativen werden im Unternehmen die verschiedenen Problemschichten aufgedeckt, wie z. B.
  - die Ergebnisse der Trend- und Marktanalysen sind für eine exakte Zielvorgabe zu ungenügend;
  - die zur Verfügung stehenden Kapazitäten an Personal und Ausrüstungen sind nicht ausreichend;
  - die zur Verfügung stehenden finanziellen Mittel sind zu gering.

  Solche Schwierigkeiten, die im Unternehmen nicht nur die Mängel bei einer Innovation aufdecken, erfordern zu ihrer Beseitigung sehr viel und mühevolle Kleinarbeit!
- *Zweifel.* Durch die Detailarbeiten werden im Unternehmen die Risiken aufgedeckt, die eine Innovation mit sich bringt. Dadurch werden jene auf den Plan gerufen, die am Erfolg der Arbeiten zweifeln. Schwarzmalereien und negative Einflüsse haben oft lähmende Folgen. Eine Arbeit jedoch, an deren Erfolg gezweifelt wird, ist fast immer wertlos.
- *Technische Zielvorgaben.* Im Unternehmen entstehen durch die technischen Zielvorgaben diverse Schwierigkeiten:
  - Die Zeitspanne, in der das neue Produkt auf den Markt kommen muß, wenn der erwünschte Erfolg eintreten soll, ist nicht einzuhalten;
  - die Preisvorgaben sind zu gering kalkuliert, so daß der erwartete Gewinn geringer ist oder ausbleibt;
  - die zur Verfügung stehenden Kapazitäten sind nicht ausreichend.
- *Unzureichende Mittel.* Die finanziellen und kapazitiven Mittel, die in einem Unternehmen zur Realisierung der Zielvorstellung vorhanden sind, sind nicht ausreichend.
- *Vermarktung.* Die Planungen werden für das Unternehmen zeitaufwendiger und kostspieliger, als ursprünglich geplant war. Entsprechende Nachkalkulationen werden nötig, um die Ergebnisse zu berichtigen, wobei der dazu erforderliche Zeitaufwand und das Ergebnis die Aktivitäten ebenfalls lähmen können.

- *Konflikte.* Bei der Verwirklichung von Zielvorstellungen durch die Innovation entstehen im Unternehmen Diskrepanzen zwischen den Kapazitäten, die für die Planungsarbeiten vorgesehen sind und jenen, die für die laufenden Tagesaufgaben benötigt werden.

Die hier auswahlweise aufgezählten Schwierigkeiten verhindern durch die Erkenntnisse, die aus einer Gegenüberstellung der ursprünglich eingeplanten und den tatsächlich erforderlichen Mitteln an Zeit, Personal und Finanzen gewonnen werden, die Planungsarbeiten, die für eine erfolgreiche Innovation notwendig sind.

Realisierung

Beim fünften Schritt zur Innovation — bei der Realisierung — ergeben sich u. a. folgende Schwierigkeiten:

- *Konzeption nicht praktikabel.* Das theoretische Konzept, das entworfen wurde, um eine Projektplanung zu realisieren, erweist sich als praktisch nicht durchführbar. Denn es setzt u. a. technologische Umstände voraus, die im eigenen Unternehmen nicht und in Lohnarbeiten bei anderen Unternehmen nur sehr kostenintensiv herstellbar sind. In diesem Fall wurden die Mitarbeiter aus jenen Fachbereichen, die für eine Realisierung der Ergebnisse zuständig sind, überstimmt oder in einer Welle von Begeisterung überhört.
- *Gesetzliche Vorschriften.* Die erarbeitete Konzeption erfüllt nicht in allen Punkten die verbindlichen gesetzlichen Vorschriften, oder die Empfehlungen der entsprechenden Organisationen und Verbände, die als Richtlinien gelten.
- *Bedarf unterschätzt.* Bei den Planungsarbeiten wurde der Bedarf an Kapazitäten wie Zeit, Personal und Finanzen, der nötig ist, um die Aufgaben zu realisieren, unterschätzt.
- *Stehvermögen.* Die Promotoren und Mentoren des Unternehmens besitzen nicht die Ausdauer und Geduld und nicht das Stehvermögen, das zu einer erfolgreichen Verwirklichung der gestellten Aufgaben benötigt wird. Bei den geringsten Schwierigkeiten, die bei einem neuen Projekt immer wieder auftreten können, wird sofort am Erfolg gezweifelt. Dies kann sich negativ auf die Arbeit auswirken.
- *Gewinne.* Die zu geringen Gewinne des Unternehmens engen den Handlungsspielraum ein und erschweren oder unterbinden damit eine Verwirklichung der Planungen. Ungenügende oder ungenaue Kalkulationen über die zur Verfügung stehenden finanziellen Mittel sind hierbei die Ursachen.

Die hier in einer Auswahl aufgezeigten Schwierigkeiten verhindern eine Verwirklichung der Zielvorstellung, weil bestimmte Fakten in der Planungsphase übersehen oder falsch eingeschätzt wurden. Damit wird eine Korrektur der vorhergegangenen Schritte zur Innovation veranlaßt.

Markteinführung

Beim sechsten und letzten Schritt zur Innovation — bei der Markteinführungsphase — tauchen unter anderem folgende Schwierigkeiten auf:

- *Schlechte Marketingplanung.* Die Gegebenheiten und Möglichkeiten des Marktes wurden bei der Planung falsch oder ungenügend berücksichtigt oder eingeschätzt, so daß Fehlentscheidungen negative Auswirkungen für das Unternehmen haben. Die Ursachen hierfür sind nicht selten Wunschdenken und Schönfärberei.
- *Das Produkt ist nicht marktreif.* Aus marktpolitischen Gründen wurde das Produkt noch vor Abschluß der Entwicklungsarbeiten produziert und auf den Markt gebracht. Reklamationen durch den Kunden sind keine gute Werbung, denn sie können die besten Marktchancen eines Produktes verderben, und der Kundenkreis orientiert sich bei der Konkurrenz.
- *Wettbewerbsreaktion.* Die Reaktion der entsprechenden Konkurrenzunternehmen im Wettbewerb wurde im Unternehmen falsch eingeschätzt. Dieser Fehler kann zu teilweise untragbaren Preisnachlässen führen, wenn der Marktanteil erhalten bleiben soll. Bei Investitionsgütern kann ein schlechtes Produkt auch den Umsatz der übrigen Produkte beeinflussen.
- *Konflikte.* Im Unternehmen kommt es zu Schwierigkeiten bei der Eingliederung des neuen Produktes in das laufende Geschäft.

Die hier aufgezählten Schwierigkeiten verhindern oder erschweren durch eine falsche Situationsbeurteilung die reibungslose Einführung des neuen Produktes auf dem Markt. Die Beseitigung dieser Schwierigkeiten kann sehr kostspielig werden.

Die Notwendigkeit, neue oder verbesserte Produkte auf den Markt zu bringen, ist heute für die japanischen Unternehmen keine Frage mehr.

Der Anstoß zu einer systematischen Produktentwicklung kommt deshalb in vielen Fällen bereits vor der Kundennachfrage, vor den Umsatzeinbußen bei den laufenden Produkten oder bevor sich die wachsende Konkurrenz und der Preisdruck bemerkbar machen.

Von entscheidender Bedeutung für die Innovationsplanung sind die Kenntnisse darüber, wie neue Märkte entstehen, wie neue Technologien in einem Unternehmen wirtschaftlich zur Anwendung gelangen und außerdem darüber, wie sich die Kunden in ihrem Konsumverhalten wandeln.

In Japan geben jedoch auch betriebsinterne Impulse und Ideen oft den Anstoß zu Neuentwicklungen. Eine sorgfältige Überprüfung jeder Idee — ohne Ansehen der

Person, die diese Idee hervorgebracht hat — verhindert weitgehend die Gefahr, daß eine gute Idee unberücksichtigt bleibt oder abgelehnt wird. Relativ hohe Prämien sind hier ein zusätzlicher Anreiz.

Messebesuche sind für die Japaner immer gute und zuverlässige Quellen für ihre Produktpolitik auf dem Weltmarkt. Daher ist auch der Prozentsatz der Gäste aus Japan bei den internationalen Messen relativ groß.

In der Kenntnis um den Markt und die Vorteile bestimmter Technologien nutzen die japanischen Unternehmen jene Ergebnisse öffentlich geförderter oder getragener Institutionen aus, die veröffentlicht werden. Sie wollen damit auch hier ihre Chance, diese Ergebnisse für eigene Zwecke zu nutzen, wahren. Forschungs- und Entwicklungsberichte, Patentschriften usw. sind in den japanischen Unternehmen nicht nur eine interessante Lektüre für die zuständigen Stellenleiter, sondern stehen auch den Ingenieuren zur Einsichtnahme zur Verfügung. Ein gut funktionierender Informationsdienst bietet den Ingenieuren bei der Auswertung der einschlägigen Fachliteratur große Erleichterung. Das Ergebnis einer Arbeitsanalyse bei 250 000 Wissenschaftlern in den USA, das aussagte, daß

- 10 Prozent des betriebenen Aufwandes Doppelarbeiten waren,
- 35 Prozent der geleisteten Arbeiten in der einschlägigen Literatur bereits einmal veröffentlicht wurden und
- jährlich 200 Millionen Dollar für Entwicklungsaufgaben ausgegeben wurden, die bereits früher einmal rund vier- bis fünfmal gelöst wurden,

wäre nach der Meinung von Aoyama in Japan undenkbar. (Reinheimer, Kainz, Informationssammlungen, Springer Verlag, Berlin, 1981.)

Bei kleineren und mittleren Unternehmen in Japan besteht die Innovation oft aus der Weiterentwicklung bestehender Produkte. Dies liegt daran, daß diesen Unternehmen eigene Forschung und Entwicklung wegen der ihnen nur begrenzt zur Verfügung stehenden Mittel versagt bleibt.

In Japan hat jedes Unternehmen — unabhängig von seiner finanziellen Situation — die Möglichkeit, Innovation zum eigenen Nutzen zu betreiben, um dadurch nicht nur seine Existenz, sondern auch die Arbeitsplätze zu erhalten.

Mit einer erfolgreich betriebenen Innovation sind alle Voraussetzungen erfüllt, um die Zielvorstellungen der japanischen Wirtschaft zu verwirklichen. Die Realisierung kann beginnen!

6 Realisierung der Zielvorstellungen

Nachdem alle erforderlichen Voraussetzungen — Schaffung des notwendigen Fachkräftepotentials, Durchführung des Technologietransfers und erfolgreiche Innovation — erfüllt sind, folgt der wohl wichtigste (und für die westlichen Unternehmen auch interessanteste) Aspekt bei der Verwirklichung der vorgegebenen Zielvorstellungen der japanischen Industrie: die innerbetrieblichen Arbeitsweisen in einem japanischen Industrieunternehmen.

Bild 3 zeigt schematisch die innerbetriebliche Rollenverteilung der einzelnen Stellen und deren Zusammenwirken bei der Aufgabenbewältigung. Dies kann selbst-

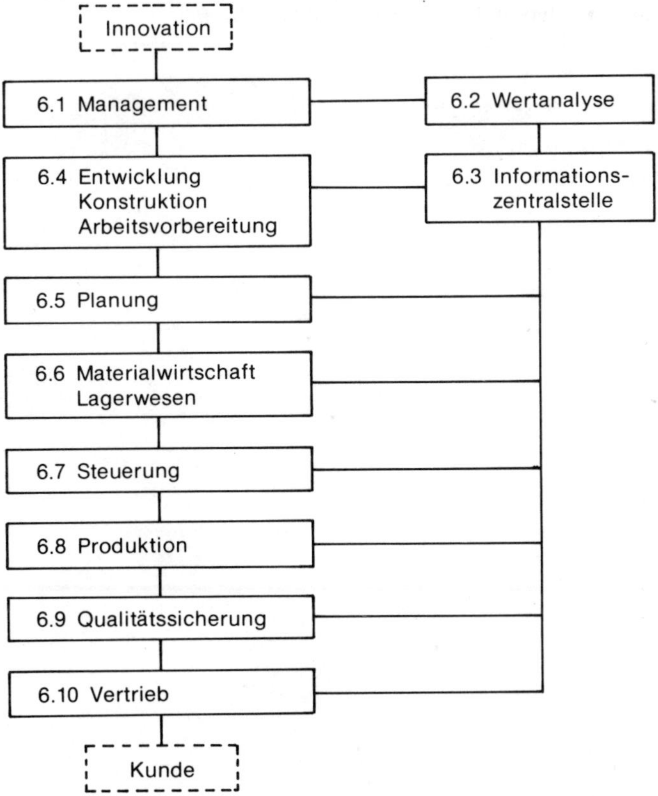

Bild 3
Innerbetriebliche Rollenverteilung der einzelnen Stellen in einem Unternehmen

verständlich firmenspezifisch sowie auftrags- bzw. branchenabhängig unterschiedlich sein.

Die folgenden Ausführungen versuchen, in Kurzform eine Beschreibung der Organisationsstruktur in einem japanischen Unternehmen zu geben. Hier sollen auch die Arbeitsweisen der einzelnen Stellen des Unternehmens beschrieben werden. Diese Ausführungen erheben jedoch keinen Anspruch auf Vollständigkeit, denn dazu ist das Gebiet zu umfangreich.

Ein aufmerksames Studium dieser Ausführungen, verbunden mit einem stillen Vergleich mit den entsprechenden Gegebenheiten im eigenen Unternehmen, könnte bereits zu wichtigen Hinweisen führen, was, wann und wie verbessert werden könnte, um die Produktivität im eigenen Unternehmen, im Fachbereich, in der entsprechenden Abteilung oder auch nur am eigenen Arbeitsplatz zu erhöhen, ohne mehr Kosten und Zeit investieren zu müssen.

6.1 Management

Durch die besonderen sozialen und kulturellen Gegebenheiten Japans unterscheiden sich die Führungspraktiken der Direktorien japanischer Unternehmen in einer Reihe wichtiger Punkte von denen der westlichen Welt.

Aber auch in Japan kam es in den vergangenen Jahren zu einigen wesentlichen Veränderungen der Führungspraktiken. Sie wurden beschleunigt durch die zunehmende Erkenntnis der im Fluß befindlichen Körperschaftsumwelt von fortschrittlichen Unternehmen.

Zu den neuen Entwicklungen in der Industriewelt haben vor allem folgende Fakten beigetragen:

- der auch für die japanischen Unternehmen wachsende internationale Wettbewerbsdruck sowohl auf den heimischen als auch internationalen Märkten;
- der Aufschwung Japans zur internationalen Wirtschaftsmacht;
- die technologische Entwicklungsrate, die in Japan durch die Schaffung jener Voraussetzungen, die zur Verwirklichung der Zielvorstellungen nötig sind, besonders hoch ist;
- die Aushöhlung der traditionellen Werte Japans durch die völlige Veränderung der Gesellschaftsstruktur;
- die Verknappung der Arbeitskräfte, die auch in Japan trotz großer Anstrengungen auf den Gebieten der Rationalisierung und Automatisierung ständig zunimmt;
- Größe und Arbeitsweisen der japanischen Unternehmen.

Aufgrund dieser in einer Auswahl aufgezeigten Fakten bemühen sich die Manager fortschrittlicher japanischer Unternehmen, die traditionellen Führungspraktiken zu ändern, um sie der umstrukturierten Situation anzupassen.

An der Spitze eines Unternehmens steht ein Direktorium, das dem Gesetz nach von der Hauptversammlung der Unternehmenseigner (z. B. Aktionäre) gewählt wird. Die Revision des japanischen Handelsgesetzbuches, die einst von der amerikanischen Besatzungsmacht veranlaßt wurde, erhöhte erheblich die gesetzliche Macht des Direktoriums und verminderte gleichzeitig auch die Möglichkeit einer Kontrolle durch die Eigentümer des Unternehmens. Aber bei den meisten japanischen Unternehmen, die dem Volk gehören, findet durch die weite Streuung der Unternehmensanteile eine sinnvolle Kontrolle ohnedies kaum statt. In vielen Fällen werden die Direktoren durch die Stellvertreter der Anteilseigner gewählt, was zur Folge hat, daß die Direktoren auf Empfehlung des Managements hin ernannt, zur Wahl gestellt und gewählt werden.

Eine Umfrage bei 1112 führenden japanischen Unternehmen hat ergeben, daß bei diesen Unternehmen durchschnittlich 14 Direktoren tätig sind. Die Größe eines

Direktoriums schwankt zwischen 5 und 37 Mitgliedern. Fast die Hälfte dieser befragten Unternehmen hat ein Direktorium, das aus 14 bis 20 Mitgliedern besteht. (Gendai Shacho no Shinjo Chosa, in Business, Juli 1966, Seite 10.)

Das japanische Handelsgesetzbuch in seiner von den Amerikanern bearbeiteten Fassung legt für das Direktorium gewisse Funktionen fest, die Führungsfunktionen jedoch sind allgemein gehalten. Daher haben die meisten Unternehmen eigene Regeln aufgestellt und damit die Funktionen des Direktoriums festgelegt. Somit kann das Direktorium z. B. folgende Entscheidungen treffen:

- für alle bedeutenden, auf die Produktion und den Umsatz bezogenen Richtlinien;
- in allen auf den Abschluß wichtiger Verträge bezogenen Angelegenheiten;
- in allen auf den Erwerb oder die Veräußerung von bedeutendem Eigentum bezogenen Angelegenheiten;
- in allen auf strittige Punkte bezogenen Angelegenheiten;
- in allen Angelegenheiten, die sich auf organisatorische Maßnahmen oder auf Personalfragen beziehen;
- alle Entscheidungen, zu denen das Direktorium durch den Beschluß der Hauptversammlung der Unternehmenseigentümer ermächtigt wurde;
- in allen Angelegenheiten zum Betreiben des Unternehmens, die in ihrer Bedeutung den oben genannten vergleichbar sind.

Diese Beispiele zeigen, daß es trotz der gesetzlichen Auflagen durch das Handelsgesetzbuch dem Direktorium überlassen bleibt, alle erforderlichen Entscheidungen nach eigenem Ermessen und nach eigenen Vorstellungen zu treffen.

Im japanischen Handelsgesetzbuch ist die Forderung verankert, daß alle Unternehmen einen oder auch mehrere Direktoren mit einer Vollmacht zur Vertretung der Körperschaft ausstatten müssen. Dadurch entstand in den Direktorien der japanischen Unternehmen eine eigentümliche Einrichtung: die repräsentativen Direktoren. Diese werden auf den Beschluß des Direktoriums hin ernannt und sind ermächtigt, alle gerichtlichen und außergerichtlichen Handlungen vorzunehmen, die sich auf die Geschäfte des Unternehmens beziehen. (Handelsgesetzbuch, Artikel 78.)

Neben dem Direktorium und der Hauptversammlung der Eigentümer ist im Handelsgesetzbuch außerdem noch das Amt eines Kansayaku (Buchprüfer) vorgeschrieben. Er wird dem Gesetz nach von den Eigentümern jeweils für die Dauer eines Jahres gewählt, kann aber in den folgenden Jahren wiedergewählt werden. Der Kansayaku kann zwar Miteigentümer des Unternehmens sein, darf jedoch nicht gleichzeitig Direktor, Manager oder Angestellter sein. (Handelsgesetzbuch, Artikel 273.) Seine Aufgabe ist die Prüfung der Bücher und bei der Hauptversammlung der Eigentümer muß er — als Kommentar zur Buchvorlage durch die Direktion — seine Ansichten über die Bücher vortragen.

In Japan zählen nur die Mitglieder des Direktoriums zum Spitzenmanagement. Außer für sie und die Kansayaku gibt es für die Leiter eines Unternehmens keine statutenmäßig festgesetzten Bestimmungen über besondere Positionen. Alle Pflichten der leitenden Angestellten werden durch Gesellschaftsvertrag, Beschlüsse des Direktoriums oder durch interne Regelungen festgelegt.

Die Spitzenpositionen im Management sind in mehrere hierarchische Ebenen unterteilt:

- Vorsitzender des Direktoriums
- Präsident des Unternehmens
- geschäftsführender Vizepräsident
- Hauptgeschäftsführer
- Geschäftsführer
- Direktor.

Diese Titel stimmen auch ohne eine gesetzliche Verpflichtung bei den verschiedenen japanischen Unternehmen überein.

Beispiel:

In einem Unternehmen besteht das Spitzenmanagement aus 26 Geschäftsführern. Dabei ist das Amt des Direktoriumsvorsitzenden, wie in Japan allgemein üblich, von einem pensionierten Präsidenten besetzt.

Die Rolle des Vorsitzenden des Direktoriums ist bei den einzelnen Unternehmen sehr verschieden. In einigen Unternehmen ist der Vorsitzende des Direktoriums gleichzeitig Hauptgeschäftsführer, der aktiv an der Leitung des Unternehmens teilnimmt und eine wichtige Stimme hat. In anderen Unternehmen ist seine Funktion wieder nur rein repräsentativer Natur.

Dem Präsidenten sind drei geschäftsführende Vizepräsidenten verantwortlich, von denen zwei Funktionen erfüllen und einer keine betriebliche Verantwortung hat.

In der Hierarchie des Spitzenmanagements kommen nach den geschäftsführenden Vizepräsidenten zwei leitende Geschäftsführer. Einer dient als Abschnittsleiter, dem anderen unterstehen die drei Verwaltungsabteilungen Finanzen, Buchhaltung und Einkauf.

In der nächsten Stufe gibt es sieben Geschäftsführer, wovon einer die Entwicklungs- und Konstruktionsabteilung leitet, zwei für die Verwaltungsabteilungen verantwortlich sind, einer der Leiter des Verkaufsbüros in Japan ist und jeder der restlichen drei als Abschnittsleiter dient.

Die unterste Position im Spitzenmanagement ist die eines Direktors. Von den zwölf Direktoren ist einer Präsident einer assoziierten Firma, sechs sind Leiter größerer Werke, einer ist Leiter des internationalen Abschnittes und die restlichen vier dienen als stellvertretende Leiter von Betriebsabschnitten.

Neben den hier erwähnten Positionen gibt es noch Berater, die die Spitzenpositionen begleiten. Der Berater ist in den meisten Fällen ein pensionierter leitender Geschäftsführer, der seinen Posten ehrenamtlich versieht. Diese Berater sind nicht Mitglieder des Direktoriums.

In den meisten Unternehmen gibt es einen geschäftsführenden Ausschuß, der sich aus leitenden Direktoren zusammensetzt und einmal in der Woche tagt. Bei diesen Tagungen werden wichtige Fragen diskutiert und Verwaltungsfunktionen des allgemeinen Managements ausgeübt. Dieser Ausschuß ist zwar kein gesetzliches Körperschaftsorgan, seine Bedeutung aber übersteigt die des Direktoriums.

Die meisten japanischen Unternehmen sind dezentralisiert. In vielen Fällen ist der Sitz des Unternehmens in Tokyo oder Osaka, wo auch die wichtigsten Verwaltungsbüros untergebracht sind. Die Werke, Verkaufsbüros und Forschungsabteilungen hingegen sind über das ganze Land verstreut oder befinden sich in Übersee.

Der Hauptsitz eines Unternehmens beherbergt u. a. folgende Verwaltungsabteilungen: Planung, Personal, Finanzen, Buchhaltung, Öffentlichkeitsarbeit und das Büro für evtl. Tochtergesellschaften. Die Linienfunktionen sind entweder ihren Funktionen oder den Produkten gemäß in entsprechende Abteilungen aufgeteilt. Eine Aufteilung nach Funktionen findet dabei nur bei solchen Unternehmen statt, die lediglich eine begrenzte Anzahl von Produkten herstellen. Das enorme Wachstum und die Vermehrung der Produkte in den letzten Jahren haben viele große Unternehmen veranlaßt, Organisationsabschnitte einzurichten, die den größeren Erzeugnissen entsprechen.

In allen Organisationsformen der Unternehmen erfolgt eine Aufteilung der Funktions- oder Produktionsabschnitte in dieser Linie. Eine Abteilung ist in mehrere Unterabteilungen aufgeteilt, die jeweils aus etwa zwölf bis zwanzig Mitarbeitern bestehen. Dabei sind die Hälfte bis zwei Drittel Manager und der Rest Büroangestellte. Einige Unternehmen haben diese Unterabteilungen noch in zwei oder drei Sektionen aufgeteilt, von denen jede mehr als sechs Mitarbeiter beschäftigt.

Ein wesentliches Merkmal der japanischen Unternehmen ist die Kollektivierung der Organisationseinheiten. Dies ist aus der Organisationskarte klar ersichtlich, in der die Organisation in Abschnitten, Abteilungen und Unterabteilungen dargestellt ist und nicht in einer Position. Lediglich die Spitzenpositionen des Direktoriumsvorsitzenden und des Präsidenten werden angegeben, da die Japaner traditionsgemäß der offiziellen Führungsposition eines Kollektivs große Wichtigkeit beimessen. Mit Ausnahme dieser beiden Spitzenpositionen werden alle weiteren Spitzenpositionen des Managements nur als Direktorium oder geschäftsführender Ausschuß bezeichnet. Deshalb ist aus dem Organisationsplan alleine nicht zu ersehen, wie viele Spitzenpositionen das Management eines Unternehmens hat. Dies gilt auch für die stufenförmig unter- und übergeordneten Abteilungen. Auch das in vielen japanischen Unternehmen übliche Organisationshandbuch beschreibt lediglich die jeweiligen Aufgabengebiete und Verantwortlichkeiten nach Abschnitt, Abteilung oder Unterabteilung, und nicht nach den einzelnen Positionen.

In Japan wird eine Aufgabe von einer Gruppe erfüllt und nicht von Einzelpersonen. Somit wird auch die Verantwortung von der ganzen Gruppe getragen. Die Gruppe hat zwar einen Leiter mit dem entsprechenden Titel und Status, aber die Aufgabe wird nicht ihm, sondern der ganzen Gruppe übertragen. Nur die Leistung dieser Gruppe zählt, nicht die eines Einzelnen oder ihres offiziellen Leiters. In der Tatsache, daß die grundlegende Einheit der Organisation eine Gruppe und nicht der einzelne Mitarbeiter ist, liegt einer der wesentlichsten Unterschiede zwischen dem japanischen Management und der im Westen üblichen Organisation.

Durch diese Gruppenorientierung erfolgt die Aufgabenstellung nur in allgemeinen Begriffen. In japanischen Unternehmen gibt es keine Arbeitsvorschriften, die ins Detail gehen. Eine Aufgabe wird nur durch die gemeinsame Arbeit aller Gruppenmitglieder erfüllt. Deshalb fragt der japanische Manager auch nicht danach, wer eine Aufgabe erfüllt oder die Verantwortung dafür trägt, sondern er ist vor allem an einer harmonischen Zusammenarbeit der Gruppenangehörigen interessiert, mit der die Aufgabe erfüllt wird.

Religion, Tradition und Erziehung prägten über Jahrhunderte hinweg die Mentalität des Japaners und bilden auch die Wurzeln seiner kollektivistischen Auffassung. Deshalb sind für das japanische Management Treue und Pflichterfüllung gegenüber der Gruppe sowie Harmonie und Zusammenarbeit unter den Gruppenmitgliedern die wichtigsten Eigenschaften. Funktion und Verantwortlichkeit des Einzelnen sind dabei nur von sekundärer Bedeutung. So ist auch das Interesse jedes Mitarbeiters der Gemeinschaft verpflichtet, und das Management erwartet von ihm, daß er alles tut, was jeweils als das Wichtigste bei der Erfüllung der gemeinschaftlichen Ziele erachtet wird. Von den japanischen Managern erwartet man, daß sich jeder mit dem Unternehmen identifiziert und die Interessen des Unternehmens mit denen des Mitarbeiters eng verknüpft sind. Dies erfordert eine rudimentäre Aufgabenzuteilung, denn nach der japanischen Auffassung über die Körperschaftsorganisation ist eine genaue Definition der einzelnen Funktionen und Verantwortlichkeiten nicht erforderlich, denn eine solche Definition könnte die Harmonie unter den einzelnen Gruppenmitgliedern stören. Aber auch andere Aspekte der traditionellen Managerpraktiken haben dazu beigetragen, daß kein Bedürfnis nach einer klar umrissenen Definition für die einzelnen Verantwortlichkeiten und Funktionen besteht.

Ein weiteres Merkmal der Organisationsstruktur in japanischen Unternehmen liegt darin, daß man auf den hierarchischen Aufbau großen Wert legt. Dabei wird der relative Status jeder Organisationseinheit zu anderen Einheiten genau definiert sowie das vertikale Verhältnis der Einheiten untereinander betont. Das Interesse für das horizontale Verhältnis zwischen Abteilungen, die durch ihre Funktionen miteinander verbunden sind, ist gering.

Chie Nakane beschreibt die japanische Gruppenstruktur folgendermaßen:

Eine Gruppe besteht aus den Mitarbeitern A, B und C. In der Gruppenstruktur übernimmt A die Leitung von B und C. Damit sind B und C hierarchistisch mit A verbunden, eine direkte Verbindung zwischen B und C besteht aber nicht. Die hierarchistische Verbindung ist die einzige in diesem Gruppentyp. Ein neues Mitglied kann nur aufgrund eines besonderen Verhältnisses mit einem der vorhandenen Mitglieder der Gruppe beitreten und es muß daher auf der untersten Stufe der Hierarchie beginnen. (Chie Nakane, Tate Shakai no Ningen Kankei, Tokyo, Seite 114—115.)

In der Organisationsstruktur japanischer Unternehmen ist der offizielle Status jedes Mitgliedes im Verhältnis zu den anderen Mitgliedern der Hierarchie genau in allen Einzelheiten festgelegt. Die Faktoren Bildungsniveau und Dienstalter sind ausschlaggebend für den Platz, den jedes Mitglied in einer Organisation einnimmt. Es ist typisch für japanische Unternehmen, daß der relative Status jedes einzelnen Mitarbeiters sehr streng definiert beobachtet wird, aber nicht seine Funktion und Eigenverantwortlichkeit. Die Gründe dafür liegen in den traditionellen und kulturellen Werten Japans, die ebenfalls den hierarchischen Status betonen.

Die Organisationsstruktur hat also einen großen Einfluß auf die Führungsfunktionen. Da die Gemeinschaft die Grundlage der Arbeitsleistung ist, besteht die Hauptfunktion des Leiters darin, die Leistung der ganzen Gruppe zu erhöhen, indem man Spannungen vermeidet und einen starken Gruppengeist zu einer Gruppensolidarität erhöht. Die Hauptfunktion des Leiters besteht also darin, ein angenehmes Klima für die Gruppe zu schaffen, damit diese ihre Ziele erreicht. Dadurch ist es in Japan allgemein üblich, daß der Leitung nur begrenzte Funktionen und somit eine relativ passive Rolle zukommen. Eine Anzahl von Geschäftsführern, mit denen der Verfasser gesprochen hat, hat die Rolle des Leiters in dieser Weise gesehen.

Eine Führungsstelle erfordert große Geschicklichkeit, um harmonische menschliche Verhältnisse herstellen und damit die Gruppensolidarität entwickeln zu können. Technische Fähigkeiten sind dabei weniger wesentlich, sie können sogar hinderlich sein, weil sie es dem Leiter möglicherweise erschweren, die Gruppe zur Zusammenarbeit zu motivieren. (Chie Nakane, Tate Shakai no Ningen Kankei, Tokyo, Seite 146.)

Es ist bemerkenswert, daß die Leitung japanischer Organisationen eine relativ ungewisse Macht besitzt. Dies liegt daran, daß es zwischen der Autorität und der Funktion des Einzelnen keine klare Trennung gibt. Bei besonders starken Leitern gibt die vertikale und hierarchisch gegliederte Organisationsstruktur ihrer autoritären und autokratischen Leitung nach. Kann sich hingegen ein mit der Leitung der Gruppe beauftragter Mitarbeiter nicht durchsetzen, so wird die indirekte Art der Gruppenleitung die Macht schwächen und die Freiheiten einschränken. Dies kann soweit führen, daß die Kontrolle der Gruppe ausschließlich bei den wichtigen Untergebenen ruht, während der Leiter nur ein Strohmann ist. Ein Leiter kann seine Position oft nur dadurch halten, daß er durch eine geschickte Behandlung einiger wichtiger Untergebener ein feines Gleichgewicht der Kräfte herstellt. Aus diesen Gründen ist es sehr schwer, die Qualität und Leistungsfähigkeit einer japanischen Organisation nach ihrem offiziellen Leiter zu beurteilen. (Chie Nakane, Tate Shakai no Ningen Kankei, Tokyo, Seite 141—144.)

Ein weiterer bemerkenswerter Faktor in der Organisationsstruktur japanischer Unternehmen ist die Einteilung in getrennte Abteilungen mit deutlichen Eigenbereichen. Die Kontrollspanne ist dadurch zwar sehr eingeengt, weil jeder Einheit nur eine geringe Anzahl von Funktionen zugewiesen ist, aber es ist durchaus nicht ungewöhnlich, daß ein Abteilungsleiter oder Geschäftsführer der oberen Mittelstufe mehrere Stellvertreter hat, die nicht mehr als zwei oder drei Abteilungen leiten.

Für die Organisationszersplitterung gibt es mehrere Gründe:

- Die traditionelle Abneigung des Spitzenmanagements, Autorität auf die untere Stufe zu übertragen;
- das rasche Wachstum der meisten japanischen Unternehmen nach dem Krieg, das eine systematische Organisationsentwicklung sehr erschwert hatte, so daß neue Organisationseinheiten geschaffen bzw. vorhandene unterteilt werden mußten;
- die Bedeutung der Organisationsplanung und -entwicklung als ein kontinuierlicher Prozeß wurde von der Unternehmensleitung nicht immer erkannt;
- einige Geschäftsführer halten die Organisationsplanung und -entwicklung nicht für notwendig, da ihrer Meinung nach die Mitarbeiter das Wesen der Organisation bestimmen und daher Organisationsstrukturen wenig bedeuten, solange das Unternehmen fähige und hart arbeitende Mitarbeiter hat;
- einige wenige Geschäftsführer leisten einer systematischen Organisationsplanung sogar aktiven Widerstand, weil sie befürchten, daß er ihre inoffizielle Machtstruktur schwächen könnte.

Aus diesen Gründen werden Organisationsplanung und -entwicklung oft vernachlässigt oder niedrigeren Stufen des Managements überlassen, wobei angemerkt werden muß, daß die japanischen Geschäftsführer sehr gebildet und hochintelligent sind. Oft fehlen ihnen aber eine spezielle Führungsschulung und die notwendigen Verwaltungsfähigkeiten.

Ein weiterer wichtiger Grund für die Zersplitterung der Organisation ist die Anstellung auf Lebenszeit mit einem Entlohnungssystem, das auf dem Dienstalter beruht. So werden Abteilungen und Unterabteilungen zum Teil nur deswegen geschaffen, damit man mehr Direktorenstellen hat, in denen man die Mitarbeiter unterbringen kann, die aufgrund ihres Dienstalters Anspruch auf solch eine Position haben.

Inzwischen verbreitet sich immer mehr die Erkenntnis, daß einige der wesentlichen Merkmale dieser traditionellen Organisationsstrukturen nicht mehr den Realitäten entsprechen und den Forderungen der Umwelt nicht mehr gerecht werden. Bedingt durch das rapide industrielle Wachstum nach dem Kriege — verbunden mit wachsenden Forderungen an die Umwelt — begannen in den letzten Jahren einige fortschrittliche japanische Unternehmen mit der Modernisierung ihrer Körperschaftsorganisation. Die größte Unzulänglichkeit in der Organisation des japanischen Spitzenmanagements lag darin, daß ein funktionsfähiges Direktorium fehlte. In 17 von 20 untersuchten Unternehmen bestand das Direktorium nämlich ausschließlich aus hauptamtlichen Geschäftsführern, bei den übrigen drei Unternehmen gab es nur einen externen Direktor. In einem dieser drei Unternehmen war der Direktor gleichzeitig Präsident einer assoziierten Gesellschaft des Unternehmens, und in den beiden anderen Gesellschaften war das externe Mitglied Geschäftsführer der Muttergesellschaft gewesen, bevor er diese Position einnahm. Der Brauch, das Direktorium mit Geschäftsführern zu besetzen, die im Unternehmen eine leitende Stellung innehaben, ist eine Erscheinung, die aus den wirtschaftlichen Reformen der Nachkriegszeit, der Auflösung des Zaibatsu, den Entflechtungsversuchen und der Abschaffung von Schlüsselstellungen resultiert. Die so freigewordenen Stellen wurden mit hauptamtlich tätigen Geschäftsführern besetzt. Die weite Streuung der Aktien in der Nachkriegszeit erleichterte es den neuen Geschäftsführern, diese Praxis fortzusetzen.

Die Macht, die Direktoren zu wählen, liegt bei einem oder zwei leitenden Direktoren — gewöhnlich beim Vorsitzenden des Direktoriums — und beim Präsidenten. In einigen Fällen werden die Hauptaktionäre, das Spitzenmanagement oder die Hauptbank des Unternehmens konsultiert. Die auf diese Weise gewählten Direktoren dienen den Wünschen der dienstälteren Direktoren. Dies bewirkt, daß das Direktorium ausschließlich aus Untergebenen der älteren Direktoren besteht. Das wiederum führt dazu, daß ein solches Direktorium nicht die Unabhängigkeit und Leistungsfähigkeit besitzt, die nötig wäre, um entsprechende Entscheidungen fällen zu können. Da die Position in einer Direktion jedoch sehr begehrt ist, wollen die jungen Direktoren diese Position so lange wie möglich besetzen. Deshalb verhalten sich die jungen Direktoren den älteren gegenüber sehr zurückhaltend, weil sie befürchten, sonst wieder auf eine unbedeutende und mit weniger Ansehen verbundene Position oder in das Direktorium einer Tochtergesellschaft versetzt zu werden. In einem japanischen Unternehmen braucht ein junger Direktor sehr viel Mut, um älteren Direktoren zu widersprechen oder unliebsame Ansichten zu vertreten und Entscheidungen zu kritisieren, selbst wenn dies nachweisbar im Interesse des Unternehmens erfolgt.

Takeyoshi Kawashima erklärt diese Situation:

„Wenn objektiv ein Interessenkonflikt vorhanden ist, sollten die Untergebenen immer dem Vorgesetzten nachgeben. Wenn es innerhalb einer Gruppe eine Meinungsverschiedenheit gibt, sollte es niemals vorkommen, daß der Untergebene den Streit gewinnt.
Die Geschicklichkeit besteht darin, dem Vorgesetzten einen Ausweg zu lassen, damit es so aussieht, als ob der Vorgesetzte die Lösung als erster vorgeschlagen hat. Das ist die Art von Geschicklichkeit, von der in der japanischen Gesellschaft der Erfolg abhängt."
(In: R. P. Dore, City Life in Japan: A Study of a Tokyo Ward, Berkeley 1958, Seite 208—209.)

Davon sind auch die Direktoren nicht ausgenommen, denn die Hierarchie besitzt die Tendenz, nicht nur das offene Verhalten der Menschen, sondern auch deren Gedankengänge zu beeinflussen. Dadurch werden junge Direktoren daran gehindert, in Gegenwart der älteren ihre Ansichten frei zu äußern, und die älteren wiederum sind in der Akzeptierung von freien Meinungsäußerungen jüngerer Direktoren gehindert. Wenn man außerdem bedenkt, daß — mit wenigen Ausnahmen — die Direktoren ihre ganze berufliche Laufbahn in einer einzigen Organisation verbracht haben (also rund 25 bis 30 Jahre), und damit die ganze Zeit über ihr Abhängigkeitsverhältnis gegenüber den Vorgesetzten bestand, dann ist es verständlich, daß eine solche Methode den Wert des Direktoriums für ein Unternehmen sehr stark begrenzt und den Wechsel jüngerer Direktoren erhöht.

Die Macht innerhalb eines Unternehmens konzentriert sich deshalb auf zwei oder drei der höchsten Geschäftsführer. Es gibt auch kein selbständiges Gremium, das ihre Leistungen kontrolliert. Auch die Funktion der Buchprüfer ist in der Praxis sehr begrenzt, weil im Handelsgesetzbuch einschlägige Vorschriften über ihre Unabhängigkeit fehlen. Wie die Direktoren werden die Buchprüfer von der obersten Geschäftsleitung bestellt. Theoretisch sollten die Buchprüfer vom Direktorium unabhängig sein, in der Praxis jedoch werden sie als Untergebene des Direktoriums betrachtet.

Obwohl die älteren Geschäftsführer von ihrer Wahl im allgemeinen vorsichtig Gebrauch machen, gab es einige Fälle, in denen eine Fehlbeurteilung oder falsche Einschätzung und Berechnung durch die älteren Direktoren vom Direktorium nicht bemerkt wurden. Dies führte zu schwerwiegenden Konsequenzen für die betroffenen Unternehmen.

Die Altersgrenze zur Pensionierung liegt für alle Mitarbeiter — sofern sie nicht die Position eines Direktors innehaben — zur Zeit noch bei 55 Jahren. In den großen japanischen Unternehmen ist die Amtsdauer der höchsten Geschäftsführer jedoch, wenn nicht ein offenkundiger Leistungsmangel nachgewiesen werden kann, ausschließlich deren Ermessen überlassen.

Als Beispiel hierzu sollen die 16 Ratsmitglieder der Sitzung zur Entscheidung über Annahme oder Ablehnung der Zielvorstellungen der japanischen Wirtschaft vom 25. Mai 1971 dienen:

- Kogoro Uemura, 78 Jahre, seit 1968 Vorsitzender des mächtigen Keidanren (Industrieverbandes);
- Teizou Horikoshi, 73 Jahre, Mitglied einer Reihe von Vorständen und Aufsichtsräten japanischer Unternehmen;
- Hiromi Arisawa, 76 Jahre, Ökonomieprofessor und Mitglied des nationalen Kernenergierates, Raumfahrtrates usw.;
- Eiji Kageyama, erst 55 Jahre, Geschäftsführer der Handelskammer Tokyos;
- Toshio Doko, 75 Jahre, Vorstandsvorsitzender bei Toshiba;
- Yoshizane Iwasa, 66 Jahre, Vorstandsvorsitzender der Fuji-Bank;
- Tetsuzo Mizukami, 68 Jahre, Direktor des Hauses Mitsui;
- Jiro Enjoji, 65 Jahre, Geschäftsführer der Nihon Keizai Shimbun;
- Kaneo Ishihara, 60 Jahre, Geschäftsführer der staatlichen Japan Development Bank (Nippon Kaihatsu Ginko);
- Takeo Ishihara, 63 Jahre, Industriedirektor;
- Koushichi Ueno, 65 Jahre, Kraftwerksdirektor;
- Hisatsugu Tokunaga, 63 Jahre, Direktor von Nippon Steel;
- Yoshimichi Hori, 76 Jahre, Kraftwerksdirektor;
- Hajime Tagaki, 63 Jahre, Direktor verschiedener Organisationen;
- Michikazu Kono, 63 Jahre, stellvertretender Chef der Japanischen Reichsbank;
- Toshio Eguchi, 66 Jahre, Polizeidirektor von Tokyo.

(Stand: Mai 1971)

Während diese Direktoren besonders lange in ihren Positionen bleiben, kommt es im unteren Spitzenmanagement zu einem relativ häufigen Wechsel. Dieses System führt naturgemäß zu Machtkämpfen innerhalb des Spitzenmanagements. Das hat auch zur Folge, daß jene Direktoren, die nach Spitzenpositionen streben, die jeweiligen Stelleninhaber mit allen erlaubten, aber auch unehrenhaften Mitteln aus ihren Positionen herauszudrücken versuchen, da dies für sie der einzige Weg zu sein scheint, einen Wechsel herbeizuführen.

Eine Alternative hierzu wäre die Aufnahme externer Direktoren in das Direktorium. Da dies aber auch wieder die Macht der jeweiligen Stelleninhaber schwächen würde, wehren sich diese mit folgenden Argumenten dagegen:

- Auch in Japan sind qualifizierte Direktoren sehr schwer zu finden (ein berechtigter Einwand);

- Durch den Mangel an Vertrautheit mit den Gegebenheiten des Unternehmens ist der Wert eines externen Direktors nur begrenzt (ein unberechtigter Einwand).
  Naturgemäß kennen externe Direktoren nicht die intimen Gegebenheiten in einem Unternehmen, richtig ausgewählt jedoch wird dieser scheinbare Mangel durch unabhängige Ansichten sowie neue Ideen und Erfahrungen, die dem Unternehmen zur Verfügung gestellt werden, kompensiert.

Eine Reihe japanischer Unternehmen hat in der letzten Zeit als Kompromiß ein Pensionsalter für das Spitzenmanagement eingeführt, um jungen Talenten aus dem Unternehmen eine Chance zu geben. Beispiel aus einem Unternehmen:

- 60 Jahre für einen Direktor
- 63 Jahre für einen Geschäftsführer
- 65 Jahre für höhere Geschäftsführer und geschäftsführende Vizepräsidenten
- 67 Jahre für Präsidenten.

Da diese Praxis einen groben Verstoß gegen die Tradition darstellt, wurde sie für die japanischen Geschäftsführer zu einer sehr umstrittenen Angelegenheit.

Bei den meisten japanischen Unternehmen, die der Verfasser aufsuchte, konnte man folgendes feststellen:

Praktisch trägt jedes Mitglied des Spitzenmanagements eine direkte Verantwortung für bestimmte betriebliche Aufgaben und ist dadurch auf seinem Gebiet mit den täglichen Problemen des Unternehmens eng verbunden. Jedes Mitglied wird also in routinemäßige Entscheidungen einbezogen. Die drei Stufen des Spitzenmanagements — Direktorium, allgemeines Management und die Abschnitts- und Abteilungsleiter — sind daher praktisch nicht voneinander zu unterscheiden, weil alle drei Stufen, trotz der offiziellen Unterschiede in ihren jeweiligen Funktionen, von den gleichen Geschäftsführern besetzt sind. Die enge Identifizierung der leitenden Geschäftsführer mit den täglichen Aufgaben führt zu einer starken Verengung ihres Gesichtskreises. Bei Interessenkonflikten besteht immer die Möglichkeit, daß das Interesse der Gruppe über dem des Unternehmens steht. Der Mangel an Vertrautheit mit den anderen Gebieten schränkt die Fähigkeit, über andere wichtige Entscheidungen vom Standpunkt der ganzen Geschäftsleitung aus zu beraten, sehr stark ein.

Wegen der Arbeitsüberlastung fehlt den einzelnen Mitgliedern des Spitzenmanagements nicht selten die Zeit, einen Vorschlag, der diskutiert werden soll, mit der Sorgfalt, die für eine gute Vorbereitung unerläßlich ist, zu studieren. Daher besteht die Gefahr, daß auch gut vorbereitete Vorschläge zurückgewiesen werden, da die Mitglieder des Ausschusses, die darüber zu entscheiden haben, unsachgemäß Stellung nehmen.

Dagegen sind bei fast allen japanischen Unternehmen der Vorsitzende des Direktoriums, der Präsident und die geschäftsführenden Vizepräsidenten von betrieblichen Verantwortlichkeiten befreit. Diese Stellenleiter müssen sich für die politischen und sozialen Beziehungen des Unternehmens interessieren und das Unternehmen bei anderen Organisationen wie z. B. Regierungsstellen, Handelsverbänden, Finanzinstituten und größeren Kunden vertreten. Einige Geschäftsführer investieren daher ihre Zeit in die Erfüllung jener Pflichten, die einen unmittelbaren Erfolg versprechen. Ihren Mitdirektoren bleibt es dann überlassen, sich mit den weniger erfolgversprechenden und oft enttäuschenden Problemen des allgemeinen Managements herumzuschlagen. Daher findet man in vielen Unternehmen keinen Stellenleiter, der ständig seine ganze Aufmerksamkeit den überbetrieblichen Dingen widmet.

Fortschrittliche Unternehmen haben in den letzten Jahren verschiedene Schritte unternommen, um dieses Problem zu lösen. Einige solcher Schritte sind zum Beispiel:

- Hohe Geschäftsführer werden von der unternehmerischen Verantwortung befreit, um für das allgemeine Management mehr Zeit zu haben.
- Durch offizielle Vorkehrungen in den Organisations- und Betriebsanweisungen wird der Schwerpunkt auf die allgemeine Managerverantwortlichkeit verlagert. Der Präsident, der geschäftsführende Vizepräsident und die älteren Geschäftsführer werden im Rahmen des Organisationsaufbaus in die gleiche Kategorie eingereiht, um damit zu betonen und auch offiziell zu dokumentieren, daß sie als Gruppe die allgemeine Managerverantwortlichkeit haben.
- In bestimmten Zeitintervallen widmet sich eine ganze Sitzung des geschäftsführenden Ausschusses der Diskussion von Fragen, die sich auf das Unternehmen als Ganzes beziehen.

Alle diese Anstrengungen hatten jedoch nur einen mäßigen Erfolg.

Die traditionelle Beförderungsmethode für die leitenden Direktoren hemmte alle Bemühungen. Der Normalfall ist der Aufstieg eines Geschäftsführers innerhalb eines bestimmten Funktionsbereiches. Beförderungen erfolgen zwar auch aufgrund von technischen Fähigkeiten auf bestimmten Gebieten, bei allen Beförderungen aber wird immer das Kriterium des Dienstalters miteinbezogen und nicht etwaige Fähigkeiten zum Geschäftsführer.

Eine der Stärken japanischer Unternehmensorganisationen liegt in der Leichtigkeit, mit der ein Stellenleiter seine Gruppe mobilisiert. Grund hierfür ist die klare vertikal und hierarchisch geordnete Linie im Aufbau der Organisation. Dabei ist auch in der kompliziertesten Organisation die Kommunikationslinie vom Leiter bis zum letzten Mitarbeiter vertikal gegliedert und unzweideutig. So kann leicht und schnell die nötige Verbindung hergestellt werden und der hierarchische Aufbau wird durch die autoritäre und autokratische Kontrolle unterstützt. Gruppeneinigkeit und Gruppenzusammenarbeit können durch die Gruppensolidarität in japanischen Unternehmen leicht erreicht werden. Diese latente Stärke manifestiert sich besonders in Krisenzeiten, denn in einer Notlage kann ein Stellenleiter schnell und erfolgreich seine Gruppe mobilisieren und sie zur Lösung der anstehenden Probleme einsetzen. Das Zusammengehörigkeitsempfinden innerhalb einer Gruppe mobilisiert bei einer Gefahr enorme Energien und die einzelnen Mitglieder einer Gruppe sind auch bereit, ihr eigenes Interesse zum Schutz der Gruppe zurückzustellen oder sogar zu opfern. (Nakane, Tate Shakai no Ningen Kankei, Seite 128.)

Eine weitere Stärke der japanischen Unternehmen ist ihre Flexibilität. Durch die unklar definierten Verantwortlichkeiten der einzelnen Stellen und deren Aufgaben können fähige Mitarbeiter eine höhere Verantwortung tragen, als es ihrem Status im Rahmen der Organisation entspricht. So können sich Mitarbeiter auch ohne den entsprechenden Status frei entfalten, solange sie taktvoll sind und die offizielle Hierarchie nicht zerstören. Die Ehrerbietung Vorgesetzten gegenüber ist alles! (Nakane, Tate Shakai no Ningen Kankei, Seite 152.)

Eine Schwäche der japanischen Unternehmensorganisationen ist die große Empfindlichkeit, die die Japaner in bezug auf ihre Stellung in der Hierarchie an den Tag legen. Dies trifft sowohl für den einzelnen Mitarbeiter als auch für die ganze Gruppe zu. Nicht selten muß die Gemeinschaft die Ziele nach den Maßstäben der Konkurrenzunternehmen festsetzen, um eine Solidarität in der Gruppe zu erreichen. Dies bedeutet, daß ein Unternehmen sich an den Zielen der Konkurrenz orientieren muß, wenn es die eigenen Ziele erreichen will, weil dadurch die Gruppen im eigenen Unternehmen mobilisiert und zu besseren Leistungen motiviert werden können. Dagegen ist eine Festlegung von Zielen nach eigenen Interessen und Bedürfnissen sehr schwierig.

Eine weitere Schwäche in der japanischen Unternehmensorganisation liegt darin, daß die Position der Stellenleiter durch die eigenartige Gruppengestaltung (in der der Gruppenleiter in sehr hohem Maße auf die Unterstützung seiner Mitarbeiter angewiesen ist) unsicher ist. Dies führt nicht selten zu internen Gruppenkämpfen und zum Versuch einer Machtbeeinflussung. Bedingt durch die stark vertikal orientierte Organisationsstruktur kommt es häufig zu Machtkämpfen auf der Ebene der Spitzenmanager, in die die Mitarbeiter der unteren Ebenen mithineingezogen werden können. Um das Gleichgewicht der Kräfte innerhalb einer Organisation zu erhalten, kann der Leiter einer Gruppe, wenn er sich seine Position erhalten will, in die Maßnahmen verwickelt werden, die gegenüber seinem wichtigsten Mitarbeiter erforderlich sind. Da die Harmonie eine absolute Priorität besitzt, kann die Fähigkeit der Organisation, Neuerungen einzuführen, zur Aufrechterhaltung der Harmonie stark beeinflußt werden.

Einige Folgen dieser Schwächen sind:

- Verdoppelung des Einsatzes
- Überschneidung von Autoritäten
- Komplizierung der Befehlsgewalt

- Starrheit im Aufbau der Organisation
- Beeinträchtigung der Flexibilität des Unternehmens
- Verzögerung von Entscheidungen
- Erschwerung der Kommunikation innerhalb der Organisation
- Beeinträchtigung des Einsatzes der Mitarbeiter
- Unterbindung von Anreizen für fähige Mitarbeiter.

Besonders in den siebziger Jahren wurden zur Beseitigung dieser Schwächen besondere Maßnahmen getroffen, die nicht ohne Folgen geblieben sind. Die beiden bekanntesten Maßnahmen dabei sind:

- Für jede Schlüsselposition wurde die Funktion und Verantwortung durch eine detaillierte Arbeitsplatzeinteilung und Arbeitsplatzbeschreibung klar definiert.
- Im Management wurde das System der Arbeitsteilung eingeführt. Für die Einteilung nach Abteilungen schaffte man eine rationelle Grundlage. Zersplitterte Unterabteilungen wurden zusammengelegt und Abteilungen entsprechend ihren Hauptmerkmalen zu größeren Organisationseinheiten konsultiert. Durch diese Maßnahmen wurde die Verteilung der Verantwortlichkeiten beträchtlich vereinfacht, übersichtlicher gestaltet und damit auch der Einsatz der Mitarbeiter verbessert und intensiviert.

Durch diese Reorganisation der Organisationsstruktur wurden eine Reihe von Unterabteilungen abgeschafft und damit die Starrheit in der Organisation mit ihren Hindernissen zwischen den einzelnen Unterabteilungen beseitigt. Aber man gab damit auch vielen Stellenleitern die Möglichkeit, die einzelnen Mitarbeiter den anstehenden Aufgaben entsprechend zweckmäßiger, produktiver und flexibler einzusetzen und eine Reihe von Mitarbeitern von ihrer administrativen Verantwortung zu befreien.

Eine solche Reorganisation, mit all ihren firmeninternen Struktur- und Verantwortlichkeitsreformen, hätte in den westlichen Industrienationen lediglich eine kurze Mitteilung im Wirtschaftsteil der Presse zur Folge gehabt. Für japanische Verhältnisse jedoch bedeuteten diese Reformen einen Bruch mit den alten Traditionen. Deshalb war dieser Prozeß für die Japaner auch nicht leicht und warf neue Probleme auf. Ohne Zweifel ist sich das Management fortschrittlicher japanischer Unternehmen aber der schwachen Stellen in seiner Organisationsstruktur vollkommen bewußt. Deshalb werden alle Anstrengungen unternommen, sich den heutigen wirtschaftlichen Verhältnissen anzupassen und die erforderlichen Reformen durchzuführen, auch wenn dadurch mit der Tradition gebrochen werden muß!

Das ursprüngliche Motiv für diese Reorganisation in den Unternehmen war der wirtschaftlichste Einsatz des nur begrenzt zur Verfügung stehenden Fachkräftepotentials. Heute sind auch rein preispolitische Probleme mit ihren wirtschaftlichen Merkmalen auf dem Weltmarkt die Gründe für weitere Reformaktivitäten.

Um den in den vergangenen Jahrzehnten akuten Mangel an Arbeitskräften zu beheben, haben die westlichen Industrienationen ihre Grenzen geöffnet und Gastarbeiter hinzugezogen. Das japanische Management hingegen versuchte eine Lösung des Problems durch den rationellen Einsatz der vorhandenen Arbeitskräfte. Dies erforderte ein hohes Maß an Automatisierung und Rationalisierung.

Das in allen Industrieländern ständig wachsende Einkommensniveau der Arbeitnehmer belastet dadurch die westlichen Unternehmen wesentlich stärker als die japanischen Unternehmen, da in diesen der Grad der Automatisierung und Rationalisierung zum Teil mit dem Unternehmen gewachsen ist und somit ein weitaus geringerer Nachholbedarf besteht.

Nach den Betrachtungen über Management und Organisationsstrukturen japanischer Unternehmen soll nun das typisch japanische Verfahren, Entscheidungen zu treffen, untersucht werden.

Auch das Verfahren der Entscheidungsbildung — eine der Hauptfunktionen des Managements — trägt in Japan den Stempel der sozialen und kulturellen Tradition und ist tief in der japanischen Managementphilosophie verwurzelt.

Die japanischen Manager bezeichnen ihr System der Entscheidungsbildung als *ringi seido* oder *Ringi-System.* Das Wort *ringi* besteht aus zwei Silben: *rin* bedeutet: „seinem Vorgesetzten einen Vorschlag vorlegen und seine Zustimmung erhalten", *gi* bedeutet: „Beratungen und Entscheidungen". Im Ringi-System sind diese Aktionen zusammengefaßt.

Wie in allen Unternehmen müssen auch in Japan alle Manager bei der Erfüllung ihrer täglichen Aufgaben ständig Entscheidungen treffen. Da aufgrund des Fehlens von klaren grundlegenden Richtlinien über Autorität und Befugnisse Unklarheit herrscht, müssen sich die japanischen Manager der untersten Stufe wegen allen nicht-routinemäßigen Entscheidungen an das Spitzenmanagement halten. Dabei wird ein bestimmtes Verfahren angewendet:

- Ein Schriftstück, das sog. „ringisho", wird aufgesetzt, in dem die Angelegenheit, die zur Entscheidung ansteht, sowie Vorschläge zur Lösung festgehalten sind. Dabei ist zu bemerken, daß ringisho nicht nur eine Untersuchung darüber ist, welche Entscheidungen getroffen werden sollen, und es werden auch keine Alternativlösungen vorgeschlagen, sondern man verfährt so, daß die Zustimmung des Spitzenmanagements zu einer besonderen Empfehlung des Untergebenen eingeholt wird.
- Das offiziell abgefaßte ringisho wird unter den Abteilungen und Unterabteilungen, die von der Entscheidung betroffen sind, herumgereicht. Jeder Manager bewertet und — wenn er einverstanden ist — billigt das Papier durch seine Unterschrift. So arbeitet sich das ringisho bis zum Präsidenten durch. Erst mit dessen Entscheidung und Unterschrift ist das Verfahren abgeschlossen und die Entscheidung perfekt.

- Dann wird es dem Manager, der das ringisho ursprünglich abgefaßt hat, zur Durchführung zurückgegeben. Bei Entscheidungen von Wichtigkeit erfolgen mehrere Besprechungen mit den Managern, die von der Entscheidung betroffen sind, um die Meinungen auszutauschen.

Zusammenfassend die wichtigsten und bemerkenswertesten Eigenschaften des Ringi-Systems:

- Bei diesem System sind für keine Führungsstufe Autorität und Verantwortungsbereich klar definiert. Das Spitzenmanagement legt keine Richtlinien fest.
- Jede Entscheidung muß ohne Berücksichtigung der Gesamtpolitik getroffen werden.
- Alle nichtroutinemäßigen Entscheidungen bedürfen der endgültigen Zustimmung des Spitzenmanagements und beruhen auf Teilnahme und Einverständnis der Gruppe.
- Da der Vorschlag aus der untersten Ebene des Managements kommt und von einer Reihe von Geschäftsführern in den verschiedensten Organisationsstufen untersucht und gebilligt werden muß, ist das System langsam und mühselig. Eine Entscheidung kann erst nach längerer Zeit getroffen werden.
- Die Verantwortung für eine Entscheidung ist weit gestreut und kann daher nicht einem einzelnen Manager zugeschrieben werden. Die Unterschrift zwingt ihm zwar eine gewisse Verantwortung für diese Entscheidung auf, aber ist nur einer unter vielen, die ebenfalls ihre Zustimmung gegeben hatten.
- Nur der Präsident kann mit seiner Unterschrift die letzte Entscheidung treffen.
- Obwohl die Verantwortung für die letzte Entscheidung theoretisch nur beim Präsidenten liegt, kann er von dieser Verantwortung aber mit der Begründung befreit werden, daß er seine Zustimmung nur aufgrund der Zustimmung seiner Untergebenen gegeben hat.
- Somit wird die Verantwortung vom gesamten Management übernommen und getragen.

Mit Ausnahme des Managers, der das ringisho zuerst aufgesetzt hat, nehmen die anderen Manager an der Entscheidung nur soweit teil, als sie den Vorschlag nach Prüfung entweder billigen oder ablehnen können. Bedingt durch die ausgeprägte Tendenz zur Konformität japanischer Unternehmen wird auf die Prüfer eines Vorschlages im Sinne einer positiven Bewertung ein starker Druck ausgeübt. Die Betonung der vertikalen Beziehung und die enge kollektivistische Ausrichtung in der japanischen Organisation führt dazu, daß die Mitglieder einer Abteilung oder Unterabteilung gegenüber allen Dingen, die nicht mit ihren Organisationseinheiten im Zusammenhang stehen, gleichgültig sind. Dadurch wird nicht selten eine sorgfältige und unparteiische Prüfung eines Vorschlages verhindert. Da sehr viel Zeit nötig ist, bis ein Vorschlag alle Instanzen durchlaufen hat und von einer großen Anzahl von Mitarbeitern auf den verschiedensten Managementstufen geprüft worden ist, wird ein Vorschlag in den meisten Fällen ohne Änderungen durch den Präsidenten angenommen und genehmigt.

Durch die Beifügung entsprechender Daten zur Unterstützung eines Vorschlages ist der Präsident in der Lage, ein relativ objektives Urteil zu fällen. Nach der Entscheidung jedoch bleibt ihm nur noch wenig Spielraum für ein unabhängiges Urteil zum ursprünglichen Vorschlag. Nur in sehr seltenen Fällen wird ein Ringi-Vorschlag vom Präsidenten abgelehnt.

Das Ringi-System beruht auf der Entscheidungsbildung, die im traditionellen japanischen Familiensystem üblich ist. Die Familie war die vorbildliche Struktur für alle Arten von Organisationen. Ihre Konzeption der Entscheidungsbildung war das Musterbeispiel für das Treffen von Entscheidungen in allen Organisationen, einschließlich der der Unternehmen. Im Familiensystem konzentrierte sich alle Autorität im Oberhaupt des Hauses, in den japanischen Unternehmen übernahm diese Rolle der Präsident. Ferner besteht innerhalb einer Familie eine sehr starke Betonung von Zusammenarbeit, Harmonie und Einverständnis. Auch dies wurde von den japanischen Unternehmen übernommen und in der Gruppenbildung realisiert. Die Aufrechterhaltung von Harmonie und Eintracht ist sehr wichtig, da so die Gruppe vor Konflikten unter den Mitgliedern bewahrt und das gemeinsame Ziel nicht gefährdet wird. Somit war auch das Haupt der Familie trotz aller Autorität bestrebt, diese Harmonie innerhalb der Gruppe aufrechtzuerhalten, indem es die wichtigsten Mitglieder seines Hauses konsultierte, bevor die letzte Entscheidung gefällt wurde.

Bis zu einer bestimmten Größenordnung des Unternehmens ist es dem Chef möglich, bedeutende Entscheidungen auf traditionelle Familienart zu fällen. Mit wachsender Größe des Unternehmens ist dies nicht mehr möglich. Eine Aufspaltung der Verantwortungsbereiche auf die einzelnen Mitglieder einer Organisation verbot jedoch die Tradition. So mußte ein neues System gefunden werden, mit dem man Entscheidungen treffen konnte, ohne die traditionelle Autorität zu verletzen, aber doch die Teilnahme der Gruppe an der Entscheidung zu ermöglichen. Das Ringi-System wird all diesen Anforderungen gerecht. Man vermutet, daß es in der frühen Meji-Ära von der Beamtenschaft benutzt und später von den privaten Körperschaften übernommen wurde. Obwohl sich dieses System von den modernen Managementkonzeptionen radikal unterscheidet, ermöglichte es doch die Verwaltung großer Organisationen.

In japanischen Unternehmen kann das Spitzenmanagement nur in Angelegenheiten handeln und entscheiden, die ihm von den niedrigeren Stufen des Managements vorgelegt werden, nicht aber eigene neue Ideen einführen. In solch einem Fall muß das Spitzenmanagement einen Untergebenen veranlassen, diese Ideen vorzubereiten und die offiziellen Kanäle durchlaufen zu lassen. Die Rolle des Präsidenten beschränkt sich im strengen Ringi-System somit auf die Entscheidungen über Vorschläge, die durch Initiativen des unteren Managements zustandekamen, denn nur solche können von ihm legitimiert werden. Somit erwartet das Ringi-System — im Einklang mit der japanischen Tradition, in der ein Führer nur als eine symbolische Repräsentationsfigur betrachtet wird — keinen starken Spitzenmanager. Die tatsächliche Kontrolle wird von den wichtigsten Untergebenen wahrgenommen. Das Spitzenmanagement ist also an der Entscheidungsbildung nur begrenzt beteiligt. Da auf die Mitglieder der Organisation Druck ausgeübt wird, damit sie den eingebrachten Vorschlägen zustimmen, wird letztlich die Entscheidung von dem Mitarbeiter getroffen, der das Ringi-Papier ursprünglich aufgesetzt hat. In den meisten Fällen ist dies ein Angehöriger der unteren Stufe des Managements. Somit ist die Entscheidungsbefugnis in japanischen Unternehmen über die ganze Organisation verteilt.

Das Ringi-System hat aber die negative Eigenschaft, durch eine strenge Zergliederung die Entscheidungsbildung sehr zu erschweren. Alternativen werden nicht in Betracht gezogen und die einem Vorschlag beigefügten Daten sind meistens ungenügend und einseitig zugunsten des Vorschlages. Hier tritt ein Charakterzug der japanischen Kultur in Erscheinung, der sich sehr stark auf die Intuition verläßt. Der Japaner setzt beim Lösen von Problemen das intuitive Urteil über das analytische Verfahren. Nakamura erklärte hierzu, daß diese Tendenzen tief in der japanischen Kultur verwurzelt seien, und bemerkte, daß auch die japanische Sprache für genaue logische Schlußfolgerungen nicht geeignet sei, wohl aber, um Intuitionen und menschliche Regungen auszudrücken. Nakamura sagte, daß die Japaner die intuitive Durchdringung mehr schätzen als die Voraussetzungen wissenschaftlicher Schlußfolgerungen. (Hajima Nakamura, Ways of Thinking of Eastern Peoples: India, Tibet, China, Japan, Honolulu 1964, Seite 575.)

Beim Ringi-System gibt es keinen vorbereitenden Plan, der möglicherweise künftige Entscheidungen vorwegnimmt. Ein Vorschlag wird immer erst vorbereitet und vorgelegt, nachdem das Bedürfnis nach einer Entscheidung offenbar geworden ist. Somit wird auch jeder Vorschlag nicht anhand einer Gesamtpolitik oder eines Gesamtplanes geprüft, sondern nur unter Berücksichtigung des jeweiligen Einzelfalles. Da eine Gesamtkonzeption fehlt, ist es sehr schwer, die vorhandenen Hilfsquellen zu erreichen und optimal auszuschöpfen. Das System besitzt keine Kontrollmöglichkeiten. Ist eine Zustimmung einmal erteilt, gibt es für das Spitzenmanagement keine Möglichkeit mehr, Anweisungen über die Durchführung des Vorschlages zu erteilen.

Es ist nicht ungewöhnlich, daß sich Gruppen, die einen Vorschlag unterstützen, beraten, bevor das ringisho vorbereitet wird. So kann ein eingereichter Vorschlag in gewisser Weise die Ansichten einer Reihe von Managern widerspiegeln. So wird auf der unteren Ebene eine gewisse Koordinierung erreicht. Da das Ringi-System den wichtigsten Geschäftsführern, die von dem anstehenden Vorschlag betroffen sind, hilft, an der Entscheidungsbildung teilzunehmen, hilft es auch, ihre Mitarbeiter zu erreichen, wenn die Entscheidung positiv ausgefallen ist und der Vorschlag realisiert werden soll.

Dieses System der gemeinsamen Entscheidungsbildung bewahrt die Mitglieder der Organisation vor einer direkten Verantwortung und schützt damit auch bei möglichen Fehlentscheidungen ihren Ruf und ihren Status im Unternehmen. Außerdem ermöglicht das System den Zustrom neuer Ideen aus den Reihen des unteren Managements. Dadurch haben auch fähige Mitarbeiter ohne Status die Möglichkeit, ihre Fähigkeiten unter Beweis zu stellen, was sich für Beförderungen, die normalerweise dem Dienstalter entsprechend vorgenommen werden, sehr positiv auswirken kann.

Aus den genannten Gründen ist das Ringi-System mit den neuen und vielfältigen Anforderungen an die japanischen Unternehmen durch eine veränderte Umwelt nicht mehr vereinbar. Die rasche Ausdehnung der Wirtschaftsorganisation und Unternehmen in Größe, Umfang und Kompliziertheit, die Tendenz zur Veränderung des Verhältnisses zwischen Arbeitgeber und Arbeitnehmer ins Unpersönliche sowie die allmähliche Aushöhlung der traditionellen Werte haben dazu geführt, daß Treue und Verbundenheit der Mitarbeiter mit dem Unternehmen stark nachgelassen haben. Die Unklarheiten über die Verantwortlichkeiten im Ringi-System hatten eine gewisse Gleichgültigkeit und Selbstgefälligkeit bei den Vertretern des Managements zur Folge und damit auch das Nachlassen der Treue und Verbundenheit mit dem Unternehmen. Diese Tendenzen und die unter den Abteilungen und Unterabteilungen herrschende Rivalität führten dazu, daß das Ringi-System nur noch sehr begrenzt angewendet wird. Eine Überprüfung und Renovierung wäre unbedingt erforderlich.

Die sich rasch verändernden und immer komplizierter werdenden Bedingungen für die Unternehmen erfordern:

- Vorausplanung der Unternehmen, die sich auch über einen längeren Zeitraum erstrecken muß;
- schnelle Entscheidungen bei entsprechenden Problemstellungen des Managements;
- Führung durch das Spitzenmanagement als die Institution, die für das Unternehmen verantwortlich ist;
- feste Richtlinien, die für alle Mitarbeiter des Unternehmens verbindlich sind;
- Festlegung der verschiedenen Verantwortlichkeiten innerhalb des Managements;
- wirksame Kontrolle des Managements.

Das Management fortschrittlicher japanischer Unternehmen ist sich der Unzulänglichkeiten des Ringi-Systems bewußt. Daher wurde eine Straffung im Verfahren zur Entscheidungsbildung veranlaßt:

- Festlegung des maximalen Umfangs eines ringisho, um eine Straffung des Inhalts zu erwirken;
- Festlegung des Umlaufweges, um eine Verkürzung der Umlaufzeit zu erreichen;
- Verringerung der Anzahl der Mitarbeiter, die das ringisho untersuchen und beurteilen, um den Durchlauf zu beschleunigen;
- Erlaubnis für diese Mitarbeiter, eigene Meinungen und Stellungnahmen zum ringisho zum Ausdruck zu bringen;
- Möglichkeit einer direkten Unterbreitung des ringisho dem Spitzenmanagement, gleichzeitige Umgehung des Umlaufweges in entsprechenden Fällen;
- Ringi-Vorschläge direkt bei den Konferenzen des Direktoriums zur Sprache zu bringen, statt jeden Geschäftsführer einzeln damit zu behelligen.

All diese Maßnahmen versuchen aber nur, das Ringi-System zu verbessern, und nicht, es durch eine modernere und bessere Methode zu ersetzen.

Die Aufteilung der Aufgabenbefugnisse in jeder Ebene des Managements führte darüber hinaus zu einer relativen Dezentralisierung im Führungssystem der japanischen Unternehmen und damit zur Entlastung des Spitzenmanagements.

Als Beispiel sei folgende Verteilung der Ausgabenvollmachten für Kapitalgüter aufgeführt, die in den Haushaltsplan des betreffenden Unternehmens einbezogen wird:

– bis zu 1 Million Yen:	Werksabteilungsleiter
– von 1 bis 30 Millionen Yen:	Werksführer
– über 30 Millionen Yen:	Produktionsdirektor

In diesem Unternehmen können die entsprechenden Stellenleiter die Kapitalinvestitionen, die im Haushalt des Unternehmens vorgesehen sind, bis zur genannten Größenordnung vornehmen, ohne eine Sondergenehmigung beim Präsidenten einholen zu müssen. Lediglich für Investitionen von über 1 Million Yen, die nicht im Haushaltsplan vorgesehen waren, ist diese Sondergenehmigung noch erforderlich. (Stand: 1978.)

Unter dem traditionellen Ringi-System gab es keinen Plan, der die Belange des Gesamtunternehmens berücksichtigte. Alle Entscheidungen wurden stückweise und bei Bedarf getroffen. Kein Vorschlag wurde anhand eines Hauptplanes oder einer Zielsetzung für das ganze Unternehmen geprüft. Erst die Einführung eines Haushaltsplanes führte zu einer Planung im Unternehmen. Heute haben alle japanischen Unternehmen einen bis ins Detail ausgearbeiteten Haushaltsplan, der im allgemeinen für die Dauer von sechs Monaten Gültigkeit besitzt. Der Kapitalhaushaltsplan erstreckt sich auf den Zeitraum von einem Jahr. Zur Vorbereitung sowohl des halbjährlichen Betriebshaushaltes als auch des jährlichen Kapitalhaushaltes haben die Unternehmen festgelegte Verfahren, die firmenspezifisch unterschiedlich sind. Diese Haushalte setzen einen kurzfristigen Plan für Operationen fest und dienen gleichzeitig der Kontrolle. Auch diese Haushaltspläne erfolgen in ihren Vorbereitungen nach dem Ringi-System und müssen dann noch kurz vor ihrer Realisierung einzeln durch das Ringi-Verfahren gebilligt werden.

Mehrere Umstände ließen bei den Managern führender japanischer Unternehmen das Interesse an einer langfristigen, das ganze Unternehmen umfassenden Planung wach werden:

- Der Einfluß des amerikanischen Betriebsführungsdenkens. Abhandlungen darüber wurden überall von den japanischen Managern mit größtem Interesse studiert und es fanden eine Reihe von Studienreisen japanischer Manager in die USA statt.
- Die Größenausdehnung und damit die Vergrößerung der Aufgabenbereiche japanischer Manager. Die Schnelligkeit der Ausdehnungen und die damit verbundene Komplizierung der Vorhaben, die Beschleunigung der Technologien und die damit verbundenen Veränderungen der Produktionsverfahren machten genaue Planungen dringend erforderlich.
- Die Veränderung der Einkommensverhältnisse von Mitarbeitern der Unternehmen.

Diese Entwicklung führte dazu, daß in die Organisationsstruktur eine Planungsdienststelle fest installiert wurde, die mit fähigen Mitarbeitern besetzt wurde.

Bei den meisten Unternehmen bestanden die Planungsarbeiten anfangs gewissermaßen aus Ausprobieren, was nicht selten zu unfertigen Ergebnissen führte. Aber diese Schwierigkeiten in der Anfangsperiode wurden schnell überwunden, und heute besitzen die Planungsarbeiten der japanischen Unternehmen ein sehr hohes Niveau. Diese Entwicklung der systematischen Planung führte dazu, daß das Spitzenmanagement vom traditionellen Ringi-System abkam. Auf der anderen Seite aber wurde das Management gezwungen, systematisch die Zukunft des Unternehmens vorwegzunehmen und die Ziele und anzuwendenden Strategien für das Gesamtunternehmen festzulegen.

Trotz aller offenkundigen Vorteile sind langfristige Planungen am Anfang beim Spitzenmanagement vieler japanischer Unternehmen auf eine Reihe von Schwierigkeiten gestoßen:

- Die langfristige Planung wurde bei vielen Unternehmen zunächst auf dem traditionellen Ringi-System aufgebaut. Der Grund dafür waren zum Teil eine unzureichende Vorbereitung bei der Einführung der Planungsarbeiten, zum Teil aber auch Schwierigkeiten, die Spitzenmanager von der zwingenden Notwendigkeit langfristiger Planungsarbeiten bei der Unternehmensstrategie zu überzeugen.
- Das Fehlen der Teilnahme des Spitzenmanagements an den Planungsarbeiten. Die gesamten Arbeiten, einschließlich der Entwicklung der Unternehmensziele,

wurden dem Planungsstab überlassen und das Spitzenmanagement ließ sich lediglich die Ergebnisse — dem Ringi-Verfahren entsprechend — vorlegen.

- Die Unerfahrenheit des Spitzenmanagements im Umgang mit einem entsprechenden Planungsstab und die Gewöhnung an das Ringi-System machten es dem Spitzenmanagement schwer, die Initiative zu ergreifen und die gemeinsamen Zielvorstellungen selbst festzulegen. Dadurch wurde der strategische Wert der Planung stark verringert.
- Da die Entscheidungen qualitativer Natur sind, versuchten viele Spitzenmanager, sie in traditioneller Weise rein intuitiv zu treffen. Sie lehnten daher eine systematische Planung als nicht erforderlich ab. Diese Selbsttäuschung führte nicht selten zu falsch konzipierten und schlecht durchdachten Zielsetzungen, die für das Unternehmen negative Folgen hatten.
- Die mangelnde Teilnahme des Spitzenmanagements hemmte die ganze und objektive Einschätzung der Unternehmensmittel und die Fähigkeit, die vorhandenen und sich bietenden Marktmöglichkeiten zu nutzen. Hinzu kommt die Befürchtung des Planungsstabes, daß eine klare Stellungnahme zu den Schwächen und Unzulänglichkeiten des Unternehmens dem Spitzenmanagement mißfallen könnte. Daher befaßten sich die langfristigen Planungen fast ausschließlich mit langfristigen Marktaussichten, und schlugen keine besonderen Maßnahmen und Taktiken für das Unternehmen vor.

Die langfristige Planung hat wesentlich dazu beigetragen, die Unzulänglichkeiten des Ringi-Systems zu überwinden. Sie hat das Management gezwungen, systematisch Gesamtziele und Taktiken des Unternehmens festzulegen und sich auf künftige Probleme einzustellen. Dadurch hat sich auch die traditionelle Rolle des Spitzenmanagements in Japan verändert.

Heute werden in Japan ausgeklügelte Managementstechniken verwendet, um Entscheidungen z. B. bei der Produktplanung, im Beschaffungs- und Personalwesen oder bei der Lagerkontrolle zu treffen. Die Unternehmen besitzen für alle Gebiete des Warenabsatzes einige Marktforschungsabteilungen mit mehr oder weniger gut ausgearbeiteten Forschungsmethoden. Auf dem Finanzsektor ist ein wachsendes Interesse am Haushaltswesen zu erkennen, mit dem man eine stärkere Rationalisierung bei Kapitalinvestitionen erzielen will. Bezeichnend ist auch die Anwendung von Datenverarbeitungsanlagen in fast allen Bereichen — die Entscheidungstechniken eingeschlossen!

Der bestehende und auch der künftige Erfolg japanischer Unternehmen wird sehr wesentlich von den Fähigkeiten des Spitzenmanagements abhängen und von seiner Rolle im Rahmen des Nihonteki Keiei, des japanischen Führungsstils!

6.2 Wertanalyse

Ein Hauptmerkmal der Strategie aller japanischen Unternehmen ist die konsequente Anwendung der Wertanalyse.

Wertanalyse ist eine unkonventionelle Methode, die alle in Frage kommenden Alternativen zu einer möglichst optimalen Realisierung der verlangten Funktionen ermittelt. Damit soll für das anzustrebende Kostenziel die beste Lösung gefunden werden. Hierbei steht der Ausdruck „Funktion" als Sammelbegriff für Objekte und Tätigkeiten aller Art.

Die Wertanalyse ist eine anwendungsneutrale Methode für alle Optimierungsaufgaben, bei denen zur Feststellung optimaler Lösungen — unter Anwendung der einzelnen Arbeitsschritte — die jeweils geeignete Methode empfohlen wird.

Dabei ist es nur von sekundärer Bedeutung, ob die Anwendung bei der sogenannten Wertgestaltung, also zur Verhinderung von Aufwendungen und Kosten während der Entwicklungsphase eines Objektes, oder bei der sogenannten Wertverbesserung, also zur Senkung von Aufwendungen und Kosten an bereits bestehenden Objekten, erfolgt.

Auch in Japan sind heute alle Fachgebiete spezialisiert und deshalb beherrscht nur noch ein Fachmann die jeweiligen Techniken und Technologien seines Fachgebietes. Eine erfolgreiche Wertanalyseaktivität ist daher nur in Teamarbeit möglich.

In den japanischen Unternehmen haben Wertanalyseaktivitäten gegenüber den Fachabteilungen, die von dem zu untersuchenden Objekt betroffen sind, eine überregionale und gegenüber jenen Stellen, die für die Durchführung der Untersuchungsergebnisse zuständig sind, eine neutrale Funktion. Sie sind also rein objektgebunden und haben den Charakter von Empfehlungen, die im Rahmen des Ringi-Systems zur Entscheidung gelangen.

Um die Wertanalyseaktivitäten erfolgreich durchführen zu können, mußten erst verschiedene *Voraussetzungen* erfüllt werden:

- *Gute und umfassende Ausbildung der Wertanalyseingenieure.* (Über die Erfüllung dieser Voraussetzung wurde bereits im Abschnitt 5.2 — Schaffung des notwendigen Fachkräftepotentials — berichtet.)
- *Richtige Eingliederung der Wertanalyse in die Organisationsstruktur der Unternehmen.* Sie erfolgt, ihrer großen Bedeutung entsprechend, den Fachbereichs- und Kostenstellenleitern gegenüber überregional und erfüllt damit eine weitere wichtige Voraussetzung für einen erfolgreichen Ablauf. Ein gut ausgebildeter und erfahrener Wertanalyseingenieur fungiert im Unternehmen als unabhängiger Koordinator. Er hat vorrangigen Zutritt zu allen Bereichs- und Kostenstellenleitern, zu denen er in der Regel ein gutes Partnerschaftsverhältnis hat.

- *Psychologisches Geschick bei der Durchführung der gestellten Aufgaben;* denn eine Berücksichtigung der Mentalität der Mitarbeiter ermöglicht eine gute Motivation zur Arbeit.

- *Sorgfältige und gewissenhafte Auswahl der Mitarbeiter ohne Ansehen deren Stellung in der Organisationsstruktur.* (Über die Erfüllung dieser Voraussetzung wurde ebenfalls bereits in Abschnitt 5.2 berichtet.)

- *Optimale Aus- und Weiterbildung der Mitarbeiter auf breitester Basis unter Einbeziehung firmenspezifischer Fachgebiete.* (Siehe Abschnitt 5.2.) Die dabei erworbenen Fähigkeiten wenden die Mitarbeiter nicht nur bei ihren Wertanalyseaktivitäten an, sondern auch bei ihren täglichen Arbeiten, wenn nach möglichst optimalen Lösungen der anstehenden Probleme gesucht wird. Die Wertanalyse beschränkt sich nämlich nicht auf die Aktivität in einem Arbeitsteam, sondern gehört auch zum täglichen Arbeitsablauf jedes einzelnen Mitarbeiters aller Fachbereiche und Fertigungsstätten. Die Qualifikation der Mitarbeiter wird auf diese Weise allgemein erhöht. In den japanischen Unternehmen gehört es zu den vornehmsten Aufgaben der Wertanalysekoordinatoren, dieses Bewußtsein der aktiven Mitarbeit an allen Problemen zu wecken und zu einer Selbstverständlichkeit zu machen. Die Erfüllung dieser Aufgabe stellt einen Maßstab für die Leistungsfähigkeit und Persönlichkeit der Wertanalysekoordinatoren dar.

- *Alle Aktivitäten sind rein objektbezogen und nicht personenorientiert.* Es werden keine „Gefälligkeits- oder Hörigkeitsentscheidungen" getroffen. Das Motiv aller Wertanalyseaktivitäten ist die Suche nach möglichst optimalen und wirtschaftlichen Lösungen der anstehenden Aufgaben. Die Grundlage dazu bildet bei allen Beteiligten das schon im Studium angeeignete „Funktionsdenken". Aufgabe der Wertanalyse ist die Analyse der gestellten Aufgaben und ihrer einzelnen Funktionen sowie die Umsetzung dieser Funktionen in entsprechende Funktionsträger unter Berücksichtigung der rationellsten Realisierung. Alle Vorschläge und Entscheidungen werden an dieser Aufgabe orientiert. Dies ist jedoch nur möglich, weil bei den Wertanalyseaktivitäten alle Teilnehmer innerhalb des Teams gleichberechtigte Partner sind und ihre Stellung, die sie sonst im Unternehmen bekleiden, unberücksichtigt bleibt. Gute Vorschläge werden zur Entscheidungsbildung akzeptiert, schlechte abgelehnt — gleichgültig, welches Teammitglied den jeweiligen Vorschlag zur Diskussion gestellt hat. Mitarbeiter, die glauben, aufgrund ihres Status im Unternehmen gewisse Vorrechte zu besitzen, sind ebenso unbrauchbar wie Teamleiter, die diese vermeintlichen Vorrechte berücksichtigen. Solche Praktiken hat der Verfasser übrigens auch in keinem japanischen Unternehmen angetroffen. Die Resultate der Wertanalyse sind grundsätzlich objekt- und nicht personenorientiert, Maßstab ist die jeweilige Wirtschaftlichkeit und nicht das Prestige oder der Status eines Teammitgliedes. Die Teamarbeit verläuft trotz fachlicher Diskussionen, die sehr hart sein können, sachlich und wird nicht Schauplatz von Machtkämpfen einzelner Teilnehmer. Die in Japan traditionelle Gruppenharmonie kommt dieser Arbeitsweise sehr entgegen.

- *Gute Zusammenarbeit mit allen Stellen und Mitarbeitern des Unternehmens.* Wie in allen zwischenmenschlichen Bereichen fördert auch in den japanischen Unternehmen eine gute und harmonische Zusammenarbeit aller Mitarbeiter und Stellen nicht nur ein besseres Arbeitsklima und bessere Arbeitsergebnisse, sondern schont auch die Nerven der Mitarbeiter. Solche psychologisch begründeten „Nebensächlichkeiten“ sind sehr wichtige Voraussetzungen für die erfolgreichen Aktivitäten aller Mitarbeiter, da sie letztlich nicht nur dem Unternehmen in seinem Streben nach Gewinn, sondern auch alle Mitarbeiter durch eine angenehme und wohltuende Atmosphäre dienen. Kein Stellenleiter hat durch die Wertanalyseaktivitäten das Gefühl, er würde kontrolliert, bevormundet oder zum Befehlsempfänger degradiert, sondern es ist ihm bewußt, daß der Wertanalytiker für ihn ein echter Partner und Berater ist. Dieses Partnerschaftsverhältnis ist ein wichtiger Bestandteil der Wertanalyseaktivitäten japanischer Unternehmen.

Den japanischen Arbeitnehmern ist bewußt geworden, daß „Wertanalyse“ und „Rationalisierung“ Wirtschaftsfaktoren sind, durch die — nach gewissen Umstrukturierungen — mehr Arbeitsplätze geschaffen werden können als verloren gehen. Der Wertanalysekoordinator stimmt seine Aktivitäten daher entsprechend ab. Er handelt dabei sowohl im Sinne des Unternehmens (mit der Zielvorstellung Gewinn und Gewinnvermehrung) als auch im Sinne der Mitarbeiter (mit der Zielvorstellung der Sicherung der Arbeitsplätze). Zu den technisch-wirtschaftlichen Aufgaben kommen also noch zusätzlich sozialpolitische und ethisch-moralische hinzu.

Die japanische Wirtschaft hat schon sehr früh die Zeichen der Zeit am internationalen Wirtschaftshimmel und die große Bedeutung der Wertanalyse erkannt. Sie hat daher große Anstrengungen unternommen, aus der konsequenten Anwendung der Wertanalyse den entsprechenden Nutzen zu ziehen. Entsprechend sind auch die Aktivitäten der Wertanalysemitarbeiter und ihre Erfolge, deren Auswirkungen in den relativ günstigen Preisen der Objekte auf dem Weltmarkt sichtbar sind.

Organisation, Durchführung und Techniken der Wertanalyseaktivitäten sind in allen japanischen Unternehmen gleich, abgesehen von geringfügigen Kleinigkeiten, die von der Struktur des betreffenden Unternehmens und von firmeninternen Belangen abhängig sind. Auf diese belanglosen Feinheiten soll hier nicht eingegangen werden.

Obwohl die Studiengänge „Wertanalyse“ an den Universitäten gut besucht sind, sind Wertanalytiker in der japanischen Wirtschaft immer noch gesucht. Das Wissen um die große Bedeutung der Wertanalyse für die Wirtschaft und um die „Mangelware“ Wertanalytiker schafft in den meisten Unternehmen nahezu ideale Voraussetzungen für eine erfolgreiche Arbeit.

Wie bereits erwähnt, ist eine der wichtigsten Voraussetzungen für eine erfolgreiche Wertanalyseaktivität der *Stellenwert* in der Organisationsstruktur.

Bild 4 zeigt schematisch die Eingliederung der Wertanalyse in die Organisation japanischer Unternehmen.

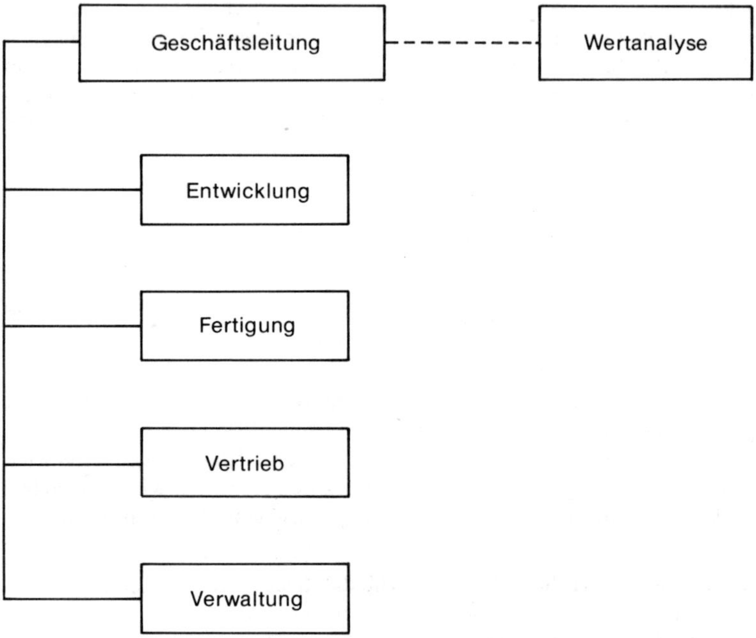

Bild 4 *Eingliederung der Wertanalyse in die Organisationsstruktur*

Der Wertanalysekoordinator, der zum Direktorium gehört oder der Geschäftsstelle als Stabsstelle zugeordnet ist, hat vorrangigen Zutritt zu Geschäftsleitung, Direktorium und allen Stellenleitern. Er nimmt als Berater an allen wichtigen Besprechungen und Planungen teil und hat Zugang zu allen Informationen der Fachbereichs- und Kostenstellenleiter. Seine gute und umfassende Ausbildung erlaubt ihm den Einsatz aller modernen Einrichtungen und Hilfsmittel, die in einem Unternehmen vorhanden sind, sowie deren Überwachung und Kontrolle. Somit kann er seine Aufgaben und Problemstellungen optimal und rationell lösen, denn der akute Zeit- und Termindruck besteht auch in den japanischen Unternehmen.

Die Weichen für die zu erwartenden Kosten eines Objektes werden vorwiegend in der Entwicklung und Konstruktion gestellt und diese Fachbereiche bilden daher einen Schwerpunkt in den Aktivitäten. Die Mitarbeiter hier haben praktische Erfahrungen als Entwicklungs- und Konstruktionsingenieure. Um eine wirtschaftliche und rationelle Produktion der Objekte zu erreichen, ist für die Mitarbeiter des Koordinators auch eine gewisse praktische Erfahrung in den verschiedenen Technologien, Produktionsverfahren und Arbeitsabläufen vorteilhaft. Obwohl bei den Wertanalyseaktivitäten ein jeweils am anstehenden Objekt orientiertes Team von Spezialisten gebildet wird, die aus den betroffenen Fachbereichen stammen, ist ein guter Wertanalytiker immer bestrebt, auch selbst weit in die Materie einzudringen. Er möchte aus echter Überzeugung die Ergebnisse der Teamarbeit empfehlen können und deren Durchführung nach erfolgter Genehmigung überwachen und kontrollieren. Die Spezialisierung auf bestimmte Objektgruppen der Unternehmen erleichtert dabei diese Bemühungen.

Die *Arbeitsweise* der Wertanalyseaktivitäten in den japanischen Unternehmen erfolgt entsprechend den neun Arbeitsschritten nach Barrows. Sie sind in Bild 5 schematisch dargestellt und den in der Bundesrepublik Deutschland vom VDI empfohlenen und praktizierten sechs Arbeitsschritten gegenübergestellt. Im japanischen System liegt der Schwerpunkt auf den Arbeitsschritten 6 und 7.

Schritt nach VDI	Benennung	Schritt nach Barrows
1	Auswahl der Objekte	1
	Festlegung des Kostenzieles	2
2	Zerlegung des Objektes in seine Funktionen	3
	Ermittlung der Funktionskosten	4
3	Prüfung der Funktions-Berechtigung	5
4	Ermittlung von Alternativ-Lösungen	6
5	Prüfung der Durchführbarkeit	
6	Auswahl der Lösungen	7
	Erstellung des Einführungsplanes	8
	Kontrolle der Durchführung	9

Bild 5 *Arbeitsschritte der Wertanalyse*

Wegen der großen Bedeutung der Wertanalyse sind die einzelnen Arbeitsschritte, wie sie in japanischen Unternehmen praktiziert werden, hier kurz beschrieben.

1. Arbeitsschritt: Auswahl der Objekte

Der Wertanalysekoordinator bereitet — in Zusammenarbeit mit den entsprechenden Stellen des Unternehmens — die Aktivitäten vor. Der erste Schritt dabei ist die Auswahl der wertanalytisch zu untersuchenden Objekte. Dabei werden folgende Kriterien beachtet, die hier in einer Auswahl wiedergegeben sind:

- Das Objekt muß für die Wertanalyse geeignet sein und bestimmte Voraussetzungen erfüllen. Dazu eignen sich z. B. sehr gute Objekte einfachster Bauart mit einem großen Anteil gleicher Teile oder Bauelemente oder Objekte mit großen Stückzahlen oder hohen Produktionskosten.
  Bekannt sind diese Fakten sowohl bei der Neuentwicklung aufgrund von Marktanalysen und Kundenwünschen, als auch bei bereits produzierten Objekten durch die vorhandenen Unterlagen wie Prüfberichte, Kalkulationen und Verkaufszahlen.
- Die geschätzte Lebensdauer und die angenommenen Stückzahlen bei Neuentwicklungen, oder Stückzahlen und Lebensdauer, die bei bereits produzierten Objekten noch zu erwarten sind, werden bei der Auswahl ebenfalls berücksichtigt. Wenn Objekte in absehbarer Zeit in der Produktion auslaufen, ist eine Kostenminderung durch wertanalytische Untersuchungen oft geringer als die Aufwendungen für eine Realisierung der Untersuchungsergebnisse (z. B. Änderung von Werkzeugen und Vorrichtungen). In diesen Fällen ist für eine Auswahl der Objekte die Relation ausschlaggebend, die zwischen den durch wertanalytischen Untersuchungen erwarteten Kostenminderungen und den Aufwendungen, die zur Realisierung der wertanalytischen Ergebnisse erwartet werden, entsteht. Bei einer Neuentwicklung hingegen ist eine wertanalytische Aktivität immer angebracht, zumal die Wertanalyse in ihrem sechsten Arbeitsschritt (Ermittlung von Alternativlösungen) bis zu einem gewissen Grad die Entwicklungssystematik einschließt.
- Eine schlechte Relation Selbstkosten : Verkaufspreis.
  Da ein Unternehmen mit Gewinn arbeiten muß, bedürfen solche Objekte der Wertanalyse. Hier wird von der Geschäftsleitung die Entscheidung getroffen, wertanalytische Untersuchungen zur Minderung von Kosten und Verlust durchzuführen.
- Auch bei offensichtlichen Leistungsreserven in den Funktionen oder überhöhten Selbstkosten wird die Wertanalyse praktiziert. Man will damit die unnötigen und vom Kunden auch nicht honorierten Funktionen ausfindig machen, abbauen oder streichen, um die überhöhten und ungerechtfertigten Selbstkosten festzustellen und entsprechende Maßnahmen zu ergreifen. Auch die in japani-

schen Unternehmen üblichen Zuschläge der verschiedenen Produktionsstätten, die in früherer Zeit unter anderen Umständen festgelegt, der inzwischen veränderten Unternehmensstruktur durch Automatisierung, Rationalisierung und Modernisierung aber nicht angepaßt wurden, werden so erkannt und als weiterer Beitrag zur Wirtschaftlichkeit des Unternehmens revidiert.

- Gegebene Marktsituation.
  Billigere Konkurrenzfabrikate mit mehr oder weniger verkaufsgünstigen Funktionen veranlassen verkaufstaktische Maßnahmen, die durch wertanalytische Untersuchungen abgesichert werden. Auch der Versuch, ohne finanzielle Verluste zusätzliche Marktanteile zu gewinnen, erfolgt nur auf der Basis wertanalytischer Untersuchungen.
- Auch firmeninterne Anlässe wie Reklamationen durch die Kunden, Beanstandungen der Produktion oder der Qualitätssicherung bilden das Motiv für Wertanalyseaktivitäten.

Bei bestehenden Objekten erleichtern folgende Fakten die Auswahl der zu untersuchenden Objekte:

- Name und Typenbezeichnung des Objektes;
- jährlich zu erwartende Stückzahl in den nächsten drei bis fünf Jahren;
- derzeitige Herstellkosten pro Stück;
- Anteil des Objektes am Gesamtumsatz;
- erwartete Laufzeit des Objektes in Jahren;
- vorhandene Relation Herstellkosten : Verkaufspreis;
- erwünschte Relation Herstellkosten : Verkaufspreis;
- Vergleich mit entsprechenden Konkurrenzobjekten;
- geschätzte Reserve im Objekt;
- letzte Wertanalyseuntersuchung;
- geschätzter Aufwand für eine neue Wertanalyseuntersuchung.

Bei neu zu entwickelnden Objekten wird die Wertanalyse gleich in die Planung mit einbezogen:

- Name oder Typenbezeichnung des Objektes;
- geschätzter Gesamtumsatz auf dem Objektgebiet;
- geschätzter Bedarf des Objektes in der Zukunft;
- Konkurrenzobjekt;
- Zielsetzung
  - Leistung
  - evtl. Modifizierungen
  - Stückzahlen
  - Herstellkosten
  - Verkaufspreis
  - Lieferbeginn
  - Marktanteil

- Wertanalyse
  - verantwortliche Mitarbeiter
  - geschätzter Aufwand.

Die hier aufgeführten Auswahlkriterien für Objekte zu wertanalytischen Untersuchungen sind nur generell gehaltene Anhaltspunkte. Sie sind entsprechend den verschieden gelagerten Strukturen der einzelnen Unternehmen, Produktgebieten und Marktsituationen unterschiedlich und können ergänzt werden. Der Wertanalyseingenieur ist daher bemüht, sich bei der Auswahl der für die wertanalytischen Untersuchungen vorgesehenen Objekte mit allen entsprechenden Fachbereichen des Unternehmens in Verbindung zu setzen. Denn nur die Berücksichtigung aller Kriterien bei der Auswahl der Objekte führt zum erwünschten Erfolg.

2. Arbeitsschritt: Festlegung des Kostenzieles

Die Festlegung des Kostenzieles ist eine der wichtigsten Voraussetzungen jeder erfolgreichen Wertanalyseaktivität im Unternehmen. Das Wertanalyseteam orientiert sich in seinen Sitzungen am vorgegebenen Kostenziel, ebenso der Wertanalyseingenieur bei der Realisierung der Teamempfehlungen. Bei Bedarf werden zur Einhaltung des Kostenzieles sofort die entsprechenden Maßnahmen eingeleitet. In den japanischen Unternehmen werden hier konkrete Angaben gemacht, die eingehalten werden müssen!

Das in Herstellungskosten angegebene Kostenziel ist der Betrag, den ein Objekt kosten darf, damit ein Unternehmen noch einen zufriedenstellenden Gewinn erzielen kann. Das ganze Objekt wird auf das anzustrebende Kostenziel, das in den meisten Fällen durch entsprechende Marktsituationen vorgegeben ist, abgestimmt.

Zur Festlegung des Kostenzieles ist der Verkaufspreis ausschlaggebend. Dieser wiederum wird von den Gegebenheiten des Marktes und den Konkurrenzpreisen ähnlicher Objekte maßgebend beeinflußt. Wenn das Unternehmen seine Objekte mit einem angemessenen Gewinn vertreiben will, muß der Verkaufspreis um einen — bei den verschiedenen Unternehmen unterschiedlich großen — Faktor größer sein als die Herstellkosten. Dieser Faktor richtet sich nach den betriebswirtschaftlichen Verhältnissen eines Unternehmens. Die Festlegung des Kostenzieles wird von den entsprechenden Gremien der Unternehmen vorgenommen und dem Wertanalyseingenieur verbindlich mit der Auflage zur Einhaltung mitgeteilt.

Legt die Konkurrenz aus vertriebspolitischen Gründen ihre Verkaufspreise zu tief fest, besteht die Gefahr, daß die Faktorenrechnung ein unerreichbares Kostenziel ergibt, das der Wertanalytiker erkennt und korrigiert. In Zweifelsfällen ist eine eigene Kalkulation der vergleichbaren Konkurrenzobjekte zweckmäßig, wenn deren Preise als Richtlinie für die eigenen Objekte verwendet werden sollen. Dabei erkennt man auch technisch-funktionelle Wirkungsweisen und technologische Besonderheiten, die für die eigene Entwicklung sicher nicht uninteressant sind.

Außerdem wird das Kostenziel auf die zu erwartenden Stückzahlen und den vorgesehenen Fertigungszeitraum abgestimmt. Bei großen Stückzahlen in langen Zeiträumen amortisieren sich Werkzeuge und Vorrichtungen leichter. Kann die zu erwartende Stückzahl nicht genau angegeben werden, wird eine bestimmte Stückzahl als Grundlage für das Kostenziel ermittelt und eingesetzt.

Bei größeren Objekten werden neben dem Kostenziel für das ganze Objekt Teilkostenziele für einzelne Baugruppen oder Funktionen festgelegt, um den einzelnen Entwicklungsgruppen die Möglichkeit zu einer besseren Orientierung zu geben.

In den japanischen Unternehmen wird darauf geachtet, daß das vorgegebene Kostenziel nicht vorab die Lösungsmöglichkeiten einschränkt, denn die Lösungsmöglichkeiten sind erst eine Folgeerscheinung der am Kostenziel orientierten Arbeiten. Die Lösungsmöglichkeiten werden also durch das vorgegebene Kostenziel bestimmt und nicht umgekehrt! Die angeführten Fakten über das Kostenziel und seine Festlegung sind sowohl für die Wertgestaltung (Neukonstruktionen aller Art) als auch für die Wertverbesserung (Umkonstruktionen aller Art) ausschlaggebend.

Die Angaben über das Kostenziel sind fester Bestandteil jeder Aufgabenstellung von Wertanalyseaktivitäten!

3. Arbeitsschritt: Zerlegung des Objektes in seine Funktionen

Die Wertanalyse basiert auf der Kenntnis der technischen und funktionellen Einzelheiten der Objekte.

In diesem Arbeitsschritt wird daher das Objekt in seine Bestandteile zerlegt und diese mit Bezeichnungen oder Namen gekennzeichnet, aus denen ersichtlich ist, welche Funktion jede Einzelheit im Rahmen der Gesamtfunktion des Objektes hat. Dabei bestehen die Bezeichnungen der Funktionen immer aus einer Kombination von Hauptwort und Tätigkeitswort. Einige Unternehmen praktizieren auch bildliche Darstellungen der Funktionen in einem Schaubild oder Diagramm.

Grundsätzlich wird die Frage gestellt, welchen Zweck eine bestimmte Funktion erfüllt und was durch diese Funktion erreicht werden soll. Unnötige Funktionen können daher festgestellt und gestrichen werden, was die einfachste Art einer Einsparung ist.

Durch die Zerlegung eines Objektes in seine Funktionen erreicht man, daß Schwerpunkte und Engpässe im Arbeitsablauf bereits im voraus erkannt und entsprechende Maßnahmen eingeplant werden können. Zu solchen Maßnahmen gehören z. B. die Bereitstellung von Personal und Mitteln. Außerdem findet die Terminplanung Anhaltspunkte für Projektüberwachung, Arbeitsabläufe, Kostenverläufe usw.

Bei der Zerlegung eines Objektes in seine Funktionen wenden die japanischen Wertanalytiker folgende Praktiken an:

- Alle voneinander unabhängigen Funktionen des Gesamtobjektes werden mit der Frage „Was tut das vollständige Objekt?“ ermittelt.
- Alle Funktionen und Teilabläufe werden mit der Frage „Was tut die Funktion oder der Teilablauf?“ ermittelt.
- Alle Hauptfunktionen und entsprechenden Nebenfunktionen werden mit der Frage „Warum wird diese Funktion erfüllt?“ ermittelt.

Auf diese drei Fragen sind folgende Antworten möglich:

- Die Antwort beschreibt die eigentliche Aufgabenstellung — dann handelt es sich um eine Hauptfunktion.
- Die Antwort beschreibt eine Nebenfunktion — dann handelt es sich um eine Nebenfunktion, die zu einer Hauptfunktion gehört.
- Die Antwort beschreibt weder eine Haupt- noch eine Nebenfunktion — dann handelt es sich um eine unnötige Funktion.

Auf diese Weise wird das ganze Objekt in seine vorgesehenen Funktionen aufgegliedert. Die einzelnen Funktionen werden klassifiziert und die erforderlichen Baugruppen und Einzelteile definiert. Die geometrischen Abmessungen und konstruktiven Einzelheiten der Teile werden hierbei nicht berücksichtigt.

Die Hauptfunktionen entsprechen vorwiegend Baugruppen, die Nebenfunktionen wiederum deren Einzelteilen, die jedoch als Baugruppen selbst Hauptfunktionen mit eigenen Nebenfunktionen erfüllen können. Dabei werden alle Funktionen in Listen erfaßt, die mit großer Sorgfalt erstellt werden, da sie die Grundlage für die Ermittlung der Herstellkosten und die Einplanungen der zu erwartenden Arbeiten darstellen.

4. Arbeitsschritt: Ermittlung der Funktionskosten

Auch die Ermittlung der Kosten gehört zu jeder Wertanalyseaktivität. Fehler bei der Ermittlung können daher zu Fehlentscheidungen und damit zu Nachteilen für das Unternehmen führen.

Die Feststellung der eigentlichen Kosten ist in Japan kein Bestandteil der Wertanalyseaktivitäten. Die Kenntnis der Kosten ist jedoch von ausschlaggebender Bedeutung.

Bei der Feststellung der Kosten wird auf der Basis absoluter Einheiten kalkuliert:

- Stückzahl
- Gewicht in kg
- Zeit in min.

Um die Größenordnung der zu erwartenden Kosten der verschiedenen Funktionen feststellen zu können, verwenden die Fachleute die Erfahrungen aus funktionell oder betrieblich ähnlichen Objekten und Vorgängertypen sowie die Funktionsanalysen entsprechender oder vergleichbarer Konkurrenzobjekte und die Kenntnisse über deren Preissituation auf dem Markt. Liegen die entsprechenden Größenordnungen der zu erwartenden Kosten jeder Funktion — ausgedrückt in den oben genannten Einheiten — vor, können die jeweiligen Tagespreise relativ einfach und schnell ermittelt werden, ohne daß durch Preisschwankungen auf dem Markt die Gefahr von Fehlern besteht.

Die so ermittelten Werte werden in die Funktionslisten übertragen. Dabei kann man Ungenauigkeiten in den Funktionslisten feststellen.

In diesem Stadium der Wertanalyseaktivitäten werden die Vertreter des Einkaufs eingeschaltet. Bei der Ermittlung der Kosten für entsprechende Einkaufsteile geht es dabei nicht um die preisgünstigsten, sondern um die zweckmäßigsten Liefermöglichkeiten oder deren Äquivalente.

Ferner besteht die Aufgabe des Einkaufes darin, nachdem die Entscheidung über Eigen- oder Fremdfabrikate entsprechender Baugruppen und Teile getroffen ist, durch die Entwicklung in Zusammenarbeit mit der Arbeitsvorbereitung und Produktion, preisgünstige Lieferanten für die vorgesehenen Baugruppen und Teile ausfindig zu machen. Außerdem müssen die benötigten Angebote angefordert, geprüft und die Ergebnisse dem Wertanalyseteam zur Verfügung gestellt werden. Sind die Preise der einzelnen Funktionen und deren Einzelteile festgestellt, erfolgt — unter Berücksichtigung der Zuschläge — die Festlegung der Produktionsstätten, die zur Produktion des Objektes erforderlich sind. Damit will man mögliche terminliche Engpässe ausschließen.

In der Ausführung bestimmter Teile, die zur Erfüllung einer Funktion nötig sind, können sich geringfügige Änderungen ergeben, die unter Umständen zu ihrer Produktion eine Verlagerung in eine andere, mit einem günstigeren Zuschlag belastete Produktionsstätte erfordern. Damit kann auch eine Einsparung an Kosten verbunden sein. Die Funktionen dürfen dabei aber nicht beeinflußt werden. Auf dieser Basis werden die verschiedenen Zuschlagsfaktoren der einzelnen Produktionsstätten überprüft und, falls nötig, auf einen neuen wirtschaftlicheren Stand gebracht. Ebenfalls ein „Nebenprodukt" der Wertanalyseaktivitäten.

Durch die Ermittlung und Detaillierung der Funktionskosten erhalten die Fachabteilungen, die am Objekt beteiligt sind, Richtlinien als Anhaltspunkte, die sie nicht überziehen dürfen. Damit ist bei der Entwicklung und später in der Produktion eine Kostenkontrolle möglich. Bei einem evtl. Kostenüberzug kann die verantwortliche Fachabteilung schnell festgestellt und zur Verantwortung gezogen werden.

5. Arbeitsschritt: Prüfung der Funktionsberechtigung

Nachdem das zur Neuentwicklung anstehende Objekt in die Funktionen, die in der Aufgabenstellung verlangt sind, aufgegliedert ist (zum Zwecke der Wertgestaltung oder zur Zerlegung eines vorhandenen Objektes in seine Funktionen zum Zwecke einer Wertverbesserung), prüft man, ob jede Funktion in bezug auf ihren Beitrag zum Verkaufsvermögen des Objektes berechtigt ist. Da alle — und damit auch die unnötigen — Funktionen eines Objektes ihren Niederschlag im Preis finden, dient diese Prüfung dazu, unnötige Funktionen ausfindig zu machen und zu beseitigen. Die Verwendung der unnötigen Funktionen erfolgt nämlich auf das Risiko des Herstellers und wird nur in seltenen Fällen vom Kunden akzeptiert und honoriert.

Diese Prüfung erfolgt nach folgenden Kriterien:

- Welchen Zweck hat die Funktion?
- Ist die Funktion erforderlich?
- Welchen Einfluß hat die Funktion auf das Verkaufsvermögen?

Bei dieser Prüfung wird also zwischen notwendigen und unnötigen Funktionen unterschieden.

Zweck einer Funktion ist die Erfüllung einer bestimmten Aufgabe in der Gesamtfunktion eines Objektes.

Der Einfluß einer Funktion auf die Verkaufschancen eines Objektes ist weitgehend vom Kunden und seinen Vorstellungen und Wünschen abhängig und daher subjektiv. Deshalb wirken die Vertreter des Vertriebes beratend mit, da sie die Marktsituation und die Kundenwünsche mit ihren Trends am besten kennen. Bei den Überprüfungen werden alle vergleichbaren Konkurrenzobjekte berücksichtigt, denn die eigenen Objekte müssen im Vergleich dazu entweder — bei gleichen Funktionen — billiger sein oder bei gleichem Preis mehr Funktionen bieten.

Die Funktionslisten werden entsprechend diesen Ergebnissen abgeändert. Die unzweckmäßigen, unnötigen und/oder das Verkaufsvermögen negativ beeinflussender Funktionen werden aus diesen Listen gestrichen und ihre geschätzten Kosten von den Gesamtkosten abgezogen.

Dieses Frage- und Antwortsystem erfaßt alle Einzelheiten wie z. B. Material, Halbzeuge, grundsätzliche Produktionsverfahren und Oberflächenbehandlungen und bildet damit eine prinzipielle Produktionsliste. Die Gründlichkeit, mit der hier gearbeitet wird, zahlt sich aus in der Genauigkeit der Unterlagen für die Erfassung aller Kosten, die Richtlinien für Entwicklung und Konstruktion, Arbeitsvorbereitung, Produktion und Qualitätssicherung, Terminplanung und Steuerung. Dies erscheint zwar bei der Einführung von Wertanalyseaktivitäten in einem Unternehmen als ein ungerechtfertigter Aufwand an unnötigen Kosten. Der Nutzen liegt aber trotz dieses Aufwandes darin, daß in den Wertanalysesitzungen die Delegierten aller Fachabteilungen diese Überlegungen gemeinsam anstellen. Bei der konventionellen Arbeitsweise wickelt jeder betroffene Mitarbeiter diese Gedankengänge für sich ab, wobei eine gewisse „Doppelarbeit" entsteht, weil sich die gleichen Grundüberlegungen bei allen Beteiligten wiederholen. Da hierbei jeder Mitarbeiter die Probleme aus der Sicht seiner Fachabteilung angeht, und dabei jede Fachabteilung einen anderen Standort gegenüber den Problemen einnimmt, wird das gemeinsam angestrebte Ziel nicht selten verfehlt. Dieser Fehler kann bei einer praktizierten Teamarbeit, wie sie die Wertanalyse darstellt, weitgehend vermieden werden. Auch das Prioritätsdenken in der Wichtigkeit der einzelnen Fachabteilungen im Werdegang eines Objektes wird bei der Wertanalyse ausgeschaltet, weil alle Fachabteilungen, die am Objekt beteiligt sind, durch Delegierte in den Wertanalysesitzungen als gleichwertige und gleichberechtigte Partner vertreten sind. Die Wertanalyseaktivitäten kommen daher dem ausgeprägten japanischen Gruppendenken entgegen und deshalb ließ sich dieses System auch gut in die bestehenden Organisationsstrukturen einfügen.

6. Arbeitsschritt: Ermittlungen von Alternativlösungen

Die Ermittlung von Alternativlösungen für die anstehenden Probleme ist das Kernstück und somit der wichtigste Arbeitsschritt der Wertanalyse. Alle bisherigen Arbeitsschritte hatten vorbereitenden Charakter. Während bei den bisherigen Aktivitäten die analytische Tätigkeit primär war, sind hier die kreativen Tätigkeiten vorherrschend.

Dieser Arbeitsschritt entspricht praktisch der Arbeitsmethodik, wie sie an den Universitäten als rationelle Arbeit gelehrt wird und in Abschnitt 6.4 (Entwicklung, Konstruktion und Arbeitsvorbereitung) ausführlich beschrieben ist.

Die Weichen für die zu erwartenden Kosten werden im Werdegang eines Objektes bereits bei der Entwicklung und Konstruktion gestellt. Denn jeder Kostenbetrag, der ein Objekt in der Entwicklungsphase unnötig verteuert, kann auch mit den besten Rationalisierungsmaßnahmen später nicht mehr voll eingespart werden. Deshalb liegt in diesem 6. Arbeitsschritt der Schwerpunkt der Wertanalyseaktivitäten. Hier kommen die Regeln der Arbeitsmethodik zur Anwendung. Ihre Beherrschung ist daher erforderlicher Bestandteil der Kenntnisse der Wertanalyseingenieure. Die Anwendung von Datenverarbeitungsanlagen erleichtert, rationalisiert und optimiert die Suche nach möglichst günstigen Lösungen der anstehenden Probleme. Damit ist auch die Forderung nach einer Einbeziehung der Grundlagen dieses Fachgebietes in die Aus- und Weiterbildung der entsprechenden Mitarbeiter begründet.

Zur Förderung der freien Entfaltung der Delegierten werden folgende Regeln beachtet:

- *Freie Entfaltung und Erörterung aller Vorschläge.* Alle Vorschläge werden ohne Prüfung ihrer Realisierungsmöglichkeiten zunächst vorgetragen und registriert.
- *Die vorgetragenen Vorschläge werden weder kritisiert noch bewertet.* Die Beurteilung und Auswertung erfolgt nicht im Rahmen dieses Arbeitsschrittes.
- *Nennung möglichst vieler Alternativen.* Die Anzahl der zu einer späteren Auswertung anstehenden Alternativlösungen wird möglichst groß und daher umfassend gehalten.
- *Man verläßt traditionelle Wege.* Auch unkonventionelle und neuartige Vorschläge und Lösungen werden aufgezeigt.
- *Weiterentwicklung bewährter Lösungsmöglichkeiten.* Bewährte Prinzipien werden weiterverfolgt, modifiziert und auf die anstehenden Probleme zugeschnitten.
- *Kombinationen bekannter Lösungen.* Bewährte Lösungen von früheren Problemen werden kombiniert.
- *Anwendungen von Erfahrungen.* Die Vertreter aller Fachbereiche, besonders die Vertreter der Produktion, stellen ihre Erfahrungen zur Verfügung.

Bei diesen Punkten wird jedoch darauf geachtet, daß in den Wertanalysesitzungen alle Teammitglieder bei der Suche nach möglichst optimalen Lösungen für die anstehenden Probleme gleichberechtigte Partner sind und ihre Position im Unternehmen unberücksichtigt bleibt. Bei der Auswahl der Lösungen müssen daher auch die Aufgaben und ihre Erfüllung von primärer Bedeutung sein, und nicht die Person, die diese Lösung vorgeschlagen hat.

Die Suche nach Alternativlösungen wird durch die fünf sogenannten Grundfragen wirkungsvoll unterstützt:

- Was ist es?
- Was tut es?
- Was kostet es?
- Was kann es besser?
- Was würde das kosten?

Während die neun Arbeitsschritte eine Richtlinie für das Vorgehen in der Gesamtaufgabe sind, geben die fünf Grundfragen bei der Lösung von Teilaufgaben Anhaltspunkte und Unterstützung.

Jede dieser fünf Grundfragen erfordert — auch bei scheinbar unbedeutenden Tatbeständen — eine klare und eindeutige Antwort. Jeder Tatbestand, der Kosten verursacht, muß im Rahmen der Gesamtaufgabe einen bestimmten Zweck erfüllen. Je besser dieser Zweck erfüllt wird, um so besser ist die Lösung der gestellten Aufgabe in den Einzelfunktionen und in der Gesamtfunktion, dem Objekt.

Unter Berücksichtigung aller angeführten Kriterien werden die Funktionen und Funktionsteile, die bei der Zerlegung der Objekte (Arbeitsschritt 3) als erforderlich, und bei der Prüfung der Berechtigung von Funktionen (Arbeitsschritt 5) als notwendig erkannt worden sind, im Prinzip zur Vorschlagsreife ausgearbeitet. Die genaue Festlegung von geometrischen Abmessungen und die konstruktive Gestaltung der Teile sowie die Ausarbeitung der elektrischen Schaltungen usw. erfolgt in den dafür zuständigen Fachabteilungen und gehört nicht in den Bereich der Wertanalyseaktivitäten.

7. Arbeitsschritt: Auswahl der Lösungen

Nach Registrierung aller Lösungsvorschläge erfolgt deren Prüfung auf die Erfüllung ihrer Funktionsfähigkeit hin. Geprüft werden unter anderem auch die Herstellbarkeit der Teile und Baugruppen im Unternehmen, die technische Durchführbarkeit, die Lebensdauer und die Sicherstellung der erforderlichen Randbedingungen.

Diese Prüfung erfolgt — unter Einbeziehung aller Kriterien — sehr sorgfältig. Folgende Kriterien werden dabei beachtet:

- Erfüllung der Funktion
- Möglichkeiten der Einführung in die Produktion
- erforderliche Investitionen
- erforderliches Personal
- Ausbildungsstand des Personals
- Lagermöglichkeiten.

Weiterhin werden alle Lösungsvorschläge, die in der oben genannten Prüfung positiv beurteilt wurden, auf ihre Wirtschaftlichkeit hin untersucht. Man achtet hierbei auf eine preisgünstige Durchführung in der Entwicklung, Herstellung, Montage und Qualitätssicherung. Die benötigten Aufwendungen für Entwicklung, Material, Fertigungsmittel, Betriebsmittel usw. bilden hier die Faktoren einer Wirtschaftlichkeitsrechnung, die nach firmeninternen Vorschriften von den Kostenrechnern durchgeführt und deren Ergebnis bei der Prüfung der Lösungsvorschläge berücksichtigt wird. Dabei werden unter anderem folgende Kriterien beachtet:

- Entspricht die Lösung dem vorgegebenen Kostenziel?
- Wie groß ist der Aufwand für Entwicklung usw.?
- Wie groß ist der Kostenaufwand für das Personal?
- Welche Investitionen sind erforderlich?
- Wie ist die Relation der Herstellkosten zum Kostenziel?

Alle Lösungsvorschläge mit einem negativen Prüfungsergebnis scheiden — unter Angabe der Gründe — aus. Nennung von Gründen ist vorteilhaft, wenn ein Vorschlag

- beim anstehenden Objekt nicht durchführbar, bei einem anderen Objekt aber durchaus realisierbar sein kann;
- zur Zeit aus Produktionsgründen nicht hergestellt werden kann, aber bei Investitionen, die unter anderen Gegebenheiten getätigt werden, die Möglichkeit einer Verwirklichung besteht;
- grundsätzlich nicht durchführbar ist.

Alle Lösungsvorschläge mit einem positiven Prüfungsergebnis werden — ebenfalls unter Angabe der Gründe — den entsprechenden Stellen des Unternehmens zur Einführung empfohlen.

8. Arbeitsschritt: Erstellung des Einführungsplanes

Mit der Erstellung des Einführungsplanes durch den Teamleiter, in Zusammenarbeit mit den Delegierten aller Fachabteilungen, die von dem Objekt betroffen sind, wird die eigentliche Wertanalyseaktivität beendet.

Der Einführungsplan berücksichtigt folgende Kriterien:

- Name oder Typenbezeichnung;
- vorgeschlagene Lösungen;
- erwartete Aufwendungen bei einer Neuentwicklung bzw. erwartete Minderung der Aufwendungen bei einer Umentwicklung;
- Mitarbeiter, die für die Durchführung verantwortlich sind;
- Vorschlag für eine Terminplanung.

Der Name oder die Typenbezeichnung kennzeichnet das Objekt, das zu einer Neuentwicklung und damit zu einer Wertgestaltung bzw. Umentwicklung und damit zu einer Wertverbesserung ansteht.

Die vorgeschlagenen Lösungen sind das Ergebnis der Wertanalyseaktivitäten. Dabei werden die beiden jeweils besten Lösungen mit Angabe der Begründungen vorteilhaft aufbereitet. In übersichtlicher Form werden die Begründungen für alle Vor- und Nachteile der Lösungen objektiv gegenübergestellt, damit die dafür zuständige Stelle im Unternehmen eine endgültige Entscheidung treffen kann.

Die zu erwartenden Aufwendungen für eine Neuentwicklung bzw. die Minderung der Aufwendungen für eine Umentwicklung bei einer Realisierung der Vorschläge werden detailliert aufgeschlüsselt.

Die Mitarbeiter im Unternehmen, die für eine Realisierung der Vorschläge zuständig und damit auch verantwortlich sind, werden namentlich genannt. Dadurch können die Vorschläge, die ihre Fachabteilung betreffen, mitgeteilt und ihre Durchführung überprüft werden.

Die Vorschläge der Terminplanung ergeben einen für alle Beteiligten verbindlichen Zeitplan zur Durchführung der Aktivitäten.

Der Einführungsplan wird der Geschäftsleitung zur Genehmigung vorgelegt.

9. Arbeitsschritt: Kontrolle der Durchführung

Der vom Wertanalyseteam gemeinsam beschlossene und in dessen Auftrag vom Teamleiter schriftlich fixierte Einführungsplan wird von der Geschäftsleitung mit den entsprechenden Stellenleitern durchgesprochen. Wenn keine Wünsche oder Einwände bestehen, wird die Durchführung des Planes genehmigt.

Nach der Genehmigung tritt der Wertanalyseingenieur und bei evtl. Problemen das ganze Team oder einzelne Mitglieder, wieder in Aktion.

Der Ablauf des Einführungsplanes wird in einem Zeitturnus, der diesem Terminplan entspricht, laufend überprüft. Alle möglicherweise auftretenden Abweichungen werden sofort auf ihre Ursache hin untersucht und gemeinsam mit dem Leiter der betroffenen Fachabteilung trifft man die erforderlichen Maßnahmen, um die festgestellten Schwierigkeiten zu beseitigen.

Nach Abschluß der Arbeiten wird die zu erwartende Kostenminderung mit der tatsächlichen Einsparung verglichen und bei Abweichungen (auch im positiven Sinn) die Ursachen erforscht.

Ein entsprechender Abschlußbericht geht zur Information an die Geschäftsleitung.

Der *organisatorische Ablauf* der Wertanalyseaktivitäten, der in fast allen japanischen Unternehmen praktiziert wird, ist in Bild 6 dargestellt.

Schritt nach Barrows	Beteiligte Stellen
1	V, WA
2	V, K, WA
3	V, E, WA
4	V, E, K, WA
5	V, E, WA
6	E, AV, F, Q, EK, SB, WA
7	E, AV, F, Q, EK, SB, K, WA
8	AV, E, EK, F, SB, V, Q, WA
9	Wa (nach Genehmigung)

Abkürzungen:
AV = *Arbeitsvorbereitung*
E = *Entwicklung / Konstruktion*
EK = *Einkauf*
F = *Fertigung*
K = *Kalkulation*
Q = *Qualitätssicherung*
SB = *Spezialbereiche (intern und extern)*
V = *Vertrieb*
WA = *Wertanalyse-Ingenieur (Koordinator)*

Bild 6 *Organisatorischer Ablauf der Wertanalyse*

Für die Arbeiten im Rahmen der Wertanalyse ist ein *Wertanalyseingenieur* als *Teamleiter* und *Koordinator* verantwortlich.

Der Wertanalyseingenieur in den japanischen Unternehmen ist ein Fachmann und besitzt die Eigenschaften, die zur Erfüllung seiner umfangreichen Aufgaben nötig sind:

- klare und unmißverständliche Linie in seinen Arbeiten;
- Stehvermögen bei der Durchführung seiner Aufgaben;
- die Fähigkeit, Sachverhalte verständlich zu machen;
- Verhandlungsgeschick, um auch bei gegensätzlichen Meinungen zu einem für alle Beteiligten befriedigenden Ergebnis zu kommen;
- guten Kontakt zu allen Stellenleitern im Unternehmen, um eine gute Zusammenarbeit zu ermöglichen;
- eine von vielen Stellen anerkannte Persönlichkeit.

Das Aufgabengebiet des Wertanalyseingenieurs umfaßt zwei große Bereiche, die er wahrnimmt und vertritt:

- Er ist der Mitarbeiter, der die Wertanalyse im Unternehmen bekannt macht und alle Mitarbeiter zu wertanalytischem Denken veranlaßt. Diese Aufgabe erfüllt er zweckmäßig durch entsprechende Seminare und Vorträge, wobei der jeweilige Referent sowohl wertanalytische Kenntnisse als auch pädagogisches Geschick besitzt.
- Er praktiziert die Wertanalyse im Unternehmen. Die zur Wertanalyse ausgewählten Objekte werden durch ihn in den entsprechenden Wertanalysesitzungen koordinierend und leitend behandelt. Er kontrolliert auch die Realisierung der Sitzungsergebnisse. Dabei ist es gleichgültig, ob es sich um eine Wertgestaltung, also um die Verhinderung von Aufwendungen in der Entstehungsphase eines Objektes handelt, oder um eine in japanischen Unternehmen nur noch sehr selten vorkommende Wertverbesserung, als um die Verminderung von Aufwendungen an bestehenden Objekten. Auffallend dabei ist, daß der Wertanalyseingenieur als Teamleiter keine Entscheidungen selbst fällt, sondern nur die gemeinsam von allen Sitzungsteilnehmern gefaßten Beschlüsse registriert. Dies bedeutet, daß die von den Sitzungsteilnehmern akzeptierten Vorschläge der Fachleute aus verschiedenen Fachabteilungen und die zur Lösung der Probleme aufgezeigten Empfehlungen vom Teamleiter in unmißverständlicher Form den betroffenen bzw. für die Realisierung zuständigen Stellen des Unternehmens vorgeschlagen werden.

Ferner hat der Wertanalyseingenieur einen guten Kontakt zur Geschäftsleitung. Die vom Wertanalyseingenieur schriftlich fixierten oder auch mündlich vorgetragenen Ergebnisse der Wertanalysesitzungen sind wichtige Unterlagen für die Entscheidungen und Anordnungen, die von der Geschäftsleitung getroffen werden müssen.

Der Wertanalysekoordinator informiert sich ständig über neue Technologien und Fremdfabrikate. Dieses Wissen stellt er auch in persönlichen Gesprächen den Mitarbeitern zur Verfügung. Für die entsprechenden Fachleute ist es eine wertvolle Anregung — auch wenn bestimmte Dinge beim gerade anstehenden Objekt nicht zur Anwendung gelangen. Bei der Suche nach möglichst optimalen Lösungen für andere Objekte können diese Anregungen möglicherweise helfen, wichtige Entscheidungen zu erleichtern.

Bei allen Wertanalyseaktivitäten werden die modernen Einrichtungen verwendet, die im Unternehmen vorhanden sind, wie z. B. Datenverarbeitungsanlagen, Sichtgeräte und Plotter. Der Wertanalyseingenieur muß daher auch über diese Einrichtungen und ihre Einsatzmöglichkeiten Bescheid wissen. Weitere Hilfsmittel, die zur Anwendung gelangen, sind Statistiken, Kurven und Tabellen, deren Handhabung und Auswertung dem Koordinator ebenfalls geläufig sind. Die Bestrebungen der japanischen Unternehmen gehen dahin, die Basis der Kenntnisse des Wertanalyseingenieurs so breit wie möglich zu gestalten, und seine Position im Unternehmen unabhängig zu halten, um den Wirkungsgrad optimal ausschöpfen zu können.

Der Wertanalyseingenieur ist die „Schlüsselfigur“ aller Wertanalyseaktivitäten im Unternehmen und trägt daher auch die volle Verantwortung.

Auch in den japanischen Unternehmen werden alle Fachbereiche durch den raschen Fortschritt der Entwicklung immer mehr spezialisiert, so daß nur noch ein Fachmann die in seinem Bereich auftretenden Probleme übersehen und lösen kann.

Es ist die Aufgabe der Wertanalyseaktivitäten, ein Optimum an Lösungen von Problemen bei einem Minimum an Aufwendungen und Zeit zu erreichen. Da alle Fachbereiche in einem Unternehmen (von der Entwicklung bis zum Vertrieb) entsprechend ihren Aufgaben beim Werdegang eines Objektes direkt oder auch indirekt an den auftretenden Kosten beteiligt sind, können nur Vertreter aller Fachbereiche — jeder auf seinem speziellen Gebiet — diese großen Aufgaben erfüllen.

Wertanalyse wird in *Teamarbeit* praktiziert.

Fachleute, die aus den Fachbereichen kommen, die von den zur Optimierung anstehenden Objekten betroffen sind, werden nach einer intensiven Schulung in den Techniken der Wertanalyse von den Stellenleitern zu den Wertanalysesitzungen delegiert. Dort sollen sie — unter der Leitung eines mit der Koordinierung der Wertanalyse im Unternehmen beauftragten Wertanalyseingenieurs — gemeinsam eine möglichst optimale Lösung der anstehenden Probleme finden und diese den betreffenden Fachabteilungen zur Realisierung empfehlen. Hierbei kann es sich jedoch immer nur um reine Empfehlungen handeln. Die Durchführung der Empfehlungen liegt schon wegen der Zuständigkeit bei den jeweiligen Stellenleitern des Unternehmens.

Interessant ist auch die *Relation* zwischen *Aufwand* und *Nutzen* der Wertanalyse in den japanischen Unternehmen.

Der Wertanalysekoordinator ist bemüht (und der Erfolg dieser Bemühungen ist einer der Maßstäbe für seine Qualifikation), den Aufwand an Aktivitäten an einem Objekt gering zu halten.

Die Unternehmen (bei Konzernen die einzelnen Werke) sind auf bestimmte Objektgruppen spezialisiert. Damit haben die Spezialisten der einzelnen Fachbereiche auch nur jenen Abschnitt aus den Fachgebieten zu bearbeiten, der ihren Aufgaben entspricht.

Diese Tatsache ermöglicht ihnen — bei entsprechender Koordination durch den Wertanalyseingenieur — eine gute Vorbereitung für die Wertanalysesitzungen. Von den in Bild 6 aufgeführten Fachbereichen werden immer nur jene Mitarbeiter zur Sitzung eingeladen, deren Anwesenheit aufgrund der Themenstellung erforderlich ist. Die übrigen Mitarbeiter müssen aber erreichbar sein. Durch den bewußt so klein gehaltenen Kreis der Teilnehmer ist eine intensive Arbeit ohne Leerlauf möglich. Die Dauer einer Wertanalysesitzung beträgt maximal zwei Stunden und schaltet damit die bekannten Ermüdungserscheinungen aus.

Die Erfolge liegen in erstaunlichen Größenordnungen und betragen bei der *erstmaligen* Überarbeitung eines Objektes (bei der Wertverbesserung) bis zu 70 und 80 Prozent (!) der Selbstkosten, bei in bestimmten — dem Objekt entsprechenden — Zeitintervallen durchgeführten Bearbeitungen durchschnittlich immer noch 10 bis 30 Prozent. Bei *neuen* Objekten (bei der Wertgestaltung) fehlen naturgemäß die vergleichbaren Werte. Ein Vergleich innerhalb Japans ist schlecht möglich, da fast alle Unternehmen mehr oder weniger intensiv Wertanalyse betreiben. Eine Prüfung und Bewertung der Preisrelation, deren Ergebnisse in Europa bekannt sind, ist also nur auf dem internationalen Markt möglich.

Diese Zahlen sprechen für sich und beweisen, daß die Investitionen von Staat und Wirtschaft in die Erfüllung der erforderlichen Voraussetzungen und in die Durchführung der Wertanalyse einen großen Nutzeffekt haben und die Wertanalyse in Japan als Wirtschaftsfaktor voll genutzt wird. (Reinheimer, Nutzung der Wertanalyse in der Unternehmenspraxis — Beispiel Japan, Rationalisierung 29. Jg. 1978 — 6.)

6.3 Informationszentralstelle

Der überwiegende Teil der Aufgaben in einem Industrieunternehmen besteht aus der Entwicklung neuer oder der Verbesserung bestehender Lösungen. Die Dauer und Erfolgswahrscheinlichkeit der Lösungen hängt jeweils auch davon ab, wie weit es gelingt, bereits gesammelte vorhandene Erfahrungen und Erkenntnisse einzusetzen, um nicht schon vollzogene Problemlösungen neu zu rekonstruieren. Gelingt es, durch gezielte Fragen und geordnetes Suchen das „know-how" schnell zu finden, dann verfügt der Mitarbeiter über eine Orientierungshilfe, die ihm Sicherheit für sein weiteres Vorgehen und seine Entscheidungen bietet.

In den meisten japanischen Unternehmen, aller Größenordnungen, werden — mit erheblichem personellen und finanziellen Aufwand — alle Möglichkeit genutzt, um die bekannten Methoden einzusetzen und, unter Verwendung vorhandener technischer Hilfsmittel, um eine ständige Leistungssteigerung der Mitarbeiter zu erreichen.

Der Aufbau von Informationssystemen ist in Bild 7 dargestellt. Er erfolgte in sieben Phasen, von denen jede Phase die vorhergehende ergänzt.

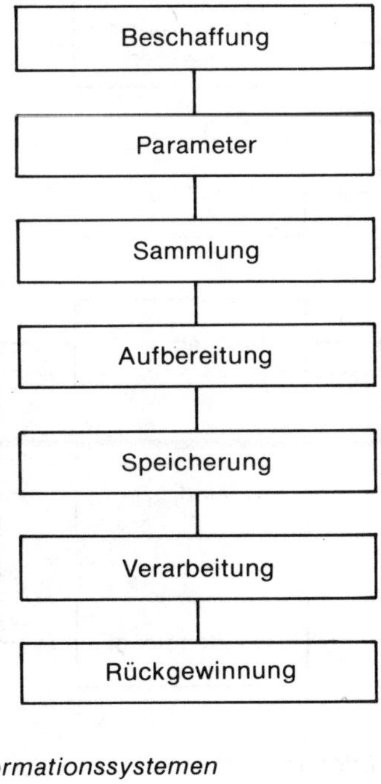

Bild 7 *Aufbau von Informationssystemen*

Entsprechend Bild 8 werden bei der *Beschaffung* von Informationen alle *Informationsquellen* durch die *Informanten* ausgenutzt und die so gewonnenen Informationen an die Sammelstelle weitergeleitet.

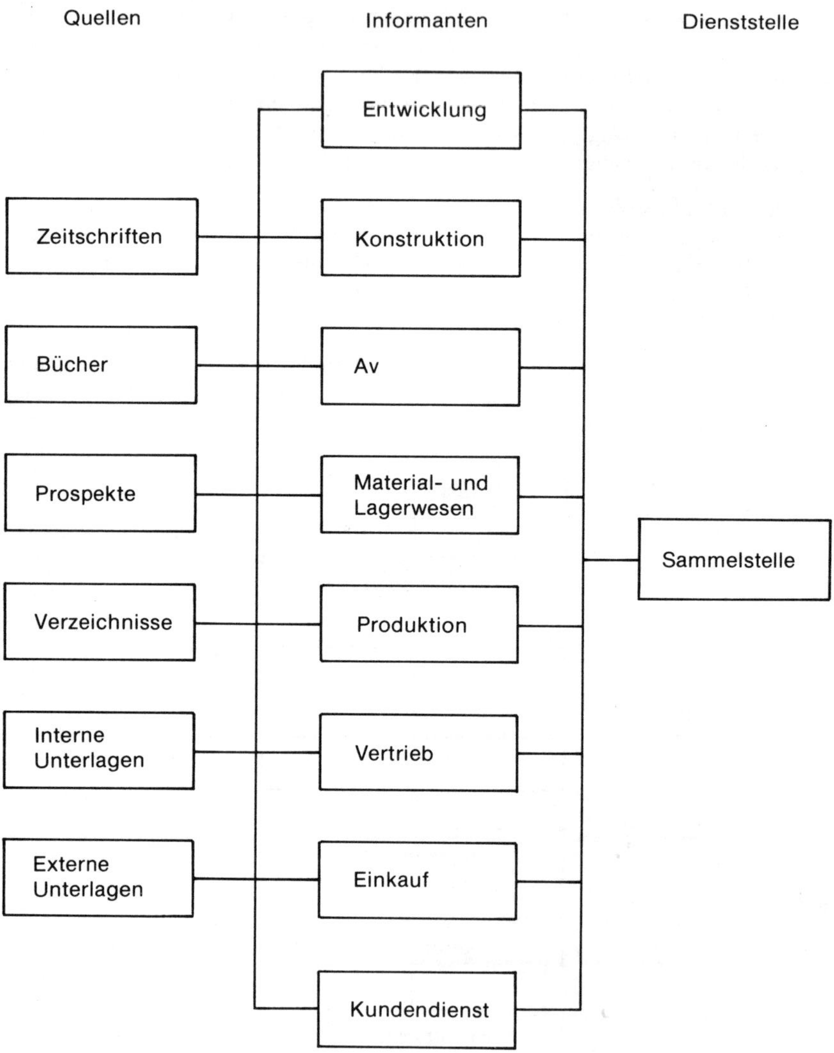

Bild 8 *Beschaffung von Informationen*

Informationsquellen können z. B. sein:
- Zeitschriften als die umfangreichste und ergiebigste Quelle;
- Bücher, die bereits eine Sammlung von Informationen darstellen;
- Prospekte, als eine Sammlung von Informationen über bestimmte Objekte und Objektgruppen;
- Verzeichnisse als bereits geordnete Sammlung von Informationen;
- interne Unterlagen als Quintessenz interner Tätigkeiten;
- externe Unterlagen als Quintessenz externer Tätigkeiten.

Informationen sind beispielsweise:
- Entwicklung mit den entsprechenden Berichten;
- Konstruktion mit den erarbeiteten Unterlagen;
- Arbeitsvorbereitungen mit den technologischen Unterlagen;
- Material- und Lagerwesen mit seinen Anweisungen;
- Produktion mit ihren reichhaltigen Erfahrungen;
- Vertrieb als Nahtstelle zwischen Unternehmen und Markt;
- Einkauf als Kontaktstelle zu den Lieferanten.

Alle Informationen werden an die *Sammelstelle* weitergeleitet. Der geographische Standort ist in den meisten Unternehmen zentral gelegen. In der Organisation ist die Sammelstelle dem Bereichsleiter Entwicklung, Konstruktion und Arbeitsvorbereitung angegliedert, da die Informationen vorwiegend von den Mitarbeitern aus diesem Fachbereich verwendet werden. Die Größe der personellen Besetzung richtet sich nach dem Objektprogramm des Unternehmens. Die in der Sammelstelle angestellten Mitarbeiter sind hauptamtlich tätig und sind von der Prüfung bis zur Rückgewinnung zuständig.

Alle Informationen, die von den Informanten aus den verschiedensten Informationsquellen beschafft worden sind, werden in der Sammelstelle zunächst den *Parametern* entsprechend ausgewählt und geprüft. Bild 9 zeigt eine Auswahl der wesentlichsten Parameter.

- *Aktualität.* Die Aktualität ist der Zeitfaktor bei der Verwendung einer Information. Ältere Informationen sind unter Umständen ganz oder teilweise überholt, neue Informationen hingegen haben noch ihre volle Aussagekraft.
- *Feinheitsgrad.* Der Feinheitsgrad ist die Detaillierung einer Information. Er wird geprägt von der Genauigkeit in der Aussage der Einzelheiten.
- *Form.* Die Form ist die Art, in der eine Information vorliegt. Diese kann graphisch, numerisch oder alphanumerisch sein.
- *Komplexität.* Unter Komplexität versteht man die Kombination von Informationselementen zu einer Informationseinheit, wobei die kleinste Einheit das Informationssymbol darstellt.

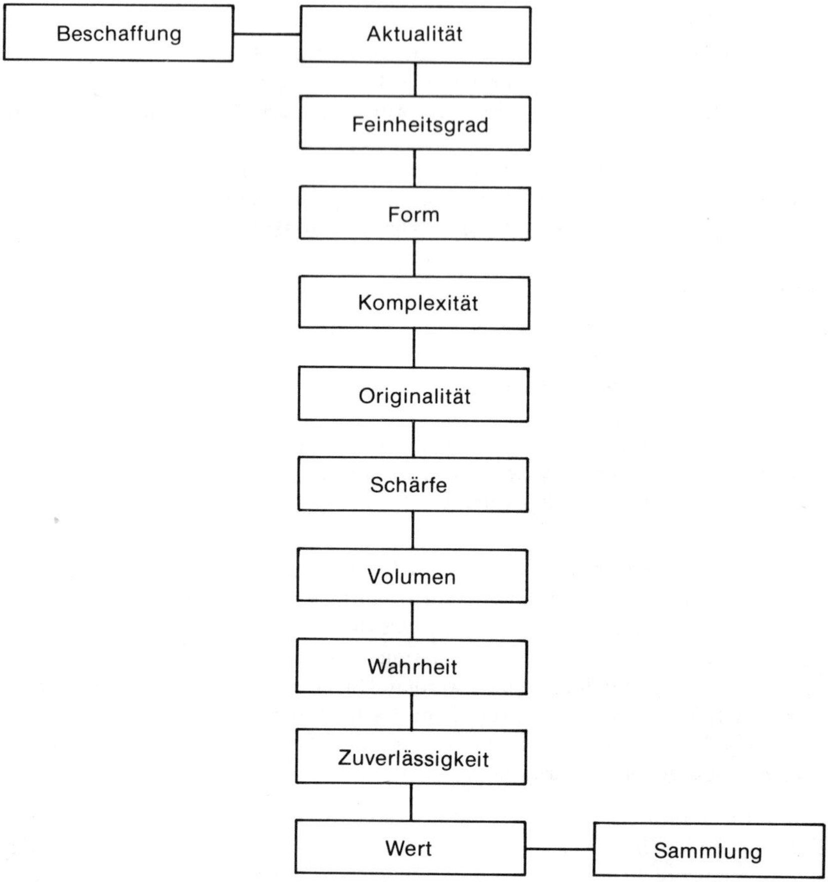

Bild 9 *Parameter für Informationen*

- *Originalität.* Die Originalität kennzeichnet den Originalcharakter einer Information und unterscheidet sie damit von Abwandlungen.
- *Schärfe.* Die Schärfe ist die wissenschaftliche Exaktheit und Deutlichkeit einer Information in ihrer Aussage.
- *Volumen.* Das Volumen ist der Umfang einer Information, die Anzahl der Worte und/oder Zahlen, die zu ihrem Verständnis nötig sind.

- *Wahrheit.* Die Wahrheit ist die Richtigkeit einer Information. Sie muß den Tatsachen entsprechen.
- *Wert.* Der Wert kennzeichnet die Wichtigkeit einer Information und die Bedeutung für den Anwender. Sie ist daher anwendungsbezogen. Der Wert kann für verschiedene Anwender verschieden groß sein.
- *Zuverlässigkeit.* Die Zuverlässigkeit ist die Wahrscheinlichkeit für das Eintreffen einer Information bei ihrem Bedarf.

Alle Informationen werden entsprechend den hier (in einer Auswahl) aufgezeigten Parametern geprüft.

Nachdem die eingegangenen Informationen anhand dieser Parameter durch die Sammelstelle geprüft worden sind, beginnt die Informationssammlung. Diese Sammlung ist die Grundlage für jedes Informationssystem. Sie ist anwendungsbezogen. Daher werden die in Bild 10 aufgezeigten *Anwendungsparameter* berücksichtigt.

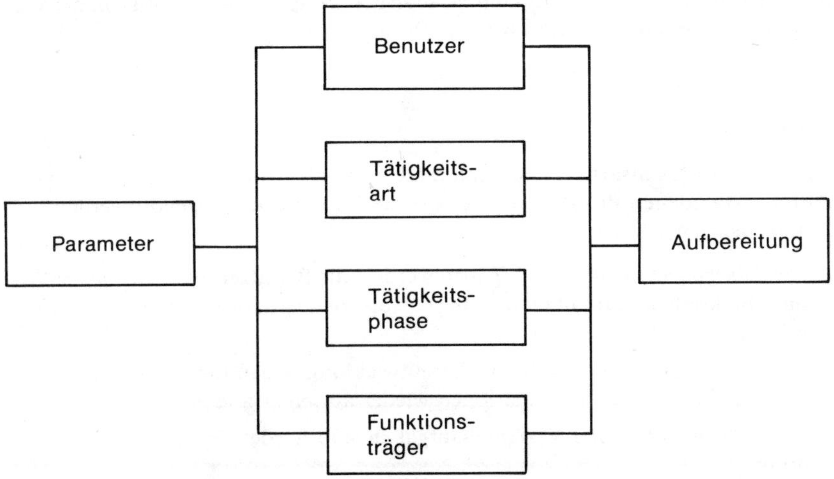

Bild 10 *Anwendungs-Parameter für Informationssysteme*

Diese Parameter legen die Anforderungen an das Informationssystem fest und müssen daher auch in ihren Auswirkungen bekannt sein. Jede der aufgeführten Benutzergruppen stellt — durch ihre unterschiedlichen Problemstellungen und Aufgaben — andere Anforderungen an ein Informationssystem.

Benutzer

Unter Benutzer wird der Tätigkeits- und Aufgabenbereich des Anwenders bei der Aufgabendurchführung im Unternehmen verstanden. Benutzer können sein:

- *Abteilungsleiter.* Für diese Benutzergruppe müssen die Informationen eine gewisse Übersicht bieten, und Auskünfte erteilen, die auch über den Bereich der eigenen Abteilung hinausgeht.
- *Gruppenleiter.* Diese Benutzergruppe ist vorwiegend an Informationen im Rahmen ihres Bereiches interessiert, ohne tiefer ins Detail zu gehen.
- *Ingenieure.* Für diese Benutzergruppe müssen die Informationen — mit entsprechenden Genauigkeiten in der Aussage und der Schärfe — vorwiegend anwendungsbezogen sein.
- *Mitarbeiter.* Dieser Benutzergruppe müssen die Informationen Detailfragen beantworten können.

Entsprechend den verschiedenen Aufgabenbereichen der Benutzer sind die Informationen in ihren Schwerpunkten verschieden gelagert. Bei der Zusammenstellung der Sammlung muß dies berücksichtigt werden.

Tätigkeitsart

Unter der Tätigkeitsart versteht man die Unterschiede in den Aufgaben und den damit verbundenen Problemen, über die die Information eingeholt werden soll. Tätigkeitsarten können sein:

- *Neue Aufgaben.* Bei neuen Aufgaben werden alle Benutzer mit völlig neuen Problemen konfrontiert, über die die entsprechenden Informationen vorliegen müssen.
- *Anpassungsaufgaben.* Bei der Weiterentwicklung liegen die Probleme und die damit erforderlichen Informationen wieder auf einer anderen Ebene.
- *Variantenaufgaben.* Bei Variantenaufgaben sind wieder andere Informationen nötig.

Diese verschiedenen Tätigkeitsarten erfordern also jeweils spezielle Informationen. Dies muß bei der Zusammenstellung berücksichtigt werden.

Tätigkeitsphase

Alle Tätigkeiten müssen — wenn sie rationell und optimal sein sollen — methodisch durchgeführt werden. Daher sollen die entsprechenden Informationen vorliegen. Tätigkeitsphasen können sein:

- *Vorbereitung.* Unter Vorbereitung wird die Klärung der Aufgabenstellung verstanden.
- *Konzeption.* In dieser Phase wird die grundsätzliche Lösungskonzeption erarbeitet.
- *Information.* In der Informationsphase werden alle Informationen über das festgelegte Lösungskonzept gesammelt und ausgewertet.
- *Entwurf.* In dieser Phase werden die verschiedenen Möglichkeiten zur Verwirklichung des Lösungskonzeptes erarbeitet.
- *Entscheidung.* Hierbei werden alle Lösungsmöglichkeiten geprüft und ausgewählt.
- *Durchführung.* Zur Ausarbeitung und Durchführung der ausgewählten Lösungskonzeption sind Informationen über die entsprechenden Detailfragen nötig.

Bei der Zusammenstellung der Informationssammlung müssen also auch die verschiedenen Tätigkeitsphasen berücksichtigt werden.

Funktionsträger

Funktionsträger führen die Funktionen aus. Sie erstrecken sich von einzelnen Bauteilen bis zu ganzen Anlagen. Entsprechend sind auch die hierfür erforderlichen Informationen. Funktionsträger können sein:

- *Anlagen.* Bei der Erstellung von Anlagen und deren Probelauf sind bestimmte anlagebezogene Fakten zu berücksichtigen.
- *Einzelobjekte.* Auch Einzelprodukte und Baugruppen erfordern entsprechende Informationen.
- *Funktionsträger-Hauptgruppen.* Solche Hauptgruppen erfordern vorwiegend Informationen über Montagemöglichkeiten und deren Prüfsysteme.
- *Funktionsträger-Baugruppen.* Hierbei benötigt man hauptsächlich Informationen über Fertigungs- und Montagemöglichkeiten und deren Prüfsysteme.
- *Funktionsträger-Bauteile.* Dazu braucht man Informationen über Produktions- und Prüfungsmöglichkeiten.

Bei der Zusammenstellung der Sammlung muß also noch berücksichtigt werden, daß auch die verschiedenen Funktionsträger unterschiedliche Informationen benötigen.

In der nächsten Phase werden die Informationen, die gesammelt und entsprechend den verschiedenen Parametern geprüft worden sind, *aufbereitet.* Bild 11 stellt dar, wie die Aufbereitung der Informationen abläuft.

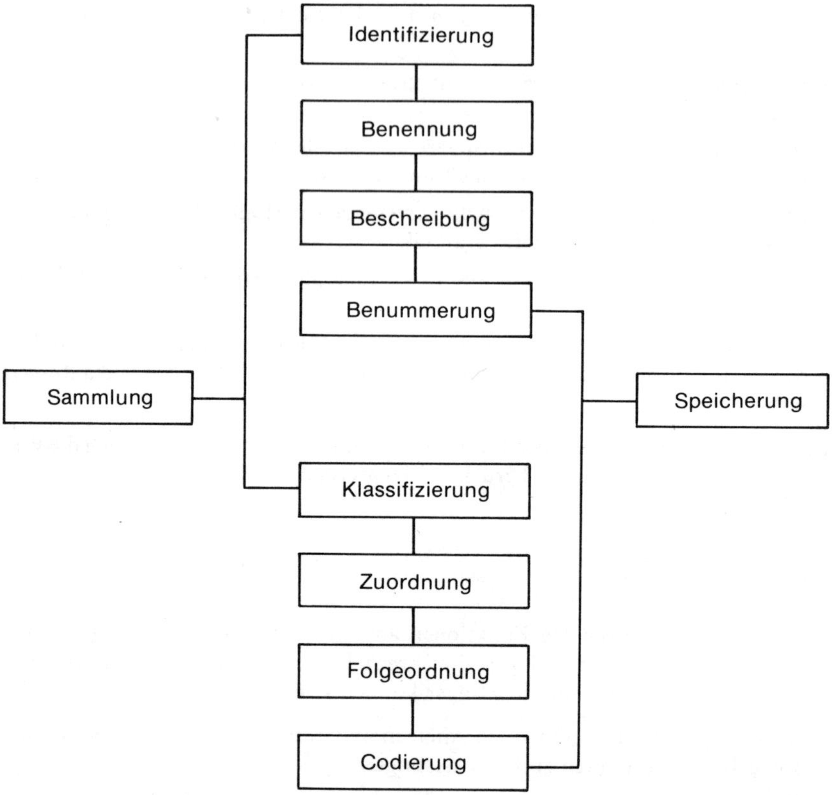

Bild 11 *Aufbereitung von Informationen*

Die *Identifizierung* bedeutet Erkennen. Im allgemeinen wird etwas erkannt, wenn eine Übereinstimmung, also eine Identität, mit einem vorhandenen

- Gegenstand
- Bild oder
- Schriftsatz

festgestellt wird. Dazu gehören:

- Gegenstände (Ausstellungsstücke, Musterstücke, Prototypen);
- Bilder (Skizzen, Schemata, Zeichnungen, Maßbilder, Sinnbilder);

- Schriftsätze (alle Kombinationen zwischen Zeichen, Ziffern, Buchstaben, Symbole, Worte, Daten, Signale);
- mündliche Informationen (Gespräche, Lehrgänge, Diskussionen).

Nur der richtige Vergleich, d. h. die genaue Zielansprache führt in der angestrebten — möglichst kurzen — Zeit zur Informationsadresse und damit zum gewünschten Informationsinhalt.

Die *Benennung* bedeutet Kennzeichnung zur Identifizierung. Deshalb ist der erste Schritt für eine einheitliche Verständigung die Sprache bzw. das Schlagwort, der Begriff oder die Aussage.

Eine alphabetische Auflistung der Benennung von Informationen führt zu einem problemlosen Zugriff, also vom Text zu Zahlen oder weiteren Texten. Wird durch die Benennung identifiziert, kann durch die alphabetische Ordnung anschließend klassifiziert werden, wenn die Benennungen, die den verwandten Informationsobjekten übergeordnet sind, alphabetisch geordnet sind. Auf diese Weise lassen sich — unabhängig von Form, Funktion und sonstigen Merkmalen — die Erzeugnis-, Baugruppen-, Zeichnungsteile- oder Kaufteileklassifizierungspläne betriebsabhängig erstellen. In der Praxis haben sich in den japanischen Unternehmen alphabetisch geordnete Benennungen mehrfach bewährt. Die Wortverwendung bezieht sich auf alle Unterlagen wie z. B. Zeichnungen, Stücklisten, Ersatzteillisten, Betriebsanleitungen und Brieftexte. Den Benennungen sind Fremdwortschlüsselzahlen zugeordnet. Auf diese Weise ist eine problemlose Übersetzung in Fremdsprachen für Auslandsniederlassungen möglich. Die Benennung ist damit weltweit festgelegt und die Sprachregelung einheitlich.

Wenn die Benennung mit Namen nicht ausreicht, dient die *Beschreibung* dazu, das identifizierte Informationsobjekt in seinen spezifischen Merkmalen zu beschreiben. Als Gerüst dienen Beschreibungsmuster oder Datendokumentation, die in der Benennung enthalten sind. Solche Beschreibungsmuster können sein:

- technische Identifizierungs- und Unterscheidungsmerkmale;
- Besonderheiten.

Mit so gegliederten Mustern lassen sich die spezifischen Eigenschaften eines Informationsobjektes festlegen und Unterscheidungsmerkmale für die Zuordnung und den Abruf bei gleichen Benennungen bilden. Die Beschreibungsmuster setzen sich aus vorgefertigten Fragen und Antworten zusammen.

Die Zuordnung von Beschreibungen zu Grundnamen oder Wortgruppen erfolgt — durch alphabetisch geordnete Beschreibungsbogen — direkt über die Auswahlnummer (Klassifizierungs- und Identifizierungs- oder Identnummer).

Die Zuordnungsprobleme werden mit Datenverarbeitungsanlagen durch Verkettung von Dateien gelöst.

Die *Benummerung* erfolgt nach den Bedürfnissen des Ordnungssystems in zwei Schritten:

- *1. Schritt:* Mit der Identifizierung als hinweisende Methode soll die Identität eines Informationsobjektes einmalig und eindeutig festgelegt werden, damit man es von jedem anderen unterscheiden kann.

- *2. Schritt:* Mit der Klassifizierung als zuordnende Methode sollen Klassen gleichartiger oder ähnlicher Informationsobjekte gebildet werden, um neue Informationsobjekte einzugliedern und vorhandene schnell wiederzufinden.

Identifizierende und klassifizierende Nummern ergeben — zusammen parallel verschlüsselt — eine Ordnungsnummer, wobei Parallelverschlüsselung eine klare Trennung von identifizierenden und klassifizierenden Nummernteilen bedeutet.

Die *Klassifizierung* dient der systematischen Zusammenstellung von Objekten bei vorgegebenen Ordnungskriterien. Klassifikation bedeutet Einteilung einer Klasse oder Menge in Teilklassen, Unterklassen oder Untergruppen. Jede Klasse umfaßt artgleiche Informationsobjekte, die aufgrund ihrer Leistungs- und Beschaffungsmerkmale zusammengehören. Die Teilklassen haben übergeordnete gemeinsame Merkmale, nämlich die Klasse. Sie sind nach Ähnlichkeiten zusammengefaßt und haben unter sich keine weiteren gemeinsamen Elemente.

Die *Zuordnung* ordnet Unterklassen oder Arten einer Klasse zu. Dabei müssen Unterklassen oder Arten zur Klasse gehören. Die Nebenart dagegen kann nicht zur Klasse oder Unterklasse gehören.

Die *Folgeordnung* wird im Rahmen einer Strukturlösung bei einer Ordnungssystematik mit Ordnungsstufen und mehreren Auflösungsebenen angewendet.

Die *Codierung* erfolgt auf der Grundlage von Definitionen mittels Sachmerkmalleisten. Alle zu einer bestimmten Gattung gehörenden Werte werden hierbei in Sachmerkmalen definiert und zu entsprechenden Leisten zusammengestellt. Dabei wird jede Ausführungsmöglichkeit eines Merkmals durch einen Schlüssel eindeutig festgelegt und alle gleichartigen Schlüssel zu entsprechenden Leisten zusammengestellt.

Das Codierungssystem, das auch bei der Benummerung angewendet werden kann, ist unerläßliche Voraussetzung für eine DVA-Anwendung zur Informationsverarbeitung.

Unter *Speicherung* versteht man die Aufbewahrung einer Information in einem Informationssystem. Die gespeicherte Information muß zu jedem Zeitpunkt schnell und problemlos abrufbar sein und dem Benutzer zur Verfügung stehen.

Die Speicherung von Informationen ist in Bild 12 schematisch dargestellt.

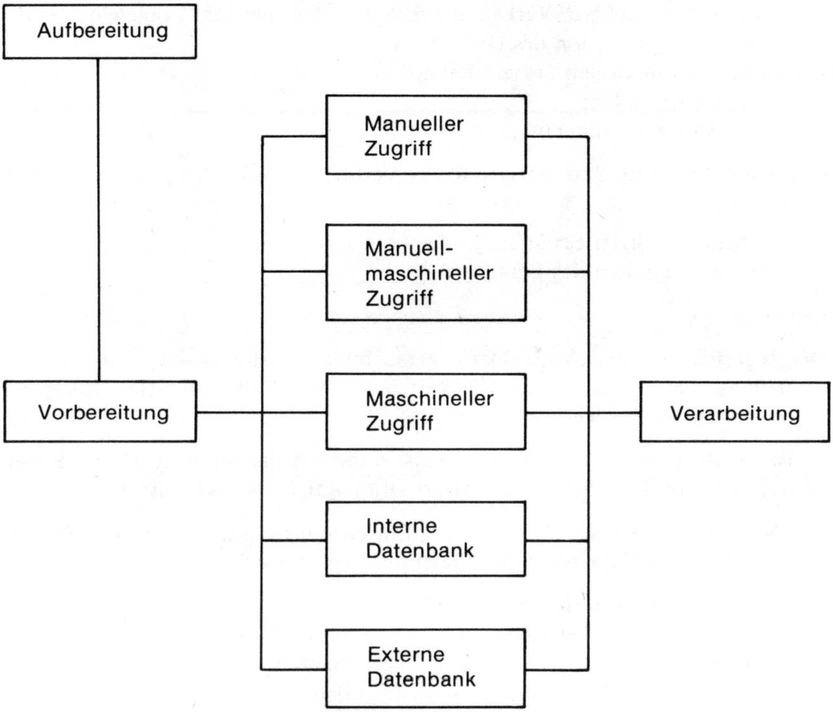

Bild 12 *Speicherung von Informationen*

Entsprechend den vorgesehenen Informationsspeichern müssen für alle Informationen, die zur Speicherung vorgesehen sind, *Vorbereitungen* getroffen werden. Für die Vorbereitungen gelten folgende Regeln:

- Quelle erschließen;
- Erfahrungen und Wissen sammeln, Texte und Bilder sichten;
- Wesentliches von Unwesentlichem trennen;
- aufbereiten, Lücken schließen, populär verständlich formulieren;
- geeignete Begriffe und Schlagworte zuordnen;
- Schlagworte, Sätze, Texte sortieren, verdichten, vereinheitlichen;
- vereinfachen, kürzen;
- Ordnungssysteme entwickeln;
- Verweise durch Synonyme und homonyme Begriffe ergänzen;
- verschlüsseln und abklären;

- Archivieren, Speichern, Verketten der Antworten mit dem Fragewort;
- ständige Reorganisation des Ordnungssystems;
- aktuelle Informationen präsent halten;
- Textbausteine bilden;
- Texthandbuch zusammenstellen.

Dabei sind jene dem Speichersystem zur Verfügung stehenden Hilfsmittel maßgebend, die sich

- nach dem jeweiligen Bedarfsfall oder
- nach den Wünschen des Benutzers

richten.

Der Bedarfsfall ergibt sich aus einer Untersuchung des Ist-Zustandes, aus den Zielvorstellungen und dem Nachweis der Zeiten oder Werte, die durch eine Dokumentation eingespart werden können.

Es ist möglich, mit einer Nutzwertanalyse, die auf das jeweilige Unternehmen bezogen ist, die Wünsche des Benutzers zu qualifizieren und quantifizieren.

Der Nutzwert ist mit der Differenz aus Einsparungen und Investitionen in Einklang zu bringen. Folgende Ordnungsstufen ergeben sich hierbei:

- 1. Stufe: Gegenstand, Beschaffenheit;
- 2. Stufe: Verfahren, Besonderheiten;
- 3. Stufe: physikalische Größen, Leistungsvermerke;
- 4. Stufe: Fertigungsprodukt, Herstellerangaben;
- 5. Stufe: Arbeitsweise, Funktionsangaben;
- 6. Stufe: Anwendungsbereich, Zugehörigkeit;
- 7. Stufe: Bild und Textausgabe, Erscheinungsweise, Titel, Verfasser, Bezug.

Die Speicherung der Informationen erfolgt in Speichern mit manuellem, manuell-maschinellem oder maschinellem Zugriff.

Für Speicher mit *manuellem Zugriff* gibt es folgende Empfehlungen:

- Katalogisieren. Kataloge mit Schlagwortregister (Magazinordnung). Begriffsordnung ersetzt klassifizierende Zeichnungs- und Stücklistennummern.
- Katalogisieren. Kataloge mit Schlagwortregister und Sachmerkmalleisten, Schlagworte mit Sachnummern versehen, führen zu einem höhergestuften Katalogisierungssystem.
- Suchkartei nach Schlagworten und übersetzten Nummern
  - ohne Beschreibung mit Verweisen auf Originalunterlagen
  - mit Beschreibung mit Hinweisen auf Originalunterlagen

Speicher mit *manuell-maschinellem Zugriff* werden in japanischen Unternehmen nur relativ selten verwendet, da ihr Nachteil darin liegt, daß eine Handhabung ohne Anlernen nicht möglich ist. Daher ist auch eine direkte Befragung durch den Mitarbeiter nicht möglich.

Für Speicher mit *maschinellem Zugriff* gibt es folgende Empfehlungen:

- DVA-Wortlisten, gedruckt
  - nach Schlagworten und Nummern
  - nach Nummern und Schlagworten
- DVA-Wortlisten
  - Direktabfrage mit Bildschirm:
    a) Text in Datenbank gespeichert
    b) Bild auf Mikrofilmkarte
  - Text und Bild in Datenbank gespeichert.

Interne und *externe* Datenbanken sind ein wesentlicher Bestandteil der zentralen Dokumentationsstelle in japanischen Unternehmen.

Die Verarbeitung der Informationen erfolgt manuell, manuell-maschinell oder maschinell. Bild 13 zeigt eine schematische Darstellung.

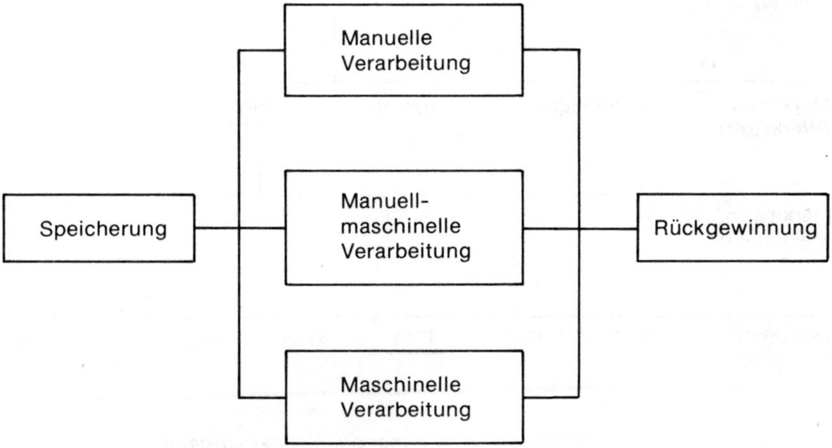

Bild 13 *Verarbeitung von Informationen*

Bei der *manuellen Verarbeitung* erfolgt die Umsetzung der Information aus dem Speicher ohne Unterstützung durch eine Maschine. In Bild 14 ist dieser Verarbeitungsvorgang schematisch dargestellt.

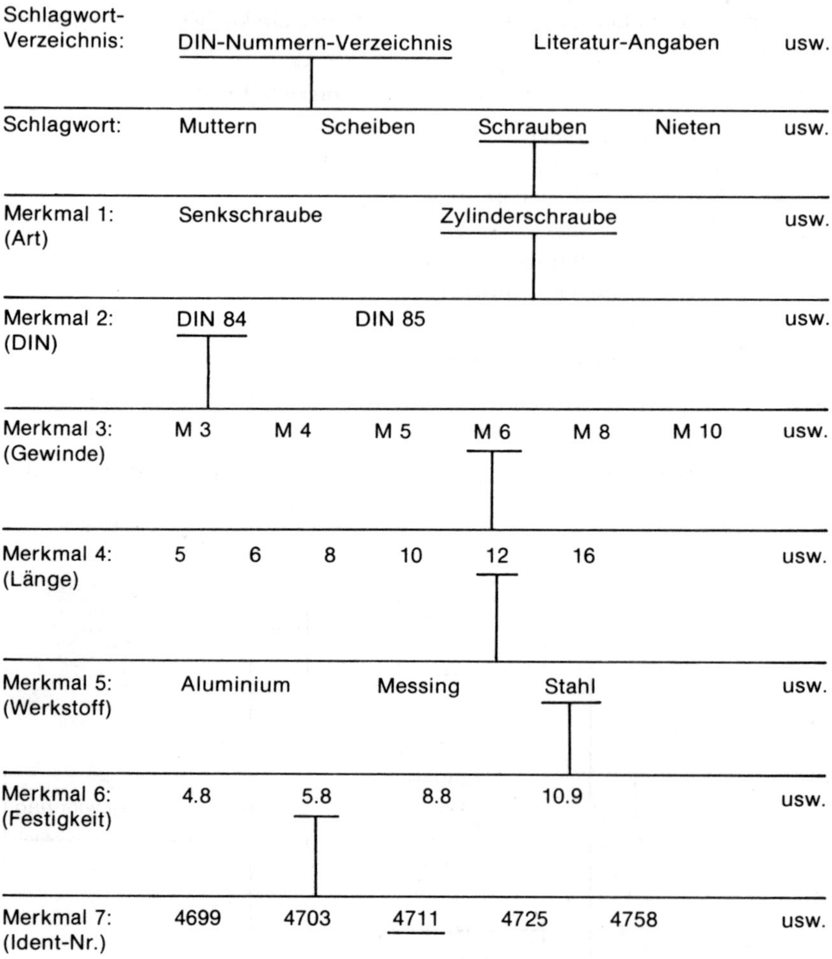

Bild 14 *Manuelle Verarbeitung von Informationen (Suchvorgang)*

Bei der *manuell-maschinellen Verarbeitung* erfolgt die Umsetzung der Information aus dem Speicher mit teilweiser Unterstützung durch eine Maschine.

Bei der *maschinellen Verarbeitung* erfolgt die Umsetzung der Information aus dem Speicher mittels einer Maschine, z. B. mit einer DVA. Bild 15 zeigt diesen Vorgang.

Ablaufschema

Schritt 1:	AX-11	AX-13	AX-15	AX-17		usw.
Schlüssel:	1	2	3	4		
Schritt 2:	Baugruppe	Bauteile				usw.
Schlüssel:	1	2				
Schritt 3:	Mechan. Bauteile	Elektr. Bauteile				usw.
Schlüssel:	1	2				
Schritt 4:	Schrauben	Stifte	Federn			usw.
Schlüssel:	1	2	3			
Schritt 5:	DIN 63	DIN 84	DIN 85			usw.
Schlüssel:	1	2	3			
Schritt 6:	M 4	M 5	M 6	M 8	M 10	usw.
Schlüssel:	1	2	3	4	5	
Schritt 7:	6 mm	8 mm	10 mm	12 mm		usw.
Schlüssel:	1	2	3	4		
Schritt 8:	Stahl	nichtrost. Stahl	Messing			usw.
Schlüssel:	1	2	3			
Schritt 9:	unbearbeitet	gehärtet	vernickelt			usw.
Schlüssel:	1	2	3			
Schritt 10:	55.23	55.76	55.81	55.88		usw.
Schlüssel:	1	2	3	4		
Schritt:	Ausgabe					
Schritt 11:	Neue Eingabe					
	JA	NEIN				
Schlüssel:	1	2				

Bild 15 *Maschinelle Verarbeitung von Informationen (Ablaufschema)*

Die *Informationsrückgewinnung* ist die letzte Phase im Rahmen von Informationssystemen und ist in Bild 16 dargestellt.

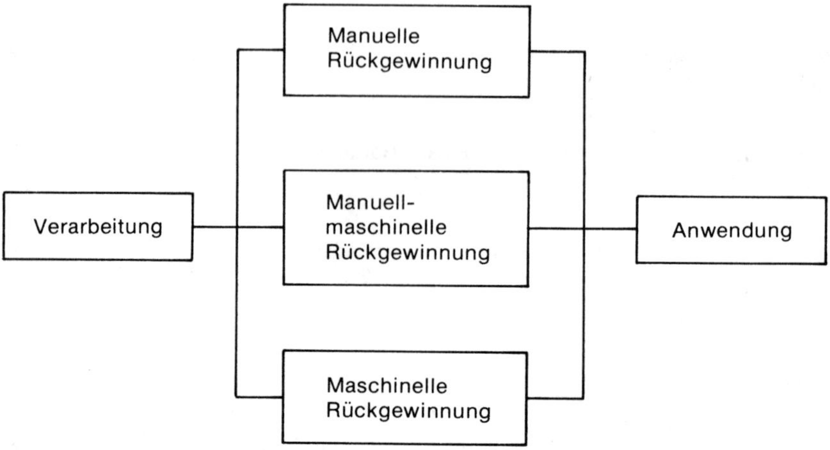

Bild 16 *Rückgewinnung von Informationen*

Bei der *manuellen Rückgewinnung* der Informationen liegen diese nach der Verarbeitung in unverschlüsselter Form vor.

Bei der *manuell-maschinellen Rückgewinnung* der Informationen liegen diese nach der Verarbeitung entweder in unverschlüsselter Originalform vor oder mit einem Hinweis auf die Originale.

Bei der *maschinellen Rückgewinnung* der Informationen liegen diese entweder in unverschlüsselter Ausgabe oder in verschlüsselter Form vor.
(Kainz/Reinheimer, Informationssammlungen, Springer Verlag 1981.)

In den meisten japanischen Unternehmen wird innerbetrieblich eine weitestgehende Normierung und Standardisierung jeder Bauteile und Baugruppen vorgenommen, die nicht überregional bereits genormt sind. Diese Normierung und Standardisierung in die entsprechenden Klassifizierungssysteme ist in das Informationssystem einbezogen, das hier wegen seiner großen Bedeutung ausführlich behandelt wird. Doppel- und/oder Parallelarbeiten werden damit praktisch ausgeschaltet.

Ausschlaggebend für die Schaffung der Klassifizierungssysteme war die Tatsache, daß ein Unternehmen bestrebt sein muß, das Produktionsprogramm aus einer möglichst kleinen Anzahl von verschiedenartigen Teilen und Baugruppenpositionen aufzubauen. Die Spezialisierung der Unternehmen auf bestimmte Projekte und Projektfamilien beruht auf dem Bestreben, eine weitgehende Normierung und Standardisierung einzuführen. Das Ziel dieser Klassifizierungsschlüssel war das Bemühen, den Mitarbeitern die Möglichkeit zu geben, sich kurzfristig und schnell über ähnliche, bereits vorhandene Teile und Baugruppen zu informieren und sie gegebenenfalls in die Arbeiten einzubeziehen.

In den praktizierten Klassifizierungssystemen werden — unabhängig von der Herkunft — ähnliche Teile und Baugruppen unter einer gemeinsamen Klassifizierungsnummer zusammengeführt.

Der verwendete Schlüssel ist sechsstellig und setzt sich folgendermaßen zusammen:

- 1. Stelle: Sachklasse
  - Kennziffer 0: Produkte und Fabrikate
  - Kennziffer 1: Baugruppen
  - Kennziffer 2:
  - Kennziffer 3: Einzelteile
  - Kennziffer 4:
  - Kennziffer 5: Allgemeine Stoffe
  - Kennziffer 6:
  - Kennziffer 7: Betriebsmittel
  - Kennziffer 8:
  - Kennziffer 9: Neutrale Dokumente
- 2. Stelle: Teileart
  - Kennziffer 0: Spezifische Teile
  - Kennziffer 1: Spezifische Teile
  - Kennziffer 2: Rundformteile: Kurzform L : D = < 0,5
  - Kennziffer 3: Rundformteile: Mittelform L : D = 0,5—3,0
  - Kennziffer 4: Rundformteile: Langform L : D = > 3,0
  - Kennziffer 5: Abweichende Rundformteile
  - Kennziffer 6: Flächenteile: Kurzform L : B = < 2,0
  - Kennziffer 7: Flächenteile: Mittelform L : B = 2,0—5,0
  - Kennziffer 8: Flächenteile: Langform L : B = > 5,0
  - Kennziffer 9: Sonderteile
- 3. bis 6. Stelle: Gliederung spezifisch je Teileart

Beispiel: Rundformteile

Unter dem Begriff „Rundformteile" sind alle Teile zusammengefaßt, die eine Rotationsachse und mindestens einen Außendurchmesser besitzen. Rundformteile mit abweichenden Merkmalen, mit radial oder axial liegenden Fortsätzen, Kurven, Klauen usw. werden in dieser Gruppe nicht erfaßt.

Zur *einheitlichen Begriffsbestimmung* werden zunächst die *Begriffe* definiert:

- *Grundform und Größenverhältnis*
  Die unter die Bezeichnung Rundformteile fallenden Teile werden — entsprechend ihren Größenverhältnissen — in drei Gruppen unterteilt:
  L : D = < 0,5
  L : D = 0,5 bis 3,0
  L : D = > 3,0

- *Hauptform*
  Mit der Kennziffer für die Hauptform wird die Außenkontur der Teile beschrieben. Erfaßt werden Durchmesserverhältnisse sowie evtl. vorhandene zentrische Bohrungen.

  Teile mit glatten Außendurchmessern. Dabei bleiben Absätze, Einstiche, Fasen, Schweißkantenvorbereitungen etc. von weniger als 5 mm Breite, Kantenrundungen von weniger als 5 mm Radius sowie Außengewinde vom Nenndurchmesser der Teile unberücksichtigt.

  Einseitig steigende Teile. Dabei liegt der größte Außendurchmesser an einem Ende des Teils. Einstiche, Fasen, Schweißkantenvorbereitungen von weniger als 5 mm Breite und Kantenrundungen von weniger als 5 mm Radius bleiben dabei unberücksichtigt. Als einseitig steigende Teile gelten auch konisch abgesetzte und rein konische Teile.

  Beidseitig steigende Teile. Hierbei liegt der größte Außendurchmesser nicht an einem Ende des Teils, sondern irgendwo in der Mitte. Einstiche, Fasen, Schweißkantenvorbereitungen von weniger als 5 mm Breite und Kantenrundungen von weniger als 5 mm Radius bleiben auch hier unberücksichtigt. Als beidseitig steigende Teile gelten auch entsprechende beidseitig konische Teile.

  Teile mit funktionsbedingten Sondermerkmalen. Diese Teile können aufgrund ihrer Formeigenschaften und das Vorliegen funktionsbedingter Merkmale nicht durch eine Klassifizierungskennziffer beschrieben werden.

  Zentrische Bohrungen. Als zentrische Bohrungen gelten Bohrungen in der Teilesymmetrieachse.

  Glatte Bohrungen. Als glatte Bohrungen gelten Bohrungen ohne Durchmesserveränderungen. Kantenbrüche und Fasen bis 5 mm Breite und Kantenrundungen von weniger als 5 mm Radius bleiben unberücksichtigt. Kantenbrüche und Fasen über 5 mm Breitungen sowie Rundungen über 5 mm Radius gelten als Absätze.

  Abgesetzte Bohrungen. Als abgesetzte Bohrungen gelten auch Bohrungen mit Fasen und Kantenbrüche, die breiter als 5 mm sind und Kantenrundungen von mehr als 5 mm Radius, konische Bohrungen, Düsenquerschnitte und Sackbohrungen.

- *Detailform*
  Mit der Kennziffer für die Detailform werden sekundäre Formmerkmale berücksichtigt, z. B. Außen- oder Innengewinde in der Symmetrieachse, Bohrungen außerhalb der Symmetrieachse, Nuten, Flächen, Schlitze, Langlöcher und Kombinationen dieser Merkmale.
  Flächen, Nuten, Schlitze, Langlöcher usw. können dabei an beliebiger Stelle des Teiles liegen, sowohl innen als auch außen.
- *Größengruppe*
  In Ergänzung zur Formverschlüsselung wird hier die Größe des Teiles angesprochen. Die Teile werden mit ihrem größten Außendurchmesser D in die festgelegten Durchmesserbereiche eingestuft.
- *Werkstoffgruppe*
  Hier werden die Teile nach Werkstoffart und -zustand geordnet. Abgesehen von der direkten Werkstoffangabe erfolgt — entsprechend dem Zustand vor der Bearbeitung — eine Unterteilung. Man unterscheidet hierbei neutrale Ausgangsstoffe (z. B. Halbzeuge) und Guß-, Spritzguß-, Vormaß-, Gesenk- und Preßteile. Zusätzlich gibt es eine Gruppe für Verbundwerkstoffe.

Entsprechend diesen Begriffsbestimmungen wird der Klassifizierungsschlüssel für Rundformteile erstellt:

- 1. Stelle: Sachklasse
  - Kennziffer 3: Einzelteile
- 2. Stelle: Teileart
  - Kennziffer 0 oder 1: Spezifische Teile
- 3. Stelle: Hauptform
  - Kennziffer 0: Teile mit glattem Außendurchmesser;
    ohne zentrale Bohrung;
  - Kennziffer 1: Teile mit glattem Außendurchmesser;
    glatte zentrale Bohrung;
  - Kennziffer 2: Teile mit glattem Außendurchmesser;
    abgesetzte Sackbohrung;
  - Kennziffer 3: Einseitig steigende Teile;
    ohne zentrale Bohrung;
  - Kennziffer 4: Einseitig steigende Teile;
    glatte zentrale Bohrung;
  - Kennziffer 5: Einseitig steigende Teile;
    abgesetzte Sackbohrung;
  - Kennziffer 6: Beidseitig steigende Teile;
    ohne zentrale Bohrung;

  - Kennziffer 7: Beidseitig steigende Teile;
    glatte zentrale Bohrung;
  - Kennziffer 8: Beidseitig steigende Teile;
    abgesetzte Sackbohrung;
  - Kennziffer 9: Teile mit Sondermerkmalen, die nicht eingeordnet werden können.
- 4. Stelle: Detailform
  - Kennziffer 0: Ohne Folgemerkmale;
    ohne Gewinde auf der Symmetrieachse;
  - Kennziffer 1: Ohne Folgemerkmale;
    mit Gewinde auf der Symmetrieachse;
  - Kennziffer 2: Teile mit Bohrungen außerhalb der Symmetrieachse;
    ohne Gewinde auf der Symmetrieachse;
  - Kennziffer 3: Teile mit Bohrungen außerhalb der Symmetrieachse;
    mit Gewinde auf der Symmetrieachse;
  - Kennziffer 4: Teile mit ebenen Flächen, Nuten, Schlitzen;
    ohne Gewinde auf der Symmetrieachse;
  - Kennziffer 5: Teile mit ebenen Flächen, Nuten, Schlitzen;
    mit Gewinde auf der Symmetrieachse;
  - Kennziffer 6: Teile mit Merkmalen 2/3 und 4/5 in Kombination;
    ohne Gewinde auf der Symmetrieachse;
  - Kennziffer 7: Teile mit Merkmalen 2/3 und 4/5 in Kombination;
    mit Gewinde auf der Symmetrieachse;
  - Kennziffer 8:
  - Kennziffer 9:
- 5. Stelle: Größengruppe
  - Kennziffer 0: Durchmesser bis 15 mm
  - Kennziffer 1: Durchmesser 15 bis 25 mm
  - Kennziffer 2: Durchmesser 25 bis 50 mm
  - Kennziffer 3: Durchmesser 50 bis 75 mm
  - Kennziffer 4: Durchmesser 75 bis 100 mm
  - Kennziffer 5: Durchmesser 100 bis 200 mm
  - Kennziffer 6: Durchmesser 200 bis 400 mm
  - Kennziffer 7: Durchmesser 400 bis 700 mm
  - Kennziffer 8: Durchmesser 700 bis 1000 mm
  - Kennziffer 9: Durchmesser über 1000 mm
- 6. Stelle: Werkstoffgruppe
  - Kennziffer 0: Halbzeuge: Unlegierte Stähle
  - Kennziffer 1: Halbzeuge: Legierte Stähle
  - Kennziffer 2: Halbzeuge: Gußwerkstoffe aller Art
  - Kennziffer 3: Halbzeuge: Nichteisenmetalle
  - Kennziffer 4: Halbzeuge: Nichteisenmetallische Werkstoffe

- Kennziffer 5: Gußteile: Gußwerkstoffe aller Art
- Kennziffer 6: Gußteile: Nichteisenmetalle
- Kennziffer 7: Gußteile: Nichtmetallische Werkstoffe
- Kennziffer 8: Verbundwerkstoffe
- Kennziffer 9:

Auf der Basis dieser Klassifizierung können alle Rundformteile der genannten Art erfaßt und eingeordnet werden.

Beispiel: Flächenteile

Unter dem Begriff „Flächenteile“ sind alle Teile zusammengefaßt, die über keine Rotationsachse verfügen und somit vorwiegend aus ebenen Flächen bestehen.

Zunächst werden zur *einheitlichen Begriffsbestimmung* wieder die *Begriffe* definiert:

- *Grundform und Größenverhältnis*
  Die unter die Bezeichnung „Flächenteile“ fallenden Teile werden — entsprechend ihren Größenverhältnissen — in drei Gruppen unterteilt:
  L : B = < 2,0
  L : B = 2,0 bis 5,0
  L : B = > 5,0
  Dabei gelten die drei Dimensionen des kleinsten umschriebenen Quaders als die genannten Blockmaße, wobei die Länge L grundsätzlich die längste, die Breite B die mittlere und die Dicke S die kleinste Ausdehnung des Quaders darstellt.
- *Hauptform*
  Mit der Kennziffer für die Hauptform wird die Außenkontur des Teiles beschrieben und zusätzlich evtl. vorhandene Langlöcher und Durchbrüche berücksichtigt.
  Zur Erleichterung der Klassifizierung wird das Vorhandensein des kleinsten umschriebenen Quaders angenommen.

  Quaderförmige Teile. Dabei müssen alle Quaderecken in allen Teilansichten vorhanden sein. Fasen und Kantenbrüche bis 5 mm Breite und Radien bis 5 mm bleiben unberücksichtigt.

  Teile mit einem oder mehreren Absätzen parallel zu einer Teilekontur. Dabei müssen in zwei um 90° versetzten Teileansichten alle vier Ecken vorhanden sein. Fasen und Kantenbrüche bis 5 mm Breite und Radien bis 5 mm bleiben unberücksichtigt. Auch sonstige Details der Teilekontur bleiben hier außer Betracht.

  Teile mit rechtwinklig versetzten Absätzen, jedoch jeweils parallel zu den Teilekonturen. Dabei können in einer Ansicht des Teiles alle vier Ecken vorhanden sein, was jedoch nicht unbedingt erforderlich ist. Fasen und Kantenbrüche bis 5 mm

Breite und Radien bis 5 mm bleiben unberücksichtigt. Auch sonstige Details der Teilekontur bleiben hier außer Betracht.

Teile mit schiefwinkliger Abweichung. Diese Teile sind quaderförmig oder mit beliebigen rechtwinkligen Absätzen, die jedoch zumindest eine schiefwinklige Abweichung besitzen müssen. Fasen und Kantenbrüche bis 5 mm Breite und Radien bis 5 mm bleiben unberücksichtigt, ebenso sonstige Details der Teilekontur.

Teile mit gekrümmter Abweichung. Diese Teile sind quaderförmig oder mit beliebigen recht- oder schiefwinkligen Absätzen bzw. Abweichungen, die jedoch zumindest eine gekrümmte Abweichung besitzen müssen. Fasen und Kantenbrüche bis 5 mm Breite und Radien bis 5 mm bleiben unberücksichtigt. Auch sonstige Details der Teilekontur bleiben hier außer Betracht.

Langlöcher, Durchbrüche usw. Diese Öffnungen, die ein Teil durchdringen, können beliebige Formen besitzen und im Verhältnis zur Teilgröße beliebige Abmessungen haben. Ausgenommen sind jedoch durchgehende Bohrungen.

- *Detailform*

  Mit der Kennziffer für die Detailformen werden sekundäre Formmerkmale berücksichtigt, z. B. Bohrungen in einer oder mehreren Ebenen, Schlitze, Nuten und Ausnehmungen.

  Bohrungen in schiefwinkligen Ebenen. Solche Bohrungen sind nicht parallel zu einer Kante des kleinsten umschriebenen Quaders.

  Schlitze, Nuten, Ausnehmungen. Das sind Elemente, die auf der Oberfläche eines Teiles vorhanden sein können. Sie dürfen ein Teil jedoch nicht wie durchgehende Bohrungen, Langlöcher, Durchbrüche usw. durchdringen.

- *Größengruppe*

  In Ergänzung zur Formverschlüsselung wird hier die Größe des Teiles angesprochen. Dabei beschränkt sich die Aussage auf eine Stufung der Dicke S der Teile. Von dieser Regel weichen Profilteile ab, die in jedem Querschnitt senkrecht zu einer der Oberflächen gleich dick sind. Hierbei wird die gleichbleibende Querschnittdicke verschlüsselt.

- *Werkstoffgruppe*

  Hier werden die Teile nach Werkstoffart und -zustand geordnet. Abgesehen von der direkten Werkstoffangabe erfolgt — entsprechend dem Zustand vor der Beurteilung — eine Unterteilung. Man unterscheidet hierbei neutrale Ausgangswerkstoffe (z. B. Halbzeuge) und Guß-, Spritzguß-, Vormaß-, Gesenk- und Preßteile. Zusätzlich gibt es eine Gruppe für Verbundwerkstoffe.

Entsprechend diesen Begriffsbestimmungen wird der Klassifizierungsschlüssel für Flächenteile erstellt:

- 1. Stelle: Sachklasse
  - Kennziffer 3: Einzelteile

- 2. Stelle: Teileart
  - Kennziffer 0 und 1: Spezifische Teile
- 3. Stelle: Hauptform
  - Kennziffer 0: Quaderförmige Teile;
    ohne langförmige Durchbrüche usw.;
  - Kennziffer 1: Quaderförmige Teile;
    mit langförmigen Durchbrüchen usw.;
  - Kennziffer 2: Teile mit Absätzen parallel zu einer Teilekontur;
    ohne langförmige Durchbrüche usw.;
  - Kennziffer 3: Teile mit Absätzen parallel zu einer Teilekontur;
    mit langförmigen Durchbrüchen usw.;
  - Kennziffer 4: Teile mit rechtwinklig versetzten Absätzen;
    ohne langförmige Durchbrüche usw.;
  - Kennziffer 5: Teile mit rechtwinklig versetzten Absätzen;
    mit langförmigen Durchbrüchen usw.;
  - Kennziffer 6: Teile mit schiefwinkligen Abweichungen;
    ohne langförmige Durchbrüche usw.;
  - Kennziffer 7: Teile mit schiefwinkligen Abweichungen;
    mit langförmigen Durchbrüchen usw.;
  - Kennziffer 8: Teile mit gekrümmter Abweichung;
    ohne langförmige Durchbrüche usw.;
  - Kennziffer 9: Teile mit gekrümmter Abweichung;
    mit langförmigen Durchbrüchen usw.;
- 4. Stelle: Detailform
  - Kennziffer 0: Teile ohne Bohrungen;
    ohne Schlitze, Nuten, Ausnehmungen usw.;
  - Kennziffer 1: Teile ohne Bohrungen;
    mit Schlitzen, Nuten, Ausnehmungen usw.;
  - Kennziffer 2: Teile mit Bohrungen in einer Ebene;
    ohne Schlitze, Nuten, Ausnehmungen usw.;
  - Kennziffer 3: Teile mit Bohrungen in einer Ebene;
    mit Schlitzen, Nuten, Ausnehmungen usw.;
  - Kennziffer 4: Teile mit Bohrungen in 2 oder 3 Ebenen;
    ohne Schlitze, Nuten, Ausnehmungen usw.;
  - Kennziffer 5: Teile mit Bohrungen in 2 oder 3 Ebenen;
    mit Schlitzen, Nuten, Ausnehmungen usw.;
  - Kennziffer 6: Teile mit Bohrungen in schiefwinkliger Ebene;
    ohne Schlitze, Nuten, Ausnehmungen usw.;
  - Kennziffer 7: Teile mit Bohrungen in schiefwinkliger Ebene;
    mit Schlitzen, Nuten, Ausnehmungen usw.;
  - Kennziffer 8:
  - Kennziffer 9:

- 5. Stelle: Größengruppe
  - Kennziffer 0: Dicke bis 3 mm
  - Kennziffer 1: Dicke von 3 bis 5 mm
  - Kennziffer 2: Dicke von 5 bis 10 mm
  - Kennziffer 3: Dicke von 10 bis 20 mm
  - Kennziffer 4: Dicke von 20 bis 30 mm
  - Kennziffer 5: Dicke von 30 bis 50 mm
  - Kennziffer 6: Dicke von 50 bis 70 mm
  - Kennziffer 7: Dicke von 70 bis 100 mm
  - Kennziffer 8: Dicke von 100 bis 250 mm
  - Kennziffer 9: Dicke über 250 mm
- 6. Stelle: Werkstoffgruppe
  Die Kennzeichnungen der Werkstoffgruppe sind identisch mit den bei den Rundformteilen angeführten Kennziffern.

Auf der Basis dieser Klassifizierung können alle Flächenteile zusammengefaßt und eingeordnet werden. (Die beiden angeführten Beispiele sind Auszüge aus dem Klassifizierungssystem eines großen japanischen Unternehmens.)

Hinter die Klassifizierungsnummer wird — verbunden mit einem Bindestrich — die laufende Zählnummer der Teile eingesetzt. Damit ist das Klassifizierungssystem bei manuellen, manuell-maschinellen und maschinellen Informationssystemen anwendbar. Ein Klassifizierungssystem, das auf dieser Basis für manuelle Anwendung aufgebaut worden ist, braucht bei einer späteren DVA-Anwendung nicht umgestellt werden.

Alle Nummern und Bezeichnungen für Bauteile und Baugruppen werden von der Informationszentralstelle ausgegeben.

6.4 Entwicklung, Konstruktion, Arbeitsvorbereitung

Rationalisierung ist ohne Zweifel ein entscheidendes Element des wirtschaftlichen Fortschritts der japanischen Unternehmen. Eine Möglichkeit, sie auch im sogenannten unproduktiven Bereich zu verwirklichen, stellt die Arbeitsmethodik dar. Nach ihren Regeln arbeitet man in japanischen Unternehmen vor allem bei der Entwicklung, Konstruktion und Arbeitsvorbereitung. Die Geschäftsleitungen aller Unternehmen sind sich bewußt, daß jeder Betrag, um den ein Objekt in diesen Bereichen verteuert wird, später auch mit den besten Rationalisierungsmaßnahmen nicht mehr voll eingespart werden kann. Aus diesem Grund ist das methodische Arbeiten besonders in diesen Bereichen die Grundlage jeder rationellen Tätigkeit. Damit kann man in einem Minimum an Zeit ein Optimum an Lösungsmöglichkeiten erreichen. Bild 17 zeigt das Ablaufschema dieser Methode.

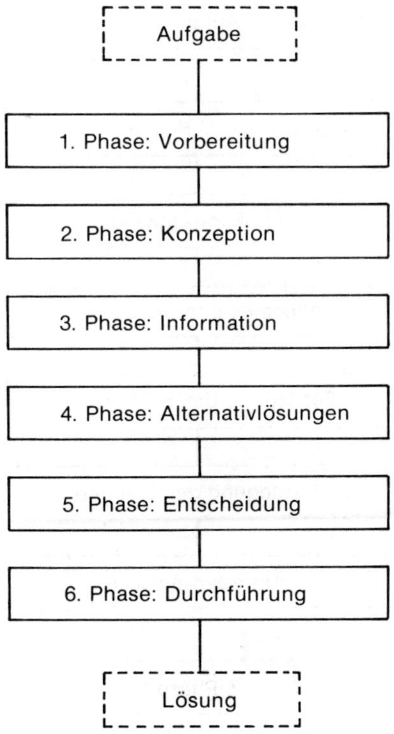

Bild 17 *Ablaufschema der Arbeitsmethodik*

Die vorliegenden Ausführungen beziehen sich zwar auf die Bereiche Entwicklung, Konstruktion und Arbeitsvorbereitungen, alle Arbeitsphasen werden aber bewußt neutral gehalten, so daß eine individuelle Auslegung auch für andere Bereiche möglich ist.

1. Phase: Vorbereitung

Bei jeder Tätigkeit in den japanischen Unternehmen — besonders in den Bereichen Entwicklung, Konstruktion und Arbeitsvorbereitung — wird gründlich und gewissenhaft gearbeitet. Man möchte damit auch Fehlentscheidungen vermeiden. Dabei ist die Art der Tätigkeit grundsätzlich nur von untergeordneter Bedeutung. Bild 18 zeigt die sechs Einzelschritte der Vorbereitungsphase.

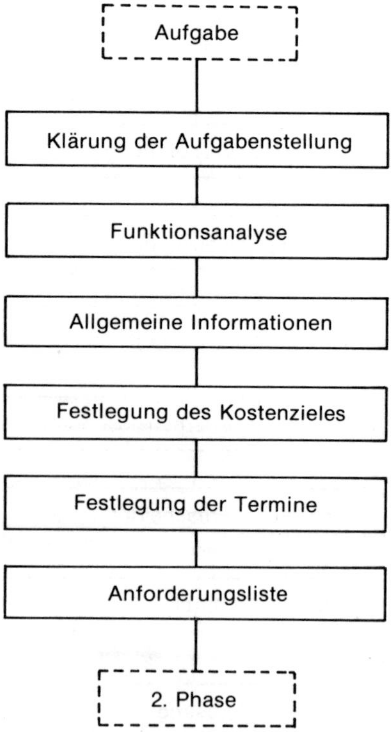

Bild 18 *Ablaufschema der 1. Phase (Vorbereitung)*

- *Klärung der Aufgabenstellung*
  Vor jeder Tätigkeit wird der Mitarbeiter, der sie durchführen soll, über die anstehenden Probleme unterrichtet. Denn nur, wenn diese ihm vollkommen klar und verständlich sind, kann er die Aufgabe optimal erfüllen. Es ist beim japanischen Gruppendenken praktisch undenkbar, daß der Mitarbeiter nur die unbedingt erforderlichen Informationen erhält, die er — nach Meinung seines Vorgesetzten — für die Erfüllung der Aufgaben braucht. Dieser in westlichen Unternehmen nicht selten praktizierte schlechte Führungsstil verhindert eine echte Motivation der Mitarbeiter, die aber zu einer optimalen Erfüllung der Aufgaben wesentlich beiträgt.

- *Funktionsanalyse*
  Bei der Funktionsanalyse wird das bearbeitete Objekt entsprechend den Regeln der Wertanalyse (siehe Abschnitt 6.2) in seine Funktionen zerlegt und aufgeschlüsselt. Mögliche Funktionsträger werden dabei jedoch noch nicht berücksichtigt. Die Funktionsanalyse ist eine reine Abstraktion der Forderungen an das künftige Objekt.

- *Allgemeine Informationen*
  Nach Ermittlung und Festlegung der Funktionsstruktur durch die Funktionsanalyse erfolgt eine umfangreiche Informationsbeschaffung und -prüfung. Dadurch sollen zeit- und kostenintensive Arbeiten eingespart werden (siehe Abschnitt 6.3). Entsprechend dieser Prüfung wird das Prinzip festgelegt, mit dem das Objekt realisiert werden soll. Dies unterstreicht die Bedeutung der Informationsarbeiten.

- *Festlegung des Kostenziels*
  Durch jede Tätigkeit entstehen Kosten, die jedoch — soll die Tätigkeit wirtschaftlich erfolgen — in gewissen, durch den Markt festgelegten Grenzen bleiben müssen. Das für ein Objekt anzustrebende Kostenziel muß daher vor Beginn der Tätigkeiten marktorientiert festgelegt und für die einzelnen Funktionen ausgeschlüsselt werden (siehe Abschnitt 6.2). Das ist besonders wichtig, wenn mehrere Abteilungen, Arbeitsgruppen oder Mitarbeiter beteiligt sind. Alle Mitarbeiter erhalten auf diese Weise eine Übersicht über die Kostenanteile, die ihnen jeweils zur Verfügung stehen und werden veranlaßt, kostenbewußt zu arbeiten. Außerdem kann man bei Kostenüberschreitungen die Gründe feststellen und prüfen, warum diese Überschreitung nötig war. Das von allen Mitarbeitern geforderte Kostenbewußtsein kann so verwirklicht werden. Dabei sind alle angegebenen Werte realistisch und können eingehalten werden!

- *Festlegung der Termine*
  Jede Tätigkeit erfordert eine bestimmte Zeit, die, wenn die Aufgabe termingerecht beendet werden soll, vor Beginn der Aktivitäten festgelegt werden muß. Während in den Produktionsstätten jede Arbeit sekundengenau festgelegt wird, ist der Arbeitsablauf in den Angestelltenbereichen vieler Unternehmen in den

westlichen Nationen noch nicht erfaßt. Die Ansatzpunkte, die sich hier für eine Rationalisierung bieten, wurden von den japanischen Unternehmen voll genutzt.

- *Anforderungsliste*
  Die Anforderungsliste ist die schriftliche Fixierung aller Erkenntnisse und Forderungen, die in der Vorbereitungsphase gewonnen wurden. Sie ist für alle Mitarbeiter verbindlich. Sie hat den Status einer Urkunde und darf nicht eigenmächtig geändert werden. Alle Bewertungen und Entscheidungen werden an dieser Anforderungsliste orientiert. Dabei ist es von Vorteil, alle Forderungen und Wünsche mit den entsprechenden Quellenangaben zu versehen, um so die Möglichkeit zu haben, die Anforderungen festzustellen. Merkmalleisten mit firmenspezifischen und objektspezifischen Fakten als Checklisten erleichtern hier die Arbeit und helfen, Fehler oder Unterlassungen zu verhindern.

2. Phase: Konzeption

In dieser Phase wird — entsprechend den Angaben in der Anforderungsliste — die Konzeption für die Lösung der gestellten Aufgaben festgelegt. Bild 19 zeigt die fünf Einzelschritte, die der Methode der sogenannten „Allgemeinen Funktionsstruktur" entsprechen.

- *Abstrahieren der Aufgabe*
  Hierbei wird die Aufgabe in die als „Allgemeine Funktionsstruktur" bezeichneten abstrakten Teilfunktionen umgesetzt. Diese bestehen aus den möglichen Kombinationen der drei „Allgemeinen Größen" (Stoff, Energie, Signal) mit den vier „Allgemeinen Operationen" (Leiten, Speichern, Wandeln, Verknüpfen).

  In diesen Verknüpfungen ist jeweils die erstgenannte Größe die beeinflußte und die zweitgenannte Größe die beeinflussende.

  Diese „Allgemeinen Funktionen" werden in der abstrakten Aufgabenstellung verwendet und sind auch für eine Anwendung durch Datenverarbeitungsanlagen von Bedeutung.

- *Erkennen der Lösungen*
  Entsprechend den ermittelten „Allgemeinen Funktionen" werden die Schaltsymbole ausgewählt. Bei der Zusammensetzung der Symbole müssen die problemorientierten Regeln berücksichtigt werden. Diese sind:

  1. Regel: Die Unabhängigkeit eines Systems von seiner Umgebung und von seiner Trägheit wächst mit der Anzahl und der Größe seiner Speicher. In der Regel wird das Schaltbild mit einem Paar passender Speicher abgeschlossen.

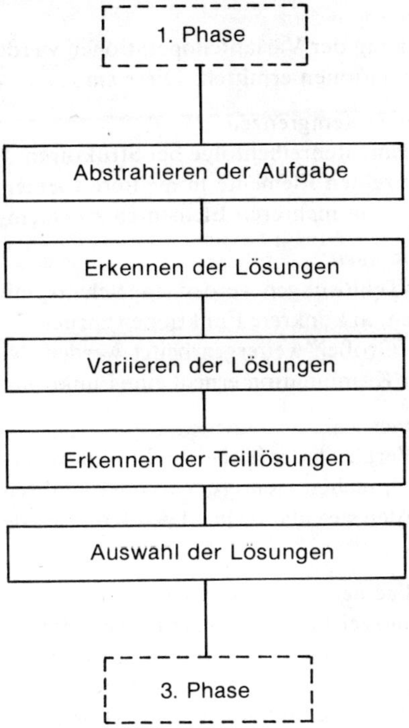

Bild 19 *Ablaufschema der 2. Phase (Konzeption)*

2. Regel: Die Rückwirkungen innerhalb eines Systems lassen sich durch geeignete Zwischenschaltungen von Wandlern mildern.

3. Regel: Jeder Funktionsablauf, der in irgendeiner Form willkürlich verändert werden kann, benötigt einen Signaleingang. Dabei ist im Grenzfall mindestens ein Startsignal erforderlich.

4. Regel: Alle Stoff- und Signalfunktionen sind physikalisch an Energieumsätze gebunden.

5. Regel: Energiewandlungsfunktionen treten physikalisch in der Regel mit Energieverknüpfungsfunktionen auf.

6. Regel: Ändert sich der zeitliche Verlauf einer „Allgemeinen Größe" am Ausgang eines Systems gegenüber dem Eingang des Systems, so muß das System einen weiteren Ein- oder Ausgang oder einen inneren Speicher der betrachteten Größe besitzen.

- *Variieren der Lösungen*
  Unter Berücksichtigung der Variantenoperationen werden die entsprechenden Schaltsymbolkombinationen ermittelt. Diese sind:
  - Verschiebung der Systemgrenzen
  - Änderung der Elementenreihenfolge bei Strukturen
  - Zerlegung der einzelnen Elemente in mehrere Elemente
  - Zusammenlegung von mehreren Elementen zu einem Element.
- *Erkennen der Teillösungen*
  Beim Erkennen der Teillösungen werden jene Schaltsymbolkombinationen, die das Objekt darstellen, in konkrete Funktionen zurückübersetzt. Dadurch kann mit physikalischen Größen weitergearbeitet werden. Nach der Rückübersetzung wird von jeder Kombination erneut eine Funktionsanalyse durchgeführt.
- *Auswahl der Varianten*
  Hierbei erfolgt ein Vergleich der jeweiligen Funktion der Varianten mit der Anforderungsliste. Entsprechen mehrere Varianten in ihren Funktionen den Anforderungen, so werden sie entsprechend den Kriterien der nächsten Phase ausgewählt.

Die Methode der „Allgemeinen Funktionsstruktur" erscheint im ersten Augenblick sehr aufwendig und zeitraubend. In der Praxis jedoch — besonders wenn sich schon eine gewisse Routine entwickelt hat — ist dies nicht der Fall. Wenn man berücksichtigt, daß gerade in dieser Phase die Weichen für Erfolg oder Mißerfolg des Objektes, das zur Entwicklung und Konstruktion ansteht, gestellt werden, ist dieser Aufwand (der nur bei Neuentwicklungen erforderlich ist) durchaus gerechtfertigt.

3. Phase: Information

Nach Ermittlung der Lösungskonzeption — die bei Neuentwicklungen entsprechend den Arbeitsschritten der 2. Phase entwickelt wurde, bei der jedoch überwiegend in der Praxis vorkommende Modifizierungen bereits festliegen — erfolgt eine umfangreiche Information über (gefundene oder bestehende) Lösungsmöglichkeiten zur Realisierung der Funktionen in Funktionsträger. Da der Anteil der Information an der Gesamttätigkeit rund 25 Prozent der Zeit ausmacht, kommt dieser Phase im Rahmen der Arbeitsmethodik eine besondere Bedeutung zu. Jeder Mitarbeiter ist daher bestrebt, alle zur Verfügung stehenden Informationsmöglichkeiten zu vervollständigen, auszubauen und immer auf dem neuesten Stand zu halten.

Bild 20 zeigt die in japanischen Unternehmen üblichen drei Informationsmöglichkeiten. Sie sind im Prinzip jedoch alle gleich und können sowohl einzeln als auch in entsprechenden Kombinationen angewendet werden.

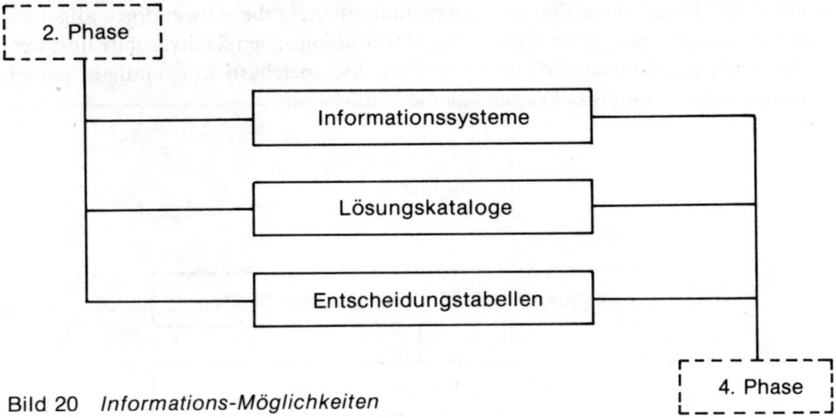

Bild 20 *Informations-Möglichkeiten*

- *Informationssysteme*

Informationssysteme sind eine Sammlung aller Informationen, die zweckmäßig an einer zentralen Stelle erfolgt. Diese Systeme wurden in Abschnitt 6.3 (Informationszentralstelle) ausführlich behandelt.

- *Lösungskataloge*

  Lösungskataloge sind eine Sammlung von Informationen bestimmter Anwendungsgebiete in Katalogform.

  Bild 21 zeigt die drei Katalogarten, die in japanischen Unternehmen benützt werden.

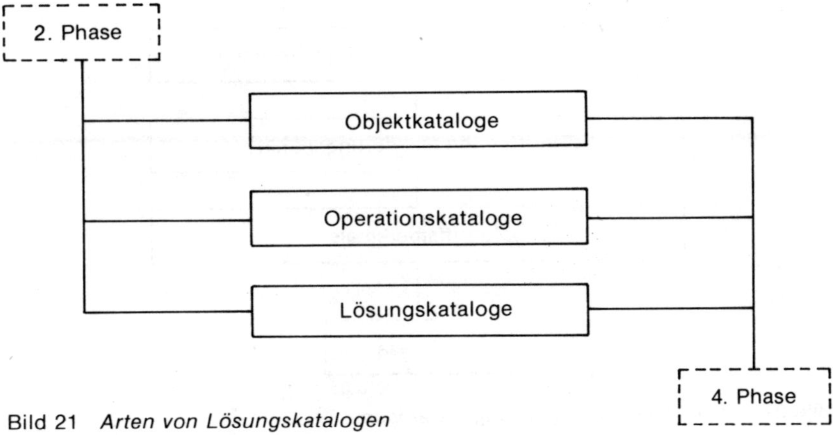

Bild 21 *Arten von Lösungskatalogen*

- *Objektkataloge.* Sie enthalten aufgabenunabhängig die notwendigen allgemeinen physikalischen, geometrischen und technologischen Sachverhalte und werden nach Klassen von Mitteln geordnet. Sie speichern notwendiges, jedoch funktionsunabhängiges Wissen für die Mitarbeiter.

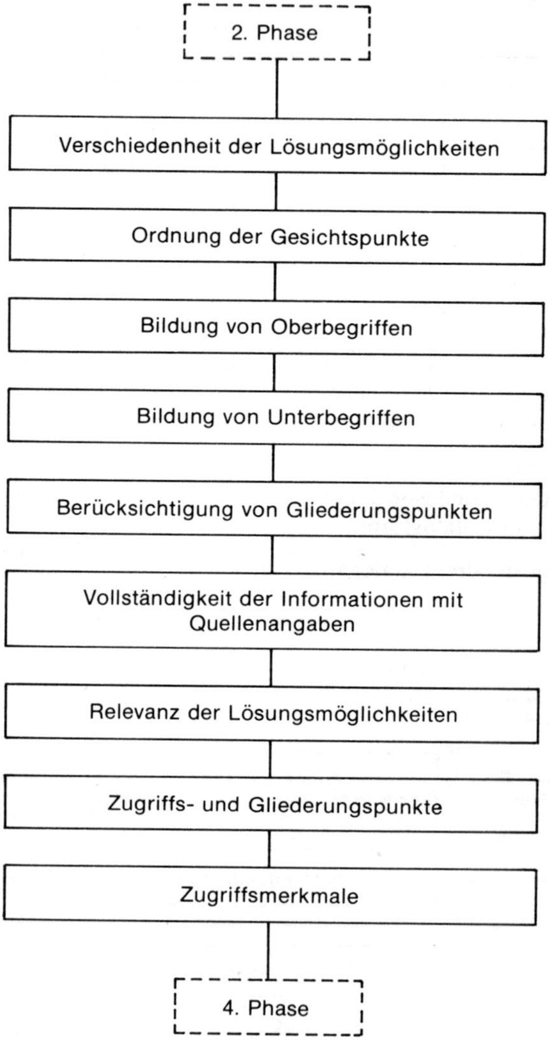

Bild 22 *Ablaufschema von Lösungskatalogen*

- *Operationskataloge.* Sie enthalten Verfahren und Verfahrensschritte. Man findet sie vor allem in der Datenverarbeitung.
- *Lösungskataloge.* Sie enthalten Lösungsmöglichkeiten zu den Funktionen, die durch Randbedingungen ergänzt werden. Sie werden nach Klassen geordnet, die mit verschiedenen Mitteln verwirklicht werden können.

Die neun Einzelschritte zur Erstellung und Anwendung der Kataloge zeigt Bild 22.

- *Verschiedenheit der Lösungsmöglichkeiten*
  Hierbei werden Lösungsmöglichkeiten für eine Funktion zusammengestellt, die möglichst verschieden sind. Da jede Funktion durch verschiedene Funktionsträger verwirklicht werden kann, liegt darin ein guter Ansatz zur Erstellung von entsprechenden Katalogen.
- *Ordnung der Gesichtspunkte*
  Ordnende Gesichtspunkte sind Gemeinsamkeiten, die für alle Lösungsmöglichkeiten gelten. Durch die Untersuchung auf diese Gemeinsamkeiten hin ergibt sich ein erstes Sortieren der vorliegenden Lösungsmöglichkeiten.
- *Bildung von Oberbegriffen*
  Die vorsortierten Lösungsmöglichkeiten werden — entsprechend den gegebenen Oberbegriffen — nach Gliederungspunkten eingeteilt. Das bedeutet eine weitere Unterteilung der vorliegenden Lösungsmöglichkeiten.
- *Bildung von Unterbegriffen*
  Eine weitere Unterteilung der Lösungsmöglichkeiten erfolgt entsprechend den Unterbegriffen. Das Lösungsspektrum kann durch diese Gliederungspunkte vervollständigt und kontrolliert werden.
- *Berücksichtigung von Gliederungspunkten*
  Hierbei werden — entsprechend den gegebenen Gliederungspunkten — alle Lösungsmöglichkeiten geprüft. Nicht passende Lösungsmöglichkeiten müssen neu geordnet werden.
- *Vollständigkeit der Informationen mit Quellenangaben*
  Bei diesem Schritt werden die Lösungsmöglichkeiten durch Informationen aus allen erreichbaren Quellen mit den entsprechenden Quellenangaben ergänzt. Damit liegen vollständige Lösungspakete mit allen Informationen vor und können entsprechend verwendet werden.
- *Relevanz der Lösungsmöglichkeiten*
  Hierbei wird die Wichtigkeit jeder Lösungsmöglichkeit und der dazu vorliegenden Informationen überprüft. Unwichtige Lösungsmöglichkeiten können somit als zweitrangig eingeordnet werden und belasten nicht die primären Lösungsmöglichkeiten. Dies erhöht die Übersichtlichkeit der Kataloge.

- *Zugriffs- und Gliederungspunkte*
  Bei diesem Schritt werden alle Zugriffs- und Gliederungspunkte jeweils vom Oberbegriff gestaffelt.
- *Zugriffsmerkmale*
  Der letzte Schritt ist die Feststellung der quantitativen und qualitativen Angaben der Zugriffsmerkmale jeder Lösungsmöglichkeit.

Folgende Kriterien werden bei der Erstellung von Lösungskatalogen beachtet:

- *Arbeitsphasen*
  Bei der Erstellung von Lösungskatalogen müssen die einzelnen Arbeitsphasen einer Tätigkeit beachtet werden. So unterscheidet sich z. B. der Inhalt von Lösungskatalogen für den konstruktiven Bereich von dem der Arbeitsvorbereitung. Somit ist es möglich, für alle Bereiche und Tätigkeiten Lösungskataloge zu erstellen, die zwar in ihrem Aufbau gleich sind, jedoch verschiedene Inhalte haben und damit verschiedene Aussagen machen.
- *Abgrenzung der Arbeitsphasen*
  Da jeder Lösungskatalog ein komplexes Gebilde ist, müssen gegenüber den „Anschlußkatalogen" Grenzen gesetzt werden.
- *Kein Widerspruch in den Angaben*
  Weder der Einzelkatalog noch die Katalogskette dürfen widersprüchliche Angaben enthalten.
- *Verbindung zu benachbarten Inhalten*
  Man muß beachten, daß bei der Verfolgung von Lösungsmöglichkeiten die „Grenzen" eines Kataloges nicht selten überschritten und die „Anschlußkataloge" in Anspruch genommen werden müssen. Aus diesem Grund müssen die „Nahtstellen" sorgfältig festgelegt werden.
- *Änderungs- und Ergänzungsmöglichkeiten*
  Beim Aufbau von Lösungskatalogen müssen Möglichkeiten zu Änderungen oder Ergänzungen offengehalten werden.

- *Entscheidungstabellen*

Entscheidungstabellen sind tabellarische Beschreibungen formalisierter Entscheidungen und deren Prozesse. Sachverhalte werden mit eindeutiger Gesetzmäßigkeit auf der Basis der Kausalität von Ursache und Wirkung erfaßt. Mit diesen Tabellen können auch komplizierte Formen komplexer Fachgebiete umschrieben werden, die sonst nur Fachleuten vorbehalten sind. Darauf soll hier nicht näher eingegangen werden, da die Beschreibung dieser speziellen Methode zu umfangreich wäre und den Rahmen dieses Beitrages sprengen würde. Außerdem sind Entscheidungstabellen auch den Anwendern in westlichen Unternehmen bekannt.

4. Phase: Alternativlösungen

Nach der ausführlichen Information über die Möglichkeiten, die zur Verwirklichung der Lösungsmöglichkeiten für die gestellten Aufgaben und ihre Entwicklung bestehen, folgt in dieser Phase die Suche nach Alternativlösungen. Bild 23 zeigt — in einer Auswahl — Möglichkeiten und Methoden zur Lösungsfindung. Von diesen Möglichkeiten werden vorwiegend die intuitive und die morphologische Methode angewendet.

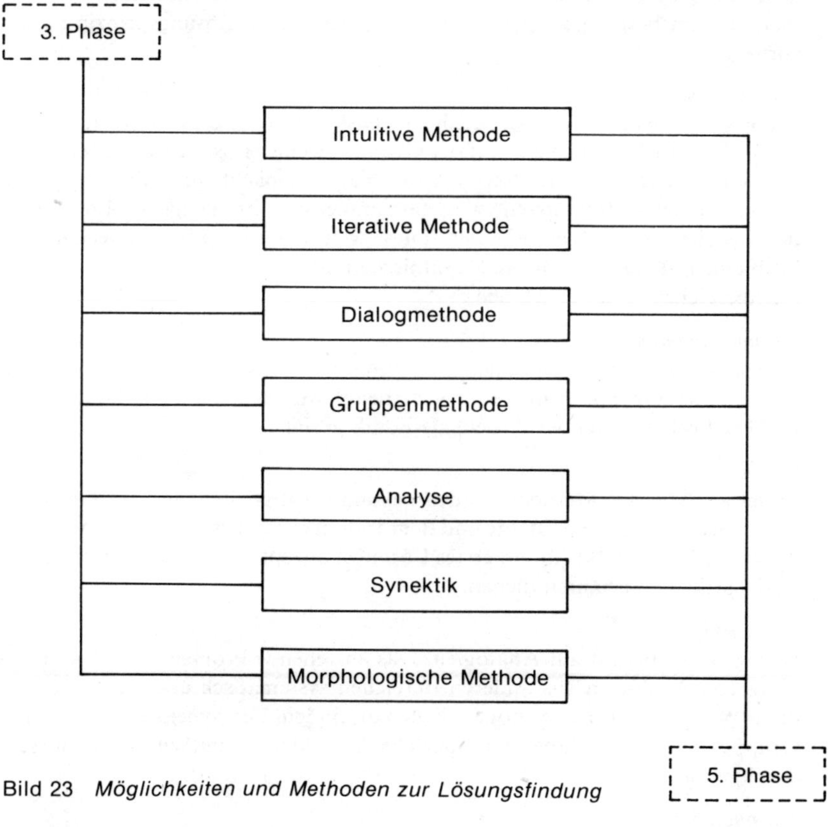

Bild 23 *Möglichkeiten und Methoden zur Lösungsfindung*

- *Intuitive Methode*
  Die intuitive Methode ist durch die Art und Weise gekennzeichnet, wie Zusammenhänge plötzlich ganzheitlich erfaßt werden können. Es entsteht also schlagartig eine Idee zur Lösung selbst relativ komplexer Aufgaben. Da eine soge-

nannte „Eingebung" bzw. ein „Geistesblitz" die Basis dieser Methode bildet, Eingebungen aber nicht gesteuert werden können, sondern von vielen individuellen Faktoren abhängig sind, ist sie für eine methodische Lösungssuche wenig geeignet. Auch die Japaner benutzen diese Methode immer seltener.

- *Iterative Methode*
  Die iterative Methode ist eine Folge von Überlegungen mit jeweils kritischen Darstellungen des anstehenden Problems und den auf diesen Darstellungen beruhenden Verbesserungen. Dieser Wechsel von Darstellung und Verbesserung wird so lange fortgesetzt, bis eine befriedigende Lösung gefunden ist. Diese Methode ist am besten geeignet für Teilaufgaben, deren Lösungsprinzip bereits vorliegt.

- *Dialogmethode*
  Diese Methode beruht auf der sachlichen Diskussion zwischen zwei Fachleuten, die die Materie beherrschen. Auf der Grundlage eines Lösungsvorschlages werden entsprechende Verbesserungsvorschläge gemacht und diskutiert. Im „gegenseitigen Aufschaukeln" wird fast immer eine befriedigende Lösung für das anstehende Problem gefunden. Diese Methode ist am besten geeignet bei Problemen, für deren Lösung Kenntnisse und Erfahrungen aus verschiedenen Fachbereichen benötigt werden.

- *Gruppenmethode*
  Hierbei sollen von den einzelnen Teilnehmern intuitive Anregungen kommen, die von der Gruppe gemeinsam verarbeitet werden. Diese Methode ist für größere Probleme bei der Arbeitsmethodik geeignet.

- *Analyse*
  In der analytischen Methode werden bekannte Tätigkeiten und Objekte analysiert, um deren einzelne Effekte und Begründungen zu ermitteln. Diese Methode ist als Ausgangspunkt für ein erstes Lösungskonzept gut geeignet und kann als Basis gezielter Varianten dienen.

- *Synektik*
  Die Synektik beruht auf Analogien. Das anstehende Problem wird durch Bildung von Analogien aus anderen Bereichen systematisch überlagert, um auf diese Weise neue Lösungsmöglichkeiten zu finden. Die Synektik wird in einer Gruppe, deren Teilnehmer eine spezielle Ausbildung genossen haben müssen, durchgeführt.

- *Morphologische Methode*
  Diese Methode ist ein systematisches Sammeln, Ordnen und Prüfen von Lösungsmöglichkeiten der anstehenden Probleme. Sie kann — zur Unterstützung der Suche nach Lösungsmöglichkeiten — für alle Problemstellungen angewendet werden. Jeder einzelne Mitarbeiter kann hierbei sowohl alleine an seinem Arbeitsplatz als auch in Gruppen arbeiten. Diese Methode bietet den Vorteil,

daß sie die Mitarbeiter zu reinem Funktionsdenken anregt, das die Grundlage jeder modernen und wirtschaftlichen Arbeitsweise darstellt.

Wegen der großen Bedeutung, die die morphologische Methode in den japanischen (und zunehmend auch in den westlichen Unternehmen) hat, sollen kurz die in Bild 24 aufgezeigten Arbeitsschritte erläutert werden.

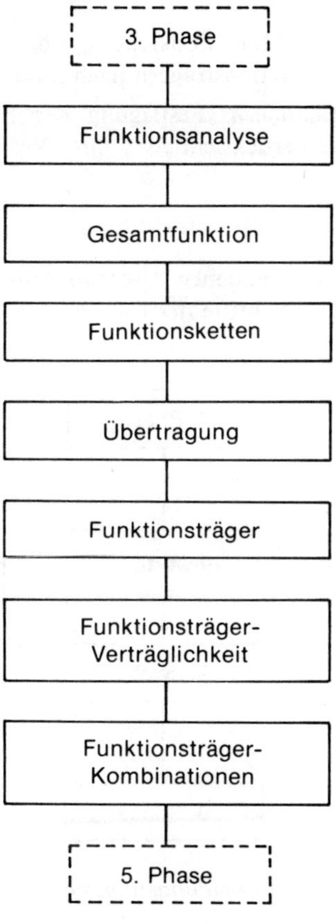

Bild 24 *Ablaufschema der morphologischen Methode*

- *Funktionsanalyse:* Aufschlüsselung der ganzen Aufgabe in Funktionen und deren Kennzeichnung.
- *Gesamtfunktion:* die sich aus der Funktionsanalyse ergebende, rein abstrakte funktionsorientierte Darstellung der Aufgabe.

- *Funktionsketten:* weitere Aufgliederung der Gesamtfunktion vom Grade (n) in Nebenfunktionen vom Grade (n — 1), (n — 2) usw.
- *Übertragung:* Eintragung der Ergebnisse in den „Morphologischen Kasten".
- *Funktionsträger:* Festlegung — in möglichst vielen Varianten — all jener Gebilde, die zur Realisierung der geforderten Funktionen grundsätzlich möglich sind. Dabei werden die den Skizzen zugeordneten Nummern in die einzelnen Spalten eingetragen.
- *Funktionsträgerverträglichkeit:* Feststellung möglicher und nicht möglicher Kombinationen von Funktionsträgern nach ihrem Zusammenwirken.
- *Funktionsträgerkombinationen:* Festlegung der Funktionsträger in ihren Kombinationen unter Berücksichtigung ihrer Verträglichkeit.

5. Phase: Entscheidung

In dieser Phase werden die gefundenen Alternativlösungen bewertet und ausgewählt. Bild 25 zeigt die zwei Schritte der Entscheidung.

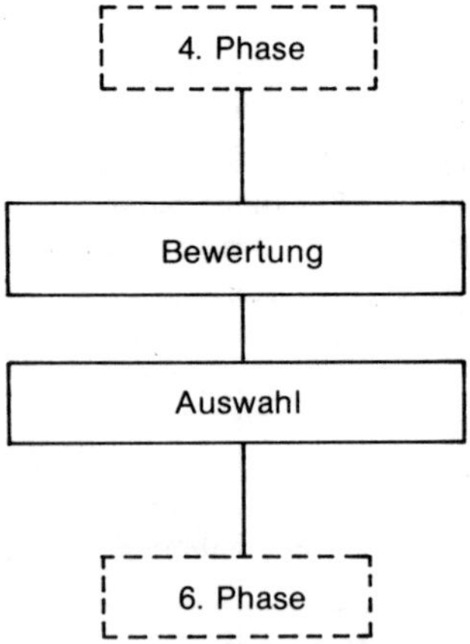

Bild 25 *Ablaufschema der Entscheidungsfindung*

- *Bewertung*
  Alle Lösungsmöglichkeiten werden mit einer sogenannten „Wertigkeit" belegt, die sich aus den technischen und wirtschaftlichen Kriterien ergibt. Parameter hierfür sind z. B. Stand und Entwicklungstendenzen der Technik. Für die Erstellung dieser Bewertung gibt es spezielle Datenverarbeitungsprogramme.

- *Auswahl*
  Entsprechend den Bewertungsergebnissen werden die Lösungsvorschläge zur Durchführung ausgewählt. Dabei wird die durchgehende Funktionskette mit den besten Bewertungsergebnissen nominiert und evtl. noch eine zweite Kette — als Ersatzlösung — festgehalten. In die Funktionsstruktur, die sich aus der Funktionsanalyse ergibt, werden zu den Funktionsangaben die Skizzen- oder Gedankenkennziffern der jeweiligen Funktionsträger eingetragen.

6. Phase: Durchführung

Entsprechend den Ergebnissen zur Auswahl der Lösungen erfolgt nun — unter Einbeziehung aller Informationsmöglichkeiten — die Verwirklichung der Funktionsträger und ihrer Kombinationen. Eine gute Zusammenarbeit aller beteiligten Fachbereiche und Abteilungen auch in dieser letzten Arbeitsphase ist ein wichtiger Faktor der Rationalisierung. (Reinheimer, Methodisches Entwickeln und Konstruieren, Seminar-Handbuch, REFA-Institut 1978.)

Überrascht war der Verfasser über den vergleichsweise hohen Stand der Anwendung von Datenverarbeitungsanlagen auch in kleineren und mittleren japanischen Unternehmen. Die Unternehmen nutzen jede sich bietende Möglichkeit zur Rationalisierung. In den folgenden Ausführungen soll — anhand von Beispielen — ein Überblick gegeben werden.

In den Bereichen Entwicklung, Konstruktion und Arbeitsvorbereitung kann man die Anwendung von DVA in drei Oberbegriffe unterteilen:

- Informationssysteme
- Berechnungssysteme
- Darstellungssysteme

- *Informationssysteme*

Untersuchungen haben ergeben, daß in den Bereichen Entwicklung, Konstruktion und Arbeitsvorbereitung rund 25 Prozent der Zeit, die für die Lösungen der anstehenden Probleme nötig ist, zur Information aufgewendet werden muß. (Sato, Universität Tokyo.)

Um diesen relativ hohen Zeitanteil zu reduzieren, werden DVA in den Informationsprozeß einbezogen.

Beispiel (Prinzip):

Anwendung einer Programmdokumentation für rotations-symmetrische Bauteile.

- *Programmbeschreibung*
  Auf der Grundlage der Definition durch Sachmerkmalleisten sucht und/oder dimensioniert das Programm rotations-symmetrische Bauteile.

Sachmerkmalleisten können beschrieben werden durch:

1. Innendurchmesser
2. Außendurchmesser
3. Dicke
4. Werkstoff
5. Oberfläche

usw.

Jedes dieser Merkmale wird durch eine entsprechende Zahlenangabe definiert:

Merkmal 1 (Innendurchmesser):	Abmessungen in mm
Merkmal 2 (Außendurchmesser):	Abmessungen in mm
Merkmal 3 (Dicke):	Abmessungen in mm
Merkmal 4 (Werkstoff):	firmeninterner Schlüssel
Merkmal 5 (Oberfläche):	firmeninterner Schlüssel
usw.	

Firmeninterne Schlüssel sind:

1 = Stahl
2 = nichtrostender Stahl
3 = Aluminium
4 = Messing
5 = Kupfer
usw.

Firmeninterne Oberflächen-Nummern sind:

1 = unbearbeitet
2 = geschliffen
3 = poliert
usw.

Das Programm erfragt entsprechend diesen Definitionen in dem Eingabeteil

zu:	die:
Merkmal 1 (Innendurchmesser):	maximalen und minimalen Abmessungen
Merkmal 2 (Außendurchmesser):	maximalen und minimalen Abmessungen
Merkmal 3 (Dicke):	maximalen und minimalen Abmessungen
Merkmal 4 (Werkstoff):	Verschlüsselung
Merkmal 5 (Oberfläche):	Verschlüsselung
usw.	

Anschließend durchsucht das Programm, durch einen Vergleich zwischen Merkmal und Dateienwert, die Datei und — wenn die gefragten Werte vorhanden sind — druckt den Inhalt des gefundenen Satzes durch den Ausgabeteil in der entsprechenden Merkmalzuordnung aus oder bringt ihn auf den Bildschirm.

Sind dagegen die gefragten Werte nicht vorhanden, prüft das Programm, ob ein entsprechendes Normteil vorhanden ist und schlägt ein im Unternehmen vorhandenes Teil vor.

- *Programmschritte*

Bild 26 zeigt die Folge der einzelnen Schritte in dem Programmablauf.

Pr.-Schr.	DVA	Bei-spiel	Erklärung
1		Pr.-Nr.	Programmabruf
2	Objekt: 1 = Bauteile 2 = Baugruppen usw.	1	Objekt-Auswahl: Bauteile
3	Programm: 1 = Mechan. Teile 2 = Elektr. Teile usw.	1	Programm-Auswahl: Mechanische Teile
4	Teileart: 1 = rot.-symmetr. 2 = Stifte usw.	1	Teileart-Auswahl: rotations-symmetrisch
5	Innendurchmesser: max. min	6 ~ 5	Innendurchmesser zwischen 6 mm und 5 mm
6	Außendurchmesser: max. min.	9 ~ 8	Außendurchmesser zwischen 9 mm und 8 mm
7	Dicke: max. min	2 ~ 1,5	Dicke zwischen 2 mm und 1,5 mm
8	Werkstoff: 1 = Stahl 2 = n-rost. Stahl usw.	1	Werkstoff-Auswahl: Schlüssel für Stahl
9	Oberfläche: 1 = unbearbeitet 2 = geschliffen usw.	2	Oberflächen-Auswahl: Schlüssel für geschliffen
—	Ergebnis wird ausgegeben		
10	Neue Eingabe: JA = 1	1	Rücksprung auf Schritt 5
	NEIN = 0		Vorgang beendet
—	Programm-Ende		

Bild 26 *Informationssysteme: Programmschritte*

- *Anmerkungen*
  Alle Bauteile, Baugruppen, Werkstoffe, Halbzeuge usw. werden in entsprechenden Dateien gespeichert und ihre Daten auf die aufgezeigte Art in kürzester Zeit aufgefunden und ausgegeben oder auf einem Bildschirm sichtbar gemacht (Abschnitt 6.3 Informationszentralstelle).

- *Berechnungssysteme*

Der zweite Anwendungsbereich für DVA sind die Berechnungssysteme. Wenn sie mit Angaben aus den Dateien kombiniert sind, teilen sie dem Benutzer nicht nur die Werte der Berechnungen mit, sondern können auch Hinweise auf bereits im Unternehmen vorhandene und im Bedarfsfall anwendbare Bauteile oder Baugruppen geben.

Beispiel (Prinzip):

Anwendung einer Programmdokumentation für Schraubenräder mit sich kreuzenden Achsen.

- *Programmbeschreibung*
  Mit solch einem Programm können Schraubenräder mit sich kreuzenden Achsen berechnet, Achsabstandstoleranzen und Rundlauftoleranzen — entsprechend einer festgelegten Toleranzklasse — berücksichtigt und evtl. erforderliche Korrekturen durchgeführt werden.

  Der korrigierte Kopfkreisdurchmesser (D_{kk}), der verwendete Korrekturfaktor (x) und die rechnerisch noch zulässigen Korrekturfaktoren (x_1) und (x_2) werden ausgegeben. Dabei korrigiert das Programm durch eine Pluskorrektur bis zu einer maximalen Größe (m) nur das Rad mit der größten Zähnezahl. Räder mit bis zu vier Zähnen werden nicht korrigiert.

  Ferner werden das erforderliche Schwindmaß des verwendeten Werkstoffes sowie zusätzliche Werkzeugkorrekturen für die Werkzeugkonstruktion berücksichtigt.

  Die auf diese Weise ermittelten Werte können neben ihrer Ausgabe — entsprechend den Informationssystemen — DVA-intern Merkmale für Sachmerkmalleisten bilden, die, ergänzt durch entsprechende zusätzliche Angaben, die Basis für ein Programm von Informationssystemen ergeben.

  Die Sachmerkmalleiste, die sich aus den Rechenwerten ergibt, kann beschrieben werden durch:

  1. Modul
  2. Zähnezahl
  3. Schrägwinkel
  4. Kopfkreistoleranz
  5. Korrekturfaktor

Die sich aus den zusätzlichen Angaben ergebende Sachmerkmalleiste kann beschrieben werden:

6. Zahnbreite
7. Werkstoff
8. Oberfläche
9. Bohrung usw.

Die Definition der Merkmale erfolgt wieder durch entsprechende Zahlenangaben.

- *Programmschritte*
  Bild 27 zeigt in der oberen Hälfte (Schritt 1 bis 9) die Folge der einzelnen Schritte im Programmablauf zur Berechnung der Zahnräder. In der unteren Hälfte ist die Folge der durch eine Kombination von Berechnungs- und Informationssystem zusätzlich erforderlichen Programmschritte dargestellt.

- *Anmerkungen*
  Alle wiederkehrenden, relativ einfachen Berechnungen können in der aufgezeigten Art fehlerfrei und schnell durchgeführt werden. Durch die mögliche Kombination von Berechnungs- und Informationssystem werden zusätzliche Doppelarbeiten verhindert.

• *Darstellungssysteme*

Die Darstellungssysteme bilden den dritten Anwendungsbereich für Datenverarbeitungsanlagen. Im Rahmen solcher Systeme können auf Bildschirmen z. B. Druckvorlagen für Leiterplatten, Schaltpläne und geometrische Zeichnungen sichtbar gemacht, kontrolliert und auf Plotter hergestellt werden.

Beispiel (Prinzip):

Anwendung einer Programmdokumentation zur Erstellung von Reinzeichnungen elektrischer Schaltpläne.

- *Programmbeschreibung*
  Mit einem solchen Programm können — auf der Grundlage der Übertragung von Koordinatenpunkten — in einem beliebigen Maßstabsraster Reinzeichnungen elektrischer Schaltpläne nach der Vorlage einer Handskizze hergestellt werden. Dabei werden die Koordinatenpunkte, die in einem Raster eingegeben sind, auf das nächste ganzzahlige Vielfache der Rastereinheit auf- oder abgerundet. Damit werden im Rahmen der Rastereinheit gewisse Ungenauigkeiten bei der Übertragung der Koordinatenpunkte korrigiert. Die Eingabe der Koordinatenpunkte kann über eine Digitalisiereinheit erfolgen, die Werte der X- bzw. Y-Achse können aber auch durch einen Fernschreiber oder durch einen Lochstreifen über Fotoleser übermittelt werden.

Pr.-Schr.	DVA	Beispiel	Erklärung
1		Pr.-Nr.	Programmabruf
2	Achsabstand:	13	
3	Zähnezahl: Z_1 Z_2	1 ~ 28	Zwei durch Leertaste getr. Angaben erforderlich
4	Modul:	8	
5	Schräges Rad 1: Grad Min	47 84	Schräg.-Winkel von Rad 1: $\beta_0 = 47° \; 84'$
6	Angaben über: 1 = Konstruktion 2 = Werkzeug-Konstruktion	2	Bei Eingabe von 2: zusätzliche Berechnungen für Werkzeug-Konstruktion
7	Schwindmaß:	1,028	Nur für Werkzeug-Konstr.
8	Kopfkreis-Toleranzen: K_{T1} K_{T2}	0,06/1	
—	Ergebnis wird ausgegeben:		
9	Neue Eingabe: JA = 1	1	Rücksprung auf Schritt 2
	NEIN = 0		Vorgang beendet
—	Programm-Ende		(ohne Komb. mit Datei)
	Bei einer Kombination mit Dateien		
10	Zahnbreite: max. min	3 ~ 2	Zahnbreite zwischen 3 mm und 2 mm
11	Werkstoff: 1 = Stahl 2 = n-rost. Stahl usw.	1	Werkstoff-Auswahl: Schlüssel für Stahl
12	Oberfläche: 1 = unbearbeitet 2 = geschliffen usw.	2	Oberflächen-Auswahl: Schlüssel für geschliffen
—	Ergebnis wird ausgegeben:		
13	Neue Eingabe: JA = 1	1	Rücksprung auf Schritt 10
	NEIN = 0		Vorgang beendet
—	Programm-Ende		(mit Komb. mit Datei)

Bild 27 *Berechnungssysteme: Programmschritte*

Im vorliegenden Beispiel soll die Eingabe durch eine Digitalisiereinheit erfolgen:

Bei einer Digitalisiereinheit sind alle üblichen Zeichnungselemente auf einem sogenannten „Menübrett" registriert. Wird nun auf eine beliebige Stelle eines Digitalisierbrettes mit der Handskizze der zu übertragenden Schaltung dieses Menübrett gelegt, so kann der DVA durch die Angabe des Nullpunktes und der Richtung der X-Achse die jeweilige Position der beiden Zeichnungen (Handskizze und Menübrett) mitgeteilt werden. Alle später eingegebenen Werte sind dann in ihrer Position dieser Position gegenüber relativ. Sie beziehen sich in ihrer Position auf die Angabe des Nullpunktes und die Richtung der X-Achse.

Die einzelnen Bauteile werden durch Wertpaare definiert:

1 Wertpaar = Knotenpunkt
2 Wertpaare = Baustein mit 2 Anschlüssen
3 Wertpaare = Baustein mit 3 Anschlüssen usw.

Dabei muß man bei allen Bauteilen mit mehreren Wertpaaren auf die Symmetrie bzw. Unsymmetrie achten. Sie müssen deshalb in der auf dem Menübrett angegebenen Reihenfolge eingegeben werden.

Die Ausgabe kann zunächst zur Kontrolle und evtl. Korrektur auf einem Bildschirm erfolgen, und dann die Reinzeichnung der elektrischen Schaltung durch einen Plotter.

Sind Änderungen im Schaltplan erforderlich, so können diese mit den entsprechenden Steuerbefehlen im Programm durchgeführt werden. Solche Steuerbefehle sind:

Programm: Start
Löschen
Einfügen
Löschen und Einfügen
Programm: Stop

Die Ausgabe kann zunächst wieder zur Kontrolle und evtl. Korrektur auf einem Bildschirm erfolgen und dann die Reinzeichnung der geänderten Schaltung durch den Plotter.

Das ganze Programm kann auf Lochstreifen dokumentiert und beliebig oft durchlaufen werden.

– *Programmschritte*
Bild 28 zeigt die Folge der einzelnen Schritte im Programmablauf.

Pr.-Schr.	DVA	Beispiel	Erklärung
1	Eingabeart: 1 = Digit.-Einh. 2 = Fernschreiber usw.	1	Wahl der Eingabe: Digitalisier-Einheit
2	Kennzeichnung der Zeichen-Speicherung	A0028	Speicher-Kennzeichnung: alphanumerische Zahl
3	Rastermaß-Angabe:	10	Rastermaß 10 mm
4	Nullpunkt-Festlegung der Zeichnung: 1 = Digit.-Einh. 2 = Fernschreiber usw.	1	Nullpunkt-Festlegung der Zeichnung durch: Digitalisier-Einheit
5	Festlegung der X-Achsen-Richtung der Zeichnung		Richtung der X-Achse der Zeichnung angeben
6	Nullpunkt-Festlegung der Eingabe: 1 = Digitalisier-Einheit 2 = Fernschreiber usw.	1	Nullpunkt-Festlegung der Eingabe durch: Digitalisier-Einheit
7	Festlegung der X-Achsen-Richtung der Eingabe		Richtung der X-Achse der Eingabe angeben
8a	Bauteile-Definierung (symmetrisch)	:1	Digitalisierung eines Punktes im Menübrett-Bauteilefeld und Übergabe mit Taste 1
8b	Bauteile-Definierung (unsymmetrisch)	:1 :2	Digitalisierung der Punkte in vorgegebener Reihenfolge im Menübrett-Bauteilefeld und Übergabe von Punkt 1 durch Taste 1 Punkt 2 durch Taste 2 usw.
9	Ende der Bauteile-Eingabe:	XZ	Ende der Bauteile-Eingabe durch Taste XZ
10	Text-Eingabe: Startpunkt:	1	Angabe des Startpunktes durch Taste 1
11	Text-Ende:	XY	Ende der Text-Eingabe durch Taste XY Rücksprung auf Schritt 8
12	Maßstabfaktor:	1:1	Eingabe : Ausgabe
—	Ausgabe der Zeichnung:		Zeichnungs-Erstellung
13	Programm-Ende	ZZ	

Bild 28 *Darstellungssysteme: Programmschritte*

Bild 29 zeigt die Folge der einzelnen Schritte im Programmablauf bei Änderungen.

Pr.-Schr.	DVA	Beispiel	Erklärung
1	Eingabeart:	1	wie Tafel 3; Schritt 1
2	Zeichen-Speicherung:	A0028	wie Tafel 3; Schritt 2
3	Rastermaß-Angabe:	10	wie Tafel 3; Schritt 3
4	Zeichnung: Nullpunkt:	1	wie Tafel 3; Schritt 4
5	Zeichnung: X-Achse:		wie Tafel 3; Schritt 5
6	Eingabe: Nullpunkt:	1	wie Tafel 3; Schritt 6
7	Eingabe: X-Achse:		wie Tafel 3; Schritt 7
8a	Bauteile-Änderung: (symmetrisch)	: /L	Digitalisierung des Punktes im Menübrett-Bauteilefeld und Löschung mit Taste /L
8b	Bauteile-Änderung: (unsymmetrisch) erster Punkt: letzter Punkt:	 : /L : /L	Digitalisierung des ersten Punktes im Menübrett-Bauteilefeld und Löschung mit Taste /L Digitalisierung des letzten Punktes im Menübrett-Bauteilefeld und Löschung mit Taste /L
9a	Bauteile-Definierung: (symmetrisch)	: 1	wie Tafel 3; Schritt 8a
9b	Bauteile-Definierung: (unsymmetrisch)	: 1	wie Tafel 3; Schritt 8b
10	Bauteile-Eingabe Ende:	XZ	wie Tafel 3; Schritt 9
11	Text-Änderung: Anfang: Ende:	 : /L : /L	Text-Anfang durch Taste /L Text-Ende durch Taste /L
12	Text-Eingabe:	1	wie Tafel 3; Schritt 10
13	Text-Ende:	XY	wie Tafel 3; Schritt 11
14	Maßstab-Faktor:	1 : 1	wie Tafel 3; Schritt 12
—	Ausgabe der Zeichnung		
15	Programm-Ende	ZZ	

Bild 29 *Darstellungssysteme: Programmschritte bei Änderungen*

– *Anmerkungen*
Durch die Anwendung von DVA-gesteuerten Zeichenmaschinen können auch technische Hilfskräfte zur Erstellung von Zeichnungen und Druckvorlagen für Leiterplatten, Schaltpläne usw. eingesetzt werden. Mit einem Programm, das einmal erstellt und dem Anwendungsbedarf angepaßt worden ist, können alle Unterlagen erstellt werden. Die einzelnen Eingaben durch die Übertragung der Koordinatenpunkte von den Handskizzen auf die Digitalisiereinheit werfen keine Probleme auf und bedürfen keiner Vor- oder Ausbildung. Damit bietet die DVA-Anwendung in Darstellungssystemen nicht nur zeitliche Einsparungen, sondern hilft auch, Kosten einzusparen. (Reinheimer, Anwendung von Datenverarbeitungsanalgen in Entwicklung, Konstruktion und Arbeitsvorbereitung, in: HWI Handbuch für Wirtschaftsingenieure, 1980.)

Wie die vorliegenden Ausführungen zeigen, besteht für eine Anwendung von Datenverarbeitungsanlagen in den Bereichen Entwicklung, Konstruktion und Arbeitsvorbereitung eine sehr breite Basis, die von den japanischen Unternehmen aller Größenordnungen voll genutzt wird.

Dabei setzt man diese Basis in Relation zu den heute bereits sehr günstigen Anschaffungspreisen von Datenverarbeitungsanlagen (Zentraleinheit, Ein-/Ausgabegeräte, Bildschirmgeräte und Plotter). Man berücksichtigt die Einsparungen an Zeit (ein wichtiger Faktor im Terminplan) und Kosten. Auch der psychologische Faktor gegenüber den Mitarbeitern wird richtig bewertet, z. B. durch eine Aufwertung ihrer Tätigkeit, durch Verbesserung und Intensivierung ihres Interesses an der täglichen, nicht immer abwechslungsreichen Arbeit.

Der Mitarbeiter zur DVA-Bedienung ist hauptamtlich eingesetzt. Er übernimmt die volle Verantwortung und erstellt die entsprechenden Programme, wenn diese einen gewissen Schwierigkeitsgrad nicht überschreiten. Das Kriterium bei der Auswahl dieser Mitarbeiter ist daher die fachliche Qualifikation.

Der hohe Stand der Automatisierung der japanischen Produktion (siehe Abschnitt 6.8) erlaubt den Einsatz von Datenträgern als Zeichnung. Dazu arbeiten Entwicklung, Konstruktion und Arbeitsvorbereitung eng zusammen. Der Konstruktionsingenieur gestaltet die Funktionsträger und ihre Kombinationen und legt in den entsprechenden Informationen (Zeichnungen, Listen und Anweisungen) die Bedingungen fest, die für den jeweiligen Endstand vorgesehen und verbindlich sind. Der AV-Ingenieur erarbeitet auf dieser Grundlage den dazugehörigen technologischen Fertigungsablauf und bereitet so den Produktionsprozeß vor. Die Informationen der Konstruktion über die Gestaltung der Funktionsträger werden durch die technologischen Informationen der AV über die Herstellung ergänzt. Der Fertigungsingenieur stellt nun auf der Basis aller Informationen aus Konstruktion und Arbeitsvorbereitung die Funktionsträger her und führt deren Montage zu Funktionsträgerkombinationen durch. Im Rahmen der Automatisierung und

Halbautomatisierung werden alle Informationen der Konstruktion und Arbeitsvorbereitung, die zur Fertigung und Montage benötigt werden, in entsprechende Zahlenwerte umgesetzt. Dann werden sie über Datenverarbeitungsanlagen oder Programmschaltwerke den Maschinen zur Funktionsträgerfertigung und den Vorrichtungen zur Montage und Prüfung der Kombinationen eingegeben. Dies setzt aber voraus, daß alle zu einem Arbeitsgang gehörenden Informationen von Konstruktion und Arbeitsvorbereitung nicht getrennt angeführt, sondern zu einer Information verschmolzen werden. Die Informationen der Konstruktion werden also mit denen der Arbeitsvorbereitung kombiniert und gehen der Fertigung als *eine* Information zu, als ein kontinuierlich verlaufender Informationsfluß von der Konstruktion über die Arbeitsvorbereitung zur Fertigung.

- *Informationsfluß*

Im Gegensatz zu den Bildern (analog) *und* Zahlen (digital), die in den konventionellen Fertigungsverfahren zur Informationsverarbeitung nötig waren, entwickelten sich durch die Automatisierung und Halbautomatisierung Fertigungsverfahren, in denen entweder *nur Bilder oder nur Zahlen* benötigt werden.

Bei den Verfahren nach Schablonenzeichnungen und optischem Abtasten sind zur Weginformation nur Bilder erforderlich, bei automatisierten oder halbautomatisierten Verfahren sind nur Zahlen nötig.

- *Konstruktion*

Im Konstruktionsbereich beginnt mit der Erstellung der Information über die Gestaltung der Funktionsträger und deren Kombinationen der Informationsfluß.

- *Zeichnungen*

  Die Handskizzen, die nach den beim methodischen Arbeiten entwickelten Funktionsträgern für die Mustererstellung angefertigt wurden, können als Ausgangsunterlage für den Informationsfluß verwendet werden. Die Herstellung der üblichen Konstruktionszeichnungen ist nicht erforderlich.

  Alle Faktoren, die von der Konstruktion bis zur Fertigung der Funktionsträger zusätzlich gefordert werden, werden auf den Handskizzen vermerkt, wie z. B.:

  - Skizzen für Teile aus spanloser Fertigung erhalten Vermerke über die Walzrichtung des Werkstoffes
  - Skizzen über Teile aus spanabhebender Fertigung erhalten Vermerke über Oberflächenbeschaffenheit und Rauhtiefe.
  - Skizzen zur Montage erhalten Vermerke über einzuhaltende oder zu beachtende Faktoren wie z. B. Lagerspiel.

- *Koordinaten*
  Wurde bei der Vermaßung der Funktionsträger auf den Handskizzen nicht das Koordinatenmaßsystem angewendet, müssen alle Maße nun entsprechend umgesetzt und evtl. in Tabellenform eingetragen werden.

- *Formlinien*
  Für die Formlinien sind folgende Weginformationen notwendig:

  - Koordinatenursprung analog den Einzelpunkten
  - Koordinaten der Mittelpunkte von Kreisen und Kreisbögen
  - Kreisradien
  - Kurvenform- und Kurvensteigungsradien
  - Koordinaten der Wendepunkte.

  Bei der Gliederung der Formlinien werden diese zunächst in die einzelnen Formelemente (Geraden, Kreisbögen usw.) aufgeteilt. Dabei bilden die Anfangs- und Endpunkte die Wendepunkte, die durch die Koordinaten der Kreismittelpunkte ergänzt und im Uhrzeigersinn numeriert werden. Die Koordinaten der Mittelpunkte und Wendepunkte werden der Handskizze entnommen bzw. errechnet.

- *Kontrolle*
  Die in der aufgezeigten Art ermittelten Koordinatenwerte können in eine Datenverarbeitungsanlage eingegeben und der Funktionsträger entsprechend diesen Maßen auf einem Sichtgerät kontrolliert werden. Dabei muß das Bild der Funktionsträger, das auf dem Bildschirm erscheint, mit dem der Handskizze identisch sein. Bei evtl. Abweichungen müssen die Koordinatenwerte überprüft werden.

● *Arbeitsvorbereitung*

Die Arbeitsvorbereitung stellt das zweite Glied in der Kette der Informationen dar. Sie erhält von der Konstruktion die Skizze der Funktionsträger mit den entsprechenden Koordinatentabellen und die Skizzen der Funktionsträgerkombinationen. Die Aufgabe der Arbeitsvorbereitung besteht nun darin, diese Konstruktionsinformationen, die die Gestaltung betreffen, durch Informationen über jene Technologien, die zur Gestaltung erforderlich sind, zu ergänzen.

- *Bezugssysteme*
  Für die Weginformation zur Wegprogrammierung der Steuerung von Maschinen und Vorrichtungen ist die Maßgabe im rechtwinkligen Koordinatensystem allgemein üblich. Durch die unterschiedlichen Bewegungsrichtungen der einzelnen Maschinen und Vorrichtungen führt dies jedoch zu gewissen Schwierigkeiten. Um diese Schwierigkeiten bei der Programmierung zu vermeiden, ist für den Bereich der Weginformationen eine einheitliche Festlegung der Koordinatenachsen wichtig.

- *Weginformationen*

  Für eine automatische oder halbautomatische Fertigung werden alle Punkte des Funktionsträgers, nach denen die Arbeitsoperation an der Maschine oder Vorrichtung ablaufen sollen, durch Koordinatenwerte in der X-, Y- und Z-Achse ermittelt. Dabei richtet sich die Anzahl der zu speichernden Arbeitsangaben nach der Grundform des anzufertigenden Funktionsträgers bzw. der zu montierenden Kombination.

  Soll die Bearbeitung des Funktionsträgern auf Maschinen mit Einzelpunktsteuerung (z. B. Bohrmaschinen) erfolgen, so genügen wenige Einzelinformationen. Die Weginformationen durch die Koordinaten können direkt in die Konstruktionsskizze eingetragen werden. Ist hingegen eine Mehrpunktsteuerung erforderlich, dann werden die Weginformationen der Konstruktionsskizze durch den AV-Ingenieur zur Steuerung der Schlitten in die Formen und Abmessungen der erforderlichen Konturen des Funktionsträgern umgesetzt. Die so verschlüsselten technologischen Informationen sind dann nur noch bei sehr guten Kenntnissen der Arbeitsmittel lesbar. Ist beispielsweise eine kurvenförmige Kontur herzustellen, so muß der Kurvenzug nach den Gesetzen der analytischen Geometrie der Ebene und des Raumes in Teilabschnitte, deren Daten die Tisch- oder Werkzeugmaschine auslösen, zerlegt werden.

Zur Programmierung gehören:

- Werkzeugeinstellplan
- Kurvenberechnungsblatt
- Kurven.

Der Werkzeugeinstellplan enthält:

- Aufteilung der Arbeit in Arbeitsstufen mit Angaben über die Endstellungen der Werkzeuge;
- Aufteilung und Benennung der einzelnen benötigten Arbeitsverrichtungen der Werkzeuge;
- Abstandsmaße einschließlich der Ausspannlängen;
- Kurzbezeichnungen einschließlich der Ausspannlängen.

Das Kurvenberechnungsblatt wird von dieser Konzeption erarbeitet. Es enthält Angaben über die einzelnen Arbeitsstufen:

- Arbeitswege der Werkzeuge (Schlittenbewegungen usw.);
- Vorschub der Werkzeuge (Schlittengeschwindigkeiten usw.);
- Umdrehungszahlen der Werkzeuge;
- Kurvenaufzeichnung (Festlegung der Kurven: Wege, Höhen usw.).

Somit beinhalten die Weginformationen — entsprechend den Angaben der Koordinatenwerte — alle Wege, die zur Herstellung des Funktionsträgers erforderlich sind.

- *Schaltinformationen*
  In Abhängigkeit von den Weginformationen werden die Schaltinformationen festgelegt. Bei der Erarbeitung der Schaltinformationen müssen folgende Fakten berücksichtigt werden:
  - Eilgänge verschiedener Geschwindigkeiten zur Leerwegüberbrückung;
  - passiver Vorschub zum Einfahren in die Koordinaten;
  - gleichzeitiges Arbeiten mehrfacher Werkzeuge;
  - Koordinatensupport zur Verkürzung der Maschinenzeiten.

  Somit beinhalten die Schaltinformationen — unter Berücksichtigung von Vorschub und Leerlauf der Werkzeuge — alle Schaltungen, die zur Bewältigung der Weginformationen benötigt werden. In einer Programmkarte können alle Schaltinformationen übersichtlich zusammengestellt werden.

- *Programmierung*

Bei der Programmierung werden alle Gestaltungsinformationen der Konstruktion (Handskizze und Koordinatentabelle) und technologischen Informationen der AV (Weg- und Schaltinformationen) aufbereitet, kombiniert und in eine für die Maschine oder Vorrichtung verständliche Sprache übersetzt.

- *Programmablaufplan*
  Mit der Aufstellung des Programmablaufplanes beginnt die Aufgabe des Programmierers. Er muß ein erfahrener Technologe sein und alle technologischen Besonderheiten kennen, die zur Erstellung und Kombination der Funktionsträger nötig sind.

  Alle Maschinendaten (Drehzahlen, Schaltzyklen, Schnittwerte, Vorschübe usw.), die im Unternehmen vorhanden sind, stehen ihm zur Verfügung. Aus diesen Informationen wählt er jene Optimalwerte aus, die benötigt werden, um die von der Arbeitsvorbereitung aufgestellten Weg- und Schaltinformationen verwirklichen zu können. Er setzt sie dann unverschlüsselt in den Programmablaufplan. Den Programmablaufplan eines Arbeitsganges gliedert man in einzelne Arbeitsstufen auf, die als Programmschritt bezeichnet werden, und kennzeichnet sie durch entsprechende Satznummern.

  Ein Programmschritt umfaßt mehrere Arbeitszyklen, z. B. bei
  - Punktsteuerung den Steuerungszyklus von der Werkzeugauswahl bis zum Stillstand nach einer Relativbewegung in einer Achsrichtung rechtwinklig zur Positionsebene (z. B. Bohrmaschine);
  - Streckensteuerung den Steuerungszyklus vom Streckenanfang bis zum Streckenende nach einer Relativbewegung in einer Achsrichtung bei Stillstand einer anderen Achsrichtung (z. B. Drehmaschinen);

- Stetigbahnsteuerung den Steuerungszyklus von einem Wendepunkt bis zum anderen nach einer synchronisierten Relativbewegung in mindestens zwei Achsrichtungen (z. B. Fräsmaschine).

Die einzelnen Schaltoperationen für die Geschwindigkeiten können entweder in den Pausen zwischen den einzelnen Arbeitszyklen oder — bei Verwendung von unter Last schaltbarer Kupplung — auch während des Programmschrittes erfolgen. Werkzeugwechsel hingegen erfolgt immer in den Arbeitspausen.

Der Programmablaufplan beinhaltet alle Daten, die zur Realisierung der von der Arbeitsvorbereitung aufgestellten Weg- und Schaltinformationen erforderlich sind.

- *Programmblatt*

Die erste Verschlüsselung erfolgt mit der Übertragung aller Informationen aus dem Programmablaufplan und der Koordinatenwerte aus den Skizzen der Konstruktion. Diese Arbeit kann — bei Verwendung einer Vorcodiertabelle — von Hilfskräften durchgeführt werden.

Diese Übertragung kann nach diesem Prinzip erfolgen (Beispiel):

- Jeder Arbeitszyklus (Weg- und Schaltinformation) erhält ein Programmwort
  z. B. c7; k5; r17; s20 usw.
- Jedes Programmwort besteht aus einer Befehlsadresse
  z. B. c; k; r; s usw.
  und einem Funktionsparameter
  z. B. 7; 5; 17; 20 usw.
- Die zu einer Arbeitsstufe (Programmschritt) zusammengehörenden Arbeitszyklen bilden einen Programmsatz
  z. B. a01; c02; c05; d04 usw.
- Jeder Programmsatz besteht wieder aus einer Befehlsadresse
  z. B. a; c; d usw.
  und einer Nummer
  z. B. 01; 02; 04; 05 usw.

Dabei ist darauf zu achten, daß im ersten Satz jede programmierbare Maschinenfunktion in ihrem Stillstand (Funktionsparameter = 0) vertreten ist:

- z. B. b = Bewegung in Richtung der X-Achse
  b0 = Stillstand
  b1 = Vorschub nach rechts
  b2 = Eilgang nach rechts
  b3 = Vorschub nach links
  b4 = Eilgang nach links

c = Bewegung in Richtung Y-Achse
usw.

d = Bewegung in Richtung Z-Achse
usw.

In allen folgenden Sätzen werden dann nur noch die veränderten Funktionsparameter eingetragen, Satznummern jedoch werden immer eingetragen. Der Schlußsatz erhält nur zwei Programmworte: Programmende und Satznummer. Bei dieser Übertragung aller von der Konstruktion zusammengestellten Gestaltungsinformationen über die Funktionsträger und deren Kombinationen und über die zur Durchführung erforderlichen technologischen Informationen der Arbeitsvorbereitung aus dem Programmablaufplan in das Programmblatt wird — neben dem der Kontrolle dienenden Klartext — ein Datenträger ausgeworfen. Dieser verschlüsselt alle Informationen in einer Programmiersprache und übersetzt sie damit in eine für Maschine, Anlage oder Vorrichtung verständliche Sprache. Als Datenträger können zur Steuerung durch Datenverarbeitungsanlagen Lochstreifen und Magnetbänder verwendet werden, oder auch Lochkarten und Programmscheiben zur Steuerung durch Programmschaltwerke. Die Art des verwendeten Datenträgers richtet sich nach der vorgesehenen Anwendung bzw. den firmenspezifischen Gegebenheiten. Von den auf diese Weise erstellten Datenträgern kann eine beliebig große Anzahl von Duplikaten angefertigt werden. Die Originale werden im Archiv aufbewahrt, die Duplikate gehen zur Anwendung in die Produktion.

Zur Programmkontrolle für den Produktionsbereich können lochstreifengesteuerte Zeichenmaschinen eingesetzt werden, die selbst komplizierteste Zeichnungsaufgaben lösen.

- *Fertigung*

In den Anwendungsbereichen der Fertigung werden die Datenträger in die Steuerorgane der Maschinen, Anlagen oder Vorrichtungen eingelegt. Bei evtl. Änderungen ist lediglich ein Austausch der Datenträger erforderlich. Kommunikationsschwierigkeiten gegenüber Mitarbeitern werden so auf ein Minimum reduziert, was besonders bei Fertigungsstätten im Ausland von Bedeutung ist. Bei einer numerisch-gesteuerten Fertigungseinrichtung errechnet eine Datenverarbeitungsanlage aus den verschlüsselten Informationen die erforderlichen Programme für die Maschinen, die die Funktionsträger herstellen bzw. für die Anlagen und Vorrichtungen, die die Kombinationen montieren und prüfen. Dabei ist eine Datenverarbeitungsanlage — je nach ihrer Speicherkapazität, die in gewissen Grenzen erweitert werden kann — in der Lage, mehrere Fertigungseinrichtungen gleichzeitig parallel zu steuern. Dies vergrößert den Anwendungsbereich, macht die Kosten der Investition rentabler und reduziert die Fertigungskosten der Funktionsträger und seiner Kombinationen. Bei Fertigungseinrichtungen, die durch Programmschaltwerke gesteuert werden, kann die Steuerung direkt durch den Datenträger über das Schaltwerk erfolgen. In diesem Fall muß der Programmaufbau in einer anderen Art erfolgen.

Die Anwendungsmöglichkeiten des kontinuierlich verlaufenden Informationsflusses von der Konstruktion über die Arbeitsvorbereitung bis hin zur Fertigung bildet eine breite Palette, die im Rahmen der in den japanischen Unternehmen ständig fortschreitenden Automatisierung immer mehr vergrößert wird und damit an Bedeutung gewinnt. (Reinheimer, Datenträger als Zeichnung, Feinwerktechnik & Meßtechnik 87 [1979] 3.)

6.5 Planung

In den japanischen Unternehmen wird zur Planung und Steuerung fast ausschließlich die sogenannte „Netzplantechnik“ angewendet.

Das System der Netzplantechnik umfaßt die Planung und Steuerung zur Realisierung eines Objektes durch Operationen. Durch die Anwendung der Operationen soll gewährleistet werden, daß ein vorgegebenes Endziel erreicht wird. Die Leistungsfunktion in diesem System wird durch die Analyse der Ausgangsdaten und der Daten über den jeweiligen Zustand des zu steuernden Objektes wahrgenommen. Dem System der Netzplantechnik liegt ein dynamisches Informationsmodell mit Graphenstruktur zugrunde, das den Ablauf eines Operationskomplexes und dessen Ziele anschaulich widerspiegelt. Auf diese Weise wird es möglich, die Steuerung dieses Komplexes zu algorithmieren.

Im netzplantechnischen System der Planung und Steuerung treten alle Prozesse auf, die für ein modernes automatisches System charakteristisch sind:

- Sammlung von Informationen;
- Aufbereitung der Informationen;
- Speicherung der Informationen;
- Verarbeitung der Informationen;
- Anwendung der Informationen.

Die folgenden Ausführungen zeigen, daß durch die Spezialisierung der japanischen Unternehmen auf bestimmte Projekte und Projektfamilien bei der Planung und Steuerung der Operationen (im Gegensatz zur üblichen Vorgehensweise bei der Erstellung von Netzplänen, bei der in jedem Einzelfall die erforderlichen Einzeldaten neu erstellt werden müssen) auf viele, bereits vorhandene Netzpläne zurückgegriffen werden und damit eine Standardisierung der Netzpläne erfolgen kann. Dadurch wird nicht nur die ohnedies immer sehr knapp bemessene Zeit besser genutzt, sondern bei der Planung und Steuerung können auch Fehler vermieden werden. Ungenauigkeiten können durch einen Vergleich zwischen früher festgelegten und vorgegebenen Daten und jenen Daten, die zur Realisierung tatsächlich vorhanden sind, beseitigt werden.

Bei diesem *Verfahren* werden alle bekannten Daten der Netzplantechnik der Entwicklung von Standardnetzplänen einbezogen. Man muß nur beachten, daß die Festlegung der Standardisierung grundsätzlich nur im Rahmen *eines* Verfahrens erfolgen darf. Sind mehrere Verfahren gleichzeitig im Einsatz, ist eine Standardisierung nur in Teilbereichen möglich.

Bild 30 zeigt eine Aufstellung der im Rahmen des MTM-Verfahrens möglichen netzplantechnischen Verknüpfungen der Aktivität X mit Y.

*1
*2
*3
*4
*5
*6

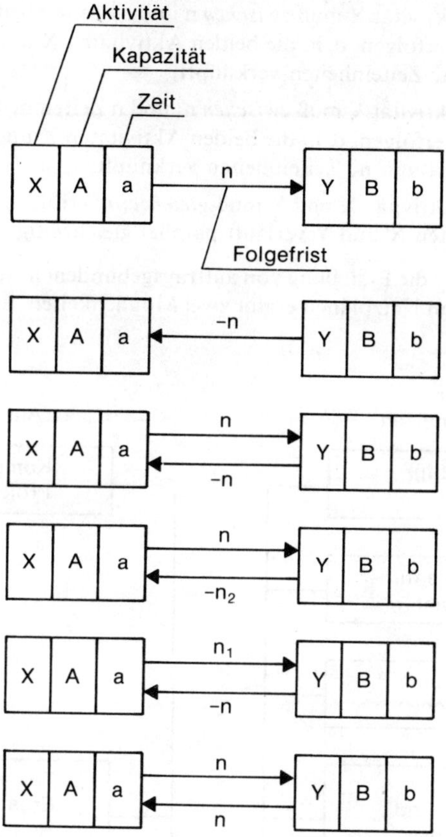

Bild 30 *Netzplantechnische Verknüpfungsmöglichkeiten*

1: Der Start der Aktivität Y kann *frühestens* n Zeiteinheiten nach dem Start der Aktivität X erfolgen, d. h. der Start der Aktivität Y kann nicht vor dem Ablauf von n Zeiteinheiten gegenüber dem Start der Aktivität X erfolgen;

2: Der Start der Aktivität Y muß *spätestens* n Zeiteinheiten nach dem Start der Aktivität X erfolgen, d. h. der Start der Aktivität Y muß nach Ablauf von n Zeiteinheiten gegenüber dem Start der Aktivität X erfolgen;

3: Der Start der Aktivität Y muß *genau* n Zeiteinheiten nach dem Start der Aktivität X erfolgen, d. h. der Start der Aktivität Y muß genau nach Ablauf von n Zeiteinheiten gegenüber dem Start der Aktivität X erfolgen;

4: Der Start der Aktivität Y muß *zwischen* n und n_2 Zeiteinheiten nach dem Start der Aktivität X erfolgen, d. h. die beiden Aktivitäten X und Y sind durch eine Wartezeit von n_x Zeiteinheiten verknüpft;

5: Der Start der Aktivität Y muß *zwischen* n_1 und n Zeiteinheiten nach dem Start der Aktivität X erfolgen, d. h. die beiden Aktivitäten X und Y sind durch eine Überlappungszeit von n_x Zeiteinheiten verknüpft;

6: Der Start der Aktivität X und Y muß *gleichzeitig* erfolgen, d. h. der Start der beiden Aktivitäten X und Y verläuft parallel gleichzeitig.

Die *Arbeitsweise* für die Erstellung von auftragsgebundenen Netzplänen mit Hilfe von standardisierten Netzplänen ergibt zwei Möglichkeiten, die in Bild 31 dargestellt sind.

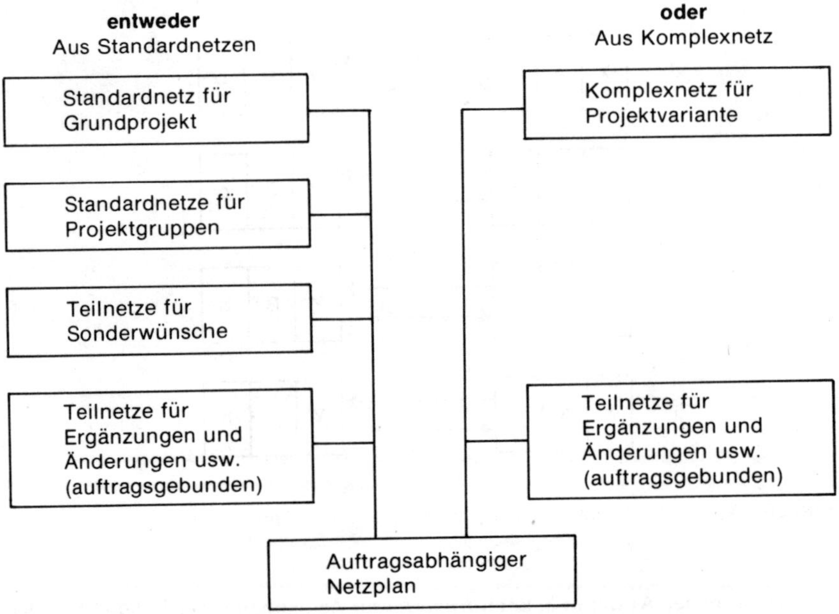

Bild 31 *Möglichkeiten zur Erstellung auftragsgebundener Netzpläne*

- *Ableitung des Auftragsnetzes aus einem Standardnetz*
  Bei dieser Möglichkeit werden — nach der Entwicklung eines Standardnetzplans für das Grundobjekt — für alle gängigen Projektgruppen ebenfalls Standardnetze erstellt. Durch die Verbindung des Standardnetzes für das Grundobjekt mit den Standardnetzen der standardisierten Projektgruppen entsteht

der Auftragsnetzplan. Er wird durch Netzpläne für spezielle Projektgruppen, auftragsgebundene Ergänzungen, Änderungen und Löschung einzelner Daten usw. ergänzt und vervollständigt.

- *Ableitung des Auftragsnetzes aus einem Komplexplan*
  Bei dieser Möglichkeit wird für das ganze Projekt in seiner maximalen Auslegung ein Komplexplan entwickelt, der alle vorhandenen Projektvarianten enthält. Alle nichtauftragsgebundenen Daten werden aus diesem Komplexplan gestrichen.

In der Praxis haben sich sinnvolle auftragsspezifische Kombinationen der beiden Möglichkeiten bewährt.

Der Einsatz standardisierter Netzpläne erfordert bestimmte Voraussetzungen, deren Qualität den Erfolg maßgebend beeinflußt.

Unbedingt erforderliche Voraussetzungen sind:

- Eine systematische Projektgliederung (eine Gliederung der Projekte nach konstruktiven, fertigungstechnischen, technologischen und terminlichen Fakten);
- eine systematische Gliederung der Produktionskapazitäten (eine Gliederung und Numerierung der verschiedenen Kapazitätseinheiten mit möglichst stufenweiser Detaillierung);
- eine Standardisierung der Daten (eine Gliederung von Kapazitätsbedarf, Fristen, Kosten, Flächenbedarf usw.).

Die Investierung von Zeit und Mitteln, die nötig sind, um die genannten Voraussetzungen zu erfüllen, trägt durch auftragsgebundene Einsparungen an Zeit und Mitteln sowie durch die Vermeidung und Verminderung von Fehlern reiche Zinsen.

Eine auftragsspezifische Kombination von standardisierten Teilnetzplänen zu einem Auftragsnetzplan setzt voraus, daß die Projekte nach konstruktiven, fertigungstechnischen, technologischen und terminlichen Kriterien aufgegliedert sind. Eine unterschiedliche Abgrenzung der Aufgabengliederung von Konstruktionsunterlagen, Stück- und Teilelisten gegenüber den Unterlagen, die von der Fertigung und der Montage benötigt werden, ist für eine Terminplanung der jeweiligen Fachbereiche in bezug auf eine Standardisierung ungeeignet.

Die Art der Projekte sowie die Forderung der einzelnen Fachbereiche, die die Projekte realisieren, ergeben konkrete Kriterien für die Abgrenzung der einzelnen Projektgruppen. Hierbei ergibt sich die wichtigste Abgrenzung aus den Kriterien der Vormontage und Endmontage, da diese durch den Montagefluß entstehen.

Die Forderungen, die sich aus dem Montagefluß, den Montagehilfsmitteln, Einrichtungen und Vorrichtungen, der Anlieferung der Einzelteile und vormontierten Baugruppen mit ihren evtl. Zwischenlagern und Anlieferungswegen im Unternehmen, und den Transportmitteln ergeben, bilden wichtige Kriterien zur Abgrenzung der Aufgabenstellung.

Konstruktion und Kalkulation bestimmen durch ihre Forderungen weitere Kriterien. Dabei ergibt sich das Kriterium einer „in sich abgeschlossenen Funktion", wie z. B. eine Steuerung als komplette Projekteinheit. Die Steuerung kann als Steuerungsorgan vormontierbar sein, aber auch — als Steuerungssystem — nicht geschlossen vormontierbar. Der Unterschied liegt hier im Ort der Endmontage, der sich im Unternehmen selbst, aber auch beim Kunden befinden kann.

Das Verkaufs- und Ersatzteilwesen mit der entsprechenden Lagerhaltung (die z. T. auch nach der Einstellung der Produktion eines Projektes bestehen muß), ergibt durch seine spezifischen Forderungen die Gruppenart der Verkaufs-, Varianten- und Ersatzteile, die vom Kunden bezogen werden können. Dazu gehört auch die Zusammenstellung loser Projektteile, die eine eigene Teile- oder Stückliste haben können.

Durch die hier aufgezeigten, teilweise sehr unterschiedlichen Forderungen der verschiedenen Abteilungen, die von der Aufgabenstellung betroffen sind, ergeben sich über die Nahtstelle der Gliederungen nicht selten Interessenskollisionen. Abhilfe kann dadurch geschaffen werden, daß festgelegt wird, welchen Kriterien im Einzelfall der Vorrang zu geben ist. Ein Arbeitsteam, das aus Vertretern der betroffenen Abteilungen besteht, legt gemeinsam eine einheitliche und für alle Beteiligten verbindliche Gliederung des Projektes fest.

Dabei sollte ein Projekt so weit in seine einzelnen Projektgruppen unterteilt werden, daß zwar alle Projektgruppen, die hinsichtlich der Gruppenart noch eine Einheit bilden, erfaßt werden, daß sich die Detaillierung aber nicht bis in die Projekteinzelteile erstreckt. Durch die Verbindung der Projektobergruppen mit den einzelnen Projektuntergruppen und deren Projekteinzelteilen entsteht die graphische Form eines Stammbaumes, die der graphischen Darstellung der Funktionen bei einer Funktionsanalyse, wie sie in Bild 32 dargestellt ist, ähnelt.

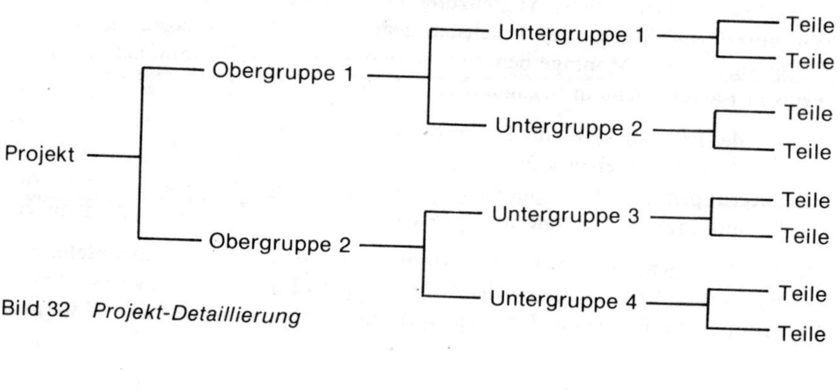

Bild 32 *Projekt-Detaillierung*

Bei der Kapazitätsplanung für die Produktion werden den Tätigkeitsangaben im Netzplan die verschiedenen Kapazitätseinheiten, die zur Realisierung der Projektteile, Projektgruppen und Projektobergruppen erforderlich sind, zugeordnet. Dazu ist eine Gliederung und Numerierung der verschiedenen Kapazitätseinheiten, die im Unternehmen vorhanden sind, nötig. Diese müssen, je nach dem Grad der Detaillierung im Netzplan, ebenfalls stufenweise aufgegliedert sein. Dabei hat sich die nach funktionalen und technologischen Kriterien aufgeschlüsselte Baukastenform gut bewährt.

Die Kapazitätseinheiten können entsprechend Bild 33 abgegrenzt werden.

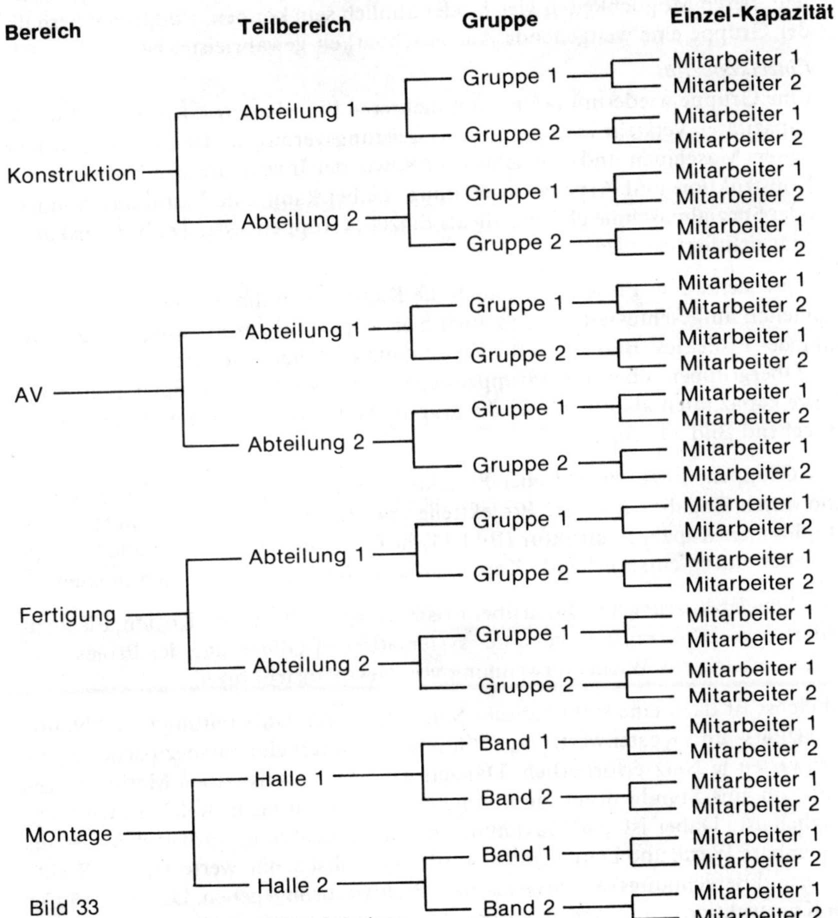

Bild 33
Abgrenzung von Kapazitätseinheiten

- *Bereichskapazität*
  Ein Industrieunternehmen ist in die Bereiche Entwicklung und Konstruktion, Arbeitsvorbereitung, Beschaffung und Einkauf, Teileproduktion und Montage sowie Vertrieb aufgegliedert.
- *Teilbereichskapazität*
  Die Produktionsbereiche sind — entsprechend ihren Aufgaben in einem Unternehmen — nach funktionalen und technologischen Kriterien in Teilbereiche unterteilt.
- *Gruppenkapazität*
  Die Teilbereiche wiederum werden in Gruppen bis zu Leistungsbereichen unterteilt, deren Möglichkeiten gleich oder ähnlich sein können, wodurch innerhalb der Gruppe eine weitgehende Austauschbarkeit gewährleistet ist.
- *Einzelkapazität*
  Eine Gruppe wiederum besteht aus mehreren Einzelkapazitäten. Unter Einzelkapazitäten versteht man hierbei das Leistungsvermögen der einzelnen Mitarbeiter, Maschinen und Vorrichtungen sowie der Ingenieure von Entwicklung, Konstruktion und Arbeitsvorbereitung. Dabei kann eine bestimmte Sonder- oder Spezialmaschine gleichzeitig als Einzel-, Gruppen- oder Teilbereichskapazität definiert werden.

Entsprechend dem Projekt wird auch die Kapazität in ihre einzelnen Arten und Einheiten aufgeschlüsselt, so daß auch hier — parallel zur graphischen Darstellung des Projektes (Bild 32) — die Verbindung zwischen den Bereichskapazitäten als Obergruppen über die Gruppenkapazitäten als Untergruppen und deren Einzelkapazitäten als Einzelteile die graphische Form eines Stammbaumes (entsprechend Bild 34) entsteht.

Alle Gruppen, die zur graphischen Projektstruktur herangezogen werden (Bild 32) und durch Angaben über die Projektteile erweitert werden, müssen auch in der graphischen Kapazitätsstruktur (Bild 34) in Erscheinung treten, da alle Projekteinheiten durch entsprechende Kapazitätseinheiten realisiert werden müssen.

Eine *Standardisierung* der Daten über Fristen, Kapazitätsbedarf, Kosten, Flächenbedarf usw. ist — entsprechend der systematischen Gliederung der Projekte — Voraussetzung zur Wiederverwendung von Netzplanstrukturen.

Zunächst ist dazu eine systematische Sammlung und Aufbereitung von Ablauf-, Kapazitäts- und Kostenwerten zur Bildung von unternehmensspezifischen Standardwerten je Netz erforderlich. Danach wird nach statistischen Methoden geprüft, ob eine Standardisierung überhaupt, und wenn ja, in welchem Umfang, möglich ist. Dabei ist ein Maximum an Standardisierung anzustreben. Wenn brauchbare Werte und Daten fehlen, werden zunächst Schätzwerte, frühere Richtwerte und Berechnungsverfahren als erste Richtwerte angegeben. Dies war häufig bei Konstruktions- und Arbeitsvorbereitungstätigkeiten der Fall, da den meisten

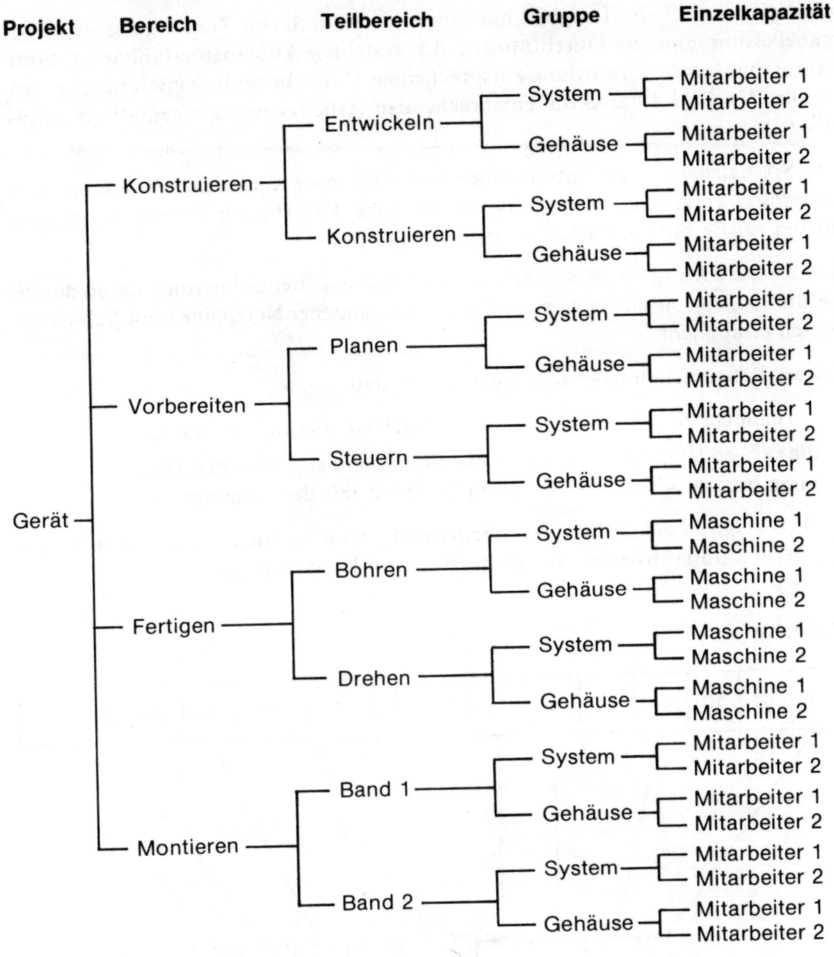

Bild 34 *Abgrenzung von Aktivitäten*

Unternehmen für diese Bereiche keine exakten Werte vorlagen. Alle vorliegenden und gesammelten Daten wurden dann im Lauf der Zeit verfeinert.

Da es nicht selten notwendig ist, psychologische Schranken zu überwinden, wird das Sammeln von Daten oft problematisch. Dies ist besonders bei vorwiegend geistigen Tätigkeiten wie bei der Entwicklung und Konstruktion der Fall, da die geistig-schöpferische Tätigkeit nur sehr schwer durch eine Zeitvorgabe oder Vorgabebestimmung zur Durchführung der gestellten Aufgaben erfaßbar ist. Gute Ansatzpunkte zur Ermittlung entsprechender Daten bietet hier methodisches Arbeiten. (In Bild 18 sind die entsprechenden Arbeitsschritte schematisch aufgezeigt.)

Die Spezialisierung der Unternehmen auf bestimmte Projekte und Projektfamilien erleichtert auch hier die nicht immer einfache Aufgabe der Datenermittlung in diesen geistig tätigen Fachbereichen.

Die *Kennzeichnung* der Netzpläne erfolgt durch eine Benummerung, die so durchgeführt ist, daß sie ein leichtes Auffinden vorhandener Netzpläne ohne Schwierigkeiten ermöglicht.

Dieses Kennzeichnungssystem stellt sicher, daß

- vorhandene Standardnetzpläne mittels Klassifizierung auffindbar sind;
- die verwendeten Identnummern nur einmal verwendet werden. (Die Kennzeichnung beginnt also *nicht* bei jedem Netzplan mit der Nummer Eins.)

Bild 35 zeigt an einem Beispiel schematisch eine Kombinationsmöglichkeit vorhandener standardisierter Netzpläne zu einem Projektnetzplan.

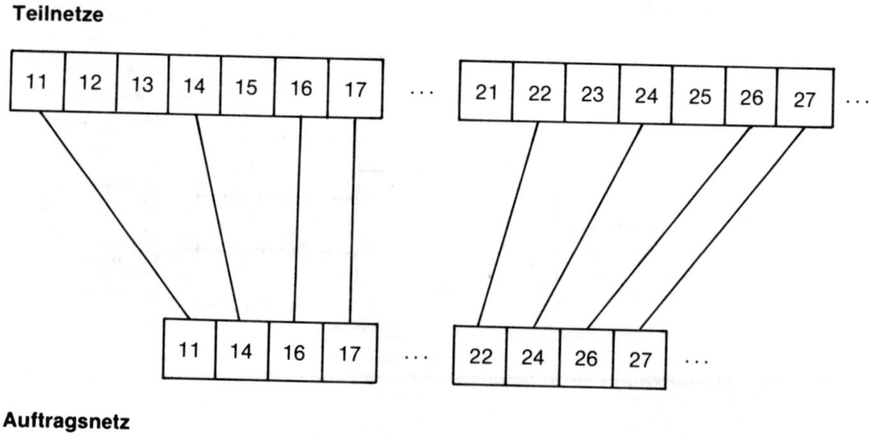

Bild 35 *Kombinationsmöglichkeiten standardisierter Netzplanelemente*

Wenn standardisierte Netzpläne und Teilnetzpläne zu Projektplänen zusammengesetzt werden sollen, muß die Kennzeichnung durch die Benummerung eindeutig und unverwechselbar sein.

Die systematische Gliederung von Projekten und Projektkapazitäten ist eine unumgängliche Voraussetzung für das Erstellen und Arbeiten mit Standardnetzplänen aus standardisierten Netzplanelementen.

Bild 36 zeigt schematisch die Vorgehensweise bei der Erstellung von Standardnetzplänen.

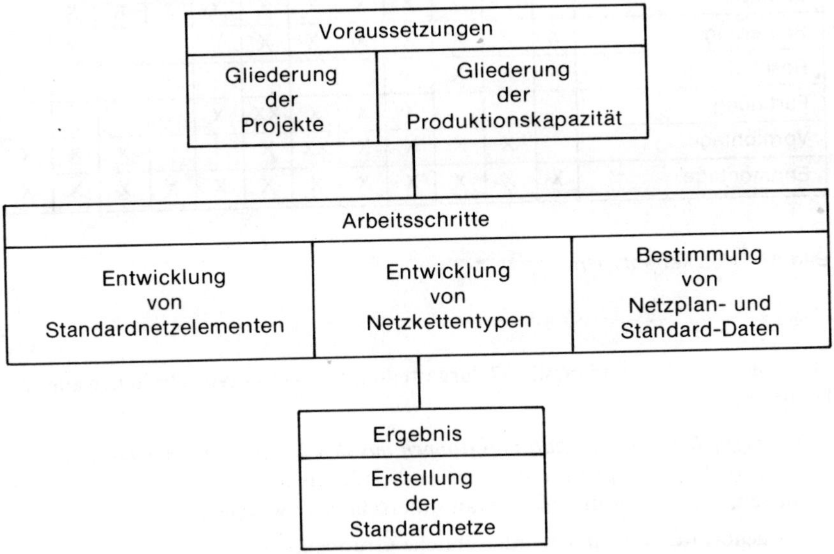

Bild 36 *Vorgehensweise bei der Erstellung von Standardnetzplänen*

Nach Festlegung der Standardnetzplanelemente für die Konstruktion und Montage wird der Ablauf, der zwischen Konstruktion und Montage liegt, gesondert bestimmt, da dieser nur durch die jeweilige Auftrags- und Projektgliederung definiert werden kann und auch davon abhängig ist. Für alle unterschiedlichen Abläufe zwischen Konstruktion und Montage sind Netzketten zu entwickeln, deren einzelne Elemente und Netzkettentypen so aufgebaut werden müssen, daß sie standardmäßig vorliegen.

In der Ablaufvariante, die in Bild 37 schematisch dargestellt ist, werden alle Bereiche, die von der Projektgruppenkonstruktion bis zur Endmontage an der Verwirklichung der Projektgruppe beteiligt sind, aufgeführt. Wegen des stets hintereinander geschalteten Auftragsdurchlaufes ist im Konstruktionsbereich außer der Projektgruppenkonstruktion auch die entsprechende Detailkonstruktion aufgenommen. Alle Folgeaktivitäten wie z. B. Planung, Steuerung und Beschaffung werden entsprechend dem Auftragsdurchlauf eingesetzt.

	Netzkettentyp											
	1	2	3	4	5	6	7	8	9	10	11	12
Gruppenkonstruktion	X	X	X	X	X	X	X	X	X	X	X	X
Detailkonstruktion			X	X	X	X	X	X	X	X		
Planung				X	X	X	X	X	X	X	X	
Steuerung	X	X	X	X	X	X	X	X	X	X	X	X
Beschaffung	X	X	X	X								
Fertigung				X	X	X	XX	X				
Vormontage		X	X	X	X	XX	X			X	X	X
Endmontage	X	X	X	X	X	X	X	X	X	X	X	X

Bild 37 *Netzkettentypen*

Die so entwickelten und in Bild 37 dargestellten Netzkettentypen bestehen aus drei Hauptgruppen:

- *Auftragsgebundene Beschaffungsgruppen aus den Netzplantypen 1 bis 3:* alle Projektbaugruppen, die für einen bestimmten Auftrag beschafft werden müssen, sind hier aufgeführt. Man unterscheidet zwischen:

  1 = genormte und/oder handelsübliche Gruppen;
  2 = genormte und/oder handelsübliche Einzelteile;
  3 = Eigenkonstruktionen.

- *Auftragsgebundene Fertigungsgruppen aus den Netzplantypen 4 bis 8:* hierunter fallen alle Gruppen, die für einen Auftrag gefertigt werden müssen. Man unterscheidet zwischen:

  4 = beschaffte Gruppen mit Vormontage;
  5 = Gruppen mit gemeinsamer Vormontage;
  6 = gefertigte Gruppen mit Vormontage;
  7 = gemeinsame Bearbeitung von Gruppen;
  8 = gefertigte Gruppen ohne Vormontage.

- *Gruppen aus der Lagerhaltung aus den Netzplantypen 9 bis 12:* alle nicht auftragsgebundenen gefertigten oder beschafften, aber vorrätig zu haltenden Gruppen werden dieser Hauptgruppe zugeordnet. Man unterscheidet zwischen:

  9 = direkt in die Montage gehenden neukonstruierten und als Lagergruppen geführten Gruppen;

10 = in die Vormontage gehende neukonstruierte und als Lagergruppen eingeführte Gruppen;
11 = neu geplante Gruppen, die bisher beschafft und auf Lager gehalten wurden, jetzt aber in die Eigenfertigung übernommen wurden;
12 = alle übrigen auf Lager gehaltenen Gruppen, die zur terminlichen Bereitstellung für die Fertigung und Montage von der Steuerung erfaßt werden.

Das gesamte Standardnetz kann mittels Standardnetzplanelementen und Netzplantypen erstellt werden und ist nur noch durch standardisierte, sich aus dem Auftragsnetz ergebende Daten zu ergänzen.

Bei Projekten der Einzelfertigung können noch Verknüpfungen zwischen den Aktivitäten verschiedener auftragsabhängiger standardisierter Netzpläne bestehen, was z. B. aus Gründen des Änderungswesens oder des Ablaufes nötig werden kann. Daher sollten zugelassene Verknüpfungen dieser Art in den standardisierten Projektnetzplänen erkennbar sein. Dies ist in Bild 38 dargestellt.

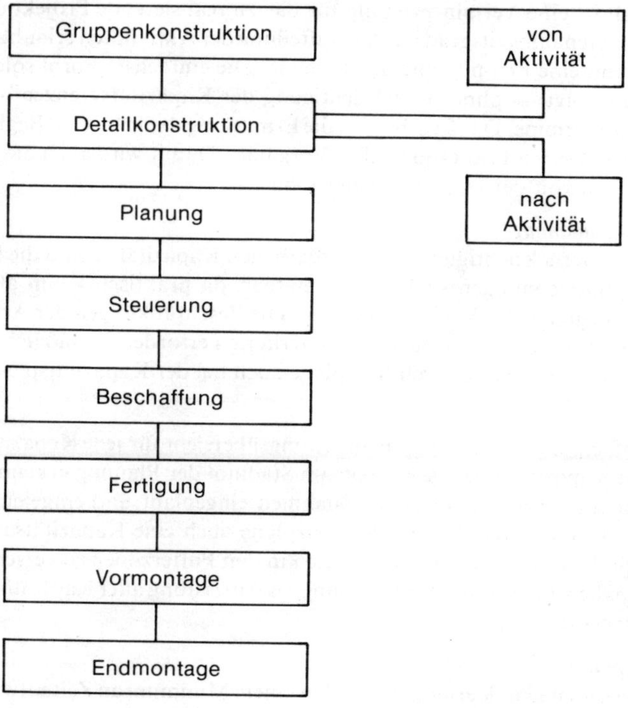

Bild 38 *Verknüpfungsanschlüsse an standardisierte Netzpläne*

Bei der Zusammensetzung des Projektplanes werden die nötigen Verknüpfungen zu anderen Aktivitäten eingetragen und können so bei der Berechnung leicht berücksichtigt werden.

Standardisierte Netzpläne werden praktisch in allen Bereichen der japanischen Unternehmen, in denen Aktivitäten entfaltet werden, angewandt.

Die folgenden Ausführungen zeigen die verschiedenen Anwendungsbereiche, geben aber nur einen kleinen Ausschnitt aus dem weiten Feld der Möglichkeiten wieder.

- *Terminplanung*
  Die Terminplanung ist unter allen Aktivitäten eines der wichtigsten Gebiete und bildet die Basis jeder fundierten Zeit- und Kostenrechnung.

  Die graphische Darstellung des Netzplanes zeigt die Struktur der Aktivitätenfolge bei der Realisierung eines Projekten an. Durch die Angaben über die Dauer jeder Aktivität wird die Terminabhängigkeit aller Vorgänge ersichtlich. Dadurch ist eine Terminrechnung für das zu realisierende Projekt durchführbar. Der Genauigkeitsgrad bei der Aufteilung der Aktivitäten erlaubt somit eine Grob- und eine Feinplanung der Termine. Die einfachste Form solcher Rechnungen erfolgt — ohne Berücksichtigung der Kapazitätsgrenzen — als reine Durchlauftermine. Das Ergebnis ist die Ermittlung der frühesten Beginntermine und der spätesten Endtermine aller Vorgänge. Damit wird auch die Kette aller Aktivitäten von der längsten Dauer ermittelt.

- *Kapazitätsplanung*
  Ohne die Berücksichtigung der erforderlichen Kapazitäten sind die Ergebnisse der Terminrechnungen schlecht anwendbar, da praktisch kaum alle Kapazitäten unbegrenzt zur Verfügung stehen. Die Beschränkungen der Arbeitsplätze müssen berücksichtigt werden. Diese Kriterien erfordern zusätzliche Angaben für jeden Vorgang, wodurch Netzpläne auch bei der Kapazitätsplanung angewendet werden.

  Die einfachste Form ist hier die Belastungsübersicht für jede Kapazitätseinheit. Sie läßt Kapazitätsengpässe bereits im Stadium der Planung erkennen, und so können entsprechende Gegenmaßnahmen eingeplant und eingeleitet werden. Ferner ist mit Unterstützung der Netzpläne auch eine Kapazitätsangleichung möglich. Dabei werden die Aktivitäten in den Pufferzonen so verschoben, daß eine möglichst gleichmäßige Belastung als Auslastung aller Kapazitätseinheiten erreicht wird.

- *Kostenplanung*
  Die Netzplantechnik ermöglicht — bei einem Minimum an Zeitaufwand — eine genaue Planung der Kosten, die zur Verwirklichung des Projektes erwartet werden.

Alle anfallenden Aktivitäten werden in den Werten einer Währung ausgedrückt und in den Netzplan eingesetzt. Dabei erfolgt die Kostenplanung analog der Kapazitätsplanung. Die anfallenden oder eingeplanten Zeiteinheiten werden in eine Währung umgesetzt und die jeweils auflaufenden Kostensummen ausgewiesen.

Wenn die Rechnung vor Beginn der Aktivitäten durchgeführt wird, können Planwerte ermittelt werden. Diesen so ermittelten Werten (den sogenannten SOLL-Werten) werden dann im Verlauf der Aktivitäten die tatsächlich gebrauchten Werte (die IST-Werte) gegenübergestellt. So wird nicht nur die Gesamtsumme möglicher Überschreitungen ermittelt, sondern auch die Details der Überschreitungen, was eine rechtzeitige Korrektur ermöglicht. Als „Nebenprodukt" solcher Planungsarbeiten werden die bekannten Meinungsverschiedenheiten über die Verantwortung bei einer Überschreitung der vorgegebenen Werte verhindert. Der Verfasser machte die Feststellung, daß die Netzplantechnik in fast allen japanischen Unternehmen fest installiert ist. Auch kann man immer wieder ein Bemühen um eine weitestgehende Standardisierung beobachten.

Wie in allen Bereichen japanischer Unternehmen werden auch bei der Planung weitestgehend Datenverarbeitungsanlagen verwendet.

In der folgenden Abhandlung sollen einige Algorithmen zur Realisierung von Netzplantechniken auf Datenverarbeitungsanlagen beschrieben werden. Mit den Algorithmen soll die Verteilung der frühesten Termine für den Eintritt der Ereignisse und deren Dringlichkeitskoeffizient im Rahmen der Vorgänge in einem Netzplan (als Beispiel) ermittelt werden. Hierbei wird der aufwendigste Teil, der die Netzplanstruktur analysiert und die mit der Struktur verknüpften Informationen einholt, nur einmal durchgeführt. Ferner wird jener Algorithmus, der die Länge der sogenannten kritischen Phase ermittelt, mehrfach durchgespielt. Eine kompakte Schreibweise der Informationen über den Zusammenhang der Vorgänge untereinander bestimmt die Struktur der zugehörigen Formeln, wobei diese Informationen im ersten Teil des Algorithmus ermittelt werden. Durch die Anwendung dieses Algorithmus wird vorausgesetzt, daß der Netzplan nach aufsteigenden Ereignisnummern geordnet ist.

Folgende Form vermittelt die Information über das Netzplanmodell:

- die Codes aller Vorgänge im Netzplanmodell;
- die Parameter a und b als optimistische und pessimistische Schätzwerte, oder a, m und b als optimistische, wahrscheinliche und pessimistische Schätzwerte für alle Vorgänge im Rahmen des Netzplanmodells;
- für jeden Vorgang, dessen Anzahl x ist, werden die Anzahl und die Codes jener Vorgänge angegeben, die diesem Vorgang, der im Anfangsereignis des betreffenden Vorganges mündet, direkt vorausgehen.

Im ersten Teil des Algorithmus werden die Codes der Vorgänge und die von den verantwortlichen Bearbeitern vorgegebenen Schätzwerte über die Dauer der Vorgänge geordnet und in die topologisch richtige Reihenfolge gebracht. Dabei muß man beachten, daß der vorausgehende Vorgang stets die kleinere Nummer hat.

Im zweiten Teil des Algorithmus erfolgt die Modellierung der Realisierungsdauer der Vorgänge, die Berechnung des sogenannten kritischen Weges und die Konstruktion der empirischen Verteilungsfunktion für die Gesamtrealisierungsdauer des Projektes in Form eines Histogramms. Hierbei sieht der Algorithmus vor, daß zunächst eine untere Grenze (L_{min}) und eine obere Grenze (L_{max}) des Histogramms festgelegt wird. Dazu wird der Netzplan N_1mal durchgespielt. Hierbei ist $N_1 < N$ die Anzahl der Realisierungen des Netzplanes zur Gewinnung des Histogramms, $h = (L_{max} - L_{min}) \cdot m^{-1}$ die Schrittweite des Histogramms, m die vorgegebene Anzahl der Histogrammschritte, R_0 bzw. R_{m-1} der Zähler für die Realisierungsschritte, bei denen L kleiner als L_{min} bzw. größer als L_{max} ausfällt, R_i (j = 1, 2, …, m) die Anzahl der Realisierungen, in denen L den Bedingungen $L_{min} + jh \leqq L < L_{min} + (j+l)h$ genügt.

Anhand des Histogramms R_0, R_1, … R_m, R_{m+1} läßt sich die empirische Verteilungsfunktion für den frühesten Termin des Zielereignisses konstruieren.

Als Standardverteilung für die Realisierungsdauer der Vorgänge kann auch nach Belieben entweder die Betaverteilung

$$p(x) = \frac{12}{(b-a)^4} (x-a) \cdot (b-x)^2$$

gewählt werden (die auf der Schätzung der beiden Werte a und b beruht), die Dreieckverteilung oder die im PERT-Verfahren gebräuchliche klassische Betaverteilung, die durch die Schätzwerte von a, m und b vorgegeben wird.

Im ersten Fall wird in den Speicher der DVA eine Tabelle von Zahlen $n_1, n_2, \ldots, n_p$ mit der Eigenschaft eingegeben, daß $F(n_i) = 1 \cdot p^{-1}$ gilt (i = 1, …, p). Dabei ist F (x) die Verteilungsfunktion für die Zufallsvariable $n_{0,1}$ nach der Formel

$$f(x) = 12 \int_0^x t(t-1)^2\, dt = 3x^4 - 8x^3 + 6x^2$$

Ist z über dem Intervall gleichverteilte Zufallsvariable und q = (pz) + 1, so approximiert n_q die Zufallsvariable $n_{0,1}$. Die gleichverteilte Zufallsvariable z wird entweder durch einen Zufallsgeber oder durch ein Pseudozufallszahlenprogramm erzeugt. Sodann werden die gesuchten Realisierungen für die Dauer der Vorgänge z_u (u = 1, …, n) nach den Formeln $z = a_u + (b_u - a_u)\, n_{0,1}$ realisiert (u = 1, …, n).

Bild 39 zeigt das System der n_i.

In der klassischen PERT-Methodik wird zunächst die Voraussetzung des PERT-

i	n_i	i	n_i	i	n_i	i	n_i
1	0,055	9	0,252	17	0,395	25	0,555
2	0,094	10	0,271	18	0,413	26	0,580
5	0,124	11	0,289	19	0,431	27	0,606
4	0,150	12	0,306	20	0,450	28	0,636
5	0,173	13	0,324	21	0,470	29	0,669
6	0,194	14	0,341	22	0,490	30	0,708
7	0,214	15	0,359	23	0,510	31	0,757
8	0,234	16	0,377	24	0,532	32	0,835

Bild 39 *Tabelle der Zufallszahlen n_i*

Verfahrens, derzufolge die Varianz der Realisierungsdauer z eines Vorganges, die als Zufallsvariable aufgefaßt wird, nach der Formel

$$D = (b-a)^2 \cdot 36^{-1}$$

berechnet wird, beinhalten. Die Dauer z wird durch die Schätzwerte a, m und b vorgegeben. Die Größen $n_1, \ldots, n_k$ mögen über dem Intervall mit der gleichen Varianz $1 \cdot 36^{-1}$ betaverteilt sein. Der Modalwert der n_i $(i = 1, \ldots, k)$ sei $(i) \cdot (k+1)^{-1}$. Es wird $m^1 = (m-a) \cdot (b-a)^{-1}$ gebildet und anstelle von z die Variable $z_1 = n_{io}$ betrachtet, wenn die folgende Gleichung erfüllt ist:

$$\left| \frac{i_o}{k+1} - m^1 \right| = \min_{1 \leqq i \leqq k} \left| \frac{i}{k+1} - m^1 \right|$$

Im Speicher einer DVA werden die Tabellen (Bild 40 und Bild 41) der Zufallszahlen gespeichert, durch die die Verteilung von n_1 und n_2 approximiert wird. Die Zufallsvariable z_1, die anstelle von z betrachtet wird, errechnet sich aus der Formel

$$z_1 = \left| \begin{array}{l} a + (b-a)n_1 \text{ für } m^1 < 0{,}3 \\ a + (b-a)n_2 \text{ für } 0{,}3 \leqq m^1 < 0{,}5 \\ \\ b - (b-a)n_2 \text{ für } 0{,}5 \leqq m^1 < 0{,}7 \\ b - (b-a)n_1 \text{ für } 0{,}7 \leqq m^1 \end{array} \right.$$

Die Tabelle in Bild 40 enthält 64 Zahlen, die auf folgende Weise gewonnen werden. Die Parameter α und β der zugehörigen Betaverteilung genügen den Gleichungen $125\,\alpha^3 + 31\,\alpha^2 - 100\,\alpha - 24 = 0$ und $\beta = 4\,\alpha$, deren Näherungslösung genau auf vier Stellen nach dem Komma sich zu $\alpha = 0{,}8913$ und $\beta = 3{,}5652$ ergeben.

i	n_i	i	n_i	i	n_i	i	n_i
1	0,016	2	0,039	3	0,052	4	0,064
5	0,074	6	0,083	7	0,092	8	0,100
9	0,108	10	0,116	11	0,123	12	0,131
13	0,138	14	0,145	15	0,152	16	0,159
17	0,165	18	0,172	19	0,179	20	0,186
21	0,192	22	0,199	23	0,206	24	0,212
25	0,219	26	0,226	27	0,232	28	0,239
29	0,246	30	0,253	31	0,260	32	0,267
33	0,274	34	0,281	35	0,288	36	0,296
37	0,303	38	0,311	39	0,318	40	0,326
41	0,334	42	0,342	43	0,351	44	0,360
45	0,369	46	0,378	47	0,387	48	0,397
49	0,407	50	0,417	51	0,428	52	0,440
53	0,452	54	0,465	55	0,479	56	0,493
57	0,509	58	0,526	59	0,546	60	0,568
61	0,594	62	0,631	63	0,671	64	0,750

Bild 40 *Tabelle der Zufallszahlen n_i*

Wegen $\frac{1}{B\,(1{,}8913;\ 4{,}5652)} = 21{,}801$ wird für die Dichtefunktion im Intervall der Ausdruck $p(x) = 21{,}801^{0{,}8913}\ (1-x)^{3{,}5652}$ erhalten. Sodann werden durch eine näherungsweise Integration die Wurzeln y_k der Gleichung

$$\int_0^{y_k} p(x)\,dx = \frac{k}{64}$$

für k = 0, 1, ..., 64 ermittelt. Das System der Werte

$$x_k = \frac{y_k + y_{k+1}}{2}$$

(k = 0, 1, ..., 63) bildet die Tabelle in Bild 40. Die Parameter α und β für das System sind aus der Tabelle in Bild 41 ersichtlich. Sie genügen den Gleichungen $125\,\alpha^2 - 82\,\alpha^2 - 400\,\alpha - 192 = 0$ und $\beta = 3/2\,\alpha$.

Die dazugehörigen Näherungswerte (auf vier Stellen nach dem Komma genau) lauten $\alpha = 2{,}3205$ und $\beta = 3{,}4807$. Die Dichtefunktion hat die Form

$$p(x) = 109{,}05\,x^{2{,}3205}\ (1-x)^{3{,}4807}\ (109{,}05 = (B\ (3{,}3205;\ 4{,}4807)^{-1})$$

Die 64 Zahlen $(x\frac{1}{k})$ des Systems der Tabelle in Bild 41 werden in der gleichen Weise wie die Zahlen für die Tabelle in Bild 40 errechnet.

i	n_i	i	n_i	i	n_i	i	n_i
1	0,060	2	0,124	3	0,149	4	0,168
5	0,183	6	0,198	7	0,210	8	0,222
9	0,233	10	0,243	11	0,253	12	0,262
13	0,272	14	0,280	15	0,289	16	0,297
17	0,305	18	0,313	19	0,321	20	0,328
21	0,336	22	0,343	23	0,350	24	0,358
25	0,365	26	0,372	27	0,380	28	0,387
29	0,394	30	0,401	31	0,408	32	0,415
33	0,422	34	0,430	35	0,437	36	0,444
37	0,451	38	0,459	39	0,466	40	0,474
41	0,481	42	0,489	43	0,497	44	0,505
45	0,513	46	0,521	47	0,530	48	0,539
49	0,548	50	0,557	51	0,567	52	0,577
53	0,587	54	0,598	55	0,610	56	0,622
57	0,635	58	0,650	59	0,666	60	0,684
61	0,705	62	0,730	63	0,765	64	0,815

Bild 41 *Tabelle der Zufallszahlen n_i*

Bei dem dazugehörigen Rechenprogramm, das diesen Algorithmus auf der DVA realisiert, ergibt sich die erforderliche Rechenzeit näherungsweise zu $t \sim 25w^{-1}$ Nnk Sekunden. Hierbei ist w die Anzahl der Rechenoperationen in der Sekunde, n die Anzahl der Vorgänge, N die Anzahl der Realisierungen des Netzplanes, k die mittlere Anzahl jener Vorgänge, die jeweils einem anderen Vorgang vorausgehen ($k \sim 1{,}5$). Das Programm realisiert die statistische Modellierung von kleineren und mittleren Netzplanobjekten mit nicht über 1000 Vorgängen. Sie gestattet auch, die Dichtefunktion der Verteilung für den frühesten Termin des Zielereignisses zu ermitteln, d. h. die Dichtefunktion für die Verteilung der Gesamtrealisierungsdauer des Netzplanobjektes. Ebenso liefert es für jeden Vorgang die Wahrscheinlichkeit dafür, daß diese Vorgänge kritisch werden können.

Im folgenden soll nun ein Algorithmus beschrieben werden, der für Netzpläne mittleren Umfangs die p-Quantil-Abschätzung des frühesten Termins für höchstens k beliebig herausgegriffene Ereignisse liefert. Es sei darauf hingewiesen, daß für diesen Algorithmus ein monoton numerierter Netzplan Voraussetzung ist. Er arbeitet parallel für alle k Ereignisse und läuft folgendermaßen ab:

Der erste Teil des Algorithmus besteht darin, daß für ein ausgewähltes Beispiel das Ereignis k in dem betreffenden Netzplan zehn Quantile $w_1(k), \ldots, w_{10}(k)$ nach folgendem Schema betrachtet werden:

- Für jeden Vorgang (i, j) des betreffenden Netzplanes werden zwei Schätzwerte $t_{ij_{min}}$ und $t_{ij_{max}}$, d. h. a_{ij} und b_{ij} vorgegeben.

- Durch Modellierung der Dauer eines Vorganges (i, j) wird die mittlere Dauer $\bar{t}_{ij}$ ermittelt.
- Anhand der $\bar{t}_{ij}$ wird mit Hilfe des Algorithmus zur Bestimmung der frühesten Termine der Wert T(k), d. h. der früheste Termin für den Eintritt des Ereignisses k, ermittelt.
- Der Wert T(k) wird gespeichert.
- Die Stufen 2 bis 4 bilden die sogenannte „Ziehung“.

Jetzt wird der erste Zyklus derartiger Ziehungen vorgenommen, der aus insgesamt 100 Ziehungen besteht. Dadurch erhält man 100 Werte $T^{(1)}(k)$. Diese werden zur Menge A_1 zusammengefaßt und in steigender Reihenfolge geordnet.

$$T_1^{(1)}(k) \leqq T_2^{(1)}(k) \leqq \ldots \leqq T_{100}^{(1)}(k)$$

- Aus diesen 100 Zahlen wird jede zehnte Zahl ausgewählt. Dadurch erhält man Zahlen, die mit

  $$W_1^{(1)}(k), W_2^{(1)}(k), \ldots, W_{10}^{(1)}(k)$$

  bezeichnet werden. Der obere Index (1) bei T besagt, daß diese Zahlen nach dem ersten Zyklus gewonnen wurden.
- Dann folgt der nächste Zyklus. Jeder Zyklus vom 2. an besteht aus 30 Zeichnungen. Nach der Durchführung des m-ten Zyklus erhält man wiederum 30 Werte $T^{(m)}(k)$.
- Diese so ermittelten Zahlen werden den beim (m − 1)-ten Zyklus ermittelten Zahlen beigefügt, d. h. zur Menge A_{m-1}, und es entsteht die neue Menge A_m. Innerhalb dieser Menge werden die Zahlen in aufsteigender Reihenfolge geordnet.

  $$T_1^{(m)}(k) \leqq \ldots \leqq T_t^{(m)}(k)$$

  Dabei ist $t = 100 + 30\,(m-1)$
- Aus diesen $100 + 30\,(m-1)$ Zahlen werden 10 mit Indizes

  $1\,(10 + 3\,(m-1));\ 2\,(10 + 3\,(m-1)), \ldots\ 10\,(10 + 3\,(m-1))$

  ausgewählt.

  Damit ergeben sich Zahlen, die durch folgende Symbole bezeichnet werden

  $$W_1^{(m)}(k), \ldots, W_{10}^{(m)}(k)$$

- Gegeben sei eine gewisse Zahl $d > 0$
  - Gilt

    $$\frac{W_j^{(m)}(k) - W_j^{(m-1)}(k)}{W_j^{(m-1)}(k)} < d$$

    für alle j (j = 1, 2, …, 10), so sind die Zahlen $W_j^{(m)}(k)$ die gesuchten Zahlen;

- Ist dagegen für wenigstens einen Wert j die Ungleichung nicht erfüllt, so wird der nächste Zyklus in Angriff genommen, d. h. es wird $m' = m + 1$ gewählt und zum Schritt 7 übergegangen.

Nach der Ermittlung der zehn Quantile beginnt mit der Lösung der Aufgaben 1 und 2 der zweite Teil des Algorithmus.

Aufgabe 1:

Für das Ereignis k sei eine Zahl gegeben. Gesucht ist die Wahrscheinlichkeit p in Prozenten dafür, daß der Termin T (k) die Zahl (den Termin) nicht überschreitet.

Aufgabe 2:

Für irgendein Ereignis k sei die Zahl p % gegeben. Es ist ein Termin $W_p(k)$ zu ermitteln, für den mit der Wahrscheinlichkeit von p % erwartet werden kann, daß der tatsächliche Termin für den Eintritt des Ereignisses k nicht später liegt als zu dem Zeitpunkt $W_p(k)$.

Lösung der Aufgabe 1:

- Es wird ein Wert j_o des j derart bestimmt, daß $W_{jo+1}(k) \geqq d > W_{jo}(k)$ gilt;
- Es wird gesetzt

$$P = \left(\frac{d - W_{jo}(k)}{W_{jo+1}(k) - W_{jo}(k)}\right) + j_o \; 10\,\%$$

Lösung der Aufgabe 2:

- Es wird ein Wert j_o des Index j so bestimmt, daß $10 j_o \,\% \leqq p < 10 (j_o + 1)\,\%$ gilt;
- Es wird gesetzt

$$W_p(k) = W_{jo}(k) + \frac{(W_{jo+1}(k) - W_{jo}(k))\,(p - 10_{jo}\,\%)}{10}$$

Mit Hilfe der beschriebenen Algotithmen werden die p-Quantile nicht nur für ein einziges, sondern auch für alle übrigen Ereignisse ermittelt.

Es seien $B = (k_1, \ldots, k_n)$ die Codes der Ereignisse und k der Code des Zielereignisses. Um für jedes genannte Ereignis die zehn Quantile ermitteln zu können, werden mit Hilfe der beschriebenen Zyklen 100, 130, 160 usw. die Werte $W(k_i)$ bestimmt. Diese Zyklen werden solange durchlaufen, bis für einen vorgegebenen Wert und für alle j und k_i die Ungleichung erfüllt ist.

Man muß erwähnen, daß für die Realisierungsdauer der Vorgänge bei der Arbeit als Standardverteilung die Betaverteilung mit zwei Schätzwerten gewählt wurde. Um den Umfang der Arbeit bei mehrfacher Durchrechnung des Netzplanes zu verringern, läßt sich folgende Rechenmethode anwenden:

- Jene Vorgänge, die bei einigen wenigen Versuchsziehungen kein einziges Mal auf einem kritischen Weg erschienen sind, werden eliminiert.

- Vorgänge, die nur selten auf einem kritischen Weg erscheinen (dieses Verhalten wird anhand einer Stichprobe überprüft), werden nicht vollständig eliminiert, sondern werden nur beim k-ten Teil aller Ziehungen berücksichtigt. Dazu werden deren Parameter, die ihre kritische Lage kennzeichnen, auf den k-fachen Wert erhöht.
- Es ist nicht nötig, eine exakte Verteilung für die Realisierungsdauer des Projektes zu ermitteln, sondern es genügt, den Erwartungswert und die Varianz zu kennen. Dann wird die Realisierungsdauer jener Vorgänge, die immer auf dem kritischen Weg erscheinen, durch deren Erwartungswerte ersetzt. Nach der Modellierung werden die Varianzen dieser Vorgänge jedoch zur Varianz des Gesamtergebnisses addiert.

Diese Ausführungen zeigen, daß die statistische Modellierung der Netzplangraphen hauptsächlich verwendet wird, um die p-Quantil-Abschätzung für die früheren Ereignistermine (aber auch für die Zielergebnisse) bei vorgegebener Sicherheitswahrscheinlichkeit zu berechnen bzw. um die inverse Aufgabe zu lösen. Bei vorgegebenem Plantermin wird also die zugehörige Sicherheitswahrscheinlichkeit berechnet. Die Angabe der Sicherheitswahrscheinlichkeit p bei der Berechnung des p-Quantils erfolgt in Abhängigkeit von der Kompliziertheit und dem Vorliegen bisheriger Erfahrungswerte für das zu schaffende Projekt. Dabei setzt man gewöhnlich $0{,}7 \leqq p \leqq 0{,}8$ an. Auch sind die Grenzen $0{,}45 \leqq p \leqq 0{,}55$ durchaus gebräuchlich. Die Zulassung so starker Schwankungen ist nicht unproblematisch, da eine niedrigere Festsetzung des Wertes p insbesondere bei der Schaffung eines komplizierten und neuartigen Projektes zu erheblichen Fehlern führen kann, weil die Streubereiche für die geschätzten Realisierungsdauern der Vorgänge bei solchen Projekten gewöhnlich sehr groß sind.

Betrachtet man die Tatsache, daß die statistische Modellierung der Netzpläne mittleren und großen Umfangs auf einer Datenverarbeitungsanlage wesentlich mehr Maschinenzeit beansprucht, als etwa eine analytische Berechnung nach mittleren Schätzwerten, so ergibt sich die Frage, unter welchen Bedingungen die Anwendung der statistischen Modellierung in einem realen NPT-System gerechtfertigt ist.

Zur Beantwortung dieser Frage kann ein Kriterium empfohlen werden, das als der „Unbestimmtheitskoeffizient des Projektes" bezeichnet wird.

$$k = \frac{W_{p=1}(c) - t_{kr}}{t_{kr}}$$

Dabei ist k der Unbestimmtheitskoeffizient, $W_{p=1}(c)$ das p-Quantil für den frühesten Termin des Zielereignisses c bei der Sicherheitswahrscheinlichkeit $p = 1$, t_{kr} die Länge des kritischen Weges, wie sie sich bei der Berechnung nach den mittleren Schätzwerten für die Realisierungsdauer der Vorgänge ergibt. Wie aus der Definitionsformel des Unbestimmtheitskoeffizienten k hervorgeht, läßt er sich nur verwenden, wenn die Gesamtrealisierungsdauer des Projektes abgeschätzt werden soll. Er bezieht sich also nur auf das Zielergebnis des Netzplanes.

Den für diesen Unbestimmtheitskoeffizienten gewonnenen Wert muß man dann mit einem Wert vergleichen, den man als den zulässigen Planungsfehler d_{pl} bezeichnen kann. Dieser wird gewöhnlich mit 0,04 bis 0,01 festgelegt. Der Koeffizient d_{pl} kann natürlich beliebig klein gewählt werden, je nach der erforderlichen Genauigkeit.

Im Fall $k \leqq d_{pl}$ ist die Anwendung eines Rechenverfahrens, bei dem der Termin des Zielereignisses nach mittleren Schätzwerten errechnet wird, durchaus gerechtfertigt. Hier ist die Anwendung der statistischen Modellierung unzweckmäßig, da bei einem erheblich höheren Aufwand an Maschinenzeiten die Rechnungsgenauigkeit nur unwesentlich verbessert wird.

Ist hingegen $k > d_{pl}$, so sollte zur Bestimmung der frühesten Ereignistermine die statistische Modellierung angesetzt werden.

Eine Abschätzung des Unbestimmtheitskoeffizienten k nach oben kann nach folgender Formel erfolgen:

$$k' = \frac{t_p\,(c)_{max} - t_{kr}}{t_{kr}}$$

Hierbei ist $t_p\,(c)_{max}$ die Länge des kritischen Weges, die unter der Voraussetzung berechnet wurde, daß für alle Vorgänge die maximalen (pessimistischen) Schätzwerte für die Realisierungsdauern angesetzt wurden.

Ist die Anzahl der Ziehungen N endlich, so ist k' größer als k. Bei unbegrenztem Wachsen von N nähert sich k von unten her dem Wert k' und konvergiert gegen diesen in Wahrscheinlichkeit. Ist daher $k' \leqq d_{pl}$, so ist die Anwendung der statistischen Modellierung auf keinen Fall gerechtfertigt.

Der Wert des Unbestimmtheitskoeffizienten k hängt von der topologischen Struktur des Netzplanes und der Spannweite des Variabilitätsbereiches der Realisierungsdauer ab. Er bestimmt somit die Kompliziertheit und den Erfahrungsgrad des zu schaffenden neuen Objektes in numerischer Form. Je komplizierter ein Projekt ist und je weniger Erfahrungen ihm zugrunde gelegt werden können, um so notwendiger wird es, die statistische Modellierung einzusetzen. Mit ihrer Hilfe ist es möglich, die Schätzwerte für die Parameter des Netzplanmodelles mit beliebiger Genauigkeit zu ermitteln.

In Zusammenhang mit den immer komplizierteren neu zu schaffenden Projekten sowie mit den erhöhten Anforderungen an die Effektivität begann in den letzten Jahren das Problem der organisatorischen Leistung besondere Bedeutung zu gewinnen. Als besonderer Wesenszug kristallisierte sich hierbei die Einflußnahme des Menschen auf das zu steuernde System heraus. Ein System, das einen normalen

Organisationsablauf durch Koordinierung der Arbeit der einzelnen Organisationsteile so gewährleistet, daß die Arbeit der Organisation als ein einheitliches Ganzes auf die Erreichung der gestellten Ziele ausgerichtet wird, bezeichnet man als „System der Organisationssteuerung". Um auf ein solches System statistische Methoden anwenden zu können, muß man sowohl die Struktur des Systems als auch die Signalübermittlung in diesem System untersuchen. Dieses System der Organisationssteuerung muß die von der Leitung gestellten Entscheidungen realisieren und es muß in der Lage sein, seine Ausgangswerte zu messen und die Ausgangswerte mit den vorgegebenen Eingangswerten zu vergleichen. Die Ziele eines Netzplansystems bei der Ausführung einer bestimmten Arbeit werden durch die technisch-ökonomischen Parameter festgelegt, die sich im Aufwand an Arbeit und an materiellen Mitteln sowie in den Kosten und Terminen ausdrücken.

Es sei darauf hingewiesen, daß ein vollständiger Netzplan zur Verwirklichung eines Projektes nicht nur die Festlegung konkreter Aufgaben durch verschiedene Strukturelemente des Systems und die Termine und errechneten Kosten umfaßt, sondern auch Methoden zur Kontrolle und Einschätzung der laufenden Zwischenergebnisse vorsieht, um die steuernde Einwirkung bei einer entsprechenden Veränderung der Situation ebenfalls entsprechend abändern zu können.

Die statistische Modellierung von Netzplänen kann angewendet werden:

- in der Phase der Erkennung der Notwendigkeit, einen bestimmten Projektkomplex zu schaffen;
- in der Phase der Entwicklung und Projektierung;
- in der Phase der Produktion;
- in der Phase der Montage und Erprobung;
- in der Phase der Nutzung.

Die statistische Modellierung von Netzplänen gewährleistet die Erreichung folgender Ziele:

- Vollständige und genaue Beschreibung der Konfiguration (Zusammensetzung und Eigenschaften) der Enderzeugnisse vom Augenblick der Entstehung der ersten Zeichnung an. Im Zusammenhang damit werden ausführliche Spezifikationen und Zeichnungen des Enderzeugnisses hergestellt.
- Ständige Identifizierung des tatsächlichen Erzeugnisses mit der gesamten Dokumentation für die Projektierung und Entwicklung dieses Erzeugnisses.
- Veränderungen der Konfiguration der Enderzeugnisse und Aufnahme dieser Veränderungen in die entsprechenden Dokumente zum Zweck einer systematischen Aktualisierung und Einschätzung vor der Bestätigung und Realisierung.
- Aufnahme der entsprechenden Veränderungen in alle bedienenden Elemente:
  - in der technischen Leitung,
  - in der Entwicklung und Konstruktion,

- in der Materialwirtschaft,
- in der Lagerhaltung,
- im Ersatzteilwesen,

sobald bestätigte Veränderungen in der Konfiguration des Enderzeugnisses Aufnahme gefunden haben.

- Einen bestimmten Zustand des Programms und die erforderlichen Korrektureinwirkungen, die sich aus den vorgenommenen Veränderungen ergeben.

(Reinheimer, Die statistische Modellierung von Netzplänen unter Berücksichtigung der DVA-Anwendung, Universität Tokyo 1970.)

Diese Ausführungen zeigen, daß die Anwendung von Datenverarbeitungsanlagen in den japanischen Unternehmen sowohl bei Großserien kleiner Objekte als auch bei der Einzelfertigung großer Objekte auch in der Planung einen Rationalisierungsfaktor darstellt, der diesen Einsatz mit den benötigten Aufwendungen rechtfertigt.

6.6 Materialwirtschaft, Lagerwesen

Dadurch, daß in den meisten Unternehmen das Bedarfsvolumen an Materialien weit über der Hälfte des Absatzvolumens liegt, und die Kosten der Materialbewirtschaftung einen hohen Prozentanteil des Warenwertes ausmachen, ist auch in japanischen Unternehmen der rationelle Materialeinsatz ein wichtiger Aspekt. Dieser Bereich liegt im Spannungsfeld zwischen Produktion und Absatz und die sich daraus ergebenden Probleme werden durch eine Übertragung einwandfreier Aufgabenstellungen gelöst.

Die Materialwirtschaft umfaßt einen weitverzweigten Aufgabenbereich:

- Beschaffungsmarketing:
  - Marktforschung
  - Preisanalyse
  - Wertanalyse
  - Wirtschaftlichkeitsanalyse.
- Beschaffung und Disposition:
  - Bedarfsermittlung
  - Beschaffungsanbahnung und Beschaffungsabschluß
  - Terminsicherung
  - Wareneingangsüberwachung.
- Lagerung:
  - Lagerhaltung
  - Materialverwaltung
  - Materialverwertung
  - Innerbetrieblicher Transport.

Für jede Maßnahme im Bereich der Materialwirtschaft stellen die Ziele der Unternehmensleitung streng einzuhaltende Nebenbedingungen, z. B.

- Gewinnstreben durch Kostenminderung;
- Sicherheitsstreben durch Vorratshaltung;
- Liquiditätsstreben;
- Langfristige Sicherung der Materialquellen.

Rinsho Sasaki, der in einem Unternehmen in Osaka für die Materialwirtschaft und das Lagerwesen verantwortlich ist, zeigte dem Verfasser die Organisationsstruktur in der Materialwirtschaft, wie sie für die meisten japanischen Unternehmen typisch ist und wie sie auch in seinem Unternehmen praktiziert wird. Er zeigte auch die Lösungen der anstehenden Probleme.

Bild 42 zeigt die Kompetenzabgrenzungen im Bereich Materialwirtschaft.

Bild 42 *Kompetenzabgrenzungen im Bereich Materialwirtschaft*

Die Organisation im *Beschaffungsbereich* erfolgt — entsprechend Bild 43 — in einer Kombination von Funktions- und Objektprinzip.

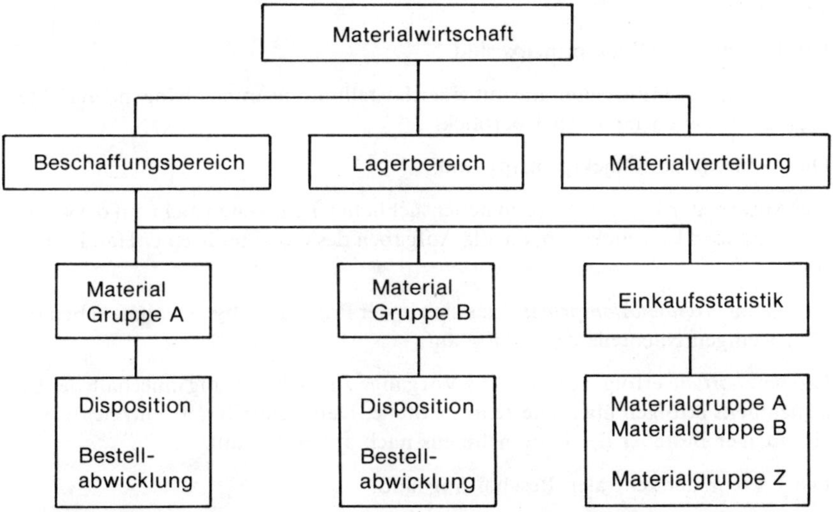

Bild 43 *Organisation in dem Beschaffungsbereich (Kombination von Funktions- und Objekt-Prinzip)*

Durch das *Funktionsprinzip* werden die einzelnen Aufgaben der Beschaffungstätigkeit zur Stellenbildung *herangezogen.* Folgende Gliederung wird dadurch ermöglicht:

- Beschaffungsplanung
- Angebotsbearbeitung
- Bestellwesen

- Terminüberwachung
- Materialeingangskontrolle
- Rechnungsprüfung
- Einkaufsstatistik.

Die *Vorteile* des Funktionsprinzips sind:

Entsprechend den Tätigkeiten, die mit einer Bestellung zusammenhängen, werden alle Aufgaben auf die gesamte Abteilung verteilt und jede Tätigkeit durch einen Spezialisten ausgeübt.

Die *Nachteile* des Funktionsprinzips sind:

Durch diese Aufgabenverteilung entsteht Unübersichtlichkeit.

Durch das *Objektprinzip* werden die einzelnen Aufgaben der Beschaffungstätigkeit zur Stellenbildung *zusammengefaßt.* Sie werden jeweils von einem Mitarbeiter ausgeführt.

Die *Vorteile* des Objektprinzips sind:

Da ein einziger Mitarbeiter alle mit einer Bestellung zusammenhängenden Fakten bearbeitet, behält man den Überblick.

Die *Nachteile* des Objektprinzips sind:

Der Mitarbeiter kann sich wegen nebensächlicher Tätigkeiten nicht auf die wichtigen Aufgaben konzentrieren, da alle Aufgaben des Objektes in einer Hand vereint sind.

Durch das *Kombinationsprinzip,* das sich in der Praxis durchgesetzt hat, heben sich die jeweiligen Nachteile gegenseitig auf.

Die *Beschaffung* erfolgt zentral. Alle Vorgänge zur Beschaffung innerhalb des Unternehmens erfolgen über eine zentrale Stelle. Dadurch tritt der zentrale Einkauf als einziger Besteller des Unternehmens nach außen hin auf.

Die *Vorteile* der zentralen Beschaffung sind:

- Durch die Zusammenfassung des gesamten Bedarfs kann in größeren Mengen bestellt werden. Unter Ausnützung der Mengenrabatte können dadurch günstigere Einkaufspreise erzielt werden. Ferner können die Bezugskosten auf eine größere Bestellmenge umgelegt werden.
- Durch die Zusammenfassung unterschiedlicher, jedoch angleichungsfähiger Bedarfsfälle wird die innerbetriebliche Vereinheitlichung des Materials gefördert und damit auch die Bemühungen um eine weitestgehende Normierung und Standardisierung unterstützt (siehe Informationszentralstelle, Abschnitt 6.3).
- Durch die Standardisierung des Materials wird die Überschaubarkeit der Bedarfsplanung verbessert und damit die Lagerbestände verringert, da niedrigere

Sicherheitsbestände erforderlich sind und individuelle Überdispositionen vermieden werden.

- Die Konzentration der Aufgaben ermöglicht eine weitgehende Spezialisierung der Aufgaben und damit auch den Einsatz qualifizierter Fachkräfte.
- Durch die Übersichtlichkeit, die man hierbei gewinnt, wird die Steuerung und Überwachung vereinfacht.
- Die Zuständigkeiten können besser abgegrenzt werden.

Die *Nachteile* der zentralen Beschaffung sind:

- Durch die erforderliche Einschaltung von Zwischeninstanzen wird der Kommunikationsweg zwischen den Bedarfsstellen und der zentralen Beschaffungsstelle verlängert. Außerdem entsteht die Gefahr einer Bürokratisierung.
- Die längeren Kommunikationswege verzögern die Informationsübermittlung, was zu Anpassungsschwierigkeiten führen kann.
- Bei einem zentral gelagerten Material erhöhen sich die innerbetrieblichen Transportkosten.

Die Organisation im *Lagerbereich* erfolgt — entsprechend Bild 44 — nach dem Objektprinzip.

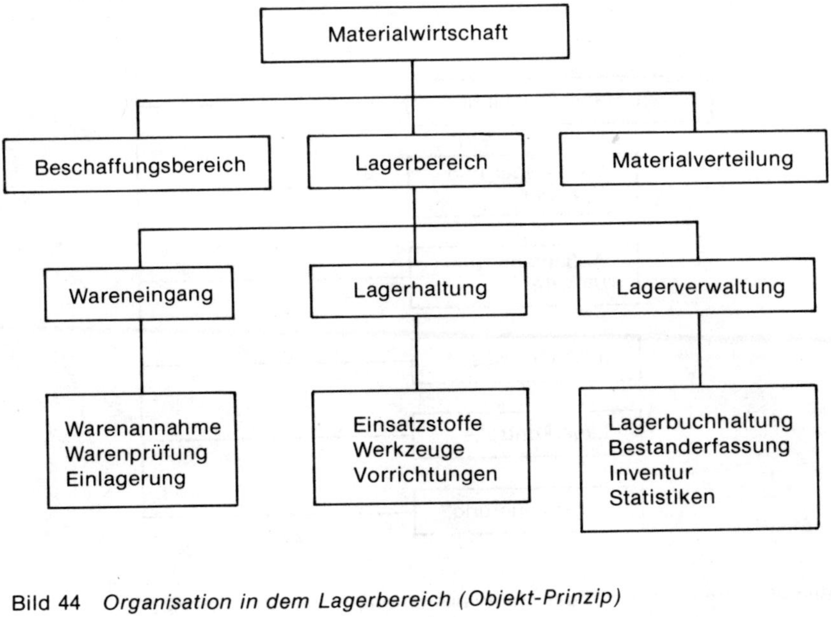

Bild 44 *Organisation in dem Lagerbereich (Objekt-Prinzip)*

Bei der Stellengliederung im Bereich Wareneingang wird — durch die Einbeziehung der Quantitätskontrolle in den Aufgabenbereich der Wareneingangsstelle — die enge Verknüpfung zwischen Materialaufnahme und Materialprüfung berücksichtigt.

Die Lagerhaltung erfolgt aufgabenspezifisch zentral oder dezentral.

- *Zentral* überall dort, wo geringe Mengen je Objekt nicht laufend angefordert werden,
- *dezentral* überall dort, wo
  - große Mengen an Objekten umzuschlagen sind;
  - die Entnahmehäufigkeit hoch ist;
  - die Wege zu weit sind.

Die Organisation der *Materialverteilung* erfolgt — entsprechend Bild 45 — nach dem Funktionsprinzip.

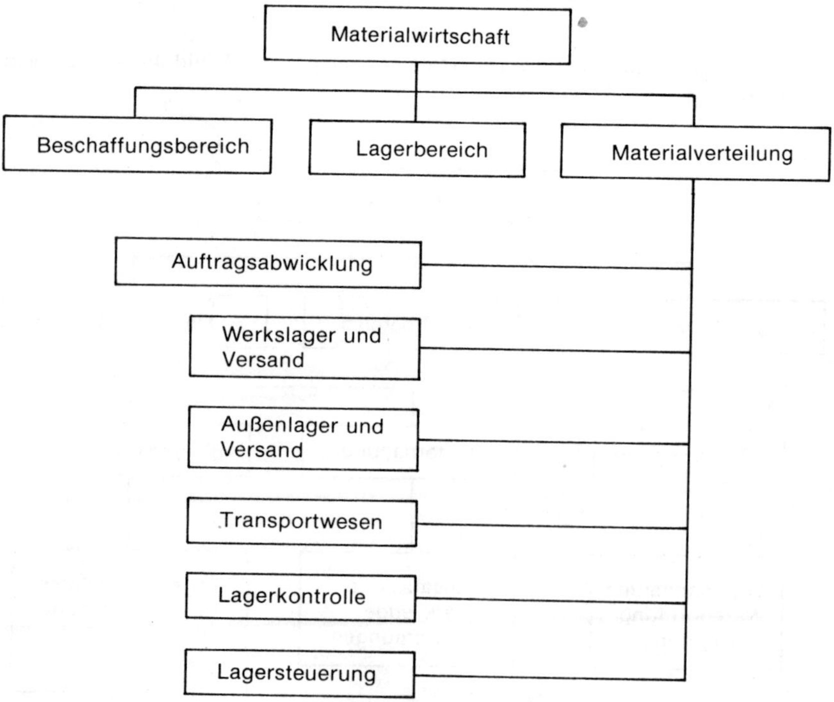

Bild 45 *Organisation in der Materialverteilung (Funktions-Prinzip)*

Sie ist aufgabenspezifisch zentral, wenn der Versand zusammengefaßt ist, oder dezentral.

Die *Ablauforganisation* erfolgte nach folgenden Kriterien:

- zweckmäßigste Unterteilung des Gesamtablaufs;
- Möglichkeit einer optimalen Ablauffolge;
- Möglichkeit einer Parallelschaltung gleichzeitiger Vorgänge.

Zum Gesamtablaufsystem des Unternehmens gehören:

- der Materialfluß,
- der Informationsfluß,
- der Energiefluß.

Unter *Materialfluß* versteht man hierbei den geordneten Ablauf aller Transport-, Förder- und Lagerungsvorgänge. Er umfaßt sowohl den außerbetrieblichen Transport vom Lieferwerk als auch den innerbetrieblichen Transport vom Werkseingang bis zur Abgabe an die Produktionsstelle. Er ist nach den modernen Erkenntnissen der Materialflußingenieure als ein integriertes Glied der ganzheitlichen Materialflußkette vom Lieferanten über die Beschaffungslager und die Produktion bis zum Kunden aufgebaut.

Bei der *Materialflußgestaltung* werden folgende Kriterien berücksichtigt:

- Da die Materialflußgestaltung bereits bei der Beschaffung beginnt, führen Lieferungsverzögerungen zu Materialflußunterbrechungen;
- da der Materialtransport häufig unmittelbar an den Produktionsprozeß heranreicht, wird bei der Produktionsplanung (siehe Abschnitt 6.5) die Transportoperation bereits berücksichtigt;
- der Materialfluß erfolgt gradlinig unter Berücksichtigung der größtmöglichen Verkürzung der Transportwege;
- die Arbeitsplätze werden möglichst eng angeordnet;
- alle Förderwege werden unter Beachtung der Wirtschaftlichkeit weitgehend mechanisiert;
- die Transportmittel und Ladeeinheiten werden gegenseitig angepaßt;
- die Transportmittel sind auf die Ladeeinheiten zugeschnitten.

Der *Informationsfluß* ist ablauforganisatorisch so gestaltet, daß der Informationsbedarf jeder Stelle gedeckt wird. Das Informationssystem umfaßt die Erfassung, Speicherung und Interpretation aller materiellen Vorgänge des Materialflusses.

Der Energiefluß umfaßt die technische und menschliche Arbeit in der Ablauforganisation der Materialwirtschaft.

Entsprechende *Organisationsmittel* werden angewendet, um sicherzustellen, daß die Ablauforganisation funktioniert:

- Richtlinien, Arbeitsanweisungen, Stellenbeschreibungen,
- Karteien, Formulare,
- Normung,
- Nummerung.

Als *Richtlinien* und *Arbeitsanweisungen* wurden interne Vorschriften erstellt, aus denen die Mitarbeiter entnehmen können,

- was sie zu tun haben;
- was sie nicht tun dürfen;
- was sie zu berichten haben;
- wen sie zu informieren haben.

Die *Stellenbeschreibungen* erleichtern den Mitarbeitern ihre Aufgaben. In den Beschreibungen werden die Aufgaben und Durchführungen genau definiert.

Zur Erleichterung der vielfältigen Aufgaben wurde ein *Einkaufshandbuch* erstellt. Dabei wurde beachtet, daß es

- durch den Änderungsdienst ständig auf dem letzten Stand gehalten wird;
- auf alle wichtigen Fragen mit der erforderlichen Ausführlichkeit und Klarheit Auskunft geben kann;
- nicht von einem Formalismus beherrscht wird, sondern die Benutzer im Rahmen einheitlicher Prinzipien unterstützt.

Das Einkaufshandbuch wurde nach folgenden Kriterien erstellt:

- Überzeugung der Mitarbeiter von der Zweckmäßigkeit des Handbuches. Dies wurde dadurch erreicht, daß die betroffenen Mitarbeiter an der Erstellung der einzelnen Abschnitte und Arbeitsanweisungen beteiligt wurden.
- Unterweisung der Mitarbeiter bei der Einführung und Überprüfung in bestimmten Zeitintervallen, ob auch tatsächlich danach gearbeitet wird.
- Überprüfung der angewendeten Arbeitsverfahren durch unbeteiligte bzw. neutrale Mitarbeiter des Unternehmens zur systematischen Beseitigung eventueller Fehler.

Neben den nichtgenannten firmenspezifischen Erfordernissen enthält das Handbuch konkrete Aussagen über folgende Komplexe:

- Beschaffungspolitik:
  - Primat der Lieferbereitschaft oder der Gewinnbetrag beim Einkauf;
  - grundsätzlicher Einkauf im freien Wettbewerb oder Einschränkungen nach entsprechenden Geschäftsüberlegungen;

- Wahrnehmung selbständiger Marktchancen oder Einschränkungen;
- Aufrechterhaltung bewährter Geschäftsbeziehungen oder die Erschließung neuer Lieferquellen;
- Anstreben einer Partnerschaft der Lieferanten zur Aktivierung und Nutzung deren Entwicklung und Forschungsaktivitäten;
- Angaben über die Voraussetzungen einer Eigenfertigung und Fremdbezug;
- Angaben über zu beachtende Mindest- und Höchstanforderungen an die Qualität.

- Beschaffungsorganisation:
  - Angaben über Kompetenzenaufteilung und Zuständigkeiten mit Stelle und Abteilungsgliederung;
  - Angaben über Aufgaben, Verantwortung und Kompetenzen durch eine detaillierte Stellenbeschreibung;
  - Angaben über die verschiedenen Arbeitsabläufe;
  - Angaben über die als Hilfsmittel zu verwendenden Formulare, Vordrucke und Karteien.

- Beschaffungsverfahren:
  - Angaben über Form und Anzahl der Anfragen und Wertgrenzen;
  - Angaben über Angebotsprüfung und Angebotsvergleich;
  - Angaben über die Auswahl des optimalen Lieferanten mit Richtlinien zur Lieferantenbeurteilung und -bewertung;
  - Angaben über Verhandlungen und Vertragsabschlüsse;
  - Angaben über Terminsicherungen und Terminverfolgungen;
  - Angaben über den Wareneingang und dessen Prüfung;
  - Richtlinien zur Rechnungsprüfung.

- Nebentätigkeiten und Sonderaufgaben:
  - Richtlinien zur Aktenführung;
  - Richtlinien zur Ablage;
  - Richtlinien zur Karteienführung;
  - Richtlinien zur Abfassung von Besprechungsprotokollen;
  - Richtlinien über den Postdienst, Schreibdienst, Übersetzungen und Ausbildung.

  Dabei gelten als Sonderaufgaben:
    - Beschaffungsplanung;
    - Beschaffungsmarktforschung;
    - Mitwirkung an analytischen Untersuchungen;
    - Kosten- und Preisanalysen;
    - Wirtschaftlichkeitsberechnungen;
    - Vorschlagswesen.

- Lieferantenbeziehungen:
  - Richtlinien über evtl. grundsätzliche Gegengeschäfte;
  - Richtlinien über Lieferantenbesuche im eigenen Unternehmen;
  - Richtlinien über Besuche bei Lieferanten;
  - Richtlinien über Geschenkannahmen und sonstigen Vergütungen von Lieferanten;
  - Richtlinien über die Benutzung von Fahrzeugen der Lieferanten;
  - Richtlinien über die Zulieferung an Lieferanten;
  - Richtlinien über die Kapazitätsauslastung bei Lieferanten;
  - Richtlinien über die Weitergabe von Informationen an Lieferanten.
- Spezielle Geschäftsvorfälle:
  - Richtlinien über Reklamationen;
  - Richtlinien über Zollabfertigung;
  - Richtlinien über Versicherungen;
  - Richtlinien über den Verkauf von Altmaterialien.
- Weitere Angaben:
  - Richtlinien über die Materialannahme;
  - Richtlinien über die Materialkontrolle;
  - Richtlinien für die Materialausgabe;
  - Richtlinien über die Materialverwaltung;
  - Richtlinien zur Materialkontrolle auf den Lagern;
  - Richtlinien über den Materialtransport.

Die *Karteien* und *Formulare* speichern alle Informationen der Materialwirtschaft. Dabei wird folgendes beachtet:

- Die für alle laufend bezogenen Materialien geführten Preiskarten enthalten Angaben über die Materialbezeichnungen mit Nummernangaben; die Lieferanten, die in Frage kommen und deren Preise.
- Die Lieferantenkarten geben Detailinformationen über alle konstanten und variablen Lieferantendaten.
- Die Materialkarten geben Detailinformationen über jedes gekaufte Material mit den entsprechenden Beschreibungen und Informationen über die vom jeweiligen Lieferanten bezogenen Mengen, den Jahresumsatz, evtl. aufgetretene Mängel usw.
- Die Bestellkarten dienen der Bestell- und Terminüberwachung nach Bestellnummern.
- Die Lagerkarten geben Detailinformationen über alle Zu- und Abgänge, wobei zwischen der Lagerfachkarte, Lagerbestandskarte und Lagerdispositionskarte unterschieden wird.

Nach Angaben von Sasaki werden alle Kartei- und Formulararten in nicht genannten Zeitintervallen auf ihre Gültigkeit und Zweckmäßigkeit hin überprüft und möglicherweise erforderliche Maßnahmen eingeleitet, um so eine inflatorische Ausweitung des Kartei- und Formularwesens zu verhindern.

Die *Normung* und *Benummerung* erfolgt auf die unter dem Stichwort „Informationszentralstelle" in Abschnitt 6.3 beschriebene Art. Eine Beschreibung soll daher an dieser Stelle nicht wiederholt werden.

Wegen der Vielzahl der zu bewirtschaftenden Materialien werden Schwerpunkte gesetzt und die Beschaffungsaktivitäten auf die Materialien konzentriert, die einen hohen Anteil am Gesamtlagerwert und/oder einen hohen Grad an Vorhersagegenauigkeit besitzen. Als Entscheidungshilfen werden dabei die ABC- und XYZ-Analysen benutzt.

Die Materialwirtschaft orientiert sich an folgenden Kriterien:

- Wertanalyse
- Beschaffungsmarktforschung
- Produktbewertung
- Beschaffungsplanung.

Über die *Wertanalyse* wurde in Abschnitt 6.2 berichtet.

Die *Beschaffungsmarktforschung* ermöglicht eine lückenlose und genaue Information über den Beschaffungsmarkt. Durch die Schaffung einer guten Markttransparenz schafft man auch die Voraussetzung zu optimalen Beschaffungsentscheidungen. Dabei werden folgende Kriterien beachtet:

- Klare Zielsetzung und Definition der Beschaffungs- und Vorratspolitik;
- planmäßiges und systematisches Sammeln, Sichten und Aufbereiten sowie Analysieren und Bewerten aller Daten und Informationen;
- Darstellung, Auswertung und Archivierung der erarbeitenden Daten.

Wegen der Vielzahl der zu beschaffenden Materialien werden jene Materialien, die durch die Beschaffungsmarktforschung untersucht werden müssen, mit Hilfe der ABC-Analyse oder anderen Auswahlkriterien ausgesucht.

Nach der Festlegung der zu untersuchenden Materialien erfolgt die Marktbeobachtung u. a. nach folgenden Kriterien:

- Art der Entwicklung der Angebotsmenge und -preise und deren Trends;
- Art der Veränderungen der Angebots- und Nachfragekonkurrenz;
- Art der Entwicklungen in den Lieferzeiten;
- Art neuer Substitutionsmöglichkeiten durch neue technische Verfahren;

- Art der politischen und wirtschaftspolitischen Maßnahmen, die zu erwarten sind, und die Auswirkungen auf Angebotsmenge und -preise haben können;
- Art der Zuverlässigkeit der Lieferanten in bezug auf Qualität, Termineinhaltung und Service;
- Art der Entwicklung der Preise und Konditionen bei den Stammlieferanten.

Das Marktgeschehen wird durch die zeitraumbezogene Betrachtung im Rahmen der Marktbeobachtung transparent, was die Erstellung von Prognosen über die zukünftige Entwicklung des Marktes ermöglicht.

Die *Produktbewertung* beinhaltet eine eingehende Analyse der Funktionen und der dadurch bedingten Kosten eines Produktes, um auf diese Art

- ungerechtfertigte Gemeinkostenzurechnungen aufzudecken;
- Fehler bei der Ermittlung der Herstellkosten zu entdecken;
- die Anwendung falscher Kalkulationsverfahren nachzuweisen.

Die *Beschaffungsplanung* dient der Sicherstellung der Versorgung des Unternehmens zu niedrigen Kosten und damit der Verbesserung der Liquidität und der Rentabilität. Sie muß die Risiken und Engpässe auf dem Beschaffungssektor vorausschauend erfassen und steuern. Ferner bildet sie durch den SOLL-IST-Vergleich eine wirksame Kontrolle und damit die Voraussetzung zu einer Kontrolle der verantwortlichen Mitarbeiter.

Die Beschaffungsplanung ist eine Mengen- und Terminplanung. Die Bewertung der Mengen mit den zu erwartenden Einkaufspreisen führt zum Einkaufsbudget.

Bei der Mengen- und Terminplanung ergeben sich im vorliegenden japanischen Unternehmen folgende Schritte:

- *Bedarfsplan:*
  Als Unterlagen für die Ermittlung des Materialbedarfs je Leistungseinheit werden Stücklisten, Anweisungen usw. herangezogen, mit den entsprechenden Zugaben für Ausschüsse.
- *Lagervorratsplan:*
  Der ermittelte Bedarf im Beschaffungsplan wird um die noch vorhandenen Lagerbestände reduziert, was den Abbau möglicherweise vorhandener Vorräte ermöglicht.
- *Zeitliche Verteilung des Bedarfs:*
  Entsprechend dem Absatz- bzw. Produktionsrhythmus werden die Termine der Beschaffung festgelegt, wobei berücksichtigt wird, ob
  - das Material fertigungssynchron,
  - vom Lager bereitgestellt oder
  - auftragsbezogen beschafft werden muß.

In dem beschriebenen Unternehmen erfolgt in den meisten Fällen die Bereitstellung nach dem Prinzip der lagerlosen Sofortverwendung. Das wird durch Rückrechnung der Beschaffungszeit vom Bereitstellungstermin errechnet.

Bei einer Materialbereitstellung über das Lager hat die Bestellmenge Priorität. Die Bestelltermine haben keinen direkten Zusammenhang mit den Bereitstellungsterminen.

Bei der Planung der Beschaffungswege — einem weiteren wichtigen Faktor — werden folgende Kriterien beachtet:

- die Art der zu beschaffenden Materialien, z. B. Normteile und Spezialanfertigungen;
- die Menge der zu beschaffenden Materialien, z. B. Stückzahlen, Gewichte und Abmessungen;
- die Qualität der zu beschaffenden Materialien, z. B. stets gleichbleibende Qualität;
- evtl. Preisvorteile bei den zu beschaffenden Materialien, z. B. Materialpreise, Rabatte und Transportkosten;
- die Lieferanten der zu beschaffenden Materialien;
- die Zahlungsziele, die vorgesehen sind;
- der Service, der geboten wird;
- evtl. Gegengeschäfte, die eingeplant werden müssen.

Die Auswahl der Lieferanten, die in engem Zusammenhang mit der Planung der Beschaffungswege stehen, erfolgt auf lange Sicht und wird daher sehr sorgfältig gehandhabt. Er muß sichergestellt sein, daß

- die Leistung des Lieferanten objektiv beurteilt wird;
- der Grundsatz der Lieferantentreue nicht überbewertet wird;
- die Lieferanten als Partner betrachtet werden.

Dabei wird das Produkt zum Teil vom Unternehmen gemeinsam mit den Lieferanten wertanalytisch untersucht. Dies erfordert sehr viel psychologisches Geschick und daher eine entsprechende Vorarbeit, um mögliches Mißtrauen aus dem Weg zu räumen.

Die Komponenten der innerbetrieblichen Beschaffungszeit werden aufgrund statistischer Erhebungen ermittelt. Dabei werden jene Materialien, die ungefähr gleiche Beschaffungsvorbereitungs-, Prüf- und Einlagerungszeiten verursachen, zu Materialgruppen zusammengefaßt und Gruppenmittelwerte errechnet.

Bei einer außerbetrieblichen Beschaffungszeit fällt die Zeit für die Auftragsübermittlung meist nicht ins Gewicht, mit Ausnahme von Lieferanten aus Übersee.

Gegen Lieferverzögerungen durch den Lieferanten sichert sich das Unternehmen ab durch

- den Unterhalt eines Konsignationslagers im eigenen Unternehmen;
- einen Vertrag als Hauptabnehmer des Lieferanten;
- einen Vertrag über eine Konventionalstrafe bei Lieferzeitüberzug.

Als weitere Komponente der außerbetrieblichen Beschaffungszeit werden die Transportzeiten durch Errechnung der Transportwege und der Wahl der Transportmittel ermittelt.

Bei den Bemühungen des Unternehmens um eine möglichst kurzfristige und in ihren Beständen minimale Lagerhaltung in der Materialwirtschaft spielt auch die Materialdisposition eine bedeutende Rolle. Um die Produktions- und Absatzpläne zu erfüllen, wird der Bedarf an Roh-, Hilfs- und Betriebsstoffen, Fertigteilen und Handelswaren errechnet und zeitgerecht bereitgestellt. Dabei wird entschieden, inwieweit der Bedarf durch Fremdbezug oder durch Eigenfertigung gedeckt wird. Ferner entscheidet man, ob die Materialbedarfsermittlung für die eigenanzufertigenden Teile durch die Arbeitsvorbereitung oder durch die Materialdisposition durchgeführt wird. Dabei ist das Unternehmen bemüht, die Anlieferung der Materialien möglichst *fertigungssynchron* zu gestalten. Die angelieferten Materialien sollen also nach Möglichkeit ohne firmeninterne Zwischenlagerung sofort in der Produktion verarbeitet werden. Hier zeigt sich der maßgebliche Einfluß, den die Disposition auf die Liquidität und Rentabilität eines Unternehmens hat.

Die erfolgreiche Bewältigung der Optimierungsaufgaben im Unternehmen wird durch die Beachtung und Erfüllung folgender Bedingungen erfüllt, die hier in einer Auswahl wiedergegeben sind.

- zuverlässige Bedarfsrechnung und Bedarfsvorhersage;
- genaue Bestandsführung und Bestandsmeldungen;
- geeignete Dispositionsverfahren (über die Sasaki nicht sprechen wollte);
- richtiges Bemessen der Sicherheitsbestände;
- optimale Bestell- und Abrufmengen;
- stetige Mengen- und Terminkontrollen;
- sinnvolle Anwendung der ABC-Analyse.

Eine qualifizierte Bedarfsermittlung bildet dabei die Grundlage für die weiteren Dispositionsvorgänge und damit die Voraussetzung für eine optimale Materialbereitstellung, die dem Verbrauchs- und Produktionsablauf angepaßt ist und einer ständigen Kontrolle und Anpassungen an Veränderungen der Bedarfs- und Lieferzeiten unterliegt. Dabei wird folgendes beachtet:

- Arten von Bedarf in der Materialwirtschaft;
- Länge des Vorhersagezeitraums;
- Methode der Bedarfsermittlung;
- Häufigkeit der Bedarfsrechnung.

Die Basis bei der Ermittlung der *Arten von Bedarf in der Materialwirtschaft* bildet der Produktionsplan, da in ihm die mengen- und strukturmäßigen Zusammensetzungen fixiert sind, die dann als Sekundärbedarf den Stücklisten und dem Teileverwendungsnachweis zu entnehmen sind. Der als Tertiärbedarf bezeichnete Bedarf an Hilfs- und Betriebsstoffen wird aus dem Sekundärbedarf abgeleitet oder aufgrund statistischer Methoden ermittelt.

Bei der *Länge des Vorhersagezeitraums* muß die Disposition um die Dauer der Beschaffungszeit des jeweiligen Materials früher begonnen werden. Da der Bedarf vorher errechnet wird, um disponieren zu können, die Bedarfsrechnung jedoch eine gewisse Zeit in Anspruch nimmt, wird sie um diese Zeitspanne vor der Disposition begonnen.

Bei der *Methode der Bedarfsermittlung* wird je nach den in den einzelnen Fällen zu berücksichtigenden Faktoren, die einen unmittelbaren Einfluß haben, nämlich

- Aufträge oder Produktionsvorschriften
- mathematisch-statistische Berechnungen
- subjektive Erfahrungen
- Marktprognosen

die

- deterministische Methode
- stochastische Methode
- subjektive Methode

angewendet. Als Ausgangspunkt für die Festsetzung der jeweils günstigsten Berechnungsart erfolgt eine Materialuntersuchung nach der ABC-Analyse, die — wenn erforderlich — durch eine XYZ-Analyse ergänzt werden kann.

Die *Häufigkeit der Bedarfsrechnung* ist produktabhängig und kann sehr unterschiedlich sein.

Als *Dispositionsverfahren* wird im hier beschriebenen Unternehmen die Methode der *plangesteuerten* oder auch *programmgesteuerten* Disposition angewendet, d. h. die Integration von Absatz-, Produktions- und Beschaffungsplanung. Diese Methode ermöglicht eine genaue Materialbereitstellung, so daß mit niedrigen Sicherheitsbeständen und genauen Bestellterminen und Bestellmengen gearbeitet werden kann.

Da die einzelnen Methoden der Bedarfsermittlung und die Dispositionsverfahren nicht „typisch japanisch", sondern auch hier bekannt sind, soll nicht näher darauf eingegangen werden.

Die Berechnung der *Bestellmenge* erfolgt nach dem Prinzip der optimalen Bestellmenge. Die Ermittlung erfolgt mit Hilfe mathematischer Formen, ähnlich der Ermittlung optimaler Produktionslosgrößen. Bei dieser Methode wird auch das

Kostenprinzip berücksichtigt, so daß ein Minimum an Bezugs- und Lagerhaltungskosten erreicht wird. Voraussetzung dafür ist jedoch, daß der Bedarf für einen festgelegten Zeitraum bekannt ist. Um dieses Optimierungsproblem zu lösen, wurden zunächst die Kosten betrachtet, die in ihrer Höhe von der Bestellmenge abhängig sind. Dies setzt eine sorgfältige Ermittlung aller Grunddaten voraus, wie

- Einstandspreis
- Bestellkosten
- Lagerhaltungskosten.

Dabei bildeten die Einstandspreise den Bewertungsmaßstab für die direkten Beschaffungskosten.

Zur *Kontrolle* der Materialdisposition wurden Möglichkeiten zur Steuerung der Vorratshaltung geschaffen. Die als Kennzahlen bezeichneten Angaben über Sicherheitsbestände, Bestellpunktbestände und Bestellmengen auf den Dispositionsunterlagen ermöglichen eine relativ einfache Überwachung der Bestände.

Der *Beschaffungsvorgang* wird durch die Bedarfsaufgabe ausgelöst und umfaßt damit den gesamten Arbeitsablauf von der Bedarfsaufgabe über die Anfragetätigkeit, die Angebotsbearbeitung, die Lieferantenauswahl, die Bestellung und Bestellbestätigung, die Terminüberwachung sowie die Wareneingangsprüfung und die Rechnungsprüfung. Dabei ist es das Ziel aller Stellen, die am Beschaffungsvorgang beteiligt sind, alle betriebsnotwendigen Materialien zum benötigten Termin in der vorgesehenen Menge zu beschaffen und bereitzustellen. — Binsenweisheiten, die in den japanischen Unternehmen mit großer Sorgfalt realisiert werden!

Beim betrieblichen Umsatzprozeß folgt der Vorgang der *Lagerung* (beginnend mit der Übernahme und Prüfung der vom Lieferanten angelieferten Materialien) zeitlich auf den Bestellvorgang. Es ist das Bemühen aller japanischen Unternehmen, das Material, das zwischen diesen Punkten im Materialfluß liegt, in bezug auf seine Lagerhaltung und Bewegung durch eine Fertigungssynchronisation auf ein Minimum zu reduzieren, also die erforderlichen Lagerbestände auf einem noch vertretbaren Minimum zu halten. Durch eine perfekte Planung (siehe Abschnitt 6.5) und Steuerung (siehe Abschnitt 6.7) wurden hier erstaunliche Erfolge erzielt! Die Kosten für die Lagerung, Verwaltung und die Kapitalinvestition, die Risiken des Veraltens, des Preis- und Umsatzrückganges und der Nachteil der Liquiditätsverknappung werden weitgehend vermieden.

Aber nicht allein die Menge, sondern auch die Art der Lagerung und Bewegung sind kostengestaltende Faktoren. Deshalb wurden Lager und innerbetriebliches Transportwesen sorgfältig geplant. Grundlegende Voraussetzungen hierzu waren die Optimierung der nötigen Arbeitsabläufe und die Sicherung der ordnungsgemäßen Versorgung. Die optimale Bewirtschaftung des Lagers wurde durch genaue Analyse der Wechselbeziehungen zwischen Lagerort und Lagergestaltung sowie Kapazität und innerbetrieblicher Transport erreicht und die Leistungsfähigkeit von Disposition und Lagerverwaltung entsprechend bewertet.

Der *Lagerungsablauf* erfolgt in folgenden Schritten:
- Materialannahme und Identitätsprüfung;
- Materialprüfung auf Qualität und Quantität;
- Materialeinlagerung bzw. Umlagerung;
- Materialauslagerung bzw. Ausgabe.

Zuständig dafür ist die *Wareneingangssteuerung* mit folgenden Aufgaben
- schnelle und korrekte Materialannahme und Kontrolle;
- Weiterleitung der Lieferung an die Materialprüfstelle, das Lager, die Produktion oder an den Vertrieb;
- fehlerfreie, aktuelle und vollständige Information aller Art an die jeweils zuständigen Stellen über den Materialeingang.

Der *Wareneingang* bearbeitet jede Lieferung nach folgenden Schritten:
- Annahme der Lieferung;
- Identitätskontrolle der Materialien;
- Erfassung der Materialien;
- Weiterleitung der Materialien.

Die Wareneingangsmeldung dient als Unterlage für
- Fertigungssteuerung;
- Einkauf betr. Erledigung des Bestellvorganges;
- Rechnungsprüfung betr. der Zahlungsfreigabe;
- Lagerbuchhaltung.

Die *Materialprüfung* erfolgt quantitativ und qualitativ.

Die *Quantitätskontrolle* erfolgt nach folgenden Vorgehensrichtlinien:
- ABC-Methode, d. h. bei hochwertigen A-Materialien erfolgt eine Vollkontrolle und bei C-Materialien nur eine entsprechende Teilkontrolle;
- Zuverlässigkeit des Lieferanten, d. h. Information über Mengenabweichungen in der Vergangenheit entsprechend einer Lieferantenkartei;
- Verpackungsart, d. h. evtl. Verzicht bei Lieferungen in geschlossenen Packungen unter Angabe der Stückzahlen je Verpackungseinheit.

Die *Qualitätsprüfung* erfolgt nach z. B. folgenden Vorschriften:
- Qualitätsnorm der Materialnummer;
- Toleranzen;
- Prozentsatz des Umfanges der Prüfung, der materialabhängig ist;
- Prüfverfahren, das materialabhängig ist.

Die *Prüfvorschriften* liegen in Form von Prüfplänen vor und müssen von den Verantwortlichen abgezeichnet werden. Die Prüfergebnisse werden in einem Abschlußbericht zusammengefaßt. Bei fehlerhaften Lieferungen werden mit der Arbeitsvorbereitung, Disposition, Einkauf und der anfordernden Abteilung die notwendigen Maßnahmen festgelegt und entschieden, ob

- die Lieferung trotz der Fehler angenommen werden kann;
- eine Rückgabe der Lieferung erfolgen soll;
- die Lieferung nachgearbeitet werden soll;
- eine Verschrottung der Lieferung erfolgen soll;
- wie die Kostenfrage geklärt wird.

Die *Materialausgabe* erfolgt nach dem *Bringsystem,* da bei diesem System die besten Möglichkeiten einer zeitlichen und räumlichen Abstimmung der Materiallieferung zu den Verbraucherorten und damit einer wirtschaftlichen Nutzung der vorhandenen Transportmittel und des Lagerpersonals gegeben sind.

Die Ausführungen von Sasaki waren sehr detailliert, weshalb hier auch gute Angaben gemacht werden konnten.

Die Quintessenz der Materialwirtschaft und des Lagerwesens in den japanischen Unternehmen ist eine möglichst fertigungssynchrone Materialwirtschaft mit einem Minimum an Lagerhaltung durch eine optimale Planung und Steuerung der Produktion!

6.7 Steuerung

In den meisten japanischen Unternehmen gibt es neben einer minutiösen Planung (siehe Abschnitt 6.5) gut funktionierende Systeme der Fertigungssteuerung. Durch diese gezielte Planung und Steuerung der Arbeitsabläufe in der Produktion haben die japanischen Unternehmen ein erhebliches Rationalisierungspotential erschlossen und voll genutzt.

Ziele der Fertigungssteuerungssysteme sind

- maximale Einhaltung der Liefertermine;
- Maximierung der Kapazitätsauslastung;
- hohe Lieferbereitschaft bei minimalen Beständen;
- maximale Durchlaufzeiten.

Diese Ziele werden optimal erfüllt und die Verschiebungen, die im Lauf der Zeit in der Gewichtung der einzelnen Zielvorgaben eintreten, werden entsprechend berücksichtigt und jeweils eingearbeitet. So bildet z. B. bei einer *lagergebundenen* Produktion die direkte und schnelle Lieferung aller eingehenden Aufträge aus dem Lager das Primat, das voraussetzt, daß die Produktion bereits *vor* dem Eintreffen des Auftrages *abgeschlossen* sein muß. Bei einer *nicht lagergebundenen* Produktion liegt das Primat bei der Einhaltung der vereinbarten Liefertermine, da in diesem Fall die Produktion erst *nach* der Erteilung des Auftrages *beginnt.*

Als bestimmende Faktoren bei der Gestaltung der Konzeption und der Auswahl der einzusetzenden Methoden und Mittel werden daher u. a. folgende berücksichtigt:

- Anzahl der ständig oder periodisch neu zu planenden Produkte;
- Anzahl der Kundenbestellungen innerhalb einer bestimmten Zeitperiode, die von Produkt zu Produkt verschieden und von der jeweiligen Konkunktur abhängig sein kann;
- Anzahl der eingehenden Aufträge innerhalb einer bestimmten Zeitperiode;
- Anzahl der Lieferungen der einzelnen Produkte innerhalb einer bestimmten Zeitperiode;
- Anzahl der Produktionseinrichtungen und deren Anwendungsmöglichkeiten;
- Anzahl der für die Produktion eines Erzeugnisses durchzuführenden Arbeitsgänge innerhalb einer bestimmten Zeitperiode;
- Ausbildung und Einsatzmöglichkeiten der zur Verfügung stehenden Mitarbeiter.

Hierdurch ist es möglich, daß ein Steuerungssystem sowohl bei der Produktion von wenigen Produkttypen (aber mit großen Stückzahlen in Serien), als auch bei einer Vielzahl von Produkttypen (aber mit Einzelfertigung oder Kleinst-Serienproduktion) angewendet werden kann.

Entsprechend der statistisch ermittelten Häufigkeit an Abweichungen von einem einmal erstellen Plan wird die Rentabilität eines möglichen Einsatzes von Datenverarbeitungsanlagen ermittelt. Dadurch ist es möglich, bei häufigen Störungen und/oder Änderungen der Planungen aufgrund aller vorliegenden Fakten durch den Einsatz von Datenverarbeitungsanlagen schnelle Entscheidungen zu treffen, ohne daß eine langwierige und zeitraubende manuelle Aufbereitung der Daten nötig wäre.

Kenji Sato, Leiter der Abteilung „Fertigungssteuerung" in einem japanischen Unternehmen der Kraftfahrzeugzubringer-Industrie mittlerer Größenordnung, schilderte dem Verfasser das in seinem Unternehmen praktizierte Steuerungssystem.

Die *Dispositionsstelle* benennt der *Fertigungssteuerung* die jeweils anstehenden Produktionsaufträge mit allen nötigen Angaben über die Mengen und Endtermine. Anhand der vorgegebenen Daten errechnen die Mitarbeiter der Gruppe „Fertigungsterminsteuerung" die nötigen Durchlauftermine mit allen entsprechenden Zwischenterminen für die einzelnen Arbeitsgänge und die jeweils erforderlichen Starttermine (unter Berücksichtigung der verfügbaren Kapazitäten und der jeweiligen Belastungssituation durch den Kapazitätsausgleich). Entsprechend den errechneten Startterminen werden die Arbeitspapiere erstellt und an die betroffenen Produktionsabteilungen geleitet.

Die Planungsphase der Fertigungsterminsteuerung enthält folgende Angaben:

- Materialbereitstellungsliste (damit alle erforderlichen Materialien zu den angegebenen Terminen an den entsprechenden Standorten sind);
- Termine der Arbeitsvorgänge (detaillierte Zeitvorgaben für den Arbeitsablauf);
- Start- und Endtermine (genaue Angaben über den Beginn und die Beendigung der jeweiligen Arbeitsgänge);
- Belastungsübersicht über jede Kapazitätseinheit (genaue Angaben über Mitarbeiter und Maschinen, die die Arbeitsvorgänge durchführen sollen);
- Arbeitszuteilungsliste für einen festgelegten Zeitraum (genaue Angaben über die durchzuführenden Arbeitsabläufe innerhalb eines bestimmten Zeitraumes);
- Werkzeugbereitstellungsliste (nichtstationäre Werkzeuge und Vorrichtungen werden auf ihre Funktionstüchtigkeit hin überprüft und zu den vorgegebenen Terminen zur Verfügung gestellt);
- Zeitsicherheitsfaktor (nach statistisch ermittelten Verfahren werden Ausfallzeiten für evtl. Störungen eingeplant, damit auch bei Störungen die vorgegebenen Endtermine eingehalten werden können).

Über alle durchgeführten Arbeitsgänge erfolgt jeweils eine entsprechende Rückmeldung.

Die *Arbeitskoordinierungsstelle* hat folgende Aufgaben:

- Grundzuordnung der Termine an den Einzelarbeitsplätzen und Einzelmaschinen (Aufteilung der kapazitätsgruppenbezogenen Terminierung der Fertigungsaufträge unter den jeweiligen Einzelarbeitsplätzen und Einzelmaschinen);
- Korrektur der Störungen, die zwischen zwei oder mehreren Planungsabläufen möglicherweise auftreten können (im Störfall werden kurzfristige Umdisponierungen durchgeführt, um die vorgegebenen Endtermine einhalten zu können);
- Materialbereitstellung für die Produktion mit den entsprechenden Kontrollen (die jeweils nötigen Materialien müssen zu den vorgegebenen Terminen den entsprechenden Produktionskapazitäten zur Verfügung stehen. Hiervon muß sich der Koordinator überzeugen);
- Bereitstellung von Werkzeugen und Vorrichtungen mit den entsprechenden Kontrollen (die jeweils benötigten Werkzeuge und Vorrichtungen müssen zu den vorgegebenen Terminen den entsprechenden Produktionskapazitäten zur Verfügung stehen. Auch hiervon muß sich der Koordinator überzeugen);
- Einteilung der Arbeiten entsprechend den vorgesehenen Planungen (im Rahmen der vorgesehenen Planungen koordiniert der Koordinator — in Zusammenarbeit mit dem jeweils zuständigen Meister — die durchzuführenden Arbeitsabläufe);
- Rückmeldung nach Beendigung eines Arbeitsganges (jeder fertiggestellte Arbeitsgang wird zur Kontrolle des Arbeitsfortschrittes gemeldet und registriert);
- Gesamtfertigmeldung (Rückmeldung über den Abschluß des Auftrages).

Jeder Arbeitskoordinator ist über den jeweiligen Arbeitsvorrat jeder Kapazitätseinheit genau informiert. Unter *Arbeitsvorrat je Kapazitätseinheit* versteht man dabei alle Arbeitsvorgänge, bei denen der vorangegangene Arbeitsgang tatsächlich abgeschlossen ist. Gemeint ist also jener Arbeitsvorrat, der der Kapazitätseinheit nach Beendigung des vorangegangenen Arbeitsganges *sofort* zur Verfügung steht, und nicht jener, der zu einem (wenn auch nur kurzfristigen) Zeitpunkt zu erwarten ist, da der vorangehende Arbeitsgang noch nicht beendet ist. Durch diese Maßnahmen werden Wartezeiten und damit Leerlauf in der Produktion praktisch ausgeschaltet.

Nach Prüfung dieser Kriterien werden die abgeschlossenen Arbeitsgänge als vorbereitete Arbeit gekennzeichnet. Bei Abschluß einer Arbeit — oder bei Störungen einer laufenden Arbeit greift man direkt auf diese vorbereitete Arbeit zurück. Dies stellt einen weiteren Sicherheitsfaktor zur Vermeidung von Leerlauf dar.

Ferner wird sichergestellt, daß jederzeit gut erkennbar ist, welcher Auftrag sich noch in Arbeit befindet. So kann der Arbeitskoordinator das jeweilige Ende einer Arbeit einschätzen und damit auch die Einhaltung der Endtermine, die durch die Planung vorgegeben sind, überwachen. Durch eine nur begrenzte Ausgabe des

Arbeitsvolumens an eine Kapazitätseinheit wird jeweils rechtzeitig — entsprechend der Planung — eine neue Arbeit zugeteilt. Hierdurch wird auch die Rückmeldung an die Fertigungssteuerung zeitlich möglich und sichergestellt. Der bei der Arbeit befindliche Lohnschein dient der Lohnfindung. Da sich der Arbeitskoordinator meistens in den Produktionsstätten befindet, hat er zu jeder Zeit einen persönlichen Einblick in die einzelnen Arbeitsabläufe und deren Stand.

Durch automatische und halbautomatische Erfassungsgeräte wird laufend der Betriebszustand registriert und an die Arbeitskoordinierungsstelle gemeldet.

Das praktizierte System mit den Arbeitskoordinaten zeichnet sich folgendermaßen aus:

- Die Produktion ist für die Bereitstellung der Kapazitäten verantwortlich

und

- die Fertigungssteuerung ist für die Belegung der Kapazitäten verantwortlich.

Durch dieses System sind die Meisterbereiche in der Produktion relativ groß und decken sich mit den Bereichen der Arbeitskoordinatoren. Dadurch ist eine gute Zusammenarbeit möglich. Diese Dezentralisierung gibt den Meistern die Möglichkeit zu einem guten Ein- und Überblick, sie fördert aber auch die Kooperation zwischen der Fertigungssteuerung und der Produktion.

Die Anzahl der nötigen Arbeitskoordinatoren wurde nach folgenden Kriterien bestimmt:

- Anzahl der erforderlichen Arbeitszuteilungen;
- Anzahl der zu betreuenden Arbeitsplätze;
- räumliche Anordnung der Arbeitsplätze.

Alle Arbeitsplätze sind nach technologischen und fertigungssteuerungstechnischen Gesichtspunkten numeriert. Die Arbeitsplätze und Einzelmaschinen sind unter den Kriterien

- technologisch gleich oder ähnlich
- räumlich zusammen

zu Kapazitätsgruppen zusammengefaßt.

Bei der *Grobplanung* sind mehrere Kapazitätsgruppen zu Kapazitätseinheiten zusammengefaßt. Wenn gleiche Kapazitätsgruppen an verschiedenen Plätzen vorhanden sind, sind sie mit Angaben über den jeweiligen Ort der einzelnen Kapazitätsgruppen versehen. Für den Transport und die Arbeitskoordination liegt eine eindeutige Identifizierung vor, die in Bild 46 dargestellt ist.

In einer Stammkarte sind alle Detailinformationen über jede Kapazitätsgruppe festgehalten. Dadurch ist bei notwendigen Änderungen eine schnelle Korrektur möglich.

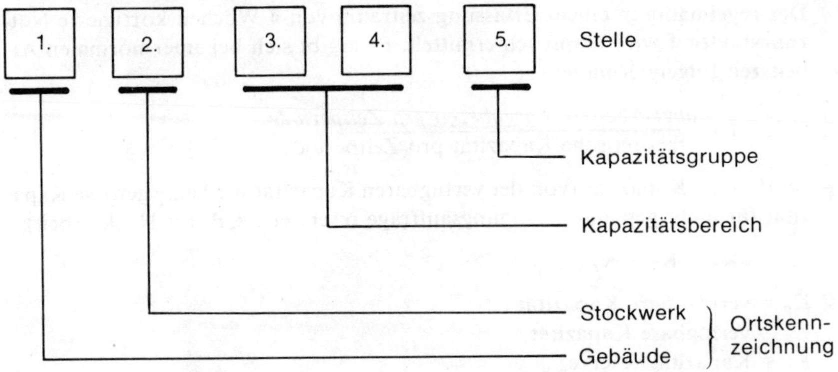

Bild 46 *Kapazitätseinheiten-Nummernsystem*

Die richtige Vorgabe der Kapazitäten je Kapazitätsgruppe, die für die Durchführung eines Auftrages nötig sind, bestimmt in diesem System die Qualität der Fertigungssteuerung. Dabei versteht man unter Kapazität das Fassungsvermögen einer Kapazitätseinheit, ausgedrückt in Stunden/Zeiteinheit.

Bei der Planung und Steuerung wird unterschieden:

- *theoretische* Kapazität (das theoretische Fassungsvermögen in Stunden/Zeiteinheit, ohne Berücksichtigung von nicht geplanten Ausfallzeiten oder Zeitgraden)

$$K_{th} = M \cdot S \cdot D = \left(\frac{h}{Tag}\right)$$

K_{th} = theoretische Kapazität
M = Anzahl der verfügbaren Mitarbeiter oder Maschinen je Kapazitätsgruppe
S = Anzahl der Schichten pro Tag
D = Dauer einer Schicht (Stunden/Schicht)
(Von diesem Ergebnis wird der Urlaubsanteil abgezogen.)

- *verfügbare* Kapazität (die nicht eingeplanten Veränderungen der theoretischen Kapazität durch entsprechende Ausfallzeiten, z. B. Wartezeiten)

$$K_v = f \cdot K_{th}$$

K_v = verfügbare Kapazität
f = Nutzungsfaktor
K_{th} = theoretische Kapazität

Der regelmäßig in einem Erfassungszeitraum von 4 Wochen korrigierte Nutzungsfaktor f wird empirisch ermittelt. Er ergibt sich bei einer normalen Arbeitszeit folgendermaßen:

$$f = \frac{\textit{abgearbeitete Vorgabezeit pro Zeitperiode}}{\text{theoretische Kapazität pro Zeitperiode}}$$

– *verplanbare* Kapazität (von der verfügbaren Kapazität wird eine gewisse Kapazität für nicht geplante Fertigungsaufträge reserviert, z. B. für Nachtarbeit)

$$K_p = K_v - K_r$$

K_p = verplanbare Kapazität
K_v = verfügbare Kapazität
K_r = Kapazitätsreserve

Durch die bei diesem Fertigungssteuerungssystem mögliche kurzfristige Arbeitsverteilung kann die nicht genutzte Kapazitätsreserve K_r leicht verplant werden, so daß keine Kapazität verlorengeht.

Bei jedem Arbeitsgang ist in der Durchlaufzeit neben der Rüstzeit und der Stückzeit noch zusätzlich die Transportzeit, Prüfzeit usw. enthalten. Bild 47 zeigt eine Übersicht.

<table>
<tr><th colspan="8">Operations-Durchlaufzeiten</th></tr>
<tr><th colspan="2">Auftragszeit</th><th colspan="6">Übergangszeit</th></tr>
<tr><td rowspan="2">Rüst-zeit</td><td rowspan="2">Fertigungs-zeit</td><td rowspan="2">Prüf- und Kon-trollzeit</td><td rowspan="2">Trans-portzeit</td><td colspan="4">Wartezeit</td></tr>
<tr><td>arbeits-bedingt</td><td>stö-rungs-bedingt</td><td>prüf- und kontroll-bedingt</td><td>per-sonal-bedingt</td></tr>
</table>

Bild 47 *Zeitanteile der Operations-Durchlaufzeit*

Die Kenntnisse um diese Übergangszeiten von einer Arbeits- oder Maschinengruppe zur anderen sind ein wichtiger Faktor zur Terminierung der Arbeitsgänge. Bild 48 stellt diese Übergangszeiten in Form einer Matrix dar.

Für jede Kombination von Kapazitätsgruppe zu Kapazitätsgruppe ist der entsprechende Wert dieser Übergangszeiten vorgegeben. In den Spalten und Zeilen sind bei gleichen Werten mehrere Kapazitätseinheiten zusammengefaßt. Auf dieser

Übergangs-zeiten Werte in Tagen	Kapazitätsgruppe					
nach / von	01 115 01 114 01 113 01 112 01 111	01 735 01 734 01 733 01 732 01 731	02 399 02 398 02 397 02 396 02 395	03 491 03 490 03 489 03 488 03 487	15 111 15 110 15 109 15 108	06 724 06 723 06 722 06 721
Kapazitäts-gruppe						
01 111 01 112 01 113 01 114 01 115	0	1	1	2	2	2
01 731 01 732 01 733 01 734 01 735		0	1	2	2	2
02 395 02 396 02 397 02 398 02 399			0	1	1	1

Bild 48 *Matrix für Übergangszeiten*

Basis erfolgt in diesem Unternehmen in einer übersichtlichen, gemeinverständlichen und handlichen Form eine minutengenaue Fertigungssteuerung.

Der Arbeitskoordinator überzeugt sich *persönlich vor* der Arbeitszuteilung über die Sicherstellung der Teileverfügbarkeit jeder vom Arbeitsgang betroffenen Kapazitätsgruppe. Zur Übersichtlichkeit sind für jede Kapazitätsgruppe entsprechende *Stationen* eingerichtet und die Transportorganisationen darauf eingestellt. Die Steuerung der Transportorganisation erfolgt über Funk.

Für die Modularprogramme zur Fertigungssteuerung ist ein mehrstelliger firmeninterner *„Spezialkalender"* vorhanden.

Wie Bild 49 zeigt, besteht dieser Spezialkalender aus einer Kombination von offiziellem Kalender (mit Angaben über die Wochentage mit Datum) und paralle-

Datum		Tag	Woche	Firmenkalender
Samstag	1.	342	44	
Sonntag	2.	344	44	
Montag	3.	345	45	462
Dienstag	4.	346	45	
Mittwoch	5.	347	45	
Donnerstag	6.	348	45	
Freitag	7.	349	45	
Samstag	8.	350	45	
Sonntag	9.	351	45	
Montag	10.	352	46	463
Dienstag	11.	353	46	
Mittwoch	12.	354	46	
Donnerstag	13.	355	46	
Freitag	14.	356	46	
Samstag	15.	357	46	
Sonntag	16.	358	46	
Montag	17.	359	47	464
Dienstag	18.	360	47	
Mittwoch	19.	361	47	
Donnerstag	20.	362	47	
Freitag	21.	363	47	
Samstag	22.	364	47	
Sonntag	23.	365	47	
Montag	24.	366	47	465
Dienstag	25.	367	48	
Mittwoch	26.	368	48	
Donnerstag	27.	369	48	
Freitag	28.	370	48	
Samstag	29.	371	48	
Sonntag	30.	372	48	
Montag	31.	373	49	466

Bild 49 *Firmen-Kalender*

len Fabrikangaben (mit entsprechend fortlaufend durchgezählten Tagen und Wochen).

Damit sind die Forderungen von Einkauf und Vertrieb — den „Nahtstellen" des Unternehmens nach außen — erfüllt, die mit Kalendertagen operieren. Gleichzeitig sind auch die Wünsche der Fertigungssteuerung berücksichtigt, die bei der Erstellung der Modularprogramme mit fortlaufend durchgezählten Tagen und Wochen rechnen. Um Mißverständnisse zu vermeiden, erfolgt diese „Kalenderkombination" mit Parallelangaben.

Die Vorteile, die dieses Steuerungssystem dem Unternehmen bietet, sind eindeutig:

Durch die Systematisierung der Planungs- und Steuerungsvorgänge ist die Transparenz im Ablauf sehr groß. Sie ermöglicht dadurch jederzeit einen vollen Überblick über den jeweiligen Stand der Aufträge und die Auslastung der Kapazitätseinheiten. Abweichungen von den Vorgaben werden sofort erkannt, es können entsprechende Maßnahmen eingeleitet werden.

Nach den Angaben von Sato konnte nach der Einführung dieses Steuerungssystems eine erhebliche *Abnahme der Lagerbestände* beobachtet werden, die bei *unfertigen Produkten und Rohmaterialien bei 15 Prozent* und *bei fertigen Produkten sogar bei 20 Prozent* lag. Diese Bestandsreduzierung hatte auch auf die Finanzierungen bedeutende Auswirkungen, da das durch die Lagerhaltung zwangsläufig gebundene Kapital verringert wurde.

Durch die *Verbesserung der Lieferbereitschaft um 13 Prozent* ist die Bestandsreduzierung im Fertigwarenlager besonders zu bewerten, die sich in einem eindeutigen Marktvorteil auswirkte. Die Möglichkeit kurzer Lieferzeiten bietet auch für japanische Unternehmen einen Vorteil gegenüber den Konkurrenzunternehmen.

Verbesserungen gab es auch in der *Lagerumschlagshäufigkeit,* und zwar *um 13 Prozent,* und in der *Lagerreichweite um 10 Prozent.* Dadurch konnte das Lagervolumen verkleinert werden, was sich wiederum auf die Lagerflächen auswirkte.

Das Steuerungssystem ermöglichte außerdem eine Reduzierung der *Durchlaufzeiten* — und damit des in der Produktion gebundenen Kapitals — je nach Kapazität zwischen *20 und 25 Prozent.* Eine gewaltige Größenordnung! Diese Ergebnisse wurden vor allem bewirkt durch eine Vermeidung von Wartezeiten, die Eliminierung von Leerlaufzeiten, die Vorgabe der für eine anstehende Operation optimalen Maschinendaten (z. B. Drehzahlen und Vorschübe), die Belegung der jeweils optimalen Maschinen in der Produktion usw.

Im *Terminwesen* wurde die Anzahl der Aufträge mit *Terminüberzug* um *60 bis 65 Prozent* reduziert, die Anzahl der Aufträge mit *Terminüberschreitungen um 75 bis 80 Prozent.* Entsprechend ging die Anzahl der Eilaufträge zurück.

In der *Produktion* wurde die Kapazitätsauslastung aus den unter dem Stichwort „Durchlaufzeiten" genannten Gründen um *23 Prozent* gesteigert.

Die *Lohnkosten* wurden bei *gleichem Ausstoß* um *23 Prozent* gesenkt. Bei *steigender Ausbringung* durch die Nutzung freigewordener Maschinenkapazitäten konnten die Fertigungskosten um *23 Prozent* gesenkt werden!

Diese Fakten und Zahlen sprechen für sich!

Aber auch die *nicht quantifizierbaren* Auswirkungen sind beachtlich:

Während z. B. die Unternehmen der Kraftfahrzeugzubringer-Industrie in der Bundesrepublik Deutschland erhebliche Auftragseinbrüche zu verzeichnen hatten (mit allen Folgeerscheinungen wie z. B. Kurzarbeit), ist bei japanischen Unternehmen ein steigender Export von Kraftfahrzeugen — auch in den Westen — festzustellen. (Und diese Angaben kommen aus einem Unternehmen dieser Branche!)

Auf dem Sektor *Material- und Lagerwesen* (siehe Abschnitt 6.6) ergaben sich positive Auswirkungen beispielsweise durch

- Steuerbarkeit der Lieferbereitschaft. (Eine perfekte und minutengenaue Planung und Steuerung der Produktion ermöglichte eine steuerbare Flexibilität in der Lieferbereitschaft.)
- Zunahme der Aussagefähigkeit und Aussagegenauigkeit in der Disposition. (Die Transparenz der Planungs- und Steuerungsvorgänge ermöglichte der Disposition eine gute Übersicht über die laufenden und geplanten Arbeitsabläufe.)
- Verbesserung der Steuerungsmöglichkeit der Bestände. (Die produktionsbezogene Planung und Steuerung sowie die Transparenz der Arbeitsabläufe ermöglichte eine optimale Steuerung der Bestände. Damit vermied man zu große bzw. zu kleine Lagerhaltungen mit den jeweiligen Folgeerscheinungen.)
- Verbesserung in den Möglichkeiten der Nachfrageentwicklung. (Die Transparenz erlaubte genaue Kenntnisse über den jeweiligen Stand aller Vorkommnisse.)
- Verkürzung der Materiallieferzeiten, bedingt durch eine entsprechend produktionsorientierte Disposition.

Auf dem Gebiet der Produktion (siehe Abschnitt 6.8) ergaben sich positive Auswirkungen z. B. durch

- Reduzierung der Wartezeiten auf die Folgeaufträge auf ein Minimum. (Durch die ständige Überprüfung der Arbeitsvorräte durch den Koordinator und die dadurch vorhandenen Möglichkeiten einer zusätzlichen Kontrolle der Arbeitsabläufe — entsprechend den Angaben der Steuerung — werden Wartezeiten auf den Folgeauftrag praktisch ausgeschlossen.)
- Erhöhung der Effektivität der Werkzeug- und Vorrichtungsaufbereitung. (Durch die genaue Terminierung der einzelnen Arbeitsabläufe ist es möglich, evtl. nötige Überholungsarbeiten vorhandener bzw. Fertigstellung neuer Werkzeuge entsprechend zu koordinieren, damit die Werkzeuge und Vorrichtungen voll einsatzfähig und termingerecht der Produktion zur Verfügung stehen.)
- Erhöhung der Effektivität der Kapazitätsauslastung. (Eine minutengenaue Planung und Steuerung verhindert Leerlauf, Warte- und Stillstandzeiten der Kapazitäten. Ferner ermöglichen genaue Angaben über die jeweils anzuwendenden

Maschinendaten — z. B. Drehzahlen und Vorschübe — eine optimale Auslastung der Kapazitäten.)

- Reduzierung der Nebenzeiten. (Durch eine gezielte Steuerungstätigkeit der Arbeitskoordinationsstelle werden die Nebenzeiten — z. B. Rüstzeiten — auf ein notwendiges Minimum reduziert.)

Auf dem Personensektor ergaben sich positive Auswirkungen beispielsweise durch

- Vermeidung unnötiger Improvisation im Bereichs der Fertigungssteuerung. (Durch die genauen Planungsarbeiten, die der Fertigungssteuerung als Vorlage dienen, sind — von Ausnahmen abgesehen — Improvisationen nicht erforderlich.)
- Sofortiges Erkennen von Abweichungen gegenüber der Planungsvorgabe. (Die Transparenz der Planung und Steuerung läßt jede Abweichung sofort erkennen und ermöglicht so rechtzeitige Gegenmaßnahmen.)
- Möglichkeiten zu sofortigen Gegenmaßnahmen. (Ebenfalls bedingt durch die Transparenz der Planung und Steuerung aller Arbeitsabläufe.)
- Reduzierung von Terminbesprechungen. (Die eindeutigen Aussagen der Planung und Steuerung aller Arbeitsabläufe erübrigt den größten Teil der Terminbesprechungen, die daher nur noch bei grundsätzlichen Terminfestlegungen oder Prioritätenbestimmungen erforderlich sind. — Keine „Panik- oder Krisensitzungen"!)
- Entscheidende Verbesserung des Verhältnisses zur Produktion. (Die klaren und eindeutigen Aussagen der Steuerung für jeden einzelnen Arbeitsablauf führten zu einer wesentlichen Verbesserung in der Zusammenarbeit mit den Mitarbeitern aus der Produktion. Jeder Mitarbeiter hat unmißverständliche Anweisungen über die von ihm erwartete Arbeit. „Zick-zack-Kurse" werden somit vermieden und die Mitarbeiter nicht verärgert, sondern zur aktiven Mitarbeit motiviert.)
- Entlastung der Führungskräfte von den Aufgaben der Fertigungssteuerung. (Durch die klaren Angaben von der Fertigungssteuerung können sich die Führungskräfte der Produktion ungestört ihren eigenen Aufgaben widmen, was letztlich wieder den Mitarbeitern zugute kommt. Der Ausspruch „Ich habe keine Zeit" fällt nur in wirklichen Ausnahmefällen.)
- Bessere Transparenz der Aufgaben. (Durch die eindeutigen und verständlichen Aussagen der Fertigungssteuerung wird das Auftragsgeschehen übersichtlich und für alle Mitarbeiter verständlich.)
- Erhöhung der Glaubwürdigkeit der Aussagen von Mitarbeitern. (Die klaren Richtlinien und Anweisungen können rekonstruiert werden und lassen damit entsprechende Überprüfungen zu.)
- Erhöhung der Flexibilität der Fertigungssteuerung durch ihre Transparenz.

Die Reorganisation von Planung und Steuerung dauerte etwa 24 Monate. Die Kosten, die dabei entstanden, waren minimal.

Die Aufzählung der nicht quantifizierbaren positiven Auswirkungen könnte noch erweitert werden, es soll jedoch bei den hier in einer Auswahl aufgeführten Beispielen bleiben. Der Verfasser möchte nur aufzeigen, daß eine gute Planung und Steuerung der Produktion nicht „typisch japanisch" ist, sondern in jedem Unternehmen praktiziert werden kann.

6.8 Produktion

In allen japanischen Unternehmen dient die Entwicklung der Technik nicht nur der Zielsetzung neuer Erkenntnisse, sondern in besonderem Maße auch der Arbeitserleichterung und der Verbesserung des Lebens der Mitarbeiter. Dies wirkt sich unter anderem in der Verbundenheit des Mitarbeiters mit dem Unternehmen aus. Der durch die Einführung automatischer Fertigung bereits erreichte hohe Stand der Arbeitsproduktivität ist u. a. dadurch charakterisiert, daß der Mitarbeiter schon heute ohne Aufwand größerer körperlicher Arbeit — lediglich durch den Druck auf einen Knopf — tausende von mechanischen Helfern in Gang setzen kann, die eine Arbeit verrichten, zu deren Erledigung sonst ein Heer von Menschen nötig wäre. Der bedeutsamste Entstehungsprozeß der modernen Technik umfaßt alle Gebiete der Industrie. Erst in den Nachkriegsjahren drang die Automatisierung in breiter Front in alle Bereiche der japanischen Industrie ein. Sie wurde so zur treibenden Kraft, der die Technik ihre rasche Entwicklung verdankt.

Die Klassifizierung der Maschinen nach Merkmalen der Automatisierung sowie die Analyse der Entwicklungswege in der Automatisierung — besonders im Maschinenbau — zeigen, daß neben dem grundlegenden Umschwung in der Technik die Automatisierung auf der Basis des vorhandenen Maschinenparks durchgeführt wurde. Der radikale Bruch mit allen erprobten und gewohnten Produktionsmethoden und die Entwicklung neuer fortschrittlicher Technologieprozesse stellen die Hauptrichtung der Vollautomatisierung der Produktionsprozesse dar.

In den meisten japanischen Unternehmen erfolgt die Produktion in qualitativer Beziehung auf grundsätzlich neuen Maschinen mit hoher Leistungsfähigkeit und Wirtschaftlichkeit sowie einer hohen Lebensdauer und einer geringen Produktionsfläche. Dies wurde vor allem durch eine revolutionäre Umgestaltung der Technik mit den Mitteln der Automatisierung erreicht. Die Maschinen entstanden (und entstehen) auf der Basis der fortschreitenden Produktionstechnologie. So werden beispielsweise auf neuen Werkzeugmaschinen mit hohen Geschwindigkeiten und großen Vorschüben Rohlinge mit minimalen Zugaben bearbeitet. Massive Stahleinzelteile werden ebenso leicht und schnell bearbeitet wie einfache Knöpfe.

Gegenwärtig bearbeiten die Maschinen hauptsächlich noch Einzelteile, die die Mitarbeiter montieren müssen. Es sind jedoch Untersuchungen im Gange (die u. a. in der Kraftfahrzeugindustrie teilweise bereits realisiert sind), die erreichen wollen, daß Montage und Regulierung der herzustellenden Maschinen immer mehr durch Automaten, Mehrzweckmaschinen und automatische Straßen ausgeführt werden.

In dem Maße, wie Maschinen rechnen und schwierige Arbeitsgänge lenken, kontrollieren und regulieren können, werden die Mitarbeiter von diesen Maschinen abgelöst. Als Beispiel sollen hier jene Automaten genannt werden, die dem Verfasser in einem japanischen Unternehmen vorgeführt wurden. Sie dienen der Montage und Kontrolle von Wälzlagern. Diese Automaten führen Dutzende von schwierigsten Operationen mit einer Schnelligkeit und Genauigkeit durch, die für Menschenhände unerreichbar ist. Die neuen Mittel der Elektronik und die Anwendung von Datenverarbeitungsanlagen und Halbleiterelementen erschließen ständig neue Gebiete für die Anwendung der Automaten, die nach Maßgabe der Möglichkeiten in den japanischen Unternehmen genutzt werden. Kennzeichnend für das gegenwärtige Stadium der Automatisierung und ihre weiteren Entwicklungsaussichten ist nicht allein die Befreiung der Mitarbeiter von der Bedienung der Maschinen. Die Automatisierung dient auch der Schaffung fortschrittlicher Arbeitsgänge und einer entsprechend leistungsfähigen Technik, die den Mitarbeiter als Teilnehmer am Arbeitsprozeß auf eine höhere Ebene stellt und ihn zu besseren Arbeitsaktivitäten motiviert.

Nach den Ausführungen von Kojo Yamamoto, dem Produktionsleiter in einem japanischen Unternehmen, ist es sehr wichtig, neue Entwicklungen in der Technik richtig zu bewerten. Denn nicht alles, was es früher nicht gab, ist gegenwärtig neuzeitlich und fortschrittlich. Nicht jede Entwicklung in der Technik ermöglicht es, die Arbeitsaufwendungen zu verringern und die Arbeitsproduktivität zu erhöhen. Die Steigerung der Arbeitsproduktivität ist der Wertmesser für die Entwicklung der Technik, die Zweckdienlichkeit ihrer Einführung und ihren ökonomischen Nutzeffekt. Die Arbeitsproduktivität wird gemessen an der Menge der hergestellten Erzeugnisse, die auf einen Mitarbeiter je Zeiteinheit entfällt bzw. an der je Erzeugnis aufgewandten Arbeitszeit. Wenn ein Mitarbeiter eine Maschine steuert, mit deren Hilfe die sonst in Handarbeit ausgeführten Arbeitsgänge mechanisiert und automatisiert wurden, wendet er zur Herstellung der betreffenden Erzeugnisse weniger lebendige Kraft auf. Die Produktivität seiner Arbeit ist gestiegen. Andererseits erfordert auch die Herstellung von Produktionsmitteln, die es ermöglichen, den Produktionsausstoß im gleichen Zeitraum zu erhöhen, einen gewissen Arbeitsaufwand. Der ökonomische Nutzeffekt einer Maschine hängt jedoch nicht nur von ihren Herstellkosten ab, sondern auch von den Bedingungen und deren Aufwendungen für ihre Ausnutzung, ihren Reparaturen und von der Möglichkeit der Bedienung mehrerer Maschinen. Zusätzlich müssen die Kosten für die Errichtung und Erhaltung entsprechender Gebäude und Anlagen zur Unterbringung dieser Maschinen berücksichtigt werden.

Wenn man — entsprechend den Ausführungen Yamamotos — zwischen einer *lebendigen Arbeit* (die unmittelbar vom Mitarbeiter neu hinzugesetzte Arbeit bei der Herstellung eines Erzeugnisses) und einer *vergegenständlichten Arbeit* (der Übertrag der verbrauchten Roh- und Hilfsstoffe und der Arbeitsmittel in Form des Verschleißes der Maschinen und Anlagen) unterscheidet, so kann man trotz der in fast allen japanischen Unternehmen festzustellenden Tendenz zur Vergrößerung des Anteils der vergegenständlichten Arbeit am Gesamtarbeitsaufwand auch andere Formen der Steigerung der Arbeitsproduktivität feststellen.

Nach dieser hier angeführten Definition konnte der Verfasser folgende Arten unterscheiden:

1. Verringerung der lebendigen Arbeit und Erhöhung der vergegenständlichten Arbeit.
2. Verringerung der lebendigen Arbeit bei gleichzeitiger Verringerung der vergegenständlichten Arbeit.
3. Verringerung der lebendigen Arbeit unter Beibehaltung der vergegenständlichten Arbeit.
4. Beibehaltung der lebendigen Arbeit bei Verringerung der vergegenständlichten Arbeit.

Zu 1: Der erste Weg besteht in der Anwendung der neuesten Mittel der Automatisierung. Dadurch ist die Möglichkeit gegeben, die Zahl jener Mitarbeiter, die an den Maschinen arbeiten, bedeutend zu senken. Durch zusätzliche Investitionen (durch erhöhten Aufwand an vergegenständlichter Arbeit) schafft man automatische Straßen, in denen der Mitarbeiter nicht nur eine, sondern mehrere Maschinen bedient. Dadurch werden die Aufwendungen an lebendiger Arbeit je Produktionseinheit geringer. Automatische Straßen wurden von den Unternehmen selbst durch Modernisierung des bestehenden Parks der automatischen Maschinen, Halbautomaten und Mehrwegmaschinen sowie durch eigene Einzelausrüstung geschaffen. Das Hauptmerkmal dieser Straßen besteht darin, daß sie alle — da sie die typisierte oder neugeschaffene Einzelausrüstung benutzen — auf Verwendung der alten erprobten Arbeitstechnologie beruhen und deshalb die gleiche Produktivität wie die entsprechenden Fließstraßen haben. Solche Straßen gewährleisten — allerdings bei stark erhöhtem Aufwand an vergegenständlichter Arbeit — eine schlagartige Verringerung des Anteils an lebendiger Arbeit.

Zu 2: Der zweite Weg beruht auf dem Einsatz leistungsfähiger Arbeitsmittel und erfordert einen höheren Aufwand an vergegenständlichter Arbeit. Dieser sinkt jedoch je Produktionseinheit im allgemeinen stark ab, da die Leistungsfähigkeit der verbesserten Arbeitsmittel gegenüber der Zunahme des Aufwandes an vergegenständlichter Arbeit schneller wächst. Dieser Weg ist der fortschrittlichste. Er gewährleistet die schnellste Steigerung der Arbeitsproduktivität, da lebendige und vergegenständlichte Arbeit gleichermaßen abnehmen. Die Einsparung an lebendiger Arbeitskraft wird nicht nur durch absolute Einschränkung von Arbeitskräften, sondern hauptsächlich durch die Erhöhung der Leistungsfähigkeit der Arbeitsmittel erreicht.

Zu 3: Der dritte Weg ist für die übliche Methode der Bedienung mehrerer Maschinen charakteristisch. Die Produktivitätssteigerung wird nur durch die Verbesserung der Arbeitsorganisation unter Beibehaltung der alten Technologie erreicht. Bei der Erhöhung der Anzahl von Maschinen, die von einem Mitarbeiter bedient werden, nimmt die Arbeitsproduktivität zuerst zu, kann aber danach auch wieder abnehmen. Dies tritt dann ein, wenn zu viele Maschinen durch einen Mitarbeiter bedient werden müssen, was zur Verminderung der Quantität und Qualität der Produktion führen kann. Der äußere Nutzeffekt wird durch überhöhte Stillstandzeiten und Ausschuß infolge mangelnder Kontrolle aufgehoben.

Zu 4: Der vierte Weg beruht auf einer Senkung der Ausrüstungskosten bei sonst gleichbleibenden Voraussetzungen. Dieser Weg erfordert eine ständige Arbeit an der Vervollkommnung der Technologie der Produktion von Produktionsmitteln, an der Standardisierung und Vereinheitlichung mechanischer Geräte, der Baugruppen und Einzelteile der Maschinen und an den Schnelligkeitsmethoden beim Projektieren und Fertigen jener Ausrüstungen, die die Senkung der Selbstkosten gewährleisten. Besonders charakteristisch für diesen Weg sind die Entwicklung von Baueinheiten für Maschinen der Großserien- und Fließfertigung und verschiedener hochproduktiver Automaten und Halbautomaten sowie die Produktion von typisierten Hilfsmitteln der Automatisierung.

Lebendige Arbeit kann eingespart werden, wenn die Arbeitsproduktivität im Sinne des ersten Weges erhöht wird, also wenn automatische Straßen durch zusätzlichen Aufwand eingeführt werden, ohne die Leistungsfähigkeit der Ausrüstung zu verändern. Der ökonomische Nutzeffekt dieser Straßen wird sich jedoch bei starker Zunahme von Maschinen, die von einem Mitarbeiter bedient werden, allmählich verringern.

Dies soll anhand eines Beispiels aus einem Bericht über die Maschinenproduktivität als Mittel zur Steigerung der Arbeitsproduktivität erläutert werden. Hier wird angenommen, daß hundert Mitarbeiter hundert Maschinen bedienen.

Nimmt man an, daß in den verschiedenen Stadien der Automatisierung ein Mitarbeiter anfangs zwei, dann zehn, zwanzig, fünfzig und schließlich hundert Maschinen bedient, dann können beim Übergang von der Bedienung einer Maschine auf zwei 50 Prozent des Lohnes eingespart werden, beim Übergang von zwei Maschinen auf zehn noch 40 Prozent, von zehn auf zwanzig 5 Prozent, von zwanzig auf fünfzig 3 Prozent und schließlich beim Übergang von fünfzig Maschinen auf hundert nur noch 1 Prozent, wie aus Bild 50 zu ersehen ist.

Es ist ersichtlich, daß die erhöhte Anzahl der Maschinen z, die von einem Mitarbeiter in den verschiedenen Stadien der Automatisierung bedient werden, einen völlig unterschiedlichen ökonomischen Nutzeffekt haben. In Wirklichkeit jedoch wird diese Einsparung durch Mehrmaschinenbedienung infolge der direkten Aufwendungen für die Automatisierung noch geringer sein. Hierbei ist zu beachten, daß mit der Vergrößerung von z die technischen Schwierigkeiten und die entsprechenden Investitionen, die für die Automatisierung aufgewendet werden, anwachsen.

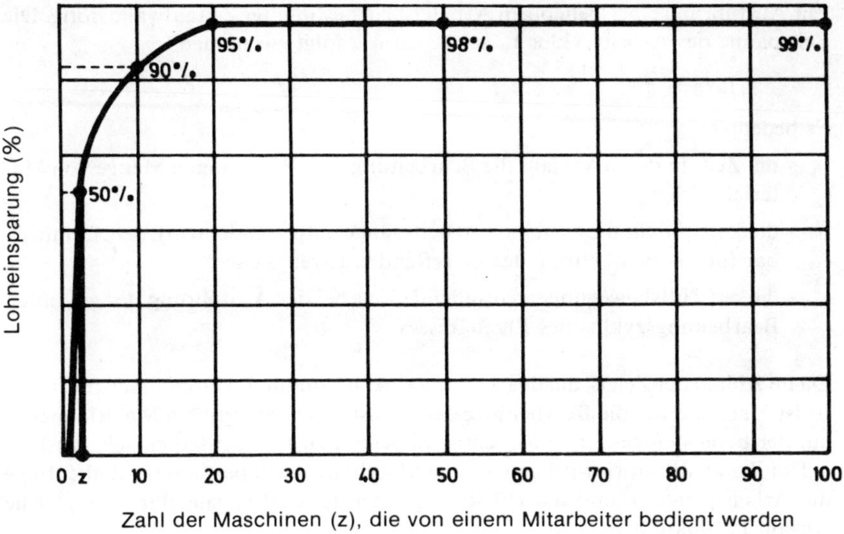

Bild 50 *Abhängigkeit der Lohneinsparung von der Zahl der von einem Mitarbeiter bedienten Maschinen*

Somit verlangsamt sich bei der Einführung der Mehrmaschinenbedienung mit der Vergrößerung der Anzahl jener Maschinen, die von einem Mitarbeiter bedient werden, die Lohneinsparung, während sich die Kosten erhöhen. Zugleich ist aber bekannt, daß der Arbeitsproduktivität keine Grenzen gesetzt sind. Die Arbeitsproduktivität kann durch erhöhte Leistungsfähigkeit der Ausrüstung, durch die Ausarbeitung neuer technologischer Prozesse und durch die Einführung der Vollautomatisierung gesteigert werden. Folglich besteht die Erhöhung der Arbeitsproduktivität hier darin, daß dank der Mechanisierung und Automatisierung der Produktionsprozesse die lebendige Arbeit abnimmt. Es werden also solche Produktionsmittel geschaffen, deren Produktivität so zunimmt, daß der Gesamtarbeitsaufwand — trotz steigenden Übertrages an vergegenständlichter Arbeit auf das neue Erzeugnis — abnimmt. Die Produktivität der Arbeit hängt also in erster Linie von der Produktivität der Maschine ab.

Als Produktivität der Maschine bezeichnet man die Anzahl der in einer Einheit zu bearbeitenden Produkte. Je nach Zweckbestimmung der Maschine kann die Anzahl der zu bearbeitenden Produkte in verschiedenen Einheiten (Stück, Masse, Länge, Umfang) gemessen werden. Außerdem wird als Basis für die Berechnungen der Produktivität die Leistung je Stück gewählt, also die Menge der gefertigten Erzeugnisse in einer Zeiteinheit.

Zur Ausführung einer beliebigen Arbeit ist ein bestimmter Zeitaufwand nötig. Die Zeitspanne des Arbeitszyklus t_{st} setzt sich wie folgt zusammen:

$$t_{st} = t_h + t_n$$

Es bedeuten:

t_{st} = die Zeit, in deren Verlauf die Bearbeitung einer bestimmten Menge von Material erfolgt;

t_h = die Zeit, die für die einzelnen Arbeitsgänge aufgewendet wird, d. h. unmittelbar für die Bearbeitung des betreffenden Erzeugnisses;

t_n = die auf Hilfsbewegungen entfallende Zeit bei der Ausführung des gesamten Bearbeitungszyklus des Erzeugnisses.

Da im Ablauf der Zeit t_{st} die Bearbeitung einer bestimmten Materialmenge erfolgt, so ist klar, daß für die Bearbeitung der nächsten, ebenso großen Materialmenge auf der bereits eingestellten Maschine dieselbe Zeit t_{st} erforderlich sein wird. In jedem Zeitabschnitt t_{st} wird eine solche Maschine, die in bestimmter Reihenfolge die Arbeitsgänge t_h und die Hilfsbewegungen t_{n1} und t_{n2} ausführt, die gleiche Anzahl Produkte herstellen.

Ist die Dauer des Arbeitszyklus T bekannt, ist es ein leichtes, die Häufigkeit seiner Wiederholung Q, d. h. die Produktivität der Maschine, festzustellen.

$$Q = \frac{1}{t_{st}} = \frac{1}{t_h + t_n}$$

Für Maschinen, die ununterbrochen laufen, d. h. deren Arbeitsprozeß nicht unterbrochen wird ($t_n = 0$), ergibt sich folgende Produktivitätsformel:

$$Q = \frac{1}{t_h} = K$$

wobei

$$t_{st} = t_h$$

ist.

Die Größe K wird als technologische Produktivität bezeichnet und stellt die errechnete Produktivität der Maschine, ohne Berücksichtigung des durch Hilfsbewegungen (t_n) entstehenden Zeitverlusts, dar.

Die Produktivität einer Maschine mit Leerlauf ist immer geringer als die technologische Produktivität.

$$Q = K \cdot \frac{1}{1 + Kt_n} = K_n$$

Aus dieser Formel ist ersichtlich, daß die Produktivität der Maschine das Produkt der technologischen Produktivität K mit dem Koeffizienten der Produktivität n darstellt.

Die letzte Formel zeigt auch, daß die Produktivität der Maschine nicht im gleichen Verhältnis zur Erhöhung der technologischen Produktivität ansteigt. Wenn nur die technologische Produktivität erhöht wird, also der Arbeitsprozeß bei gleichbleibenden Hilfsbewegungen intensiviert wird (z. B. durch Einführung einer entsprechenden Werkzeugvariablen, die eine hohe Arbeitsleistung und gleichzeitiges Arbeiten mit mehreren Werkzeugen gestattet), so nimmt die Produktivität über eine gewisse Größe hinaus nicht mehr zu. Deshalb bestehen bei sämtlichen Arbeitsmaschinen Grenzen für die Erhöhung der Produktivität.

Dies ergibt sich daraus, daß bei der Intensivierung der Arbeitsprozesse der Anteil der Arbeitsgänge im Zyklus sehr gering wird und ihre weitere Einschränkung keinen Nutzeffekt mehr hat. Die Zeit des Zyklus wird fast ausschließlich für die nicht veränderlichen Hilfsbewegungen verwendet. Außerdem führt die Intensivierung der technologischen Prozesse in der Regel zum schnellen Wachstum der außerhalb des Zyklus erfolgten Verluste, z. B. beim Wechsel und Einstellen der Werkzeuge und bei Maschinenreparaturen. Darum kann eine Intensivierung der Arbeitsprozesse mitunter keine Steigerung, sondern sogar eine Verringerung der Produktivität der Maschinen bewirken.

Aufgrund einer Analyse der Arbeit von Maschinen und Aggregaten läßt sich eine Produktivitätsbilanz zusammenstellen, die die Arten der Verluste und ihre Bedeutung darstellt.

Die Verluste können in sechs Kategorien eingeteilt werden:

1. Die Verluste resultieren aus Leerläufen bei der Bearbeitung eines jeden Einzelteiles, z. B. beim Einlegen der Rohlinge. Eine wirksame Methode gegen Verluste beim Einlegen ist die Verwendung von Einlegern verschiedenster Konstruktionen.
2. Die Verluste werden beim Wechsel, Einsetzen und Einrichten der Werkzeuge verursacht, sind also Zeitverluste. Man kann die Zeit bedeutend abkürzen, insbesondere durch eine rationelle Konstruktion sowohl der Schneide als auch der Halter.
3. Die Verluste entstehen durch nötige Regulierungen und die Reparatur von Ausrüstungsteilen. Eine Einschränkung dieser Verluste wird durch richtige Konstruktion der Baugruppen für die Maschinen und durch die Auslese des richtigen Materials für die gleitende Paarung erreicht. Durch ein solches Verfahren wird beispielsweise die Lebensdauer einer Hebevorrichtung für Spindelblöcke der Automaten verlängert.
4. Die Verluste entstehen durch den Mangel an rationeller Organisation des Arbeitsplatzes. Vor allem die Verwendung von Spezialtransportmitteln und die

Anlage von zweckmäßigen Lagerräumen gibt die Möglichkeit, eine störungsfreie Versorgung des Arbeitsplatzes mit Rohlingen zu organisieren.

5. Die Verluste entstehen durch unnötige Kontrollen der Produktionsqualität. Die Verwendung verschiedener Meßeinrichtungen in der modernen Produktion und besonders ihr Einbau in die Ausrüstung vermindern schlagartig solche Verluste.
6. Die Verluste entstehen durch eine periodische Umrichtung der Produktionsmittel für eine neue Arbeit. Der Kampf gegen diese Verluste wird mit vielen Mitteln geführt, z. B. durch rationelle Einrichtungen der Steuerungssysteme.

Aufgrund dieser Verluste erhält man gegenüber der technologischen Produktivität K eine wesentlich geringere tatsächliche Auslastung der Produktivität Q.

Die Automatisierung gewährleistet eine starke Verminderung aller Zeitverluste. Sie führt so zur besseren Ausnutzung des Maschinenparks, zur Steigerung der Produktivität, zur Verbesserung der Qualität der Erzeugnisse und zur Erleichterung der Arbeit.

Die Wirkung durch Einführung der automatischen Einrichtungen wird um so größer sein, je mehr die typisierten Automatisierungsmittel angewendet werden. Deshalb ist die Projektierung und Serienfertigung dieser Mittel eine der wichtigsten Aufgaben japanischer Unternehmen. Die typisierten Automatisierungsmittel erleichtern die Masenautomatisierung von vielen Ausrüstungen, die in der Industrie verwendet werden. (Reinheimer, Die Maschinenproduktivität als Mittel zur Steigerung der Arbeitsproduktivität, Universität Tokyo, 1970.)

Die historisch herangereifte Entwicklung der Automatisierung z. B. im Maschinenbau kann am Beispiel der Metallbearbeitungsmaschinen in acht Stufen unterteilt werden:

1. Universalwerkzeugmaschinen mit Handsteuerung
2. Universalautomaten und -halbautomaten
3. spezialisierte und Spezialautomaten und -halbautomaten
4. Baukastenmaschinen
5. automatische Fließstraßen aus Baukastenmaschinen
6. automatische Straßen aus Universalautomaten
7. komplexe automatische Straßen
8. Universalwerkzeugmaschinen mit Programmsteuerung.

Aus dieser Aufstellung ist ersichtlich, daß die Universalwerkzeuge mit Handsteuerung die erste Stufe der spanabhebenden Werkzeugmaschinen bilden. Sie erschienen schon vor langer Zeit und seitdem werden nicht allein ihre technischen Kennziffern, sondern auch die Baugruppen der automatischen Steuerung verbessert. Sie stellten bereits die erste Stufe der Automatisierung dar. Der Hauptvorzug dieser Maschinen ist ihre Universalität. Ein hochqualifizierter Mitarbeiter kann an einer solchen Maschine viele Einzelteile herstellen.

Diese Universalwerkzeugmaschinen haben jedoch einen wesentlichen Nachteil: eine geringe Produktivität. Dadurch haben sie in Unternehmen der Massenproduktion auch nur einen geringen prozentualen Anteil.

Die Massenproduktion — eine Produktion, bei der eine große Menge gleicher Erzeugnisse gefertigt wird — bedingte das Erscheinen der zweiten Gruppe von Maschinen, den sogenannten Universalautomaten und -halbautomaten. Deren Besonderheit liegt in einer hohen Produktivität und einem hohen Grad der Automatisierung. So kann z. B. der moderne Mehrspindelautomat bezüglich der Produktivität bis zu 20 Universaldrehmaschinen ersetzen. Hierbei kann ein Mitarbeiter mehrere Automaten bedienen. Folglich wird auch die Produktivität dieses Mitarbeiters um ein vielfaches höher sein als bei der Arbeit an Universalwerkzeugmaschinen mit Handsteuerung. Doch auch auf den automatischen Werkzeugmaschinen kann man bestenfalls einige verschiedenartige Einzelteile bearbeiten. Damit ist auch die große Anzahl der Typengrößen solcher Automaten sowie ihre geringe Verbreitung in der Serien- und Einzelproduktion zu erklären.

Zur dritten Gruppe der Maschinen zählen die sogenannten spezialisierten Maschinen, Spezialautomaten und -halbautomaten. Sie finden nur dort Verwendung, wo typisierte Teile oder mehrere Einzelteile gleichen Typs herzustellen sind. Diese Automaten und Halbautomaten verfügen über eine hohe Produktivität und sind gegenüber den Universalautomaten konstruktiv einfacher. Doch sie können nur in der Massenproduktion und bei der Fertigung solcher Einzelteile, deren Form und Größe lange Zeit unverändert bleibt.

Das ungestüme Wachstum der Technik bedingt jedoch auch in Japan eine schnelle Ersetzbarkeit der Produktionsobjekte, d. h. der herzustellenden Einzelteile und ganzer Maschinen. Dies macht die Schaffung von Maschinen eines anderen Typs notwendig, bei denen sich die hohe Produktivität — die den Automaten und Halbautomaten eigen ist — mit weitgehenden technologischen Möglichkeiten vereinigt. Solche Eigenschaften besitzen in gewissem Grade die sogenannten Baukastenmaschinen, die zur vierten Gruppe gehören.

Ein Unterscheidungsmerkmal der Maschinen dieser Gruppe ist ihre Zusammensetzung aus standardisierten Baugruppen und Antrieben. Deshalb sind die Lieferwerte der Baukastenmaschinen sehr beweglich, da sie durch Kombinationen der standardisierten Baueinheiten sehr schnell hochproduktive automatisierte Maschinen der verschiedensten technologischen Bestimmungen schaffen können.

Von diesen vier Gruppen der spanabhebenden Werkzeugmaschinen war das Niveau der Maschinenbauproduktion gekennzeichnet, das in der ersten Hälfte des 20. Jahrhunderts erreicht war. Besonders nach dem Zweiten Weltkrieg begann eine stürmische Entwicklung der Technik der Massenproduktion, die zur Schaffung von automatischen Straßen, Abteilungen und sogar ganzen automatischen Fabriken führte.

Dann begann die Verbreitung der automatischen Fließstraßen aus Baukastenmaschinen als die fünfte Gruppe. Solche Straßen wurden aber vorzugsweise zur Herstellung großer Einzelteile geschaffen. Für die Fertigung mittlerer und kleiner Einzelteile werden automatische Straßen eingesetzt, die aus Universalautomaten und -halbautomaten bestehen. Der Hauptvorzug dieser Straßen liegt in der Möglichkeit, den ungeheuren vorhandenen Park der Automaten und Halbautomaten durch eine Modernisierung verwendbar zu machen. Somit entsteht die sechste Gruppe.

Zur gleichen Zeit wie die erwähnten Straßen wurden in den letzten Jahren ständig automatische Einzweckstraßen geschaffen, die allein zur Herstellung eines einzigen Maschinenteils bestimmt sind, z. B. des Autokolbens. Diese Straßen stellen die siebte Gruppe dar. Hierbei wird der gesamte Herstellungsprozeß, angefangen vom Erhalt des Rohlings bis zu seiner Verpackung, voll automatisiert. Zur Projektierung und Fertigung der gesamten technologischen Ausrüstung und Hilfsausrüstung ist bei der Schaffung solcher Originalstraßen in der Regel ein großer Aufwand an Kräften, Mitteln und Zeit erforderlich, so daß sie nicht zur vollen Entfaltung kommen.

Es ist daher kein Zufall, daß die Tendenz zur achten Gruppe und damit zur Ausarbeitung der Universalwerkzeugmaschinen mit Programmsteuerung geht. Bei diesen Maschinen wird der Bearbeitungsprozeß in Form eines Programms mit Hilfe der Beobachtungssysteme und mathematischen Einrichtungen aufgegeben. Zugleich kontrolliert dieses System, ob das Programm, das der Maschine aufgegeben worden war, richtig erfüllt wird. Die Genauigkeiten bei der Bearbeitung von Einzelteilen auf solchen Maschinen sind sehr groß.

Zur Zeit kann man in jeder beliebigen großen Maschinenfabrik in Japan alle oder fast alle der aufgezählten Ausrüstungsgruppen antreffen. Dabei kann das gleiche Erzeugnis mit Hilfe von Arbeitsmaschinen mit unterschiedlicher Automatisierung bearbeitet werden.

Beispielsweise kann die Dreharbeit an 10 000 Stück Innenringen für Kugellager durch eine der folgenden Maschinenarten besorgt werden, und zwar in folgender Anzahl (die Produktivität jeder Maschinengruppe beträgt 1800 Ringe je Schicht):

Vierspindelautomaten	2
Einspindelautomaten	5
Revolverdrehmaschinen	28
Drehmaschinen	44

Der große Unterschied in der nötigen Ausrüstung, der Arbeitskraft und den Produktionsflächen ist dadurch zu erklären, daß jede Werkzeugmaschine eine andere Produktivität aufweist. In diesem Beispiel waren Produktivität und Bearbeitungszeit folgende:

	Produktivität (Stück/min)	Zeit (min)
Vierspindelautomat	1,9	0,53
Einspindelautomat	0,77	1,30
Revolverdrehmaschine	0,134	7,46
Drehmaschine	0,083	12,00

Bei der Massenproduktion in diesem Unternehmen werden Automaten, Halbautomaten und automatische Straßen verwendet.

Bei anderen Unternehmen wurden Werkzeugmaschinen mit Programmsteuerung in die Produktionszweige eingeführt, so daß neben der Massenproduktion ein schneller Austausch der Produktionsobjekte erfolgen kann.

Um die Arbeitsproduktivität zu erhöhen, streben die Unternehmen stets danach, die Bearbeitungszeiten für ein Werkstück zu verkürzen. Sie arbeiten mit großen Geschwindigkeiten und großen Vorschüben und verkürzen damit auch die Zeit zur Ausführung der Hilfsbewegungen.

Die Arbeitsanalyse von verschiedenen Fachgebieten der Unternehmen zeigte, daß die wirkungsvollste Art zur Erhöhung der Arbeitsproduktivität im gemeinsamen Ausnutzen aller Faktoren liegt, die auf die Produktivität der Maschinen einen Einfluß haben.

Den vorhandenen Maschinenpark richtig auszunutzen — dies erfordert nicht nur, daß man bei der Bearbeitung Schnellarbeitsmethoden anwendet, sondern auch, daß man gleichzeitig die unproduktiven Kosten kürzt. Mit der Einführung dieser Bearbeitungsmethoden verkürzten die Unternehmen beachtlich die Arbeitszeit. Dabei sind allerdings in vielen Fällen die Hilfszeiten unverändert geblieben und demzufolge relativ auf 60 bis 70 Prozent der Gesamtzeit angestiegen. Zum Beispiel dauerte in einem Werk die Bearbeitung von Stahlrollen auf Mehrmeißeldrehmaschinen bei den üblichen Schnittgeschwindigkeiten 5,6 min. Die Maschinenarbeitszeit t_h betrug 4,2 min, Leerlauf $t_n = 1{,}4$ min. Hierbei betrug die Produktivität Q 0,179 Stück/min.

Bei der Bearbeitung des gleichen Teils wurden bei erhöhten Geschwindigkeiten folgende Werte erzielt: $t_h = 0{,}9$ min, $t_n = 1{,}3$ min und $Q = 0{,}455$ Stück/min.

Ein Vergleich dieser Vorgänge zeigte, daß sich t_h um 4,7mal verringert hatte, Q aber nur 2,5mal erhöht wurde. Auf diese Weise wurden die Möglichkeiten der Schnellbearbeitungsmethoden also nicht vollständig ausgeschöpft, da sich die Zeit der Hilfsbewegungen kaum verändert hatte.

Neben den automatischen Straßen aus Baukastenmaschinen fanden die automatischen Straßen, die auf der Basis vorhandener Universalautomaten und -halbautomaten entwickelt wurden, starke Verbreitung in den entsprechenden japanischen Unternehmen.

Man baute diese Straßen auf der Grundlage der im Unternehmen erprobten Werkzeugmaschinen auf. Dadurch wurde eine sichere Arbeitsfähigkeit der automatischen Straße gewährleistet. Außerdem wurde die Frist für die Projektierung der Straße verkürzt und die Kosten herabgesetzt. Diese automatischen Straßen wurden aus Automaten und Halbautomaten zusammengesetzt, die sowohl für den Betrieb im einzelnen als auch für den Einbau in automatischen Straßen bestimmt waren.

Die Schaffung von automatischen Straßen aus Universalautomaten und -halbautomaten erfolgte im wesentlichen mit Hilfe von Beschickungseinrichtungen, Selbststeuerungen und Transportanlagen, die alle Automaten zu einer Straße verbinden. Für bestimmte Einzelteile, z. B. Wälzlager, wurden besondere „automatische Hände" als Beschickungseinrichtungen entwickelt.

Ein typisches Beispiel für automatische Straßen, die auf der Basis vorhandener Universalautomaten aufgebaut wurden, sind die Straßen zur Bearbeitung von Wälzlagerringen in einem japanischen Unternehmen. Auf dieser Straße wird auf allen Werkzeugmaschinen gleichzeitig und unabhängig voneinander die Bearbeitung von zwölf Ringtypen durchgeführt.

Die Straße besteht aus 40 Mehrspindelhalbautomaten und 14 Nach- und Fertigbearbeitungsmaschinen. Die Ringe werden auf einem Hilfsförderer der automatischen Straße, der mit trogartigen Ringen versehen ist, geschüttet. Die eingeschütteten Ringe werden durch den Förderer zum vertikalen Aufzug geschoben, der sie in das Magazin befördert. Auf den schrägen Rinnen des Magazins werden die Ringe durch rhythmische Speiser zur Ausgabeposition gebracht, einem Förderer, der ebenfalls eine Reihe trogartiger Rinnen besitzt. Eine elektromagnetische Trenneinrichtung des rhythmischen Speisers arbeitet nur dann, wenn von den Werkzeugmaschinen der Straße Signale über die Fertigbearbeitung der entsprechenden Ringe gegeben werden. Die vom rhythmischen Speiser ausgegebenen Ringe werden vom Hauptverteilungsförderer übernommen. Dieser stellt einen Trog mit 15 Rinnen dar, auf den die Ringe durch Mitnehmer, die zwischen zwei parallelen Ketten befestigt sind, geschoben werden. Auf dem Förderer befinden sich zwölf Haupt- und drei Reserverinnen. In jeder Rinne wird nur der zur Bearbeitung an einer bestimmten Werkzeugmaschine vorgesehene Ringtyp transportiert. Ist der Ring bei der Werkzeugmaschine angelangt, so fällt er durch eine Luke und wird mittels einer trogähnlichen Rinne zum Selbstbeschicker befördert. Wenn ein Lagerfluß zwei oder drei parallel arbeitende Maschinen speist, wird ein mechanischer Zeiger angewendet. Er verteilt die Ringe automatisch durch Drehung des Zeigers gleichmäßig auf die einzelnen Maschinen. In der Beschickungsstation der Maschinen werden die Ringe zur Klemmfassung befördert und vom Selbstbeschicker abgenommen. Die von der ersten Maschine bearbeiteten Ringe rollen auf der Abführrinne zum Aufzug, der sie der Zufuhrrinne der folgenden Maschine übergibt. Von hier aus gelangen die Ringe auf ähnlichem Wege zum Hauptförderer. Jeder Ring wird wieder in seinen besonderen Lagerfluß geschoben und zum dritten Nachbearbeitungsvorgang transportiert. Nach der Fertigstellung werden die Ringe durch den Förderer zur Gütekontrolle zwecks Nachprüfung der gesamten Maße befördert.

Die Länge des Hauptförderers beträgt 75 Meter. Die Werkzeugmaschinen werden von 20 Aufzügen, 10 Zeigerteilern und einem Netz von Zufuhr- und Abführrinnen bedient. Der Förderer hängt zur bequemen Bedienung der Werkzeugmaschinen drei Meter über dem Fußboden. Um Brüche an den Maschinen oder Selbstbeschickern zu vermeiden, schaltet ein besonderes Sperrsystem den Antrieb aus. Gleichzeitig leuchtet eine Signallampe auf, die den Stillstand der Maschinen ankündigt. Die Ermittlung der Ringanzahl erfolgt durch Zählwerke am Anfang und am Ende des Hauptförderers für jeden Ringtyp und Arbeitsvorgang.

Die bisherige Einsatzzeit bewies die zuverlässige Arbeitsweise der Straße. Es gab nach Auskunft der entsprechenden Stellen in diesem Unternehmen nicht einen ernsthaften Bruch der Maschinen oder Selbstbeschicker durch Versagen der Sperrvorrichtung. Die Fertigung der Ringe pro Maschine stieg um 25 Prozent.

Ein weiteres charakteristisches Beispiel für die automatischen Straßen aus Einzweckausrüstungen ist eine Straße zur Bearbeitung von Zahnrädern. Diese Straße ist für die Bearbeitung von Stirnrädern mit einem Durchmesser von 100 bis 300 mm bestimmt. Sie besteht aus acht Werkzeugmaschinen. Die Bearbeitungszeit eines Zahnrades konnte gegenüber den bei üblichen Produktionsmethoden notwendigen 10 bis 15 Minuten auf 1,5 bis 2 Minuten reduziert werden. Die Straße muß die Fertigung von 120 000 Zahnrädern im Jahr beim Arbeiten in zwei Schichten gewährleisten. Bedient wird sie von drei Einrichtern. Für die Neueinstellung der Straße auf ein anderes Muster sind vier Stunden vorgesehen.

Die Vielzahl der Produktionsmethoden und Verfahren ist groß, der Stand der Automatisierung sehr hoch. Es soll an dieser Stelle bei den angeführten Beispielen bleiben, stellvertretend für die Automation japanischer Produktionsmethoden.

6.9 Qualitätssicherung

Die Kennziffern des Qualitätsstandards sind für die japanischen Unternehmen wichtige Daten. Ihre Einhaltung und Verbesserung trägt wesentlich zur Steigerung der Arbeitsproduktivität, zur Senkung der Selbstkosten in der Produktion und damit auch zur Erhöhung der Rentabilität der Unternehmen bei. Eine Produktion ohne Ausschuß und Nacharbeit stellt einen produktionstechnischen Idealfall dar, der sich beim gegenwärtigen Stand der Technik noch nicht überall realisieren läßt. Dennoch ist es das Ziel des Leistungsbereiches in den Produktionsbetrieben, gemeinsam mit allen Stellen, die an der Produktion beteiligt sind, Erzeugnisse höchster Qualität zu schaffen. Um auf dem internationalen Markt bestehen zu können, messen alle japanischen Unternehmen sowohl der Bekämpfung des Ausschusses und der Nacharbeit als auch der Frage der Kostenminderung größte Bedeutung bei. Infolge fortschreitender technischer Entwicklungen verlangt die Forderung nach Qualität immer genauer arbeitende Maschinen. Zur Qualitätssteigerung wird deshalb in den meisten japanischen Unternehmen die Qualitätskontrolle mit mathematisch-statistischen Methoden praktiziert. Sie beugt — unter relativ geringen Aufwendungen für die Durchführung — bereits im Produktionsprozeß der Entstehung von Ausschuß und Nacharbeit vor.

Kokun Sonota, Leiter der Qualitätssicherung in einem japanischen Unternehmen der optischen Industrie, schildert dem Verfasser, welche Methoden zur Qualitätssicherung in seinem Bereich praktiziert werden:

Im allgemeinen Sprachgebrauch unterscheidet man zwischen verschiedenen Qualitäten. Damit ist die Unterschiedlichkeit im Gebrauchswert der Erzeugnisse mit gleicher oder ähnlicher Funktion und die Verschiedenheit der Qualität als Grad der Übereinstimmung mit den Entwurfsvorschriften, d. h. mit dem vorgeschriebenen Qualitätsstandard gemeint. Beispielsweise sind ein Gerät vom Typ „A“ und ein Gerät vom Typ „B“ ihrer Funktion nach beide Fotogeräte. Der Gebrauchswert des Gerätes vom Typ „A“ liegt jedoch ungleich höher als der des Geräts vom Typ „B“. Worauf es aber bei beiden Geräten in bezug auf die Kontrolle im Produktionsablauf ankommt, ist die Übereinstimmung mit der technischen Dokumentation. Wenn die Verschlüsse fehlerhaft arbeiten, entsprechen beide Geräte nicht den Spezifikationen.

Es ist also die Aufgabe der statistischen Qualitätskontrolle, einen einwandfreien Ablauf des Produktionsprozesses zu ermöglichen. Dies aber ist von einer Reihe Faktoren abhängig:

- Das Material kann seiner äußeren und inneren Beschaffenheit nach entsprechenden Schwankungen unterworfen sein
- die Rohstoffe können zu feucht oder zu trocken, zu hart oder zu weich oder durch unsachgemäße Lagerung beeinträchtigt sein;

- die Halbfabrikate können in ihrer Qualität nicht dem vorgeschriebenen Standard entsprechen;
- auch der allmähliche Verschleiß der Maschinen und Werkzeuge sowie das Nachlassen ihrer Wirksamkeit sind Ursache für eine Qualitätsminderung der Erzeugnisse;
- ebenso sind Veränderungen in den äußeren Bedingungen, unter denen der Produktionsprozeß abläuft (z. B. Abweichungen von der technologischen Disziplin) von Bedeutung;
- neben der guten oder auch mangelhaften Gestaltung des Produktionsprozesses spielt die Organisation der Arbeit in bezug auf die Erfüllung der Produktionsaufgaben eine große Rolle;
- mangelnde Qualifizierung der Mitarbeiter, schlechte Arbeitsmoral, Ermüdung und unzureichende Arbeitsbedingungen beeinflussen in ungünstigem Sinn die Qualität der Erzeugnisse.

Bei Arbeitsprozessen, die sich wiederholen — vor allem in der Serien- und Massenproduktion —, wirken sich die genannten Faktoren derart aus, daß bestimmte Mängel typisch in Erscheinung treten. Die Methoden der statistischen Qualitätskontrolle untersuchen den Ablauf des Produktionsprozesses. Dies führt zu einer besseren Erfüllung der Qualitätsvorschriften sowie zur Verminderung von Ausschuß und Nacharbeit. Dadurch wird stets eine Erhöhung der Arbeitsproduktivität und eine Senkung der Selbstkosten erreicht. Die Methoden der statistischen Qualitätskontrolle geben Hinweise, wo, wann, von wem und unter welchen Umständen Störungen im Arbeitsprozeß verursacht werden. Auf diese Weise hat sich ein Qualitätsbewußtsein entwickelt und das Verantwortungsbewußtsein der Mitarbeiter, die am Produktionsprozeß beteiligt sind, wird erhöht. Die Ergebnisse der statistischen Qualitätskontrolle dienen als Zertifikate der gelieferten Erzeugnisse und zeigen dem Erfindungs- und Vorschlagswesen Wege für die Entwicklungsarbeit. Dadurch werden die Grenzen der Wirtschaftlichkeit und der Funktionsgenauigkeit der verwendeten Maschinen und Vorrichtungen festgestellt.

Zur Durchführung dieser Aufgaben werden mathematisch-statistische Hilfsmittel für meßbare und nicht meßbare Qualitätsmerkmale verwendet.

● *Mathematisch-statistische Hilfsmittel für meßbare Qualitätsmerkmale*

Es ist nicht möglich, den SOLL-Wert eines für die Qualität charakteristischen Merkmals während des ganzen Prozesses genau einzuhalten. Die Qualität des Ausgangsmaterials, die Einstellung der Maschinen und weitere, für den Prozeß wichtige Umstände sind zufälligen Schwankungen unterworfen, die sich auch auf die für das Erzeugnis charakteristischen Merkmale auswirken. Diese werden also auch Schwankungen aufweisen.

Für eine zahlenmäßige Bewertung jener Merkmale, die für die Qualität eines Erzeugnisses charakteristisch sind, begnügt man sich nicht mit der Messung an dem betreffenden Erzeugnis. Die Messungen werden vielmehr an allen Erzeugnissen einer ganzen Serie, eines ganzen Loses oder an einem Teil davon stichprobenartig wiederholt, denn eine Aufstellung der gemessenen Einzelwerte gibt noch keinen Überblick über das Ergebnis der Prüfung bzw. Untersuchung. Die beiden wichtigsten Arten von Meßzahlen, die in gedrängter Form den Untersuchungsbefund angeben, sind diejenigen, die die mittlere Lage der beobachteten Werte beschreiben, und solche, die die Schwankungen der Einzelwerte charakterisieren.

Möglichkeiten bieten:

- *Meßreihen mit wenigen Einzelwerten*
  Beispiel: Messung der Dicke von zehn Teilen, die unter gleichen Bedingungen hergestellt wurden, ergaben bestimmte Werte, von denen sich die meisten auf einen gewissen mittleren Bereich konzentrieren.

  Auswertungshilfsmittel sind:
  - arithmetisches Mittel
  - Median
  - Varianz
  - Spannweite
  - Variationskoeffizient.

- *Meßreihen mit vielen Einzelwerten*
  Beispiel: Während die Werte der Meßreihen mit den oben genannten 10 Einzelwerten noch leicht überschaubar sind, kann über die Werte einer Meßreihe mit 100 Einzelwerten wenig ausgesagt werden. Deshalb werden die Werte der Urliste zunächst der Größe nach geordnet und man notiert die Häufigkeit der einzelnen Beobachtungen. Die geordneten und primären Listen ergeben schon ein anschaulicheres Bild über die gemessenen Werte als die Urliste. Die Verteilung wird graphisch dargestellt.

  Auswertungshilfsmittel sind:
  - Berechnung des Mittelwerts
  - Berechnung der Varianz
  - Sammelkurve
  - Normalverteilung
  - Fläche unter der Normalverteilung
  - Zerlegung von Mischverteilungen mit Hilfe des Wahrscheinlichkeitsnetzes.

- *Gesamtheit und Stichprobe*
  Es liegt im Wesen des statistischen Denkens, eine Beobachtungsreihe als eine Stichprobe aus einer Gesamtheit anzunehmen. Die einzelnen Erzeugnisse, z. B.

die Teile, deren Dicke gemessen wurde, stammen aus einem Fertigungsprozeß, dem eine große Anzahl solcher Erzeugnisse entstammt. Die zehn bzw. hundert auf ihre Dicke hin untersuchten Teile sind also Stichproben aus einer Vielzahl von Erzeugnissen, der Gesamtgrundzahl. Mit Hilfe der statistischen Methode ist es möglich, von einer Stichprobe oder einer Beobachtungsreihe beschränkten Umfangs auf die Beschaffenheit (d. h. auf die statistischen Meßzahlen) der hypothetischen — meist unendlich groß gedachten — Grundgesamtheit, der die Stichprobe entnommen wurde, zu schließen. Die Stichprobe ist somit geeignet, die Grundgesamtheit zu repräsentieren. Ist die Grundgesamtheit charakteristisch, d. h. ist deren statistische Meßzahl bekannt, so kann man auf die statistischen Maßzahlen anderer, aus dieser Gesamtheit gezogen Stichproben schließen. Dabei spielt die Standardabweichung bei Aussagen über die Zuverlässigkeit eines Untersuchungsbefundes eine wesentliche Rolle. Sie zeigt an, wieviel Vertrauen zu den Ergebnissen einer Beobachtungsreihe möglich ist. Man unterscheidet dabei zwischen der Standardabweichung der Grundgesamtzahl und der Standardabweichung der Stichprobe.

- *Verteilung der Mittelwerte von Stichproben*

  Wenn die Grundgesamtheit bekannt ist, wird ihr eine größere Anzahl von Stichproben entnommen und von jeder Stichprobe der Mittelwert errechnet. Da die Mittelwerte nicht alle übereinstimmen, werden sie der Größe nach geordnet und nach entsprechender Klassenbildung stellt man die Verteilung der Mittelwerte fest.

  Ist die Verteilung der Mittelwerte einigermaßen groß, so gilt:

  - Der Mittelwert der Verteilung von Stichproben stimmt mit dem Mittelwert der Grundgesamtheit überein.
  - Die Varianz oder Verteilung der Mittelwerte hängt vom Umfang der Stichproben ab. Sie ist mit der Varianz der Grundgesamtheit durch die Beziehung des Wurzelgesetzes verknüpft.
  - Ist die Grundgesamtheit normal verteilt, so ist auch die Verteilung der Mittelwerte normal. Ist die Grundgesamtheit nicht normal, so ist die Verteilung der Mittelwerte annähernd normal. Die Annäherung ist um so besser, je größer der Umfang der Stichprobe ist.

- *Kontrollgrenzen*

  Bei einer Normalverteilung liegen innerhalb der x-Grenzen y Prozent aller Werte. Daraus folgt, daß die Mittelwerte von Stichproben, die einer Grundgesamtheit mit dem Mittelwert z und Standardabweichung a entnommen wurden, fast alle in den Bereich z fallen. Diese beiden Grenzen werden in der Kontrollkartentechnik Kontrollgrenzen oder Kontrollinien der Kontrollkarte für Mittelwerte genannt.

- *Mathematisch-statistische Hilfsmittel für nicht meßbare Qualitätsmerkmale*

Die Verteilung eines nicht meßbaren Qualitätsmerkmales kann z. B. durch die x-Grenzen in eine Alternative (gut — schlecht) verwandelt werden. Liegt das beobachtete Merkmal innerhalb dieser Grenze, so ist das Erzeugnis brauchbar. Liegt es außerhalb dieser Grenze, so ist das Erzeugnis unbrauchbar oder muß nachgearbeitet werden. Bei den nicht meßbaren Qualitätsmerkmalen beruht das Ergebnis jeder einzelnen Beobachtung auf der Feststellung, daß ein bestimmtes Ereignis eingetreten ist oder nicht.

Wenn beispielsweise im Unternehmen durchschnittlich 5 Prozent der hergestellten Erzeugnisse nicht dem Qualitätsstandard entsprechen, so sind bei einer Serie von 1000 Stück im Mittel 50 Erzeugnisse unbrauchbar. Dabei wird jedoch vorausgesetzt, daß die Bedingungen, unter denen die Produktion abläuft, gleichbleibend sind. Dieser Tatbestand in anderen Worten ausgedrückt: Die Wahrscheinlichkeit für das Auftreten von Ausschuß beträgt für das Unternehmen und das betrachtete Erzeugnis 5 Prozent.

Möglichkeiten bieten:

- *Permutation*
  Zur Berechnung der Wahrscheinlichkeit werden alle Zusammenstellungen gebildet, die aus der Anzahl der Ereignisse möglich sind.
- *Variation*
  Zur Berechnung der Wahrscheinlichkeit werden alle Zusammenstellungen, die aus der Anzahl der Ereignisse möglich sind, variiert.
- *Kombination*
  Zur Berechnung der Wahrscheinlichkeit werden alle Zusammenstellungen, die aus der Anzahl der Ereignisse möglich sind, kombiniert.
- *Hypergeometrische Verteilung*
  Aus der Grundgesamtheit einer Stichprobe von einem bestimmten Umfang wird die Wahrscheinlichkeit dafür gesucht, daß sich unter den n gezogenen Erzeugnissen genau x mit einem bestimmten Merkmal befinden.
- *Binomialverteilung*
  Die Binomialverteilung ist allein durch die Alternativwerte a und b bestimmt und ist symmetrisch, wenn $a = b = 1/2$ ist. Je größer die Abweichung von $1/2$ ist, um so größer wird die Asymmetrie.
- *Poisson-Verteilung*
  Tritt ein Ereignis sehr selten ein und liegt damit ein sehr kleiner Wert einer Wahrscheinlichkeit vor, ist aber gleichzeitig die Serie n sehr groß, so wird $p = c/n$, wobei c, die Fehlerzahl, eine Konstante ist. Mit wachsender Seriengröße n wird der Wert der Wahrscheinlichkeit p klein wie $1/n$.

- *Statistische Verfahren für besondere Zwecke*
  Diese Verfahren werden angewendet, wenn z. B., ein neuer Produktionsprozeß eingeführt wird und dieser mit dem alten Produktionsprozeß verglichen werden soll. Dabei wird eine „Nullhypothese“ angenommen, die besagt, daß es keinen wirklichen Unterschied zwischen dem neuen und dem alten Produktionsprozeß gibt. Die Stichprobenergebnisse aus dem neuen Prozeß sollen aus der gleichen Verteilung stammen wie die Ergebnisse aus dem alten Prozeß. Wird nun angenommen, daß die Nullhypothese richtig ist, so ist es möglich, die Wahrscheinlichkeit dafür zu berechnen, daß der alte Prozeß eine so „gute“ Stichprobe abgeben würde wie der neue Prozeß. Ist die Wahrscheinlichkeit sehr klein, so wird die Nullhypothese abgelehnt. Man würde den Schluß ziehen, daß der neue Prozeß dem alten Prozeß überlegen ist. Ist hingegen die Wahrscheinlichkeit sehr groß, so wird der neue Prozeß als kaum besser angesehen. Als Maßstab für die Größe der Wahrscheinlichkeit, was unter „klein“ zu verstehen ist, wurden auf der Basis von Erfahrungen gewisse Grenzen festgelegt. Dabei haben sich folgende Regeln bewährt:
  - Eine Abweichung gilt als zufällig, wenn sie mit einer kleinen statistischen Sicherheit als S = 95 Prozent festgestellt wurde.
  - Eine Abweichung läßt vermuten, nicht mehr zufällig zu sein, wenn sie mit einer größeren statistischen Sicherheit zwischen S = 95 Prozent und S = 99 Prozent festgestellt wurde.
  - Eine Abweichung gilt als nicht zufällig, wenn sie mit einer größeren statistischen Sicherheit als S = 99 Prozent festgestellt wurde.
  - In speziellen Fällen gilt eine Abweichung erst dann als nicht mehr zufällig, wenn eine statistische Sicherheit von mehr als S = 99,9 Prozent festgestellt wurde.

  Die Wahl der statistischen Sicherheit wird in jedem Fall vom Beobachter festgelegt. Hilfsmittel hierzu sind:
  - Vertrauensbereich: Genauigkeit der Schätzung;
  - Freiheitsgrad: Mittlere quadratische Abweichung der Einzelwerte;
  - t-Test: Feststellung der Wahrscheinlichkeit, daß die Stichprobe aus einer Grundgesamtheit mit dem Mittelwert u und der Standardabweichung x gezogen wurde;
  - F-Test: Feststellung der Signifikanz des Unterschiedes mehrerer Varianzen;
  - Anpassungstests: Vergleich der Häufigkeiten einer Stichprobe mit den Häufigkeiten, die aufgrund einer bestimmten Nullhypothese zu erwarten sind.
  - Varianzanalyse: Prüfung der Gleichartigkeit der Arbeiten aus der Basis, daß bei Unterschieden in der Arbeit der Maschinen oder Prüfstellen die Gruppenmittelwerte sich mehr voneinander unterscheiden, als aufgrund der Zufallsschwankungen der Einzelwerte zu erwarten wäre.

Zur Registrierung und Auswertung der Ergebnisse werden sogenannte Kontrollkarten für meßbare und nicht meßbare Qualitätsmerkmale verwendet.

- *Kontrollkarten für meßbare Qualitätsmerkmale*

Die Kontrollkarten bestehen aus einem mit einem Netz versehenen Papierstreifen, auf dem in bestimmter Reihenfolge die durch den Prozeß ermittelten Meßwerte für die Qualitätsmerkmale markiert sind. Dabei wird beachtet, daß die Punktfolge — soll sie einer verlangten Qualität genügen — bestimmte eingezeichnete Grenzen nicht über- oder unterschreitet, nämlich

- die aus dem Prozeß ermittelten statistischen Kontrollgrenzen, wenn der Prozeß stabil verläuft, d. h. innerhalb seiner natürlichen Toleranzen

und

- die meist vorgegebenen Toleranzen und der Standard bekannt sind.

Sind beide Bedingungen erfüllt, so läuft der Prozeß in der vorgegebenen „statistischen Kontrolle" oder ist „beherrscht". Man sieht also, daß die Punkte der Karte dem Beobachter auch Störursachen beim Ablauf des Prozesses aufzeigen, die beseitigt werden müssen.

Bei den Kontrollkarten für meßbare Merkmale sind allerdings die Aussagen nur dann richtig, wenn die Merkmale hinreichend normal verteilt sind. Ist das nicht der Fall, so muß eine Merkmaltransformation durchgeführt werden. Die Qualitätsmerkmale der meisten industriellen Prozesse in den japanischen Unternehmen sind normal verteilt.

Mit der Karte werden folgende Ziele verfolgt:

- Ein unbekannter Standard ist durch eine Analyse zu finden:

$$\text{Standard}_{\text{unbekannt}} = X \pm \text{natürliche Toleranz.}$$

- Ein bekannter Standard wird vorgegeben. Der Prozeß ist so zu steuern und zu überwachen, daß folgende Vorschrif eingehalten wird:

$$\text{Standard}_{\text{bekannt}} = T_M \pm (T_o - T_u).$$

Die Kontrollkarten finden heraus, welche Werkstoffe, Werkzeuge, Geräte und Arbeitsmethoden zu bevorzugen sind, und ob Investitionen im Hinblick auf Werkstoff, Maschinen oder Anlagen vorgenommen werden sollen. Schließlich sind sie bestens zur Abnahme von Maschinen und Anlagen geeignet. Die Kontrollkarte ist subjektiven Ansichten überlegen. Gerade bei Neuentwicklungen und Installierungen ist die Kontrollkarte das beste Werkzeug, um die Entwicklungs- und Einrichtezeiten erheblich zu verkürzen.

Die Steuerung der Qualität beginnt bereits am Zeichentisch unter Mitwirkung des Technologen, der aus den Kontrollkarten die Arbeitsfähigkeit seiner Maschine erkennen muß, und eines Wirtschaftlers, der für die Kosten verantwortlich ist. Der Technologe ist anhand der Prozeßanalyse in der Lage, dem Konstrukteur hinsichtlich der von ihm geforderten Genauigkeit anzugeben, ob und in welchem Maß unzulässige Abweichungen anfallen werden. Der Konstrukteur kann dann aufgrund der Unterlagen realistische Toleranzen festlegen, die in der Produktion unter wirtschaftlichen Gesichtspunkten auch eingehalten werden können. So konnte die im Unternehmen übliche Gewohnheit, Toleranzen „auf Verdacht" enger als notwendig zu legen, durch statistisch untermauerte Toleranzen abgestellt werden. Durch diese Maßnahme, nur noch statistische Werte für die Toleranzen zu benutzen, konnten die Kosten für Ausschuß und Nacharbeit um ca. 80 Prozent gesenkt werden! Auch die sogenannte Nullserie wird statistisch ausgewertet.

Eine Maschinenfunktionsgenauigkeit zeigt stets, wie genau ein Prozeß arbeiten kann. Die Prozeßstreubreite dagegen gibt ein realistisches Bild über das Verhalten des Prozesses während einer längeren Zeit. Ein Prozeß läuft regellos, wenn sein Mittelwert um mehr als eine Einheit der Standardabweichung um die Toleranzmitte T_M schwankt und die Toleranzen verletzt werden. Ein Prozeß läuft stabil, wenn in x Fällen keine und in y Fällen maximale Verletzungen der natürlichen Toleranzen auftreten. Hierbei ist es unerheblich, ob die Zeichnungstoleranzen überschritten werden oder nicht.

Ein Prozeß ist in statistischer Kontrolle, wenn er stabil ist und die Zeichnungstoleranzen nicht verletzt werden. Der Mittelwert $\bar{x}$ wird dann gewöhnlich nicht mehr als um 0,5 T_M schwanken.

Als Kontrollkarten werden verwendet:

- *Einfache Kontrollkarten.* Mit diesen Karten kann immer nur ein Merkmal untersucht werden. Sie wird daher nur zur Überprüfung kritischer Merkmale verwendet.
- *Multi-Vari-Kontrollkarte.* Für Studien an sehr feinen Prozessen sowie bei der Abnahme neuer oder überholter Maschinen dient die Multi-Vari-Karte. Mit ihr können nicht nur die Maßunterschiede von Stück zu Stück, sondern auch die örtlichen Maße jedes einzelnen Teiles veranschaulicht werden.
- *Folgetest-Kontrollkarte.* Diese Karte zeigt ohne Rechenarbeit an, ob, wieviel und in welcher Richtung eine Maschine nachgestellt werden muß. (Burr, Shainin.)
- *Doppelkontrollkarte.* Diese Karte kann als eine Art laufende Steuerungszerlegung (Streuung zwischen den $\bar{x}$-Werten der Untergruppen, Streuung innerhalb der Untergruppen) angesehen werden. Der Prozeß ist erst dann in statistischer Kontrolle, wenn beide Karten ($\bar{x}$-Karte und R-Karte) Kontrolle anzeigen.

- *Kontrollkarten für nicht meßbare Qualitätsmerkmale*

Unter nicht meßbaren Qualitätsmerkmalen sind solche zu verstehen, die nach Gefühl, Gehör oder visuell an den zu prüfenden Erzeugniseinheiten eines sogenannten Prüfloses untersucht werden, damit man feststellen kann, ob sie den vorgegebenen Vorschriften genügen oder nicht. Zu den visuell beobachtbaren Merkmalen gehören auch die mittels Grenzlehren gemachten Feststellungen „paßt — paßt nicht".

Unter der Voraussetzung, daß eine Prüfung nicht zu verwickelt ist, liegt die Wirtschaftlichkeitsgrenze der p- und der np-Karte im Hinblick auf die dabei notwendige 100prozentige oder nahezu 100prozentige Prüfung bei höchstens 500 Teilen. Die Fehler, die bei der Produktion anfallen, lassen sich auf diese Weise lückenlos erkennen. Das zum Versand freigegebene Los kann somit als „fehlerfrei" bezeichnet werden. Hierbei entfällt das Stichprobenrisiko, das für kleine Lose besonders hoch ausfällt, und der Durchschlupf. Bei Anwendung der u- und c-Karte lassen sich die Fehler nur bedingt beseitigen. Schlechte Lose können aber ausgeschieden werden.

Als Kontrollkarte werden verwendet:

- *p-Karte.* Ein wesentlicher Faktor für die Abschätzung der Fertigungskosten einer Einheit ist die Feststellung des durchschnittlichen Anteils $\bar{p}$ an Abfall und fehlerhaften Einheiten, die in Prozenten oder Fehler je 100 Einheiten ausgedrückt werden. In der Kontrollkartentechnik versteht man daher unter

  1. $\bar{p} = \dfrac{\text{Masse des Abfalls bei k Losen gleicher Erzeugnisse}}{\text{Masse des Materialbedarfs bei k Losen gleicher Erzeugnisse}} \times 100 =$ $= \text{Abfall in Prozent}$

  2. $\bar{p} = \dfrac{\text{fehlerhafte Einheiten in k Losen gleicher Erzeugnisse}}{\text{gesamt geprüfte Einheiten von k Losen gleicher Erzeugnisse}} \times 100 =$ $= \text{fehlerhafte Einheiten in Prozent}$

  3. $\bar{p} = \dfrac{\text{Anzahl der Fehler in k Losen gleicher Erzeugnisse}}{\text{gesamt geprüfte Einheiten von k Losen gleicher Erzeugnisse}} \times 100 =$ $= \text{Fehler je 100 Einheiten.}$

  k soll größer als 10 sein. Die Ergebnisse nach 3. sind für das Unternehmen wesentlich informativer als die Ergebnisse nach 2., da nach 3. jeder Prüfling auf alle potentiellen Fehler hin überprüft wird und die Fehler listenmäßig für die Schwachstellenaufdeckung erfaßt werden müssen.

- *np-Karte.* np ist die Anzahl der Fehler oder fehlerhaften Einheiten in einem Los. Es können auch die Ordinaten nach der Anzahl der Fehler oder fehlerhaften Einheiten im Los beziffert werden. Werden p in Prozent und np in Fehler je 100 Einheiten ausgedrückt, so erhält man z. B.

  1. $\bar{p} = 0{,}4$ Prozent, $K_o = 1{,}35$ Prozent fehlerhafter Einheiten

  2. $n\bar{p} = 0{,}4$ Fehler je 100 Einheiten, $K_o = 1{,}35$ Fehler je 100 Einheiten.

- *u-Karte und c-Karte.* Die u- und c-Karten werden auf sogenannte „seltene Ereignisse" angewendet. c ist die Anzahl der Fehler an jeder einzelnen Einheit. u ist die relative Anzahl der Fehler je Einheit, wenn ein Los aus N Einheiten besteht.

Ist der Standard unbekannt, so muß er aus einem Verlauf ermittelt werden. Er kann dann für den weiteren Verlauf der Produktion vorgegeben werden. Der Standard kann aber auch dann vorgegeben werden, wenn z. B. durch den Stand der Technik bekannt ist, welche Fakten vorliegen und womit gerechnet werden muß. Die Kontrollkarte dient dann als Werkzeug, um den Standard zu erreichen oder zu verbessern.

Der Qualitätssicherung wurde in dem Unternehmen, das hier besprochen wurde, eine große Bedeutung beigemessen und entsprechend sorgfältig durchgeführt.

Der Leiter der Qualitätssicherung in einem Unternehmen der Unterhaltungselektronik erklärte dem Verfasser über die Stichprobenprüfungen, die in seinem Unternehmen durchgeführt werden, folgendes:

Das Prüfen der Eigenschaften von Grundstoffen, Halbfabrikaten und Fertigerzeugnissen wird in diesem Unternehmen auf verschiedene Weise durchgeführt. Damit will man vermeiden, daß minderwertige Erzeugnisse in die Produktion gelangen bzw. ausgeliefert werden. Oft werden die Erzeugnisse 100prozentig, d. h. Stück für Stück, geprüft. Funktionswichtige Eigenschaften werden an jedem einzelnen Erzeugnis überprüft.

Bei der Mehrzahl der Erzeugnisse ergibt jedoch das Prüfen an einer richtig gewählten Stichprobe fast immer genügend Auskunft, damit man ein sicheres Urteil über den zu untersuchenden Warenposten fällen kann.

Die Entwicklung wirksamer Stichprobenpläne erfolgte in diesem Unternehmen auf der Basis der mathematischen Statistik. Bei der Anwendung solcher Pläne mußte jedoch außer der statistischen Seite auch die praktische (wirtschaftlich-technische) Seite berücksichtigt werden. Denn es können Fälle vorkommen, in denen sich das Anwenden von Prüfverfahren z. B. aus praktischen Erwägungen nicht lohnt.

Es ist bekannt, daß eine Stichprobe nicht immer ein Spiegelbild des Warenpostens ist. Aber selbst eine 100prozentige Prüfung, eine Sortierung, gibt keine sichere Beurteilungsgrundlage. Dies gilt besonders dann, wenn die Anzahl der zu prüfenden Einheiten sehr groß ist. Es kommt bei einer Sortierung infolge Unzulänglichkeit und der unvermeidbaren Prüfmüdigkeit durchaus vor, daß der Prüfer unbrauchbare Erzeugnisse als brauchbar und brauchbare als unbrauchbar einordnet oder Ausschußstücke übersieht.

Da selbst bei einer Sortierung damit zu rechnen ist, daß unbrauchbare Teile im Los bleiben, haben sich Hersteller und Unternehmen auf einen bestimmten Ausschußprozentsatz geeinigt, der noch zulässig ist. Dieser Ausschußanteil ist je nach Art und Verwendungszweck der Erzeugnisse unterschiedlich.

Ein Stichprobenverfahren mit einfacher Stichprobenentnahme wird wie folgt durchgeführt:

Einem Los vom Umfang N werden unter Wahrung des Zerfalls n Einheiten als Stichprobe entnommen und geprüft. Es werden z fehlerhafte Einheiten festgestellt. Ist z höchstens gleich der Annahmezahl c, so wird das Los angenommen. Ist z hingegen größer als c, so wird das Los zurückgewiesen.

Bei qualitativ „guten“ Losen wird über die Annahme des Loses erst entschieden, wenn die ganze Stichprobe geprüft ist. Werden bei einem qualitativ „schlechten“ Los in der Stichprobe schon sehr bald mehr als c Ausschußstücke festgestellt, so ist die Prüfung an sich beendet.

Die Ergebnisse von Stichprobenprüfungen geben über einen längeren Zeitraum hinweg dem Unternehmen sichere Anhaltspunkte über die Qualität der vom Hersteller gelieferten Erzeugnisse. Sie ermöglichen es ihm, bei diesem Lieferanten auf eine Qualitätsverbesserung ihrer Erzeugnisse hinzuwirken.

Eine wichtige Voraussetzung für die richtige Wirkungsweise eines Stichprobenplanes ist, daß die Stichprobe völlig zufällig entnommen wird. Jedes Stück des Postens soll die gleiche Wahrscheinlichkeit haben, als Stück oder Element der Zufallsstichprobe gezogen zu werden.

Die Sorgfalt, die in Japan zur Qualitätssicherung aufgewendet wird, konnte der Verfasser in allen japanischen Unternehmen beobachten, die er aufsuchte. Wie die Ausführungen zeigen, begnügen sich die Unternehmen nicht nur mit der Feststellung und Beseitigung der Fehler, sondern sie sind bemüht, bereits die Ursachen zu eliminieren. Dies wirkt sich nicht unerheblich auf die Kosten aus!

6.10 Vertrieb

Über die Vertriebspraktiken japanischer Unternehmen kann der Verfasser nur wenige, allgemein gehaltene Angaben machen:

- Der Vertrieb wird — wie alle unternehmenspolitischen Entscheidungen der japanischen Industrie — sehr sorgfältig und langfristig geplant. Nichts wird dem Zufall überlassen.
- Die Produktion erfolgt — entsprechend den Ergebnissen der Innovation (siehe Abschnitt 5.4) — unter Berücksichtigung aller durch den Technologie-Transfer (siehe Abschnitt 5.3) erworbenen Erkenntnisse.
- Bei der Entwicklung und Produktion der Erzeugnisse werden alle Fakten berücksichtigt, die — beginnend mit der Wertanalyse (siehe Abschnitt 6.2) bis zur Qualitätssicherung (siehe Abschnitt 6.9) — aufgezeigt sind.
- Durch die Berücksichtigung dieser Fakten hat der Vertrieb im Verhältnis zur Konkurrenz bereits einen gewissen Vorsprung.
- Beim Design jener Erzeugnisse, die für das Ausland bestimmt sind, wird der Stil berücksichtigt, der im Bestimmungsland gefragt ist.
- Bei Niederlassungen im Ausland ist in den meisten Fällen — je nach Größe und Bedeutung der Niederlassung — nur der Spitzenmanager ein Japaner. Die Mitarbeiter hingegen sind Angehörige des betreffenden Landes.
- Die Japaner versuchen nach Möglichkeit, in der Sprache jenes Landes zu sprechen, in dem ihr Auslandseinsatz erfolgt. Diese Bemühungen werden durch eine gewisse Sprachbegabung unterstützt.

Die in ihren Funktionen weitestgehend optimalen und in ihrem Preis konkurrenzfähigen Erzeugnisse japanischer Unternehmen sind in aller Welt anzutreffen. Der Kampf um die Anteile am Weltmarkt ist in vollem Gange. Vom Management bis hin zum Vertrieb werden alle Anstrengungen unternommen, um das große Ziel zu erreichen:

Die Nummer Eins im Bruttosozialprodukt pro Kopf der Bevölkerung auf der Welt zu werden!

7 Konsequenzen für die westliche Wirtschaft

Wie die vorliegenden Ausführungen zeigen, wird in der japanischen Industrie auch „nur mit Wasser gekocht" — aber es wird gekocht!

Die westlichen Industrieunternehmen könnten unter den gleichen Voraussetzungen und Bedingungen arbeiten, die sich die Japaner freiwillig auferlegt haben, um die gesteckten Zielvorstellungen zu erreichen. Allerdings müßten die einschneidenden Einschränkungen durch die Regelungen in Kauf genommen werden, die das Betriebsverfassungsgesetz auferlegt hat.

Um der japanischen Herausforderung zu begegnen, sollten beispielsweise die deutschen Automobilfirmen nicht nur Fahrzeuge mit Spitzentechnik, sondern auch robuste und langlebige Autos bauen. Dies ist in einem 55seitigen Papier zu lesen, in dem das Bundeswirtschaftsministerium die Probleme der deutsch-japanischen Konkurrenz auf wirtschaftlichem Gebiet analysiert und daraus Schlußfolgerungen gezogen hat. Darin wird jeglichen defensiven Reaktionen eine klare Absage erteilt. Politiker und Unternehmer müßten vielmehr offensiv die japanische Herausforderung annehmen — und zwar nicht nur auf den Märkten dieser beiden Länder, sondern auch auf dem Weltmarkt.

Die deutsche Wettbewerbsfähigkeit werde grundsätzlich vor allem durch mehr Preisstabilität und „maßvolle" Lohnabschlüsse gesteigert. Im einzelnen wird außerdem dafür plädiert, daß man überprüft, ob die Rahmenbedingungen für Investitionen und Innovationen unter anderem durch Steuererleichterungen verbessert werden könnten, ob die Einführung energiesparender Produkte stärker gefördert werden sollte, ob mehr Mittel für die Forschung ausgegeben werden sollten, wie neue Kommunikationstechnologien schneller eingeführt werden könnten und wie die Kenntnisse über japanische Technologieentwicklung verbessert werden kann.

Den deutschen Unternehmen wird geraten, sich stärker um verbesserte Technologien — vor allem bei Investitionsgütern und im Bereich der Energiesubstitution, wo Japan bisher keine starke Stellung hatte — zu bemühen, um ihre Position auf dem Weltmarkt zu bewahren und auszubauen. Außerdem sollten sie verstärkt mit japanischen Unternehmen kooperieren, um deren hohe Technologie übernehmen zu können, die Fertigung von Vorprodukten aus Niedriglohnländern ausbauen und sich an Rohstoffindustrien im Ausland (z. B. in China) beteiligen. Für die deutsche Wirtschaft gelte es, im internationalen Wettbewerb mit Japan, die Vorteile der breiter gefächerten und in den Vorstufen wohl auch produktiveren Wirtschaftsstruktur zu nutzen.

Zur Erschließung des japanischen Marktes müßten die Unternehmen dort aber verstärkt Niederlassungen und Servicenetze aufbauen sowie an Messen teilnehmen, Marktstudien betreiben, ihre eigenen Mitarbeiter entsprechend schulen und japanische Verkäufer zum Vertrieb deutscher Produkte anreizen. Der Staat könne dazu flankierend die deutsche Handelskammer in Japan ausbauen, Messen fördern, die Exportberatung intensivieren und mehr Stipendien für deutsche Studenten in Japan vergeben. Im übrigen müßte auch die EG durch eine gemeinsame Handelspolitik ihre wirtschaftliche Position fördern. Abzulehnen sei es, den offenen deutschen Markt in die von der Kommission vorgesehenen Selbstbeschränkungsabkommen einzubeziehen.

Der bilaterale Wirtschaftsaustausch zwischen Japan und der Bundesrepublik Deutschland bewegt sich auf einem vergleichsweise geringen Niveau. Dabei sind die Einfuhren in den vergangenen zehn Jahren allerdings weit stärker gestiegen als die Exporte nach Japan. Im ersten Halbjahr 1980 führte die Bundesrepublik Deutschland japanische Waren im Wert von 4,6 Milliarden Mark ein (plus 26,2 Prozent), während Japan nur für 1,9 Milliarden Mark (minus 6,3 Prozent) deutsche Güter importierte. Aktuelle Konkurrenz besteht gegenwärtig vor allem in der Auto- und Unterhaltungselektronikindustrie. Gemäß diesem Papier, das als „Diskussionsbeitrag" verstanden werden soll, müssen künftig auch die Bereiche Datenverarbeitung und Mikroelektronik sowie der Maschinen- und Anlagenbau mit scharfem Wettbewerb rechnen. Bereits seit längerem konkurriert die Feinmechanik- und Optikindustrie, ebenso wie die Eisen-, Blech- und Metallwarenindustrie und das Textilgewerbe, mit den Japanern.

Nach ihrem Vormarsch auf den zahlreichen oben aufgeführten Märkten machen die Japaner nun auch dem deutschen Maschinenbau stärker Konkurrenz. Besonders gefährdet sind mit der Bürotechnik, dem Werkzeugmaschinenbau und dem gesamten Bereich der Industrieroboter vor allem jene Wirtschaftszweige, die am meisten auf Elektronik angewiesen sind. Zu dieser Einschätzung gelangte der Präsident der Fraunhofer Gesellschaft (FhG), Heinz Keller.

Dieser Prozeß ist nach Ansicht Kellers bereits in vollem Gange, wobei die mittelständische Industrie besonders gefährdet ist. Seit 1960 ging die Zahl der Werkzeugmaschinenbauer bis heute von 460 auf 340 zurück. Weitere Konkurse seien nicht auszuschließen. Der bundesdeutschen Industrie hält der FhG-Präsident vor, nur die Einzelmaschine zu sehen, während die Japaner bereits in ganzen Systemen dächten. Bei ihrem Vorgehen bedienten sich die Japaner immer „des selben Tricks": Erst kommen sie mit billigen Gütern von schlechter Qualität. Dann kommen sie mit vergleichsweise immer noch billigeren mit guter Qualität und ansprechendem Design und schließlich mit teuren Gütern von hoher Qualität.

Um dieser Herausforderung zu begegnen, muß die Bundesrepublik Deutschland — so Keller — ihr „Humankapital" nützen. Das Geld hierfür müsse vom Staat kommen. Dabei genügten Personal- und Investitionszulagen alleine nicht. Vielmehr müsse man Forschung und Entwicklung gezielt fördern.

Der deutsche Maschinenbau, zu dem 5500 Unternehmen mit einer Million Beschäftigten gezählt werden, setzt jährlich 60 Milliarden Mark auf dem Weltmarkt um. Das entspricht einem Fünftel des gesamten deutschen Exports.

Die Regierung in Tokyo gab bekannt, daß sie sich dafür einsetzen wolle, daß die Exporte bestimmter Güter (z. B. Autos und Farbfernsehgeräte) in die EG künftig nicht mehr „sturzflutartig" zunehmen. So soll vermieden werden, daß sich der Handelskonflikt mit der EG weiter zuspitzt und die Befürworter protektionistischer Maßnahmen in Westeuropa weiteren Auftrieb erhalten, heißt es in einer Erklärung von Außenminister Masajoshi Ito.

In einem Sechs-Punkte-Papier, mit dem die japanische Regierung vor der Sitzung des EG-Ministerrates am 24. November 1980 ihre Position für die Handelsgespräche in Brüssel absteckte, weist sie jedoch gleichzeitig den Vorwurf eines Zusammenhanges zwischen den wirtschaftlichen Schwierigkeiten einzelner westeuropäischer Unternehmen und Industriezweige und dem rapiden Anstieg japanischer Exporte als unbegründet zurück. Wie es in der Erklärung heißt, müsse das Handelsbilanzdefizit, das sich im Jahre 1980 voraussichtlich von 5,1 Milliarden Dollar im Jahre 1979 auf neun bis zehn Milliarden Dollar ausweiten wird, in erster Linie durch einen verstärkten Export der Produkte aus EG-Ländern nach Japan abgebaut werden.

Nach Meinung der japanischen Regierung ist es in diesem Zusammenhang unerläßlich, daß die europäischen Unternehmen größere Anstrengungen als bisher unternehmen, um ihre Absatzchancen auf dem japanischen Markt zu verbessern. Sollten dabei Schwierigkeiten auftauchen, sei Tokyo bereit, diese besonderen Fälle gemeinsam mit der EG-Kommission zu untersuchen. Zur Brüsseler Kritik an Japans forcierter Exportpolitik heißt es in der Erklärung, Tokyo habe nicht die Absicht, über gezielte Ausfuhrsteigerungen sein Leistungsinlanddefizit abzubauen. Die Regierung sei nachhaltig an harmonischen Außenhandelsbeziehungen interessiert und betrachte mittel- und langfristig die Steigerung der Inlandsnachfrage als Hauptstützpfeiler des Wirtschaftswachstums. Der Chef der IG Metall hat die Japaner eindringlich und unmißverständlich vor den negativen Folgen für die beiderseitigen Beziehungen gewarnt, falls sie ihre Wettbewerbspolitik und ihr Exportverhalten — insbesondere auf dem Automobilsektor — weiterhin fortsetzen. Vor der Presse in Tokyo machte er darauf aufmerksam, daß in Deutschland Schlagworte wie „Stop der gelben Gefahr" immer häufiger zu hören seien und der psychologisch wichtige Druck unter den rund 1,3 Millionen Arbeitnehmern, deren Lebensunterhalt direkt oder indirekt von der Automobilindustrie abhänge, ständig wachse.

Auch die deutschen Gewerkschaften seien für die Aufrechterhaltung des freien Welthandels, da die deutsche Wirtschaft, ebenso wie die japanische, stark vom Export abhängig sei. Es könne jedoch keinesfalls hingenommen werden, daß die Bundesrepublik immer mehr zum „Abladeland" von Produkten werde, die die Japaner in Frankreich, Italien und anderen Ländern wegen der dort geltenden Einfuhrbeschränkungen nicht mehr absetzen könne.

Mit Programmen und Erklärungen kann der Fortschritt japanischer Produkte auf dem Weltmarkt nicht mehr gestoppt oder gar eingeschränkt werden, sondern nur durch handfeste Gegenmaßnahmen, d. h. durch eine Realisierung der Programme von Regierung und Gewerkschaften, außerdem durch eine logische Arbeitsweise unter Einbeziehung aller gegebenen technischen Möglichkeiten in einer perfekten Organisation, wie sie die Japaner vorexerzieren und wie sie in der vorliegenden Abhandlung skizziert wurden.

Durch die Qualifikation der westlichen Wirtschaftsexperten, Industriemanager, Ingenieure und Facharbeiter ist dieses Kriterium, das zur Erhaltung des westlichen Lebensstandards unbedingt notwendig ist, möglich.

Zwar ist es schon sehr spät — aber es ist noch nicht zu spät.